JN128889

［監修・和田博文］

コレクション・戦後詩誌

13 戦後詩第二世代

棚田輝嘉 編

ゆまに書房

『氾』第１号〜第９号（1954年４月〜 1956年５月）

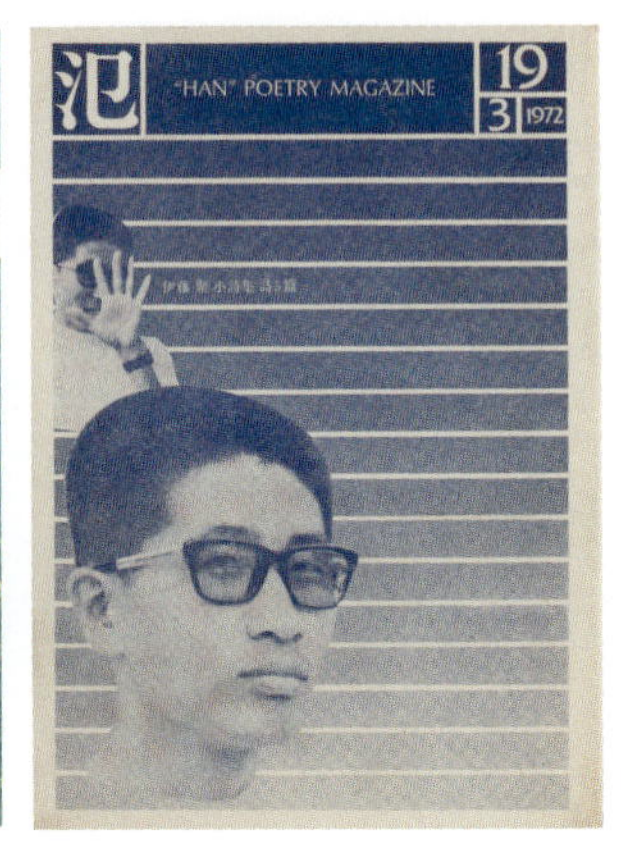

『氾』第 10 号〜第 16 号（1956 年 12 月〜 1959 年 8 月）
第 18 号（1963 年 1 月）、第 19 号（1972 年 3 月）

凡例

◇『コレクション・戦後詩誌』は、一九四五〜一九七五年の三〇年間に発行された詩誌を、トータルに俯瞰できるよう、第一期全20巻で構成しテーマを設定した。単なる復刻版全集ではなく、各テーマ毎にエッセイ・解題・関連年表・人名別作品一覧・主要参考文献を収録し、読者がそのテーマの探求を行う際の、水先案内役を務められるように配慮した。

◇復刻の対象は、各巻のテーマの代表的な稀覯詩誌を収録することを原則とした。

◇収録にあたっては本巻の判型（A五判）に収まるように、適宜縮小をおこなった。原資料の体裁は以下の通り。

・『氾』第1号〜第17号、第18号、第19号　〈21cm×15cm〉

収録詩誌のそのほかの書誌については第7巻に収録の解題を参照されたい。

◇表紙などにおいて二色以上の印刷がなされている場合、その代表的なものを口絵に収録した。本文においてはモノクロの印刷で収録した。

◇本巻作成にあたっての原資料の提供を監修者の和田博文氏より、また、神奈川近代文学館、棚田輝嘉氏よりご提供いただいた。記して深甚の謝意を表する。

目次

『氾』第1号〜第16号、第18号〜第19号（一九五四・四〜一九五九・八、一九六三・八〜一九七二・三）

エッセイ・解題・関連年表
人名別作品一覧・主要参考文献　棚田輝嘉

戦後詩第二世代

—— コレクション・戦後詩誌　第13巻

『氾』

第1号〜第16号、第18号〜第19号（一九五四・四〜一九五九・八、一九六三・一〜一九七二・三）

氾
1
POEME CRITIC FIGURE

氾

1954 第 1 号

表　紙　早崎レイコ　　カット　M.F

挽歌

堀川正美

浮囚の顔した海よ
島々を揺らすな
酒を飲み水はもう耕すな
水の神話は粘性だ
蛙の群にまかせて
千の波に火を炎し
水の果てに眠る龍
の骨に耳を澄ませよ
櫂の響き青く
日が骨を展げる砂
に龍舌蘭を植えて
酒を滴らせよ

雲の島を煙らせ
樹下に死せる人を埋めよ
せめて戰のない秋に
青い梨を刈り取る
野に檣きしる夕には
粉泥棒の用心することだ
櫂を削る必要なし
昆布を咲かせて空の
七彩の彎刀の出来具合
村の鍛冶屋にたづねる
馬は将軍のためなど
にはないのだ岸辺の
蜜柑のためだその幾房もの
女たちの細腰をくだまく風
の悲しみに浴みして
幾千年のまつ毛を伏せる
丘の並木に想いを残して彩り
死んだ葉等の指輪にくるまれ

白日の湖となり心を蝕むは
悪しき時代の記憶だ
すべてを水に流せあるいは
塩をとることも出来る
水の神話は粘性なので
海の上で太陽青く揺れる

梨の園

　梨の花が雪のように咲いている　刻々と季節のすゝ
むにつれて白が増加するのだ　絶えず水平の枝の下に
風の砕かれた小片を灰のように降らせて　それが月光
のように私をして眠らせる　淡いひかりだひかりの死
の波のようだ　犬が柵の下でねている　斑なのは花の
かげのせいだろう　またいちめん陽光が降つてくる
私はパイプに火を点ける　煙と花の白とが見別けられ
なくなる　何処かで石を割つている音がするのだが
　苑の中の小亭は枯れた木でつくられている　花の空
気が固い數々の細粒から放たれ　透とおつた狀態で充
ちている　私は古い時代についてしきりと想にふけつ
てたゆたうのだ　詩のかたい清潔さについてそれは支
那の古い詩人のもの　花をうたうのは茶の匂うすい
眼のものなのだ

　春というに氷のようにこの花の群はぎつしりと積み
重なつている　陽光が注がれると霧雨のようにたなび
いて揺曳する　微小な白のあつまりに人は気づかない
美しい不安に　固い微笑をしらずに　花にはかげのよ
うにかみきりが飛びかつている　花は揺れて雪を降ら
し花粉でむせつぽい　園丁は老人　しかし花々は　石
の細片をかさねて明るく睡つているのだ　小刀のよう
な童女の夢のように淡い褐色の果實をゆすつて淡い夢
のように幻のように

木霊

私は凪の終焉する地に立つた。辿つた道は青く暮れて、手指から微粒子のように光るものが死んで落ちる。徘徊し消滅する影はやがて、灰の中に沈んだ痛ましい噴火の跡を見るだろう。逆光の寺院、安置された思想等。

此処にはもう如何なる龍も住んでいない。それ等は現代を破壊して脱れていつたのだ。唯一の手段として変貌することだ。水中の蜻蛉、頭蓋の甲虫等へ。私の底深い淵から水泡たてて陰翳は躍り上つてくる。きらめく眼と唇。物等は世界を内包している。呟きが反響している。

大気がはためいて死せる火口をめぐる、静寂の落ちる羽毛。足跡のもはや途絶えているあたりに時は渦巻いた、花々は光芒ひいて飛散し、音は砂に散敷く、そして、世界が眼に見えぬ木の葉のように一枚一枚剝れてくる。季節だ、その間から湖が匂い、泡立つ戰慄のうちに私をして漂わせてしまう。

October 1953

オフェリヤ

市川曉子

忘れられ
た時
花火の一ふさは落ちる
くろい唇に
けむりの糸を
引いて
川をくだる

のぼり　ひらいた
その
空に
こなごなの
蝶の顎がうずもつた

藻ぐさは吸う
おまえの
もも色なルピナスの茎の
脚を
　なみの下
おまえは星に
うなじ向けて
転んだひとみに
おおなみを
載せる

風

日比澄枝

ほんの少し気にしながら
Coffee の香りは
明日の郷愁
と
うなだれる
女
のつぶやき
こばしりに駈けると
黒いシルエツトは
力なく
水溜りに落ちる

夜の街は
熱帯魚の泳ぐ季節
けど
はにかみ草も咲きはしない

秋の風
の
冷たさを

散る

黄昏の口吻に
つつましく瞳を伏せれば
遠い街角の童話が唄ふ
白いカンバスの夢は
明日と同じ
雨に濡れたポエムは
水晶の泡です
でも
触れないでください
山鳩が
KU　KU　KU　KU
鳴く頃
お別れします

雨の日
真紅な櫻坊は
いち枚の繪に影を落して
美しいといふ
その花片は
秋の色
摘みとつては萎れて
しまふでしように
おもい

睡る

水橋　晋

横顔をとりどりにさせて行く
海の匂いにくるまつて帰るはぜ釣りの男や
風呂帰りの遊女だちを
菖蒲も咲かない土の路に
眺めていると静かになつて来る
鳥はまがるよおにして飛んで消え
夕日の逼る舗石に

木馬を忘れた子供は戻らない
魚商人は村里ぇ降りていつたし
漆喰の卓に松葉酒は暖たまつて
忘れかけた勧進帳も
車番の老爺の睡りのなかに
秘かにまた幕をあけるのだ
そして素焼の壺に花を描く
娘はこけし人形ともなり
珈琲店に日本風に灯も入ろおというものだ
面疱の息子は銅鼓を鳴らして
夕餉の時刻を知らせねばなるまい

白夜

輪まわししながら
よつつぢで美しく風に吹かれ
海つぷちの坂を降りる娘の
肩をあんずの花はおぼろで
あでやかに夜を紡ぎ出すのだが
梅屋敷を出はずれて
絲杉の色で染まり
木苺売りと馬で帰ると
さかも木のある海辺に立ち

貝ぬすびとどもは
海蛇の吹きならす
潮の合図にききいるのだ
ゆるやかに霧は降り
夜を匂わせて船は戻らない
あけがたの結ぶしづくを汲んで
末つ子は睡りを濡らせば
素肌のままかたい唖になる
枯れた枝ばかりの藤棚の庭
藪そばを手打ち
世間話をしている女達のそばを
長靴穿いた牡蠣取りの男は
みち潮の海の方えと入つて行くのだ

視界

吉川浩子

風がないので　音もない
雪はしろいが　光はない
切子のガラスは　血にぬれそぼつて
　もう七色にはきらめかない

ひとひらが　ひらひらと　地におちて
ひとひらが　ひらひらと　宙にまい

地は　しろい　かるい　かんむりを
いくつでもほしがるが
あかい實をおとしてゆく小鳥は
もう　いない

ひらひらまひおちる　雪のかんむり
切子のガラスの　七色の稜線
まるい　しろい　小山が築かれて
そのうえに　ひとつ　こぼれた　あかい實

握りつぶしたガラスが
手のなかで　こなごなになり
右手はしろく　左手はあかくなつた

眞空

さびいろにしたたり落ちる血の滴を
君は片手に受けながら　こつちを見た

こつちを見てる　君の眼には
何の　言葉も　匂いもなく
もう一度ゆつくりと
ナイフを胸にかまえた

聞えない叫びに　私は　じつと耐え
外せない視線に　私は　じつと耐え

何となく月日をかぞえた

それは余りに短くて
何ものも介在するひまはなかつた筈なのに
さびいろの血潮に二度ぬれて
ナイフは床にころがり落ちた

二つの影

栗原紀子

それにしても〃孤独〃とは何なのだろう。初めて通つた道でありながら、紀子は以前ここを歩いたことがある。この暗い迄におおいかぶさる欅も右側の石垣も……あゝ　どうしても、紀子はここを歩いた。何故か懐かしいこの路は、あの坂の向うで途絶えている。

＊

不信、もはやそこに愛で償い得ぬ傷があつた。

嘲笑と侮蔑、眸の中に氷河が死んでいた。所詮、私もまた愛に遠い一人、敗けたという言葉を背負う。

＊

暗らあい流れがあるんです。その昔、石器とトーテムの中に育ぐくまれた重い血。愛は、直接いのちに結びついた闘争、なんでしよ。

＊

うん、紀子、楽しそうに生きている人が好きだ。そうやつている人を見ると、その人が不幸になるなんていやだ。何て言うのかしら、あんな無邪気ないいひとが不幸になるなんて、それだけで絶対不合理なんです。わかんないかな、神様、しんそこ祈りに似た気持でそう思うのです。

＊

坂の中途で喪章を見た
誰かの唇に微笑を見た
いつか大いなる不幸が貴方をむしばんでいた

＊

陽がさんさんと降つている野原。風にそよぐ草むら。風媒花の種子が一杯に舞う、小さな安息日、野心でもない高慢なプライドでもない。自分で築いた、それだけは出張出来る平和というものを知つている。

＊

ゆうきを出して、じぶんのこと、みじめだなんて考えないで明るくなるの。葉書一通、たどたどしい紀子の、ことば。

＊

愛という盲目の思想。

＊

うしろ姿。表へまわつて意外な楽天家。なあんだ。無邪気にふるまえば、人に無邪気だろうと言う。

＊

内側に流した泪にも気づいて下さい。

＊

朝、ナイフで小指を切つた。ほんの、わずかであつたが、血は溢れて指に流れた。繃帯を巻いていちにち傷のことを忘れていた。夜になつてほどいてみると、にじむように血が拡がつた。紀子はそつと血をすすりながら想つていた。

＊

「マッチある?」「ある。ライタア。」かちりと火が灯く。その光にぼんやりと、男のかおが浮かんでいた。

「ねえ、人の心の領域にまで干渉することは出来はしない。それは、潜越だよ。」紀子は最後の言葉の異様な強さを覚えている。それから幾月。

紀子は、汚れた暦をめくり、指の血を瀆めて、男のことを考えていた。紀子には打ちひしがれた暦が残つた。

失われた情熱への郷愁、二人の影。

＊

拝啓。アスパラガスの葉が枯れるとちりちり針のようにこぼれるのね。大切にそれを貴方の掌の中でいたわることだつて、出来る。

＊

糸杉。『汝等　神の前に於てのみ美しかれ』よりかかつて笑える勇気があるか、ないか。

＊

苦しい時には沈黙が美しくみえる。決して理解出来ないんではない。じゅんじゅんとさとされながら、貴方は紀子が応えることを期待していると、ふと思う。そうしなければ貴方の言葉は失しなつてしまうもの……

愛している。

河岸で

山田正弘

未来は
いまにむかつて遡行して
永遠の山脈もとほく去つた
すでに
季節は
犬のやうにやせ犬は
森へ馳けていつたままだ

ふたたび
冬が来たが
霙さへ降らなかつた

嘆きはひかりとなつて
水面におちる
叫びのなかを
道は
白くつきぬけ
崖のはてで
夜へ溶け入つてゐた

愛は冬のなかに在る

窓のない部屋があるとしても疑うな壁は垂れてくるの
だ
壁と壁の間に距離はないその隙間に死者は立つたまま
で眠つてゐる。
ある日暮れ人は車道に死ぬことができるとしても
海の音がきこえる夜の庭は行き過ぎるためにあつた。
埴輪は黒く濡れた涙は石のうへで乾せよ光はちつた
影をつくつた梢はきらねばならぬ子を抱いた娘やおぶ
つた女。
ここに死者はだらりと腕を下げて熱をなつかしむ。河
は凍つた
二枚の壁と壁は重さなつてあるのだし戀こそは銃殺に
ひとしい
罪であつた。戦乱は地のうへでやさしく劔を砕けきみ
よ
海は乱れそして性的な夜明けをここ地のために呼び起
す冬。

鳶

水量を増した川は山峡を縫ふ水田のうへを走る
稲葉はすべてここへ向つて水神の嘆きになびく
白く水沫はきらめいて沸立ち遠く海の方へ吐絶える
いひやうもなく深い流れその空をよぎるのはおんみ鳶
だ

おゝ昼に濁流の背を染めた山肌の線はすでに黯み
山頂にとどまり霧は決して下りてこないこの季節
岩のなかを流るる夜風をゆるやかに受けとめて
うつくしく葉をひるがへして果のこぼれるのを夢みる
若き葦たちの謀む火と信仰への乱叛
だがここは光もなき颶風の地だ
そしてここに豪雨は降りそそぐが
寧ろ茅葺家は水成岩の如く一枚づつ
積つた人類の遠い不信を耐えろ
軀黒き痩せてゐるおんみ鳶よ
おんみの咽の中に羊歯は生えてゐるから
おんみの捲き起す羽ばたきの秩序は
草笛かと鋭き啼き声にもとれるし
枯れた樫のあの梢を吹く風にもとれるのだ
だがこの日さへ風は水気しか運ばず
雨は白く縞となつて風に流される渓の空を
だが羊歯は風に折れやうと羊歯なのだ
適合せよおんみ生とは服従である

この日も地球はまだけむりかたちを失くした
どこの海へ陽は照つてゐるか沈黙は深く
雨に散つた杏などの花弁のうへ最後の地で
この豊饒なる井戸は深いが傍らで永遠に
渇いた嘴を潤せないでゐるおんみは知るか
人間は死んでゆくために赫土の道は遠く
山裾をめぐり薮をわけて更に
いま古代の窓へとつづく橋を渡つてゆくが
一千年かなほ同じやうにして村に夕暮れは訪れる
おゝ桔梗色の空そして再び雲が垂れてくる夜
羽ばたくがおんみは飛べない人間と同じく重く
希望をくわえてゐるためか樫は枯れてゐるが
おゝ此処に憩へよ樫は枯れてゐるが
この枝に！
しかし
冷たい影を決して道のうへにおとすな

生　誕

ケネス・レクスロス

すべての事物は火に依つて新しく作り直される
ひとつから
ふたつえふたつ
から多数え多数
から多数でないものえ多数
でないものからふたつ
でないものえふたつ
でないものからひとつ
でないものえと

蛇は自分自身を喰べない存在
ひとつとなる自分を感じている
自分の存在のうちにだけ
限りなき喜びを知るのだ
忘却の莢のなかで
育つは記憶の胚芽
自分自身の彼方に自分自身を自分化する
自分自身の眼のなかに自分自身を見る

水に降る雪
火を飲む火
仲間の草を持つ草
蛇は生誕を牡牛に与える
奇蹟の星はまわりはじめ
それを覆い隠すものは何ひとつない
奈落
の門辺のなか
の守衛の評議のなか
に含まれている

恋はいままでのものを殺し去り
昔のものでないものになる
精神は肉体を食いつくし
情熱から行動えと馳り立てる

時の渇望は時を食べる
永遠の渇望は永遠を食べる
彼等は永劫的煩悩の魔術であり
永劫的魔術の煩悩である

Beyond the mountains より
（水　橋　晋訳）

詩の風土について

堀川正美

「絶対的眞理というものは存在しない、あるものは灰であり、これが眞理である」という意味のことを云つたのは、T・E・ヒュームだつた。彼は若くして第一次大戦で死んだが〈Cinders〉のなかに見られるこういう精神は、その後のエリオットやニュウ・カントリイ派の詩人たちのなかに反響する。この反響は無論灰の上の反響で、ジグザグの幾可図形を描いて日人の詩人にまで来てしまつたかも知れぬ。或る意味でヨオロッパの第一次大戦が日本の第二次大戦であつたからだろうが、別にこゝで日本の後進性を云々するつもりはない。東方の泥葦の生い茂つた地方のことで、雀が沢山いるのは勿論のことである。「冷たいヨオロッパの、秋の滅亡の眞中に、クリストフアは立つた」というのはしかしオーデンで、これは正しくヨオロッパの話である。だが雀等にとつてヒュームは先駆的役割を果していて、世界的飢饉に対する意味での文明批評の価値が彼にある。当時、人々に彼を知らしめるのに最も与つたのはエズラ・パウンドであつたことを吾々は注意する必要がある。吾々が破滅する文明の最終頁にいるかも知れぬということはしかし公園の落葉の清掃人夫になることはないという必要、吾々の地方の風について知ることの必要にすぎない。A fine wind blowing the new direction of time.

たしかに、吾々がその一端におり、現在生存しつつある文明も、いまだに統一あるものとして吾々に把握されるに至つていない。このことの意味を、吾々は現代の中での人間の現実の把え方の面で説明することも出来る。換言すればこれが、二十世紀に入つてからの文学がやつたことである。ジョイスの価値が此処にあることになり、プルースト、カフカ、サルトルもそうであろう。把え方とは技術の問題で、一言にしていえば現代の芸術は分解の技術である。芸術とは芸の術だ。スコップの構え方であり、灰の投げ方であつて、この作業には歴史がある。芸術の分解現象を近代社会のメカニズムと切離して考えることは出来ない。ヘーゲル以後「人格」が解体されてゆくと、ニーチエの「全体的人間」（ロム・トータル）の思想などが歴史に対する抵抗としてすでにあらわれてくる。一般的には近代病としての神経症害の増加がフロイドの文明批評を成立させることになる、芸術家はランボオの Voyant を徹底させて凝視の眼となる、特に彼自身の内部に向つて。内部に対する分析は作家自身の芸術意識までも手術して白光をあてる、彼の人間は解体している。Je est un autre. 章魚は章魚を喰つてしまつた。吾々は戦慄なしにカフカの日記を読むことが出来ない。脱出の観念も水族館の泡である。神話は時間的、空間的に終つていた。こういう現実に至つた過程を無論文学史はもつとも鮮明に示している。そして吾々の詩の歴史をも。また逆に分解の技術であつたということが詩の歴史を決定する。むしろ詩は他のジャンルに比して鋸鮫的前衛であるということで、この方向は鋭角的に著しい。即わち、シュルレアリスムは変形（デフォルマシオン）と分解の美学である。人間は砕かれた鏡または大工の鋸屑にすぎない。

アンドレ・ブルトンは第一次大戦中フロイドの研究をやつていた。ダダに世界観が与えられ、シュルレアリスムは意識を深層から覆えした。フロイドの文明批評がしかしシュルレアリスムに含まれなかつたことは興味あることだ。この点で詩で文明批評をやつている型のエリオットなどと異つてくるが。人間が引き裂かれ襤褸のようになつて打捨てられたまま省られなかつたのは事実で、何らかの努力があつたにせよ、回復させる美学がなかつたのも事実である。逆説的にはシュルレアリスムは少くとも詩の上で最後の美学であつたからである。人間はこうした状態に耐えることは出来ぬし、また自分がガラスの破片であり糸屑であるという認識の背後には全体性への復帰、生への待望が祕められてくる。

　またアヴァンギャルドの観念について疑うことが出来る。進歩とは何か、という問いによつて。アヴァンギャルドは、発見された彼の方向に関する限りその局限にまで対象――詩の世界を追求せねばならない。その方向が善であるか、その方向の極に神がいるかなどいう中世の神学者も馬耳の風である。詩人は詩のオリジナリテイの創造のために、詩の世界と意識を細分化してゆくことになる。オリジナリテイの謂のもとに詩の分業化が遂行される。詩の世界に於ける合理化、百人の詩人は百のオリジナリテイの創造のために百の方向に詩の分業を行う。しかし詩――人間の分解の方向に寄与すること、果してこれが詩の第一の効用であるか、ということは大きな問題となるだろう。

モダニズムの道を拡げたのはエズラ・パウンドである。地下茎ではなくても髭を生やしていた。文学者が文学する場合の態度を分類した彼の等級別には、第一に Inventors という型があげられて、重要視されることになる。発明家乃至発見家、ある特殊な過程または一つ以上のモオド、過程を発見する作家。これが真のアヴァンギャルドでモダニストということになる。彼の影響のもとに多くの詩人たちが出発して年輪をつくつた。インヴェンタアズの一人であろうとして、あるいは Masters——大家、稀な人々、発明者で彼自身の発明と同時に先人の発明した大多数のものを同化し同格になしうる作家——であろうとして。パウンド自身の〈Cantos〉などは、このマスタアズたろうとする標本のようなものだが、新しい美とは対象の結合の新らしさであるという限りでは美を認めうるが、生命的な魅力がないのは知性の人のメカニズムである。また、初期の自分についての詩で

He strove to resuscitate the dead art
Of poetry ; to maintain "the supline"
In the old sense. wrong from start——

などは結局モダニズム自体に云われてくるように思う。モダニズムの歴史的必然性をいうなら、その必然性は止揚されねばならないだろう。こゝで吾々が前衛芸術家たちを区分して

（a）　社会行動に参劃していつた人々
（b）　初期の教義に忠実でむしろ無政府主義的な人々
（c）　資本主義的な俗物主義とその様式に順応していつた人々

とすると、c項の蛙たちが最も多く浴みしているのがパウンドの流れであることも無視出来ない事実である。灰の解体作業の結末である。

こういつた詩の現実のなかで詩人は〈詩の効用〉がどういうものであるべきかを考えてゆかねばならない。詩が人間にとつてレーゾン・デートルを失いつつあるからで、詩が分解の技術でなくなるという未来のために、これからの詩人は〈詩の効用〉を発見する必要があると思う。

詩が人間に与える感動というものが、人間の内部のどの層に反応し、惹起されるのか、こういつたことを確めるとすれば、今すべての詩について検討することも出来るだろう。知覚と知覚を喚起する手段についての分析は多くの詩人たちがやつてきたことで、またどのように或る感動を喚起させるかという追求が多くの詩人たちの問題だつた。こうして、詩が人間に与える感動も分析しうるだろう。非常に簡単には Intellect Sentiment Emotion というようにである。しかしこれは詩の与える感動が人間の内部のそういつた各層に反応することで、結局人間の内部構造の問題にほかならない。実際には、内部構造も外部からの喚起の手段ももつと徴細に分析されている訳で、意識と相対

的に詩の感動をも心理学的に分析しうること、これは既に詩の機能を細分化していることになる。思考の世界、感覚の世界といつた分け方も詩に於て行われていることだ。

若し吾々が詩を書くのは、人間の生に呼びかけるほんの一かけらの感動のためだとすれば、詩人はこの感動と詩の機能を一片の破片から全体へと拡大してゆかねばならない。この意味で＜詩の効用＞は素朴にいえば全人間的感動であるということになる。此の場合詩の効用というものを単に言語機能の問題として分析してきた態度ではなく、アリストテレスに於けるように詩が芸術一般の総称である意味においてである。一片のインテレクト等から各インテレクト等へ、そしてインテレクト等全体へ、これは分化された詩の機能を回復させることであると同時に、モダニズムがオリジナリテイの創造のために詩の世界を細分化し、限定して追求したことに対する抵抗である。吾々は、或る詩人が思考の世界を追求して局限に達している、というようなオリジナリテイの判定の仕方を認めないからである。空間は空間であり、葦の髄からのぞく空間も面白いかも知れぬが、それとは全く別物であるからだ。吾々がオリジナリテイを判定するとすれば、歴史に対決してゆく詩のうえでのことになるだろう。詩人は彼自身全体的人間へと努力せねばならないだろうし、詩はまた全的な感動のための詩でなければならない。詩と詩人との関係において人間を回復させるという点で吾々は吾々の＜詩の効用＞にひとつの意味を発見してゆくであろう。

こうして全的な詩の感動について考えるとき、現代のうちにあつて、等しく吾々は原始の感情というものを考えねばならなくなる。現代詩のこれまでの方向は結局知性によつてミクロコムスをつくろうとしたことで分化現象を起してきたので、こういつたあり方として文学運動ではパウンド、理論的にはエリオットなどを先頭に発展してきたものである、このインテレクチユアルの世界も、歴史的にみればそれ以前の下部構造の世界に用意されてきている訳だが、エモオシオンはサンチマンに比して、それ程インテレクトが抑制となつて働かないということを考えるとき、吾々はエモオシオンより更に以前の、全く知性が作用しえぬ距離にある原始感情、ケイオスの世界を想定することが出来る。近代社会のメカニズムと人間の倭小化に対して原始的なものを持つてきて革命を起す考えは、ロレンスに見られたものである。文学運動ということからみるとロレンスはパウンドなどと対立したようだが、こうして或る時期を通過してきてみると、今ではむしろロレンスのうちに真のオリジナリテイを認めなければならない。詩をメカニズムからヒューマニズムへと移行させる必要を考える。しかしこれは感情で詩作することは別になるだろう。詩は、この過程で歴史に対決しながら、その底深い淵に祖先の声を交えこだましつつ全的な感動を生み出す詩となつてゆくことを考える。こういつた意味での詩作の上で、生活環境を異にした各国の詩人たちの、各風土性を見ることが出来よう。風土性ということも、詩人の内部の混沌の水面であつて、水面を波立てる風は、詩においてまた混沌の淵へと垂直線的に降下するものである。

風土というと大別してヨオロッパの二元論的な感性と東洋の汎神論的な感性になる。ヨオロッパでもキリスト教以前の、エジプトや古代民族は一元論乃至汎神論的であつて、何千年もたつて現在になると、こういう要素は失われている。或いは、深層心理に痕跡をとどめている態のものである。現在の吾々の感性といえども決して汎神論的ではない。中国の昔の詩人たちはまだ風と花粉でみちていた。此の世界には詩が積極的に生きてゆくための秘密があると思われる。杜甫などは細分化される地点をこえて詩の世界を保つている。そしてランボオよりもはるかに清潔であることは、現在の吾々にとつても驚異と云えるであろう。彼等が死んだ芸術であるとすれば、現代がどれ程の生きた芸術を持つているかを疑つてよい。

春　夜　喜　雨

好雨知時節　当春乃発生
随風潜入夜　潤物細無声
野徑雲倶黒　江船火独明
曉看紅濕処　花重錦官城

行詰つたヨオロッパの世界から脱け出そうとして東洋への回心が見られたのは、しかし一九二〇年代のことである。だが風土性を超えることは不可能で、失敗したのは垂直線的にケイオスを探らなかつたからだ。弁証法が呼吸器であるということは汎神論では無意味になる。しかしこゝでは、方向を探るにとゞめよう。ブルトンが東洋性を追求したことを想起することも出来る。彼の詩が他のシュルレアリストと比較するとき、単にイマアジュの豊富と云い切れぬものがあるのは恐らくこのためだということを考える。またエリュアルの詩の美がこゝに関わることをも。日常神話学的などいうのは散文家の感覚でしかないので、彼の世界は唯物的というよりはむしろ汎神論に外ならない。ヨオロッパの詩人の亜流を追うことを止めて、詩人たちは積極的に風土の問題を追求すべきであろう。所謂アヴァンギャルドと Advance Cu..rd は異る。パウンドのスタイルの影響を受けながらハアト　クレインが始原時代のアメリカを再現することのうちに文明批評を結合した〈橋〉1930 の方法について、若い詩人たちはすでに蛇のごとく賢明である。色眼をつかうのは金魚詩人らの話で、すでに憂鬱な荒地の季節は過ぎ去つている。さしあたり、日本の詩の詩語は、含まれる意味のために汎神論のエスプリを殺してしまつて徒らに膨脹しているだけであることを指摘するにとゞめよう。このエッセイは抽象的な音にすぎたかも知れぬが物理的に受取ることも可能である。これは風の囁きであつた。

（一九五三）

後記

Kenneth Rexroth（1905—）の詩はどちらかと言えばニュウ・ロマンチシズムに属している。自らクリスチヤン・アナキストを唱える彼の作品は現代を、別の世界を通してもつと本然の人間の内部に、時劫を超えてつながる。いわば現代に対する態度のなかで彼の現代を生きているようだ。あまり日本には紹介されてないようだが、その詩集を次に上げておく

Poetry : In what hour
: The phoenix and the tortoise
: The art of woldly wisdom
: The signiture of all thing
: The dragon and the unicorn

「Beyond the mountains」はNew directions社から一九五一年に出版されたギリシヤ神話に取材した詩劇で、その一節を取り出して訳し、「生誕」という題は私の案出であることを附言して置く。ちなみにこの詩劇は彼の娘、マリイに捧げられている。（水橋）

＊

三年前、われわれが氾の発行を計画したときの不満は、その後メムバアもふえ新しい作品もいくつか集つたが今日までの時間はなんらそれを解決してないし、ここではアンデパンダンであることを素直に云おう。

戦争の十年間、詩のなかから人間が消え去つたが、それはもつと前からかも知れぬ。戦後に荒地グループが登場し多くのエピゴオネンまで生んだ。彼れらの作品は、深く僕らに注意はらわせたけれど、われわれを完全に納得させえない一面をもつていた、ゼネレエションの問題ではなく、それはこの詩人たちを形成している教養がヨーロッパ近代精神との混血的なものであつたことだ。

すでに現代詩の危機と混乱については語られすぎている。そして伝統についての思考もなされた。が、それがあまりに形式と様式の追求に堕したきらいはなかつたか。また、戦争中の国民詩の名による空虚な解釈によつて、記紀、万葉などの古代の詩が政策の具に供せられたことがあつたが、若しわれわれが丹念にその頁を捲る時間を持つなら、オウエンの嘆きや、ロレンスの tenderness あるいは We most love one another or die と書いたオーデンの警告を、この見事なこの日本詩の世界のなかでしばしば発見できるし現在を生きている古典の本質とは何であるかを知るだろう。われわれの主要な主題のひとつは、あの生命的な世界観を今日に回生させることにもあるだろう。

（山田）

1954年3月20日 印刷
1954年4月1日 発行

氾 第一号 隔月刊

価 40

発行人
山田正弘
東京都大田區馬込東四の一一七

印刷人
石川貞夫
東京都品川区南品川四の三七二

発行所
氾書林
東京都大田區馬込東四の七二の五

氾
2
POEM CRITIC FIGURE

氾

1954 第2号

表紙・カット 早崎レイコ　編集 堀川正美

翔く

松井知義

ヴアン・ゴツホよ
あなたの瞳は
今憩う
両手の坐像が
荒地に突立つている

無花果けむる
村里のなかにも
傷痕は霊柩車のような
思いをひきずつている
その地遠く
男は石像の額をして
うごめくものに
東洋の怒りを
きりかざすのだ

麦畑を
旗きらめかせて
軍用列車が
かけて行く

地蔵の路を
田植女は
裸馬に乗つてやつてくる
時雨になると
膝小僧がめくれ出て
泥に汚れ
山の翅脈は
娘の胸の方まで
せまつている
蓮の葉蔭に
時劫を越えた
喪章を飾れ

戦場をかけて来た
男の口から

蝶あふれ
遠のく
おゝ
永劫の喪神
汝は土となり
土は汝となり
乱伐の森で
娘の肩から
蒼褪めた双手が挙り
夕映えを噛んで哭く

道祖神

堀川正美

火はとおい秋に絶えている
この煙る土地の
祠をすぎて
人間はひとつの信仰を消していると考える

*

何時はじまつていると知れぬ暗さのなかで
人間は何を知るかそして牛は
額に神が棲んでいないことを確めたか
女は火の鳥を崇める
そして常に最初の昏さへとはばたく

棕櫚

空を石材のように伐りだした
隙間で巨大な鐘と巨大な鐘
と巨大な鐘のとおくなる雲と蟬

青さが土像に滲んでいるところで
額に網を投げ木の葉の形に蝕む
左の掌と右の掌に歯朶が重なつてくる
未知の蝗が百の足で匍う唇
棕櫚が眼の中で点々と花咲く
凪の映る水のなかに陰翳が巣をかける
見えない手に崖がとらえられて
天の大いなる災厄が野のはてで灼ける
声もなく太古の岸辺に光が散る

雨の神話

僻地では河の髭のみあおく囁く。壊された物等の
あとの僅かな柳等の睡眠。

不滅の栄光によつて雲の首の切断されたかたちに
射された。秩序、憤怒、ふたたび線条等の眠り。
不自然な一劃のまた覆うべくもない一劃につらな
つて。

鳥たちは樹葉とともに滴り、しかし時は沈黙して
いた。とおく緑玉を散らして雨等は踏み迷つてい
た、彼等の手には剣があつた。

揺らめく面上に流れさるものの微かなまなざしの
うちに風が吹き始めている。
太陽もまた神秘なのだ、草等、泉等に囁かれて。
この十月は異つた地方からきた、光と翳は石のよ
うに群生する。

吾々は蒸発する不死の気のなかにかぎられて、は
ばたく人間等を黄泉へとみちびいた。

獵人

夜は漆黒の壁をめぐつた。三半器管はすべての睡眠を厚くした。塗り込められて鳥の形をしたもののみがひそかに生きていた。斧を揮つて、動物を愛せよ、動物等を！羽毛で覆われた両の耳を酸に浸せ。

霧のような襤褸が額にはためいた。もう一度夜がめぐつた、疲労と憤怒が蘭のように咲く周囲を。家々には扉がなかつた、娘らは灰を編んだ、その手は青い。

生命のない祖先、三角の獣。これらの夜は檻で充ちている。

中世、その子宮の中に織りなされた蒂。だがかくも細い指を組みあわせたのは誰か、仏陀のために？

枯れた茎のなかを樹液がのぼつた。愁わしげな眉をして坐せる女、その影にまつわる燭台の高貴は非常に沢山の心配である。このような夜々、水中で枝が煙るのが見える。太古からの刻限。見知らぬ地方で、牛車を曳く音がするだけである。

道のいたるところに犬の死骸が捨てられていた。今は白々とした記憶しかない。遠い昔に忘れ果てた花々の匂いが漂つていた。退いてゆく夜の彼方で誰か私を呼んだ、が立つているのは私だけである。この明るさが朝のものか夕暮のものかわからずに不安であつた。何時となく他の季節が私の一生に始まつていた。激しいものが波のように去つていた、どうしてこれからを老いようか。私はすでに盲いていた。鴉たちそして屋根が地平を劃つて私の背後にまわつた。私は眼に見えぬ空の深い幻影の手のなかに脱れるすべもなく囚えられていた。

想ひ

日比澄枝

青ざめがほに
流れる
雲のふたつみつ
夕暮の遅く
灯が祈りを捧げて
遠い日
の逢曳をつたへる

広い畠の端に
森があり
一本の道は泥沼
誰あれも歩いていやしない
オーバに手をつつこんで
首をうずめて行く
葡萄棚
の人
白いうなじをたれて
小指をかみ
すねる言葉の
泡だち
月
の神話に翳れば
冬のように凋んでしまふ

鮎

山田正弘

川はみづからの水面をよじつて
掌をかえして流れていた
岸に溢れた光
そして春の熱を畑は孕んでいたが
農夫がやつてこなくなつて何年たとう

この晴れた空だがそのうえに黒い空が重つていて

幾億年
川は流れつづけていたその
水のなかで鮎の眼はかわいていた
乾いた土のうえに生きられぬ悲しみに
もう歓喜に身を灼くこともないみずからを

昔　鮎は見たひろい夢の世界
海そしてとおい沖と
嵐に揺られる夕暮の潮流など
　しかし生きるために空はせまく
死ぬためには海は果てなくひろい
すべての生命にとつて今日沖の流れは死だ
そのときから鮎は流れを遡つた
そのときからすべての生命は本の頁の間で永い眠りを
　ねむつている

霧の夜をえらんで産卵する
いまはそのためだ川を遡るのは
流れの底の岩その影に身をひそめてはならぬ
その水は暖かいしかし信じてはいけない
流れにさからわねばならぬそれが生だ
流れに身をまかせたものは海へ運ばれる
海はすでに死の時代（とき）だ死せる鮎は海へ流される

鮎よ姿勢を正せ尾鰭をはれ
一だんと流れは強くなつた今は
あれら不要なもの後悔などは献ぜよ
死神らに
　「引返すべしこの流れは汝らにとつて泥の流れにす
　ぎない」

人間は何をしている農夫はどこへいつたのか
「汝ら川に臨み酒甕を埋めよ
糸は結び髪は編むべし
艶やかな葉は濡らせ麻を紡ぎ
青銅の剱は河に沈めよそして
火を焚いて飯を炒るべし
燃えろ考えろ燃えろ考えろ考えよ

人間はおこなつた生者必滅と囁いた」

いま鮎の眼は澄んでいたみずからの新しき生を腹のな
　かに育くむ
即ち若年魚の生れる日は近い

若き詩人は否という

ひとはレンズを通つて到着する
冷たい炎と暗い機械の間にいて
多ぜいの人たちの息ずかいのなかに混つて
押し黙つた疲れた身を椅子にゆだねていて

目をつむつてはならない　われらの前を河はゆるやか
　に流れていつた
だが見てはならぬものをその光はあかす
そして雲は見事に引きさかれ火の線は伸びる
その光は雲をぬつてここにいたる

その光は人間と同じように苦悶している
かつて光は暖かさをもち
振りかえつて微笑むことのできた兵隊の肩を
僅かにだがあたためることができたが
いまはチカチカと鉄骨に反射するだけだ

われらの手のとどかないところで
おう感激の拍手のなかで人間は死ぬ
われらの虚ろな眼に映つていたもの
われらの握り合わされた手そして
またレンズを通つて
この耕かされたことのある土地のうえに
われらは来た
まだ柔かな草がところどころに繁つていた
喬木は裂かれた疾風のなかの灰の広野
誰れかのつぶやきが聞えたようだが……

不意に一人の土民兵は起きあがつて

銃を抱いて馳けていつたが
それは固つた夢を落すまいと抱いていて
へつぴり腰ではいずり廻つていたのであつたようだ
戰いはつづいていてそのなかにいつだつて平和が用意
　されていたことはない

いろいろなことは始るが終りはないのだ
われらは絶えず歩きつづける
ただ見るために　見ているのだ
この土地のうえに立つているのではなく

今日では弾丸に射たれた死とはほほえましくやさしい
　事件である
砕かれた眼をあけて
呼びかけられたとしても応えられない
われらは見ているのでそこに立つているのではない
そのときからわれらの胸に弾丸が一つ入つていて
われらは応えられないで自らの痛む傷口をさがす
おう　いまでは握り合わされた手がなにになろう

しかしそこに死ぬ兵の傷口から滴る一滴の血が
われらの胸のなかでこんなにもうずく

われらは思う　ときに
あの愛し合う小鳥たちの群
そして脚を傷めた一羽のために
飛ぶもう一羽のために
ひとは問うことができない
愛し合うその二羽に生の意味を
ひとは破滅について行うばかりであるからだ

やがてひとびとは暖かい部屋に帰つてゆく
そして暑い茶をくんで眠りにつくだろう安らかである
　という
だが　もう土の下の麦を育くむあのいい匂いのした風
　が吹くものか

めるへん

江森国友

太陽を背にして
骨の燃えがらのように降り
枯木に触れて墮ちる灰を被り
黄ばんだ雲を見上げては
お伽草子の花咲爺を想い出そう
暮色より淋しい
遙かに極地につゞいている
時と空の風貌を
太初の驚愕の姿勢で
唯ウツクシイと感じよう
熱原子核の
はてしない破壊の日には
そんな態度も許される筈だ
存在を崩壊し去り

胎児の痕跡さえ
燒石に刻み込んでしまう
再びは廻らない沒陽の前に
それは眼の・心の・生命のための
残された終りの緩衝剤であり
残された終りの信頼の貌である
あるいは人類最後の
人類の当為でもあろう
けれども
壊死して存在しなくなる
私自身の一個の細胞のために
つゞいて潰れて行くであろう
私自身の幾百万の細胞のために
こんな形におされた死を
魂の昇天
肉体の帰土と
心安らかに永眠ることが
私自身に許されて良いのだろうか？

風媒花

栗原紀子

風媒花の種子がいつぱいに舞い
漂うような痴呆の時間がある
私は素朴な泥土の上に横たわり
心弱くなつかしいものを探ろうとする
誰の為にでもない
今は私自身のためにでもない
無償の涙

今日一日の
罪におびえることの何たるか
人間の生きねばならぬ生活の
一日の充実の意味の何たるか

ふたたび
そこから私は立ちあがるのだ

微笑は罪から生れる

お伝えする
心いつぱいの窓を開き
誰もいない空に
空白の次元に
明るく微笑んでみせる
うすい虚無の膜をかぶり
苦しみなどなかつた
私はそう云おう

ひととき
そこには私さえもいないのだ

風

不在

水橋　晋

失意のかたちに刺さくれて
いる
棕櫚の翳
のなか
石は翳り
裸のようにある
そして

薊の匂いをさせている

てふてふの翅の衣裳をつけ
そしらぬ顔して
素通りする睡り
月落ち
誰も扉を叩かないなか
いびつに途絶える明日
の顫える夢
をひからせる風を穿いて
植物の足取り
で馳ける
降りつもる灰のうえを

昏れる

深い谷間に沈みはじめる街
霧は掌を錆びさせ
裸を濡らし
茨の棘をしげらせる
土の匂う春の髪にひらいた
白いつつじの花は隕ちて踏まれ
くるぶしの下　に汚れた
衣裳をなくした後には
きいろい裸だけが
洩れ落ちる孤独を支え
睡りは灰色の羽音を吹きあげて
指の長さだけ向うに
遠ざかつている
蒼ざめた灯火の下で
ひそかなモノロオグは
植物の生涯に似て
果しなく枯れていた
群れ　離れ
流れている人の掌に
摘みつくせない夜が降りつもり
もたせかけるものとてない
空はひとみの奥でしぼんで
裸に触れる風は
耳のうしろで死んでいた
深い街のそこで濡れ
羽根をなくした
めしいの馬は
きりたつた時間をかすかに蹴つている

斷章

俺は羊歯の陰に囚人のかたちでうづくまつた時
骨ばつた背中に冷やかな銃口の温度と圧力を覚えた
　銃に論理がないだけ　逃げる路も指標も許されて
はいない　泥で汚れた手をひらき俺は丸くなつて立
たねばならなかつた　渇き切つたドリドの荒野であ
つた　大理石で出来ていた街中を火の風がドミノの
ようにひらひらと焔を舞わせていた　戰争は昔のう
ちに終つた筈であつたのに花火の様に打ちあげられ
る爆発を気にしていた
　白い衣で人人が流れ始めていた
　殺されるのはしかし俺ひとりだとしか思わなかつ
た　俺は不思議にも孤独ではなかつた　処刑される
俺自身の中に　アルメニヤの水夫達やポムペイの
女たちの生命をも含めていたのかもしれない　俺の
生命の接続は海の様な平面をもつていたのだ　若し
生命というものが平たいものであるなら　たとえ俺
の後で銃口が開いたとしても　俺自身の位置で生命
がほんの少しだけほころびたに過ないのだ　俺は共
通した生命の一部であるのかもしれない　俺は海の
ような平面のほころびで、まもなく暗礁がそうであ
るように誰もそのほころびを意識しなくなる一塊の
岩に過ないのだろう
　棘のある眼をして紅い指を立てた女が珈琲を飲み

ながら　《生命は丸いに違いありませぬ》　と言つた　水滴のようにくだけ散る事も又　この女は知つていたに違いなかつた　この女は海になり雲になり雨になる術をすでに知つていたのだ　珈琲を飲んだとたん　この女の臓物が土になり皮膚までが地球の匂いがした　他の遊星の匂いをさせる事を彼女は拒んでいた　植物の空間を丸い生命の中で知つていたのだ　生命が円ければ空は丸いのです　彼女には他人の救いはなかつた　いや　その必要もなかつたのだ　宇宙は丸いということ　逃げることを拒絶しなければならないこと　何故なら北方の空にこの女は
　その美しい指をまつすぐに立てて空間の中で　今笑つているのだから

　植物の指は天を指している　自分を支えようとしている　だが空しか握めない　掌はひろげつ放しだ　その世界の中で許された空間を測定することは出来ない　空間の重みが自分の重さ以上になつている　死者以上の自由も休憩も与えられてはいない與えられてはいない流刑の門で　植物は雪の下　或いは灼い光のなかで炎えつくすのだ　深く繁茂した海濱の肌ですら海の深さにことごとく色を奪われなければならなかつた
　銃口から発射される弾も　俺の外側にはじまつてもうひとつの俺の外側に抜けるだけだ　羊歯の葉つぱの下でなまぐさい地球の匂いを嗅いでいる俺は一瞬にして枯れていた

航海 II

ハアト・クレイン

しかもこの永劫の巨きな翼
解きはなたれた風下への流れ、縁のない洪水
金襴をひろげ敷きすすめるあたり
彼女の茫洋たる水精の腹は月へとかがむ
吾等の愛の恍惚たる抑揚を哄笑して

この海をゆけ、全協和音の弔鐘はなりわたる
銀の雪白の判決をしるす巻物のうえに
満足に不満にうねる彼女のものごしにつれて
王笏を持つ恐怖は法廷を二つに切裂く
恋人の双手のやさしさのみこゝにない

そして進む、サンサルヴアドオル沖の鐘が
星等のクロオカスの輝きに挨拶するときに
これらポインセチアの咲く潮流の原を——
島々のアダジオ、おう放蕩息子
彼女の静脈の綴る青い懺悔は完了する

いかに彼女の廻転する肩等が時をまきつけるか
　に注意せよ
そして急げ、一文無しで富める掌等が
彎曲する泡沫と波の宛名書をすぎるうちに——
急げ！　気の変らぬうちに——眠りも、死も、
　欲望も
一瞬のうちに一輪の漂う花のまわりに閉じる

吾等を時で縛れ、おう澄明な季節等、畏怖よ
おうカリブ海の火の遍歴する大帆船隊よ
吾等を現世の岸辺にのこすな
海豹の広大な波しぶきが天園をみつめる
吾等の墓の渦巻に答えられるまで

（堀川正美訳）

ハアト・クレイン

ルイス・アンタマイヤア

ハロルド・ハアト・クレインは、一八九九年七月二十一日オハイオ州ギャレッツヴイルに生れた。最初から彼の生は不幸だつた。少年時、両親は仲違いし離婚した。彼は母の側について父を敵視した。そして自分を「裂かれたる血統の呪咀」によつて宿命づけられたるものとみなした。彼は彼のための場所を発見出来ずに家庭を去らねばならなかつた。処々方々で彼は生計を稼ぎ出そうと試みた。印刷所に傭われた。広告事務所で文案を書いた。父の卸売店で菓子の梱包をやつた。エリイ湖造船所でしばらく鋲打工として働いた。クリイヴランド・プレイン・デイーラアの通信員だつたしまたある喫茶店のマネイジャア。

だが彼自身を安定させるということが彼にとつて不可能だつた。彼は見境いもなく恋愛し、激しく酒を飲み、要するに何も構わず生き始めた。彼はヨオロツパとメキシコへ旅をした。自已を駆り立てつつ、何処にいても罪を犯している感じと（恰も贖罪者のように）被害妄想と共に。彼の天才は認められぬ訳にはゆかなかつた、しかし彼は最もよき理解者であつた真の友人らとまでも喧嘩した。詩語による彼の表現の精妙さが目眩めくばかりに光つていた頃はまた彼の偉大な多産の季節でもあつたが、この時期に次いで、不毛の苦悩と神経症的行動、自己破壊の時期が続いた。情感の不安は経済的不安定と性的不規則によつて強められた。彼は漫性アルコオル中毒になり、意識的に感受性を鈍くし、自已を崩壊へと駆つた。死の欲求は三十三才の時果たされた。課せられた問題からその時一時的にメキシコへと脱れていたのだが、もう一度たち還らねばならぬ責任――アメリカへ帰るということに彼は直面できなかつた。北へ向う汽船から彼はメキシコ灣に身を躍らせた。一九三二年四月二十八日だつた。屍体は遂に発見されなかつた。

クレインの最初の詩集は十七才の時印刷された。これが〈白いビルデイング〉1926 で、世に現われたのは殆ど十年後であつた。此の詩集の言葉の巧妙さは一見して明らかだつた。此の奇怪な本に何気なく眼をとめた人間ですら、その驚くべき形象とフレイズの持つている力をどうしても認めぬ訳にはゆかなかつたのである。多くの詩は完全にレトリカルなものだつたが、それはしかし一つの新しい秩序のレトリツクであつた。ランボオ、ボオ、エリオツト、ウオーレス・ステイヴンス――音調の暗示と詩語の色彩の明暗に関する実験者たち——に影響されたものだつたが、クレインは時に彼自身の巧妙さを超えたところにゆき着いている。この本の最初の数行は光つている。

沈黙と信ぜられたる鏡のように
実在等は靜けさの中に沈み過ぎゆく……

ウォルド・フランクが書いたようにとれは「ある混沌の、そしてまた自我の動的な鏡の内部で、詩人がこの混沌を破壊しようとする欲求の見事な表現」であつた。「沈み過ぎる」此等実在等は、「海豹の広大な波しぶきが天国を凝視める」「ヒマラヤ杉の葉は空をたち割る」「丘のサフアイアの闘技場で」そして（海についての表現）「この永劫の巨いなる翼」などのヴイジヨンの閃光にともなわれていた。交互的に描写とまた描写からの全くの離脱との間にあつて彼の詩は、それ自体の音楽の上に生きる或る種の詩——此の音楽中では意味は屢々偶発的である——「絶対」詩に接近し、時に到達する。

この言語の「絶対主義」の一源泉はクレインの死後数年たつまでわからなかつた。が最近になつて、無教育な、貧に倒れた全然未知の詩人サミユエル・グリインバアグの写しが発見された。グリインバアグは一九一六年二十三才で貧困と結核のためにニユウヨオクのワアズアイスランドで死んでいる。知人を通じてクレインはグリインバアグのノオトブックを見たのだが、弾力性ある言葉の使用法、奇妙なまた不可解な言葉の爆発にたちまち昂奮させられた。彼は抑え切れない効果の殺倒に心を奪われ、とくに海と花のイマアジユに魅せられた。そして多数の詩を写し取つた。海と花に関するクレインの專心はこの時に始まると見られる。グリインバアグの詩行の断片はクレインの幾篇かの詩の中に平行して置かれ、また再構成されたがそれは特に〈指導の象徴〉と〈航海II〉に著しい。

クレインは「絶対主義詩人」と呼ばれることに反対はしなかつたにせよこういつた不明瞭さから身を守ることには敏感であつた。ハリエツト・モンロオに送られた引用の多い手紙は、彼の奇妙な詩構成法と文法上の傍若無人、彼の潜在意識および省略による象徴を正当化するために相当の長文のものだ。彼が明白な表現よりむしろ暗示を使用したとすれば、彼は暗示という機能をその伝達の局限にまでおしすゝめたのだつた。彼は「吾々の所謂純粋論理、吾々のすべて言語の遺伝学的根拠」より以前の「メタフオアの論理」があると信じた。彼は直接的力強さと間接的暗示との複合物であるその方法の一例として〈航海II〉の一フレイズを挙げている。

私が「島々のアダジオ」というフレイズについて云おうとするとき、密接に群がつた島々の間を通過するボオトの運動とそのリズム etc. を言うことになるがこれは「島々の間を通り抜けゆつくり岸に沿つてゆく」といつた如き言葉の論理的使用より以上に、非常に直接的且つ創造的表現であると思われるもので、音楽の全き世界を導いてゆくものである。

彼の二十才代の半ばにしてクレインは主題を統一すべく摸索した。がそれは彼の手を脱れた。

多くの詩人達以上に彼は経済的に安定することとひとしく、主題の統一を欲したが、一九二六年になつてこの両方を見出していた、ひとつの中核的イデエと、博愛主義者でありクレインの最大作を書くことを可能ならしめた芸術上のパトロンであるオツトオ・H・カアンとを。〈橋〉1930 はすべて「アメリカの神話」を表現するために織りなされた国民的形象、伝説、始源時代の歴史、近代的発明の結合である。多くの点でこれは「荒地」に対する回答であつた。エリオットの技巧に影響された彼はエリオットの哲学と闘つたからである。「死のかくの如き完成の後には」とクレインは書いている、「或る種の行動以外はすべて不可能だ。」〈橋〉はクレインがエリオットの反対者となつたことについて重要な意味を持つ作品である。〈橋〉のヴイジョンと真の主題は、ブレイクおよびその〈仕事の書〉、エミリ・デイツキンスン、またウオルト・ホイツトマンのそれである。色彩の新奇さと対照の意外さなどはいまだ本質的なものを支配してはいるが、クレインが彼の実生活上では遂に成し遂げ得なかつた或る訓練が風変りさを抑制している。より純粋な厳しいレトリックが中心の対象の周囲をめぐつている。

この中心的主題とは、クレインがオツトオ・カアンにあてた一通の書簡によれば、「現代の中の奥深い生命の実在のなかにある、過ぎ去つたものの持続とその現存する足跡とを示す有機的なパノラマ」である。しかしクレインは詩形態の問題で失敗しているし、彼の長詩は決定的な積分に欠けているが、個々の部分の幾篇かはその時代の最も感動的な詩の中に位置するものだ。〈ヴアン・ウインクル〉についてクレインは書いている。

主人公は部屋を去つたその港灣の音響と共に、そして彼は地下鉄へと歩く。そのリズムは速さを増す。それは睡眠と時代の切迫した職務との間の過渡期である。空間は手風琴の音と新鮮な日光によつて充ちた。全大陸——大西洋から太平洋まで——の印象をもつ一人の男は生き生きと起ち上り歩いてゆく。地下鉄への歩調は幼年時の記憶を、同時に大陸征服の「幼年時代」即わちコンキスタドオル、ブリッシラやジョン

・スミス船長等をも喚び起す。これら平行現象はリツプ・ヴアン・ウインクル（土着の「記憶のミュウズ」）のイマアジュのうちに結合される。彼は最後に主人公と一人になり読者と地下鉄へ乗り込む。彼は過去へさかのぼる旅行の「見張りの天使」となる。

〈河〉は「この年の鳴響く騒音とときの声に擦れちがつて」現代詩の中で最も多彩で最も萬華鏡的なものとなるだろう。
クレインは述べている。

　地下鉄は単に読者を中西部へと輸送するための象徴的且つ心理的な乗物である。彼は薄明のころ線路上に着陸し、数人の浮浪者の一行にはいる。此の部分の最初の二十三行の突飛さは現代の文明の混乱についての意識的バアレスクである。即わち一台の始発急行が通過してゆく耳を聾する効果に類似の音響の巨大な凝塊である。リズムはジャズである。この時からリズムは確然たる徒歩旅行者の歩調へ、やがてまた放徨者の重い足どりへと沈着する。私の不定期貨物船もまた心理的な乗物である。彼らの放浪は君も気づかれるように、ミシシツピによつてえぐられた奥地へ奥地へと読者を運ぶのだ。彼等の放浪は貿易商人、冒険家、ダニエル・ブーン、そして他の人間たちと殆ど相似の必然的経験を通じて、抽象的に読者を運ぶのだということ、少くとも此の点で彼等は開拓者の生き残りなのである。私は大溪谷の本質的なエスプリをいくらか此処で捉えたと思つている。またその過程で私は後に続く〈舞踏〉中に充溢したオーケストラをともなつて出現するインディアンの原始の世界に接近したと思うのだ。

　鋼鉄の河はギザギザのシンコペイションに始まり、荘重な整然たる四行詩へと発展し、「河等の父」へと転化する。それは詩人を原始アメリカの神話へ、また大陸の肉体を再現する伝統的本質的象徴としてのポカホンタスへと運ぶ。〈舞踏〉という部分を書いてクレインがそれを表現したように。

　此処にいたつて遂に、人間は純正神話の煙る土地に立つ！此の舞踏で二民族間の斗争を表現するだけでなく――私はまた私自身とインディアンおよび終焉する以前の彼等の世界とを同一視するにいたつたのだ。これは開拓上の要因たるインディアンおよびその世界を常に真に所有し得る唯一の方法なのだ。ポカホンタス（大陸）は吾々の遭遇の共通の根拠であり、彼女はインディアンの絶滅から生き残り、（インディアンたちが理解したように）自然の要素に入れられたのち、最

後には空の或る種の眼あるいは日と夜との間に吊り下がる星
――「黄昏のほの暗い永劫の玉座」――としてのみ生きる。

現代から生ずる様々のイマアジュに詩を慣らすこと、「動力の鼻声の啜り泣き」する機械を新たな世界へ順応させること、こういつたクレインの夢を実現すべく〈トンネル〉と〈ハトラス岬〉がやつてくる。クレインは〈トンネル〉については「人間性への機械力の侵入」「拡がる空への説話中の煉獄」というように語つている。〈ハトラス岬〉は「ホイツトマンへのオード」たるべきものであつた。簡単に云えばクレインは、「現代意識の一叙事詩」を書こうと企てたのだ。この試みに彼は失敗した。技巧的にすぎ、神経質だつたが故にあまりにも錯雑した要素を彼は分析出来なかつたのである。

しかし〈橋〉がパノラミツクな統一としては失敗しているにしても、部分々々の多くでは素晴らしく成功している。その失敗ですらやりすぎの失敗であり、熱望のあまりの失敗であり、センセイシヨナリズムのまたヒステリアのための失敗だつたが決して才能欠如のためのものではなかつた。暗示的で同時に具象的であるというパラドツクスをそれは時に成就する。或る瞬間不合理といつてよい程眩惑的にはなやかだが、次の瞬間それは正確に光り輝やく。「ハアト・クレイン詩集」は、いくらか恍惚としすぎているように思われるウオルド・フランクの紹介の序文とともに、一九三三年死後になつて出版された。それには他の作品よりも代表的とみなされるがそれまで未出版であつた詩の一群を含んでいる。クレインは特にキイ・ウエスト派の詩を好んだ。彼はこの派の詩人たちの「幸福な非個性」を強調していたのである。

クレインに対する評価の問題で批評はいまだなお分裂している。多数の人がクレインは酒を飲むことと言葉への陶酔で自己催眠にかかつていたと信じている。〈橋〉は彼の偉大な完成であると確信する人々がいる。それに〈航海〉や〈壺への頌歌〉の初期の比較的短い詩を彼の傑作だと信じている人々がいる。後者についていえば、アレン・テイトはクレインの想い出を書いている。「彼の後期の発展が、それがなかつたならその時代はずつともの足りないものになつただろうような一つの詩を吾々に与えてくれたにせよ、彼は二度とかつての如く完全に彼のテーマを支配することはなかつたのである。私がこう考えるのは、彼は遂にその後年彼のテーマが何であるかを正確に知らなかつたからだ。……クレインは、欲求に対する知性の不合理な屈服がある新しい精神性の基礎となるだろうというような、根本的に誤つた考えを持つた現代アメリカ詩人の典型であつた」

（堀川正美訳）

後記

F氏のうるわしい部屋で編集を始める前に、彼のオクさまと葉つぱの路をいくつも曲つて画家のS夫妻を訪ね、手製のジン・フイズを飲んで陶器や骨折の話などして夜半、ワイワイ騒ぎながら夜の路を、サンダルの帯を切らして戻つて来た。ジャキさんも一緒。F氏えのお土産はサントリイの小瓶にジン一杯かぎり。そのままカキモチなど焼いて食べながら編集を始めたら夜が明けていた。Y氏は遂にたまらずどうと倒れて寝てしまつた。それでもF氏のオクさまはサボテンを窓の外にちやんと出していた。朝、ジヤキさんが来てサンダルを金槌でとんとんと叩いて直していた。サボテンの棘は27本だと僕が言うのにF氏は、いや31本だと言う。

（水橋）

あとがきなど、お天気のことでも書いておけばよいと、このよき時代のよき学生を思わせる友人はいう。とすれば私らにそんな一頁のスペースという余裕があるのか、と思うのだが…。でも、彼にしたがつて雲に話しかけたら、放射能のことをこたえてくれた。せり上げられた舞台、とは入江氏の卓説だつた。

男は不意にきて私に署名を求める。勿論私は賛成なのだ。仲良くしたいナと思う、すると彼はさつさと行つてしまうのだ。彼は多分忙しいのだろう。だから私はまた台所の片隅などにもどつて詩をかいたりする。現実と詩人の生との間に存在するわずかな隙間、そこでうんと詩がつくられている。万葉をよむはどにも恐るべき詩人は、クレインを含めてだが少ないと思う。ともあれ、これより堀川が編集をやることにもなり、安んじて私の如き土俗詩人は眠つたりする。夜ねむるとはなんと人間らしい唯一の行爲ではないか。

（山田）

＊

恐るべきハアト・クレインを紹介する。今のところ日本で殆ど知られていない。彼の詩は各スタンザが独立した一つの情緒を持ち、マイケル・ロバアツは難解だという。だが、いまだに雑居する短歌的心情詩人およびモダニストの大工のためにこの土性骨をおくる。

三号で少しまとまつたエッセイを集める都合で二号はちよつとさびしくなつたが、新人二人を迎えて意気軒昂。江森は三田詩人会員、松井は廿才の美少年。

一号はいろいろ反響があつた村野、永田、北園、三好、中桐金井などの諸氏にお礼申しあげます。

（堀川）

1954年6月15日　印刷
1954年6月20日　発行

氾　第二号　隔月刊

価　40

発行人
山田正弘
東京都大田区馬込東四の一七

印刷人
石川貞夫
東京都品川区南品川四の三七二

發行所
氾書林
東京都大田区馬込東四の七二の五

氾
3
POEM CRITIC FIGURE

氾

1954 第3号

表　紙・カツト　早崎レイコ　　編集　堀川正美

旅人

水橋　晋

ぶなの林をおりて拡がる
湖水は足下に波立つている
魚鱗のきらめきを天深く落している
山懐に沈んだ地球の眠
いくつもの影のかさなりを抱いている
土産売場や船着場の喧騒のなかをゆらめいて
　いる人群
異国人たちの龍の衣裳もみえている
さつそく写真をうつしてさんざめいている

輪をつくつて走りまわる
いつぱいに押しひろげる
時間の背を割つてたしかめようとする
髪にまで吹きのぼる風に身を凭せ
深い青の上に地底の匂いを垣間みようとする
だが蟻のように創りだした時間は
美しく死滅してゆく
花束も不要な素早い死
ほろびゆくもののために
人は何を賭けるか
あたたかいこの体のなかは
納屋のようなもので
無数の時間の残骸とか
証明とかのがらくたが
一杯つまつているにちがいない
そしてこいつらが入りきれなくなると
溢れでて喉を突いて洩れこぼれ
たちまちに昇華してしまう

手の内には握りしめるものはない
神の指先から滴り落ちるかすかな鼓動を
感じとる額を喪くする
みつめ合う眼を喪くする
肉体の傷口から吐いた生命の結晶を
たしかめる不思議に紅い病人の血の指よりも
小舟に容れた自分の重みを
たしかめるぼくの指は空しい
天の容器に尺度して
貝盞のようにひつそりと身を閉ぢる
腐蝕した裸岩に手を触れる
そいつがぼろぼろ欠けて青の下に沈みこむ
指の温度を秘めたまま見えなくなる
結実など何もない
水ぎわだつている
水上スキイで馳ける異国人が裸で笑つている
轟音と飛沫に包まれている
空気を引き裂いてゆく

くぬぎや杉や栗の樹の
林木の山路を越えてきたぼくの眼に
あのダウインチ風の笑いは眩しい
毛むじやらな胸に畳まれている
あいつの生活の秘密を読みとろうとする
街べりを歩いていた片腕の異国人に
ふとイリノイの話を聞かせて貰い
唐突な親近感を掌に灼きつけたむかしの
あのレミイさんの笑顔は
どんな距離にあるのだろう
馬鈴薯を作つて
いるかもしれず鴨打ちしているかもしれない
その未知の距離がぼくを幻惑する
思考を躓かせる
北方の海辺の暗い雲と雪のしたに
いくつものつながりを生きて来たぼくのように
人は他人の背後でつながりを生きている
ぼくは自分の背後を振り返るだけだ

海にえらの腕が沈む
脚のひきつりが海床にぼくを貼りつける
錯乱のなかで太陽は血をたぎらせている
あるいは暗い土蔵の隅に
いちまいの貼札がぼくを引きつける
ぼくは舌で袂別する
眼をつむつて蹲る
他人の部屋でぼくは眼をひらかせられる
あるいは焼いた父親の骨をゆつくりぼくは噛みし
　める
音が頭蓋をつたわり
何の味もない死の匂いをぼくは知る
暗默に葬むられている過去
この過去は重い
プロメテウスの鎖には鍵がある
ぼくに残された鍵はない
月光に炎えた恋人の秘密や
雪の山岳に閉されて願つた異常の死を

いまいちど試みる術は許されてはいない
影のようにぼくは介在して来た
煙のたちこめる灰いろの地帯
灯火の煌めく街
睡る土の鄙村そして地肌の山竝や海の內部を
ぼくが芽を吹きだす以前からの舞台であり
種子もかたちづくられていない子孫たちに連なる
　場である
ぼくたちは通過して行くために通過する
一枚の切符を受け継ぎ
生命の終りにそれを引き渡す
生命は乗物の貌をしている
しかもこれには終点がない
ひき継がれるだけだ
山竝の襞のせまる
湖の午後の日射しはするどい
多彩な人の群れ
お互いの所有している距離の遠さ

それは他人には無意味なものだ
異国人の笑いについて何故考えるのだろう
飛沫が消えた瞬間
湖の上に彼を物語るものは何もない
あいつの笑顔には過去も未来も含まれていない
湖に吸いとられてしまう
だのにあいつはぼくと湖の人たちと
あいつ自身のなかでのつながりを生きている
いま

媚を売る女たちの嬌声を
露台の卓子に倚つて聞いている
染髪の女が右に左に歩いている
この女たちは何時も空席を用意している
レストランの椅子に坐る人は定らない
坐る行為が継続されれば
運営は潤活に廻る
人種の区別も職業の差もない
空席を作ることによつて支えられている生命

このなかには他人の未来が巣喰う
それはひとつの滅亡を意味する
泥の眼の犬に似て悲しい
それにしてもこの山間の大気は明るい
透明さが重なりあつて沈んでいる
波状に隕ちている
顔をあげると幾多の舟が
湖のうねりに乗つている
無心な風景が背後で拡がつている
これはぼくを怖れさせる
近づく夕暮は果しなく紅い
永遠の衣裳を流している
血の魚鱗が湖に散つている
背をむけたまま
墜る白髪の滝を越え
幾曲りの山路にむけて
ふたたびぼくは立ちあがる

求めて

栗原紀子

紀子は　ぼんやりとラジオを聞いていた
はばたく雲の翳が暗い壁の面を滑る
このようにして昨日もあつた
操返されるいとなみは　頑なの故に更に虚しく
盗むようにして今日一日を埋葬する

*

明日？
不意に紀子は絶望する
今日が昏れて行くところから明日に連るどんな
真実があろう

何が
この紀子に許されることであるのか

*

放さない
何処かであなたを見つけた記憶の故に
《孤独》
何処かであなたを見失つた悲惨の故に

*

明かるいこの部屋には飢えがある　部屋一杯に充満
しているものは　何という不思議な未来だろう

*

人の憎しみと　愛の苦痛と
群らがり連れ立つて吠える犬の寂寥

*

眸はふと　おどろきをこめて　激しく愛している自
分を見た

＊

紀子は
夢を見た　無性に淋しく子供のようにワイワイ泣い
ている自分の姿を見た
醒めて
枕ににじんだ汚点を親しいもののように懐しがつた
紀子は　理由なく約束を破り　男と共に待ちもうけ
たものの量を計つていた

＊

――ながい間
紀子の額に貧しい影はさしかかり　髪は霧雨にうず
まきながら不安の中に目醒めていた
語るべく誠実の唇は閉ざされたまま
そこにひき裂かれたものは何であつたか

＊

貝殻の唇からは　形を失つた言葉の意味だけが流れ
出して湿潤な大気にとける
しかし
電線は唸り　悲痛な欲望に似て闇はすゝり泣く
主よ　あなたの淋しい片頬を打たしめ給え

＊

孤影が崩れ　紀子はむごく疲れ果ててやつて来た最
後の時を数えはじめる　そして適確なその時の歩調
の上に　自らの半生を虚ろに重ね合わせてみる
貧しい階段をのぼり
バベル
その高みにまで我が愛をとどけたいと

庭

小林哲夫

都忘れや霞草の散り果てた庭隅では
インク瓶が風に吹かれている
あの空ッぽの腹の壁に
黒い　執念みたいなやつが
へばりついていて離れない
この季節から　初冬にかけて
庭は　藪になるほど一面のコスモスが
群生する
夜ごと日ごとコスモスは　その
思想のような痩せこけた体に
無数の花を増してくる
僕は　むささびのようにおそれるのだ

このコスモスの群生が　人間世界にまでも
繋つてきているという連想を——
こうした　おびただしい
緑の嘔吐の世界の中に居ると
愛のことばかり妙に
哀しいものにおもわれてならぬ
猿酒のようにこの嘔吐は
僕の心をしびれさせてならないのだ
僕は　土偶のようにただわらつていた
庭隅で風に吹かれている
あのインク瓶の確実な存在のように
愛の実在を信じたのだ
この世紀の　諸々の新しい寓話は
確かに　このコスモスの藪の影に眠つている
それにしても　愛はレンズのように
ゆがんだ風景を　透明な肢体に内臓する
燃えるものとてない　この風景の中では
僕は　葦のように佇ずんでいたい

斷想

日比澄枝

肩をすぼめて行く道の
言葉は恋の論理ではなく
雨に鼻をつまらせて
濡れましたすこし
と首をたれる夜の疲れは
睡りに酔い泥道にひざまづく

黙していると

その何気ない心のぬくもり
かたくなに唇をとじて
落ちた雫を拭えば
遅い帰りに眉をひそめる

同じ日には
匂い袋をさげた少女はやつて来ない
お待ちになるのですか

垣根に五月の花が咲いて
手折る人もないその頃
不解な語らいをしました
でもそのために隠した想いなら
私は掌に伏せて憎みます

死魚の眼のなかで

松井知義

きせるは凪の味がした
そして私は船着場へきた
いつも龍骨をつくつていた
老いた漁夫は沖へゆきかえらなかつた

それは卯の花の散るころ
いま船着場はガス灯の下で
魚を呑んで眠つている
淋しいので
散らばつているいのちを蹴ると
一筋を描いて
より大きな魚の蒼い瞳孔に沈む

魚夫たちは尾の方角で
大漁の祝盃をあげている
女房と子供たちの歓声が
どんなに虚しく私の掌に戻つてきたことか
彼等の船曳唄は
沖の下にいる人に慰めとなるか
うちよせてくる海よ

魚の眼のなかに深淵がある
その岩壁をくだると
老いた漁夫がみえる
海底の一本道
彼は風邪を引いていた
ちり紙をまるめて捨て
ぶつくさひとりごとして
辿つていつた
時折彼の足をかすめる白い蝶は
水にたたまれて消える
それは卯の花の散るころ
すべてを忘れるということは
もつととおい海の沖へ眼をやること
私が誤つたのはこの

表情のない風化を
知らずにいたからだ
あの船曳唄は
霊歌ですらなく

水平線からくねりのぼる太陽
無機物が過去を抱いて泥の上に横たわり
その上にさらに無機物がかさなり
びつしり地表をうずめつくして
繁茂している岸
地球はしろくどんよりとして
やがて溺れた娘のようにふくらんでくる

愛

江森国友

愛の差し出す手は
いつも個人的なものだろうか
植物の根のように深く
はりめぐらされてはいないのだろうか

神の手は　今では
八ツ手に骨の形をとゞめて
叫んだとて振り向かない

深い睡りの時には
事物は無辺の自由を生きるのに
精神の領域では
心の周りに求心の輪を踊る

今は　明るさに向つて
投げ返す時だ
砕かれたオレンヂの姿貌を
ヴアジニヤの愉悦のなかに戻せ
オレンヂは

無数のオレンヂ
緑陰　碧空
浸透する数万の波頭

愛が個人の領域からはなれて
植物の根の拡がりと
　梢の軽やかさを
持つことはできないのか

　あるいは
ひとつの眼には
愛は　ひとつの白い波の頸
ひとつの心には
ひとつの　雲の揺籃と

人は愛を　些細な感情から
はなしてやらなければいけない
愛は　二人のための絆ではなくて
今では　無数の生命の
　条件なのだから

陽炎

堀川正美

野馬
一羽のうぐいすそして
いたるところおいしげる石
そのなかにひそんでいるひとつの眼

静かな愛は何も呼吸していない
体をふるわせることもない
君は何をみるか？

物等はみひらかれている
一撃によつて壊された
この金羊毛
のかすかな跡
跡また跡
あとかたもない跡
のなかの
一人の人間でしかない一人の人間
そして
天のために
曲がつている手

詩の回復

山田正弘

これは私的な覚書きである。詩論というべきでなく私のメモにすぎない。

私は詩について主張したい多くのものを持つている訳ではないし、むしろ詩以前のものについてより多くを語つてしまうかも知れないのだ。それに、私は詩について書くことに興味を持つていない訳ではないが、むしろ詩を書くことの方にはるかに魅力を感じている。詩はその時代とともに自らの形態と内容をつねに変貌してきたという歴史が語るように、詩に関する絶対的な定義や、客観的な方程式は存在しなかつたし、詩論はいかなる立場や態度からなされようと、結局はドグマでしかなかつたとも云えよう。だからこの覚書きもまたドグマに過ぎない訳である。そして詩論はその殆どが実作から抽象されたものであつたし、秀れた詩が理論から作られることは稀であり、逆に秀れた詩が秀れた詩論を生んできたのがその歴史であつたようだ。そして多くの場合、詩論とはしばしば経験の浅い詩人たちや、単なる言葉の新奇さ或いはその時々の環境に適度に順応して詩作している三流詩人たちに、詩への理解と、警告の役割を果す位のものであろう。「詩にはどんな形式もまた良い、言葉はどんな語、どんな事物をもつて構成されても良い。神聖な、あるいは不謹慎な、または野卑なと限定されるような主題もなければ、また特別に認められた形式も存在しない」＊という意味から、ドグマであろうと云つたのである。だから、私たちは思いどおり自己の考えを主張できる訳であろうが、実際には、素晴らしいドグマを引出せるような秀れた詩、つまり魅力ある作品に出会えることは少ない。詩に真の魅力と光栄を回復するためにも、詩人は自らのドグマを持たなければならないだろう。なぜなら詩人は自己の書くべき詩に今日何故書くかという確固たる理由を持つていなければならないからである。

＊エリュアール「情況詩論」安東次男訳

1

今日、一編の詩が魅力を持つているということは、私たちの生に呼びかける何ものかを持ち、何らかの意味で一つの価値を持つているのだともいえる。しかし、価値がある或いは無いとか云われようと、実は自然科学的実証性におけるような絶対の尺度でそれを判断しているのではなしに、非常に主観的な基準によつていることは改めて説明するまでもないであろう。そしてこのことはいわゆる政治的と云われる詩において、政治的必要または大衆の要求に応えて書かれるべくして書かれたと云われるような作品の場合でも、多くの曖昧さを有しているのである。だが、この場合の価値という言葉の意味は、現代的なそれ、または現代的正統性を有しているか？　と云うように言直してもよいであろう。そして、この現代的価値その正統性を持つているべき筈の今日の現代詩が、混乱し衰弱しているとはよく私たちの耳にする言葉である。では、混乱し衰弱しているとは一体どういうことなのであるか。混乱とは価値評価のそれであり、衰弱とは伝達機能の喪失化であると一言に云われており、その原因は現代社会の複難な危機的諸相の反映であり、現実の混沌そのものから直線的に説明されたりする。若しこのような把え方が正しいとするならば、詩人は一枚の印画紙のようにこの現実の混迷を混迷として映してゆけばよいのだろうか、という問も成立しよう。なぜなら、現実が変革されない限り詩人のいかなる努力も詩をその混乱から救い得るとはいえないからである。或いはそうかも知れないが、私たちが一枚の印画紙になつてよいという理由はない。それは私たちが人間の歴史が自ら創り出してきた文化の価値を知つており、文化がそのうちに啓示する私たちの責務を知つているからである。若し私たちが明確なる文化に対する意識と積極的な自己の態度とを持たなかつたら、私たちは詩を書く理由を見失つてしまうだろう。実に、文化はその起源いらいその基礎を言葉によつており、詩における言語の純化という主題の究極の意味をも私たちは考えないわけにはゆかないからだ。そして今日に至るも、この国の詩の歴史のなかには言語に対する客観的な意識が確立されているとは云いきれない状態にある。このことは、日本の社会がヨーロッパにおけるような意味での、近代化を遂げなかつたがために、日本語もまた近代語として確立されなかつたという点に原因を求められるとしても、この事実がどれほど現代詩を混乱という悲惨な淵へと導いてきたかはあえて指摘するまでもないし、このゆえにこそ私たちの仕事はより深い意味を持つてくるのだ。いうまでもなく詩の混乱の理由は言語の混乱に求められるであろう。文化をその基礎において形ずくつている言語が、その内容を喪い、その本質的な機能が衰弱の過程を辿つているからだといえる。このことから詩人は明確な自らの責務についての自覚をひき出さなければならない。私たちは詩を書くことで、つまり一群の言葉を並らべ、そこに新しい意味と秩序を作り出すことによつてしか、自らの属する文化に働きかけないし、社会的な所産である文化に結びつくことによつて詩人は再び現実へと接近するのであることを知らなければならない。それは詩に対する詩人の基本的な態度の問題である。普通に態度といえば、現実或いは社会に対するそれを指すが、その場合は同じように食事し、同じ武器で傷けられる一人の人間としての態度として考えるべきであろう。詩に対する詩人の態度と、現実に対するそれとは一応区別して考えられてよい。詩に対する詩人の態度とは、言語の認識の問題であり、文化に対する意識の問題である。現実に対する詩人の態度はより多く倫理の、生き方の問題であり、そしてそれは詩人のイデーを、書かれるべき詩の方向と内容を決定しよう。だが、詩は依然として〃書かれた詩〃の内容のうちにではなく、言語と文化の間に在つて、その領域に在つて自らの権利でたつているのだ。しかしこのことは詩人の現実に向う姿勢、その態度を見逃して構わないということではない。詩人が何を書くかから誰のために書くかという社会的な効用にまでついて考えることは、詩人が自らの現実に対する在り方を決めることであり、詩人における思想と行動を決定する世界観の問題でもあり、詩人がその使命を問うことでさえあるのだ。そして私たちは、何を誰のために書くかということに明確な自覚を持たず、瞬間的な衝動や雰囲気でのみ詩作したり、詩における純粋な芸術性その審美的価値のみを追求するという詩人を認める訳にもゆかない。＊詩にあつての内容と技術は、詩人と詩の関係のように在つて到底切離して考えられないからである。だから、今後の詩の方向は「技術から態度へ」とあるべきだというような考え方自体をも認める訳にゆかないのだ。詩とは、その内容が自律的に志向する言葉の連ね方の技術、その追求の歴史そのものだ、とも或いは云えるのであり、そして、詩におけるイデーがつねにその形式を決定してきたこと、卑俗な内容は卑俗な技術しか生まなかつた詩の歴史を私たちは忘れる訳にもゆかないのだ。そしてさきに責務といつたのは、言葉の本質的な機能である伝達性を喪失させてはならないという方向を保てと言うことである。私たちは文化を、そして言語を無意味なもの、死んだものにしてしまう権利は持つていないのである。

＊このことについてD・ルイスは「詩への希望」一九三六年の追書のなかで次のように正しく指摘している。——私の信ずるところでは、純粋な芸術価値というものはない。人が芸術について少しでも社会的機能を認めるならば、芸術の価値は

混り気があるということをも容れなければならない。最初の社会的活動は伝達である。言葉は伝達のため手段として実に永い間使われてきたから、言葉という道具をもつ芸術の形式は、ある意味において社会的な義務を負わねばならないわけである。

2

現代詩――という言葉で私たちは今日書かれる詩を考えている訳であるが、この言葉の持つ意味に引つかかるのである。現代詩をわざわざ詩一般から区別するものは一体何なのであろうか？　私たちが唯現代に生きていて詩を書いているから現代詩を書いていると考える訳にゆかないのは、現実には、現代的でないと思われる詩に接する方が多いためであるし、また現実的な題材、日常的な事実、または現代の特徴的な精神の徴候であると思われる不安とか絶望を主題とした詩よりも、しばしば古典詩の私たちの心に喚起する感動の方が、はるかに強烈だつたりする事実に戸惑うからである。それは例えばダンテの作品がそのうちに過去から現在のなかへと貫ぬく眞の生命を持つているためだとしても。そしてその生命の秘密について現代の詩論が解き明してくれたとしても、現代の多くの詩がたちどころにダンテ程の偉大な価値を復活できる訳ではないのだ。

　現代詩とは現代感覚と現代意識を持つている詩である、という云い方は一見正しいように聞えるかも知れないが、どの時代の詩人だつてその時代の特有な感覚、社会意識から遠く離れて詩作していたのではないし、何時の時代の詩であろうとその時代の特徴的な傾向を示しているものであるから、とりたててこのことが現代詩を説明する理由にはなりそうにもない。真に現代的であることは現代を特徴ずけるさまざまな諸相や事物、また今日の社会を形ずくるあらゆる現象や事件のうちから永遠なるものを見附け出し、この現実の混沌と現実を生きる私たちの意志的な生命との関連に秩序を与え、永遠的なものへの調和を示し得るということではないだろうか。ともあれ、より「現代」的な詩を書くことによつてしか、詩人はその歴史のなかに入つてゆけないし、明日はおろか今日にも価値を持たないという考え方は曖昧ではあるが、それをそれなりに受取るとするならば、この非常に説明を困難とする「現代」という概念を、正確に客観的に一つの時代として把握しなければならない訳である。しかし、私たちは過去の時代を全的にとらえるようには現代を見ることは出来ない。私たちはその渦中に投込まれており、むしろ結果的には盲目的に現代を生きている方が多いのであるしそして現代を説明してくれる諸々の学問はその基礎を歴史に負つている―つまり過去から現在へと貫ぬく法則によつてのみ現実を解釈し説明してきたことを知つている。しかし詩人が現代について考えるという意味は、社会科学におけるようなそれではなく、あくまで詩人が自らの使命を問うためなのである。確かに現在の詩人にあつては社会科学におけるような現代の客観的な把え方は必要なことであろうが、そのことが即ち詩の目的ではないことは明かなことである。詩の存在理由は社会の情況を説明するためにあるのではなく、それを精神の領域に負っており、依然として唯一つの問題は詩人の自らの在り方にあるのだ。つまり詩人は、いかなる詩をいかなる理由から、何のために、そして誰のために書くかと云うことを数多くの可能性のなかから自らの責任においてたつた一つ選んでゆかなければならないのである。

そしてここで私は「現代とは何か」という一般的な命題について、どのような妥当な言葉を持つてきて説明したつて誰にとがめられる訳ではない。トラストと過剰生産、帝国主義戦争と植民地解放斗争、新しいファシズムの発生と飢餓、失業の増大と労働強化、植民地的愚民政策文化の氾濫など灰色に塗りこめられたこの現実についての社会学者の指摘、また私たちの物の考え方の奥深く忍び入つている半封建的な諦観的逃亡奴隷意識、或いは現実に対する敗北感からくる絶望や不安や懐疑、そして虚無感からの無気力、飢餓感、パラノイア、フラストレーションなど現代人を説明する精神の疾患の説明用語。また哲学、心理学、歴史学から経済学そして精神分析学に至る社会科学全般に亘る知識によつてこの現代を説明しようと試みることも許されるだろう。そして、今日ではもろもろの場の先人たちによつて現代のこの危機的諸相はあらゆる角度から指摘されおり、或いはこの私たちの生きている世界は分裂し混乱し悲惨な解体作用を続けているのかも知れない。または全く未知な新しい現代の誕生のための陣痛に崩壊してゆくのかも知れない。

しかし、今日の芸術における芸術意識にまで及ぶ細分化、分析という方法は私たちに何をもたらしたか。この十八世紀いらいの自然科学的実証精神と、ヨーロッパにおけるヒューマニズムの血統のなかから生れたこの文明の子は今日の私たちの現実に何をもたらしたか。現代の物理学は人類の幸福に無限の可能性を与えたかも知れないが、また戦争という言葉の意味を人類全体の滅亡にまでも拡大しもした。そして、もう一方の境位で、人間の精神が自らの平衡を失つて調和と秩序―統一に対する感覚を忘れさせたのである。このことについて先頃来日した建築家のグロピウスが正しく指摘したように「もしわれわれが現代文明のなりたちを概観するならば、人類が産み出した多くの理念や発明が、例外なく宇宙のもろもろの現象の間の相互関係の認識を基礎としていることに気が附く」ことを忘れた状態に私たちは置かれているのである。これが「現代」に置かれている人間のそして詩人の現実である。ここに私たちのなすべきことの一つの鍵が在る。生者必滅とは佛陀の言葉である。興る文明は必ず亡びる文明である――というロレンスのアフォリズムを待つまでもなく、このような文明は早晩死にゆくものであろうか。若し、このようにして一つの文明が亡びるとき私たちはいかなる挽歌を書き、贈ればよいのであろうか。

3

パンは詩よりも有用であるとエリュアールが云つたとき、彼はすでに確固たる信念を持つて詩の必要、詩の価値について疑つていなかつたであろうと思われる。

しかし私たちは詩をパンのように有効だと答える訳にはゆかない。詩の機能、その社会的効用もパンのように飢餓そのものを充す働きはしないからだ。にも拘らず私たちが詩を書くのは、本質において詩が有償な存在であるためだ。詩は私たちの欲するもの、必要とするものを私たちにもたらすからである。

詩を私たちが必要とするのは、詩が私たちの精神と感情にもたらす歓喜と愉悦のためである。それは詩が私たちの生命に与える秩序と調和のためである。私たちがこの調和へと憧れるのは自らの生がその生ける完全性を欲求するためであり、自らの存在をして宇宙を支配する秩序に調和させてゆきたいと希求するからである。そして人間の生命の内的自律性とは宇宙のもつ自律性の反映であり、私たちは自らの生の神秘性を宇宙を考えることなくして考える訳にはゆかないのである。詩人が眞実についてのみ歌わなければならないということは、現実の混沌のうちから宇宙を貫く方則を見出し、それに従がわなければならないということであろう。詩は、その源泉を「生の必然性、生を増殖することの必然性」(エリュアール<情況詩論>)から宇宙的眞実への願望のなかに求めなければならないのだ。

また、私たちは生の完全性を愛によつて充そうとする。それは愛が、その情熱と歓喜が、私たちの生がかけがえのないものであることを立証し、最後に私たちの生と宇宙との間に眞の調和をもたらすからである。このゆえに愛はすべての詩の源泉であるのだ。

しかし今日にあつての諸事物そして私たちの置かれている条件や位置は生に挑戦する<死>によつて充されている。現実は「死んでいる」のと同じような状態に人間を追い込んでいるさまざまな事実で浸されている。生きながら死んでいる人間。例えば巨大なこの文明を構成する機械の一部分にすぎない螺子のような人間や、その死者のうえに打樹てられた大陸の高度な文明の存在、そして更にこの文明が再び産む多くの死者たち。それでも、過去にあつての死は、個々の理由を持つて訪れていたのである。銃弾に貫かれて死んだ兵士は自分の死の理由を、その瞬間においてでも理解したはずだ。しかし今日では死は何の理由も、何の前徴れもなく、しかも集団的に訪れてくる。生の否定という意味をも超えて、宇宙そのもの、人間の歴史にさえ反逆してそれは訪れてくる。すでに個人の死は半ば意味を喪つてしまい、それはもう個人のものではなくして集団のものであり、国家のそれであり、社会のそれでさえある。こうして私たちの日常にまで風にのつた灰のように運ばれてきた死は、それゆえ私たちの思考を死の位置にまで引ずり下したのである。

けれど、それだからといつて詩人は、この文明が荒廢しており、現代が暗黒であり、絶望と不安に多くの人びとがさいなまれている輩の如き存在に過ぎないからと云つて、このような現実の暗い諸相を見事に詩のうえに反映することのみを責務だと考えるべきではないことを繰返して云おう。そのような作品は現在でも数多く書かれているのだ。が、詩人は単なる時代の法廷に立つ証人ではないのだ。詩はこの人間に反逆する死の思想とたたかう武器でさえある。今日ほど詩が人間の生に明析な正しい意味を与えなければならない時代はないし、生の価値を証言し得るときはない。このことは、例えば詩が人類に挑戦する＜死＞としての原子爆弾の破壊力を語つたり、それへの怒りや単なる抗議を綴ることのみを考えるべきではない。そういうことも必要かも知れないが、それは新聞の有するニュース性や、科学解説書の正確さに勝てないのである。先ず詩は＜死＞という否定的な観点から書かれるべきではないのだ。詩は生という肯定的な立場から書れたときにのみ＜死＞に対してその優越性を確立するものだ。私たちは悪が攻撃される場合、善の良さというものが立証されていない限り、悪を遂に否定することは出来ないことを知つている。私たちは、私たちの個々の生の価値、その尊さを証明することによつてしか＜死＞を超克できないし、私たちが絶望しないのはこのゆえであり、私たちの出発の唯一つの理由は愛の可能性を信ずるからである。そして詩人は執拗に個々の生の回復の事実について書くことから始めるだろう。

しかし、これは「人間性への無限の愛と信頼をおく」と云うような、手放しの人間性礼賛と同じ意味ではない。かつて人間性はしばしばこの人間からの信頼を裏切つたのである。正確にはこの社会のメカニズムのなかでは「人間性」とか良心という曖昧なものは何の力も持たなかつたのかも知れない。戦場における兵隊はより銃の方を信頼していたのであつたかも知れない。詩は、無限の愛と信頼などという内容空虚な観念のなかにあるのではなく、私たちの生を圧迫するものから、生へと私たちを駆りたてる生命の内的な欲求、私たちの行為のなかに在るのだ。

そしてこのことは詩が「生」を単なる概念としてとらえたり言葉としてのそれに盲目的に倚りかかつて書かれることを意味するのではなく、むしろ生を客観的事実として認識し書かれることを意味し、一編の詩が読者の詩的体験に働きかけまたその心にえがき出すところのもの、即ち喚起される感動の質をも詩は決定しなければならないということである。云い換えるならば、詩は読者の感性、感情に働きかけるだけでなしに、理性、物の考え方、世界観にまで働きかけてゆくものでなければならない。こうしてのみ詩は生の合目的性、その必然にとつてのあらゆる無縁なもの、＜死＞によつて象徴される現代の悪から解放されて総ての眞実の思想が、すべての人びとに共通のものであることを示すであろう。

風土

江森国友

古代エジプト人は暗さに憧れた。それは、風土の砂質と暑熱と強烈な太陽光線の祟壊さからくる。北方、ゲルマン人は己れの信仰の場に光を求めた。可能な限りの採光に意を用いた。それは、暗い大気と濕つた大地のためである。此の地上に、霊魂を住まわせ様としたピラミッドの奥の部屋程、暗い部屋があるだろうか？　此の地上に、光を求めて垂直に伸びるゴシックの教会建築程、天に近い存在はない。

或いは、法隆寺の五重塔に秩序と呪縛の力を見ることも可能である。

詩と風土との関係をとく鍵は、そんな所にも見出せる様に思われる。日本建築の美は屋根にあるという。けれども、そうした美と風土との関係は、唯、日本には雨量が多く、必然的に屋根に関心が持たれて、変化の多い意匠が作り出されるというだけのことである。

詩人は旅人となつて、その地に大きく回帰する。

そして回帰した風土が詩人の出発の時の土の香、或いは、同じ稜線を描いていなくとも良い。山脈のあとに湖が造られたとしても良いのだ。きつと、それは山脈の高さにまで風土は高められて、泥土は水底に睡るのだろうから。

……どの様な風土へ
私たちは旅してゆくのか
誰が私たちに合図を送るのか

＜リルケ＞

誰が合図を送るのか？　それは詩人の出生の地よりの脱出の姿勢だとしても良いだろう。

どの様にそれはこの風景を見るのだろう
すみやかな、けだかい心は？
高揚のうちに私たち自身を遙かに
凌駕してしまつた心は
悲しいまた晴れやかな眼差しと眠りとの
この風景
この風景は、私たちの躊らいなど
ふり捨ててゆく自由な心には
どのように映るのだろう……

故郷、モルダウ河畔、プラーグからロシヤ、フランス、スイスと旅していつたリルケが、帰つてきた土地は、故郷でもなく、又あれ程生涯を通じて懐しみ、自己の生成の大半をそれに負うとまで云つたロシヤの沃土でもなく、ましてやフランスなどでは決してなかつたのだ。

　日本の風土から最も遠く脱出していつた西脇順三郎が（豊壌な風土とは異る意味だとしても）西欧の知的な風土への旅の後で帰つて来たのは、東洋圏とは云えるにしても日本の風土そのものではなかつた。

しかし……

　おそらく私の予期せぬ帰郷がある
　親しい私の異郷からの
　私のいない　私の知らない帰郷がある
　　　　＜谷川俊太郎＞

此処には如何なる風土への旅立ちもない。だから歸郷などないのである。そこには、在来の日本的抒情の最もリリカルな、そして感覚的な表出があるだけなのである。

　それならば、現代における詩人の旅立ちとは一体、如何なるものであろうか？

　詩人の心魅かれる風土が何処にあるというのだろうか？　最早、そんな風土は、この地上何処にもないであろう。もしも現代の詩人に、およそ旅立ちというものが考えられるとすれば、それはきつと現実への厳しい対決の態度であろう。

　現実を止揚して詩の風土たらしめることこそ、詩人の旅程とならなければならない。そういう意味では、最早、詩人の旅、或いは詩人の放徨などということは考えられないといつても良いだろう。

　もしも現代が未曾有の暗さを持つ時代だとすれば、詩人の形象する世界は、明るさの世界である。詩人の形象する世界とは丁度、写眞のネガテイフの様なもので、一度暗さの中に身を沈めることによつて光を担うものだ。

　現実へのそうした態度と同じことが、方法論的に、詩の素材たる言語に対する詩人の態度についても云える。

　意志的な世界から生理的な領域にまで引き下げられ、より決定的な認識の手段、或いは世界像の決定的な構成要素となつた言語の領域を、如何に詩の領域内にとり入れるか？

　言語を、その本質的な場に捉えて詩の領域内に生かす、つまり、詩そのものを言語の世界構成と等価のものにすること。

　もし、その操作が成就されるならば、詩はその高められた風土を、旅ならぬ旅によつて、一望の内に収めることが出来るだろう。

　現代の詩人の言語への関心は、あくまで詩人の現実への、世界への、存在への直接的な対決の態度と同質の意味において持たれるべきものである。詩人の求める風土は、この様にして、言語そのものの本質的な機能に導かれ、止揚された風土でなければならない。

後記

水碧き珊瑚礁での実験の故とか、その日も降りみ降らずみ、日暮れて編集は始り、狭い所に椅子をきつちり並べつめて、松井さん澄枝嬢の欠けたのは物足りなかつたけれど。夜更けて堀川さんキラキラとナイフのような眸して語れば、江森さん杳く窓に倚り、小林さん詩論に脛を持て余すと、片隅で狐狸幽霊の話が咲く。夜のこの部屋はいつも、寒天のような温度のない不透明なもので詰まつてしまうのだが、干潟にいまや生れなむとしている生物に似た溢れる生命の緊張の中にいると、どうしても懸命に生きようと思うのだ。タバコの煙と体温と話声は縺れ合つて夜汽車の旅を想わせ、ふと気がつくと空は白みそめ、雨戸を手操れば芝生の青と真白い水蓮が、雨を含んでさつととび込んできた。（栗原）

＊

帰郷した詩人たちからは夏の手紙が送られてきた。ロオカルな環境のなかで詩のイデエをさらに考えることは、詩人の思考になにかまた異つた因子を加えるかも知れぬし、良いことだと思う。それと同時に、政治の中心地がそのまま何の不思議もなく文化の中心地であつたいままでの歴史について、考えてみることも必要のように思われる。近頃伝統の探求ということがよく云われるが、吾々もまたより積極的に関わつているこの伝統の問題とさきのことと実は密接な関連がありそうである。地方の未知の読者から激励をいただいたりする折りにふれて考えさせられてしまう。いろいろの問題に吾々は直面しているが、しかしまた、究極の答えは吾々の詩作のうちにしかないことを忘れてはなるまい。

今号から加わつた小林哲夫は三田詩人会員、彼のこれまでの代表作は少し前に出たアルビレオ詩集に掲載されている。追求すべきことが多くあるときに有能な新人を一人でも迎えることは嬉しい。三号は充実した内容を持つことが出来たと信じている。吾々の目的は、風土のなかで感覚を世界観にまでたかめようとする操作にある。長い時間をかけても、意図するところにまで問題をせばめてゆき、ひとつの造形性に到達したい。こういつた意味で山田正弘のエッセイは、一号以来の吾々の思考と詩作とのあらたな展開であると云えよう。現代の若い詩人が如何に考えるかということはユニイクな明証である。

さいきん水爆実験のために日本の上層気流はいちじるしく混乱しているがしかし吾々の眼は澄んでいる。（堀川）

1954年8月20日　印刷
1954年8月25日　発行

氾　第三号　隔月刊

価　40

発行人
山田正弘
東京都大田区馬込東四の一七

印刷人
石川貞夫
東京都品川区南品川四の三七二

發行所
氾書林
東京都大田区馬込東四の七二の五

氾
4
POEM CRITIC FIGURE

氾

1954 第4号

表　紙・カット　早崎レイコ　　編集 堀川正美

墳

山田正弘

問――私の眠りはあまりに永すぎたのか

けれど眠りによつてみずみずしく蘇つた
赤松のあのやさしい幹をめぐつて
わたしの胸のなかに移されもえたつた火は
でも今はただ消されるために存るのか
いちぢくの果そしてなにが成就するのか
そしてわたしが一生かけてみつけたもの
けれどわたしの素足は違つてしまつた永く眠つていて
　睡眠のなかに樹があります
黒い幹に倚つてわたしは祈つていた鶏のようにうなだ
れて

かつてわたしが非難されたのはわたしが立派であり
多ぜいの女たちは子を産むためにひび割れた岩のあい
　だの道をたどり
闇にはばまれた眼にさえやきついた白い建物の窓を破
　つたため
風に吹かれたおくれ毛　葉の色をした頬
わたしの共通のくるしみ
愛撫のためこの細い指を折つたものはなに?
そして地を侵しているだるい叫びをかいくぐつて
にがかつた涙の重さを証すために
わたしの心から飛びたち再び還つてこないものと
ふれてみることのできない耐える心をだいていつたの
だが
しかしわたしの乳房ほどの確かな証しを
誰が知つてくれるでしょう同じ戦争の日だつた冬のさ
　なかに
黒い土の畑をよぎつてゆく誰が

くらい梢を風が渡つてゆきます
さいごの種子が芽を出さなかつたのち
誰がしなければならないなにを知るでしよう
風は苦悶のこころをもつてたち
折かさなるいくつもの山脈をこえてゆくが
わたしの肌にふれるこの土の冷たい
この土地はたとえ生れたところであろうと
ひとときの宿にすぎないのだ
わたしの共通の国家
あの風は憐みの意志をもつて此処にとどくか
やめたほうがいいわたしの内部へと流れる
暖かさを与える歌に同じ歌がかさなるとき訊ねること
　それは無駄だ
しかしこの償いの風のなかでいかなる火がもえたつと
いうか
誰のどの傷が癒えるというのだろうこの風に吹かれな
　がら
けれどわたしの死は世界の終りではなく
果は眠りのなかに引きつがれより添う
　風がとだえた明日は雨なのです
終りはない　わたしを世界からへだてたもの
死ではなくそれはわたしを埋めた土でさえなく
こころに引かれた境界にどんな森が残されている？
そしてわたしのやわたしのでない多くの声
多ぜいの女たちとわたしは別ではなかつた
だからその夜のなかをともにいつた
血潮とやさしいかたちを変えない卵をもつて
境界をこえた　そのとき
光を浴びた明るかつたそれからわたしは埋められた
焦げた枝と一緒だつた
問う言葉をうばわれた女たちとそのよろこびも
平和という言葉に含まれているこの重さはなに？
もうなにも燃えやあしない土の下で

けれどわたしのからだの上に育つた一本の樹
そして胸骨のあいだに伸びた毛根
そして根と石のあいだのきなくさいわたしの髪
しかし此処の土を掘りかえせわたしの胸を
ここにある種子を陽のさす土地に植えかえるため
千年　くりかえされたように耕せ

そうだあの果実の匂いに充ちた全き夜を
あいつらは敵意に充ちた夜にかえてやつてきた
だからあいつらは自らの憐みのこころを自ら踏みにじつて
わたしのためでなく牛のためでさえなしに

しかしわたしは欲しい一つぶの籾
潮風のなかでさえ芽ぶく籾だ
それは生命の眩しさ
あの焰のための
千年の昏さに耐える一つぶの籾だ

『近代相聞歌』のうち

4　唱説

それはいのちのかたちにひらいた
だから九月の雨をうけて伸びていつた
その色が匂いを発散させていたのだ
ふれるとそのあざやかないろは指先から不意に
しみとおつて胸さわぎをおこさせた

誰も折ることはできなかつた
或る日その花のような微笑をもつひとに出会つた
しきりとわたしのなかへ降るものがあつた

（どれほどのときをこうして
すごしたのか）

ひとはそのうすい花びらのうえで
蝶となつてその翅をとじるのだつた
露のようにかるくそして指を濡らし

やがて降りつもつた白いものが
わたしを充していた

地について

赫土の谿間は深く削られ
道はとだえた杉木立の強烈な
匂いにむせ流れは
みなもとから涸れていつた
しかも木霊はもつとも遠いところ
海からの風にまぎれて
河口でせきとめられる
この色あせた猿らの生の季節
しかし弓弦草の野である
此処に牡鹿を狩るな
女のために
歌う歌が本当の歌であろうか
けれどひとは生きてきたし
生きなければならない
しかも確実に死ぬことはできない
山裾をめぐる風は樹のために吹くか
この桑田のそとに百合も枯れ
水を汲むだけであつた
誰がいくたびの夏を数えよう
そして誰が固い根を掘りおこすのか

萱を踏んで王のように立ち
この望景をたぐりよせよ
と希うとき　誰か
石を投げかえす者がある

けれど終らせてはならない
どんなにかけがいもないものらを
美しいものそのかたちを
指をくねらせる鯉たちを
亡ぼしていいわけはない
地よひとのために返せその熱を

そして矢は弦をはなれてはならないのだ
やがては飛ばねばならぬものであつても
麻のように育つた
千の女が眠りにつけば
千の男も眠るだろう
から

白い仔馬のように馳けよ
霧のように伏せれば
地のその熱がからだに溢れてくる
生い繁る草の手枕
かと思う

しらかんばの道

日比澄枝

砂利の道は果しない
雲がいろなどをつけて
流れると
しらかんばの葉ずれが
ちその実の匂ひにひろがり
用心深くそれる道は
いつも同じ形で
草の露がそこに落ちる

手をつないで通らうか
草笛吹いて走らうか

含み笑ひで小首かしげると
空は青ざめの色
一羽の鳥が羽を拡げて
ねぐらへかえるのだ
虫食い葉を集めに
茂みを通りぬけ
颪に瞳をのせれば
落日が梢に消えて
道は静かになつてゆく

漂流

水橋　晋

すべてのこれらの船は
櫂のある船であるように命じたが――
ガリヤ戦記

おまえの腕にしびれがくる
そしておびただしい漂流がつゞく
やがて腕がうれて悪く匂つてくる
錆びた刀で削ぎおとしても
青い肉がふきあがるだけだ

次には胸にそれから腹えと
渇いたなら
このうつくしくこぼれる水をお飲みと
いつぽんの手が指さしてくる
かがみこんで喉に飲みこむ
そしてひとりのおまえが消える

この舟に乗りかえて
ゆつくりお睡りと
蛇よりもさとい眼がいいかける
ぼろぼろの靴を脱いで渡りはじめる
そして又ひとりのおまえが消える

油や木屑の
それが花のように咲きみだれる
涯のないひろがり

どこに涯というものがあるのだろう
行きつくための
櫂のある船であつたが
黒い太陽の茫洋とくるめく下で
櫂をもつているものはいない
もつべき腕をもつているものもいなかつた
どこえ行きつくための船であつたか
流れはどこかで停つているらしい
曲つた腕だけが
尨大なひろがりに立ち竝んで
天にむけてひらいている

ひごつの死

ぼろぼろの
かきしぶくさい網のうえに
ひらべつたいかれいが
いく十枚も干されていた
かれいの尾つぽにかれいの顎がのつかり
顎のうえにしろい腹がのつかつて
潮風にしずかにやかれながら

かれいは考えていた
インド僧のように痛い砂に埋れ
おもたい水の重みを耐えてきたが
青い水のかさなりの奥を
どれだけのあいだみつめてきたが
体のなかを突きぬけてゆく潮のどよめきを
どれだけのあいだききわけてきたが
いまはそれは何のためであつたかを

やはり青いかさなりであつた
白い雲が流れ
人の頭の影が時折りよぎる
はるかに軽やかな
そしてはるかに残酷なかさなりであつた
いかなることのために
やけこげちぢまつてゆく自分の
黒々とした死を知らねばならないのかを

かれいは更に考えつゞけた
おのれ以外のところではじまる
おのれ自体の崩壊を感じながら

ぼろぼろの
かきしぶくさい網のうえに
いく十枚のかれいの眼という眼が
まばたきもしないで
ふかい天のそこをにらまえていた

冬日

栗原紀子

静かな朝
白い思念のシーツの上で想い出す
夢の深さの
熱つぽい反芻

いく分疲労した肉体には
きのうも今日も
朝の光の中に自分を取り戻す時
不思議なアンニュイが兆してくるのだ
ベッドの上で

欺かれていれば常に
<生>というものを感ずるようになつた
許すことについて知り始めたのだろうか
硝子戸の内に強く　花は匂う
くちなし・薔薇・矢車草
いく日か経つと
それらは眼の前で
黄色や白い骨のように
枯れ褪せてしまつた

<許容>それは遂にみじめな
姿勢
朝の輝きに渦まく
危機の花花
私はあまりに自己を愛し過ぎて
ここまできたのだつたが

墓

江森国友

人の周囲にはいつも坐折ばかりがあつた
愛とか　信頼とか
平穏などとは
いつも死者の上にいつて結ばれる

人はむしろ
失うことを享受して来たのではなかつたか

生は
ささくれた樹木
或いは
逆しまにされた根

少年を
恐れさせたのは
蒼空を砕き噛む

貪婪な梢の存在だつた

秋空に続く墓標
死者たちの眼醒め
死者たちの気配

風景は失神した鳥
飜つてくる想いは
白い墓石

埋もれた死者たちの大地は
拒む手で
生の堕ちるのを防ぐのか

生きるものは
死者たちによつて
高められているのか

風景は形骸を横たえる鳥
立ち去る影は
墓を覆う森

古代

松井知義

はるか堆石の土地を越え
いまあかさびた岩肌をくぐつて来た
いくつか残つているどるめんは
蒼く煙つて
古代の眼をのぞかせている

いきものの吐く息のながれは棘のようで
あたりいつぱいにつきささる
星を捉えようとして石を伐りだす
どるめんをつくる
いきものはたかく背のびして
空をやぶつている
手をあげて吠えている

どるめんのむれ
いきもののいのり
やがて空を暗くしてあふれてくる叫び
こだましてかえつてこない

時空は杜からでてとおい杜にきえている
めくるめくどるめんに
いきものの触角は冷酷な顔をとらえていた
古代の空はふたつに裂かれ
地に喰い込んでいる
かげを帯びていきものはうづくまる
いろんなかげが落葉のかたちでつもり
なにもなくなつている
そのままのながめわたし

ひやしんすを抱いて
いきものは息絶える
――おまへは死んでしまつた　といきものの前身
がいう

――おれは生れてこなかつた　いきものがこたえ
る
――それはおまへのもうひとつのおまへだ　星の
ようにたかいところから降りてこないおまへ
だ　あいつをとらえるためにおれはもういち
どおまへになりたい
ふたつのいきものはだまつてうなだれる
すこしおくれて歴史は軽々しくやつてくる
いきている死滅
なにかの芽が群生している
ちいさい棘を吐いている
空いつぱいのかなしみを握りしめ
ひろがつている

秋の高原

小林哲夫

暗緑の世界に山ぐみが熟れる頃
燻製の雲に覆われた蓼科高原の小径を登る
木蔭には銭苔が密生し　その上に
空罐は口を開いたまま
空しく転がつている

ねじれた蓋の穴を突くと
水はこぼれて悲哀のようにひろがる
行手は崖や木の根や　急に
開けてくる展望によつて遮ぎられ
我々と云えば黄昏れの径をたどつているのだ
こんな所にまでも近代の影が落されている
白樺の林をすり抜けてくる電線は
冷い風に鳴つている
この一本の線の中を
悔恨や不信や焦燥など人生のネガは
音を立てて流れているのだ
道の両側はこあかそやうらはぐさなどに色どられ
待宵草の黄色い粧いは荒れた野の中で
匂つている

かすかに雨が降り出した
我等は顔をゆがめて
あの暗い時間を仰がねばならない
野の中の赤松の枝に
青蛙が干からびついているが
雨はこのミイラもぬらしている
華やかな現代の文明の中にも
このただれた赤松の肌に似ているものが
何かありはしないだろうか　青蛙のミイラに似ている
　ものが
本当に何もないのか
羊歯や苔類が人類の脳醤に密生したちまちに
それを侵してしまつたのはここ最近のことではない
こうした憂愁の世界に立つて我等は夢見る
木蔭に転がつている空罐だつて
神の魂であると
「無」の蔭で神は静かに眠つているのだ
悲哀の季節はその胸の底にまでも泌み入るだろう
にわかに雨がしぶいてくる　足を早める
我等は何処かで憩わねばならぬ
だが憩うべきかげはない

親和力

堀川正美

天空をかぎる太い手は
まがつている大いなるまなざしである
そして一塊の
ひからびた土をみつめる

弓
とがつた石
鳥によく似た鳥
ふたつの手

羊と見わけられない羊
を含んでいる凹と凸は
知られている十のことによつてのみ
把握され結合する

場は超えられねばならない
移つてゆく野のように
その涯てのひとにぎりの埃は燃えようとしている
すばやい手はゆつくりと地を渉る
手のかたちにならない手そして
指とわかちがたい指は
ふたたびみつめて
にぶい埃のいろになるとき
なかばがすべてで
すべてが半分であるそして
たたかう人間の顔の大きさにひろがる

回路

立つている
ひらたくのびている
打ちあたる存在は
ふみ敷かれる存在と同一である
と人間と獣は考える

うち壊す
立つ
もえる
寝そべる
追う

燃える木
は木であるそして木であることを
やめないが灰は
灰であるように女が
女でないように
木は木ではないそしてもえる
葉のなかの掌は
手に属しているかのようで
手のものでなく
いつから人間は人間であつたか
手にとるためではなく
寝そべるそして
追う

大雪山・十月

絶句する人々に出会つた
拙劣な木の
複合した顔であつた
一方の耳で梟をきいた
他方の耳は削られていた
彼らもまた梟である
闇夜のなかの
ゆがんだ焔は
それが見開かれようとするときに

もつとも不幸である
私は不幸を肯んじない
また
此処に砕かれた花がある
この唇と
他の石の眼について語るな
視線をとおさぬ此等のものは
樵夫の髭とともに
わめかれることを欲している
一片の妹等
数片の姉等そして恋人等
おう君　狡猾な祖父よ
優美な青年
かたいもの等によつて砕かれた
やわらかいものであり
やわらかいものによつて

潰されたかたいもの等であつた
かくのごとく
見ることは愛することである故に
なにひとつにがいものはない愛すら
林檎が割れていて
この林檎とは
君の顔にあたつたのである
掌と顔はどちらがやわらかい響きを持つか
蹄の音よりも？
また
囚人等の
皮膚の裏がわの
見えない毛を逆立てよ
凮よりも烈しく
彼の刈り入れた麦等糸杉等
よりも巨大なものは

怒りの森林である
そのなかにひとり住んで
絶えず看視せよ
鳴き叫ぶべきであり
唾棄すべきである故に
葉にかくれて
きりつけよ
また
あなたは梟ではないが
私は昼間は盲であつた
眼に
巨斧をひからせて

CRITIC

批評の態度について

水橋　晋

何時、何処で聞いたのか、或いは私自身が考えたものか確かな記憶はない。とにかく、私の精神形成の段階以前であることは間違いないと思うが、南方の或る土人たちは、死ぬと思つて夜、睡るのを怖れてお互い、睡らないように牽制し合う習慣を持つているという話が、私の記憶の何処かに秘んでいて、最近になつて妙に気になり出した。甚だ曖昧な話を引き出したが、密林の中で、黒光りした皮膚の土人たちが、槍かなんかでお互いに睨み合つている情景は、然し不思議に幻惑的なものを感じさせる。

勿論、こんな馬鹿化た種族が居る筈もないが、その睡るという事から死に対する恐れを抱いたわけで、ここに人間のひとつの端的な存在の凝縮を見るのである。およそ原爆がどうの、戦争がどうのという事は生と死という根源的な問題に関連しているから生ずるのであつてみればその人間の生をおびやかす人工的な死をも含めた死に向つて、目を閉じ背を向ける態度は、現代の政治的不安に人間の存在が置かれている時、許されるものではない。この喩話？ はどのようにも解釈出来るであろうが、そこでは、死を怖れているだけであり、しかも死と人間との対決が、具体的な形では何も起つてはいない。死に向つてぎりぎりの対決をせまられているこうした原始的な恐怖は、人間としての詩人にも勿論、関聯している。只そこには、恐怖に対しているだけでしか存在理由を持たない土人たちとは異つた、おのれに対する、或いは社会に対する存在理由を示す態度を詩人は持たねばならないのである。それが今日の詩人として先づ必要なことなのだ。

今日の世界的な危機に瀕した立場で、詩人の多くに、この時代の証人たることが要求されているが、時代の証人とは又同時に、真実の証人でなければならないということであり、詩のなかにも過去の時代とは異つた時代批評の精神を含まねばならぬということだ。現代では個人というものは喪失されがちであり、一個の生産、若しくは消費単位としてしか存在理由が失われ勝ちである。こうした中で詩人が現代の中での自己を凝する場合それ故になお、作品を書く時に曖昧な、素材や態度を放棄することがなされなければならない。ひとつの作品がその作家のどの部分で書かれているかという事、言い換れば何故にこの作品が書かれねばならなかつたかを、現代を生きている一自己の内で詰問しなければならない。一篇の作品が、作者の人間の全部をかけ、また少なくともその一部をかけることによつて作られたものであつて見れば、その作品の中には、作者の態度が明確に出ていることが要求されてくる。部分は全体を構成している。それ故に、一篇の作品に対する責任は常にその作者自身に、その作品自体に問われなければならないのである。何らの生活の不安も精神の苦悩をも感じない詩人が、新聞で見聞した原爆の悲惨さや、現代の生活苦を書くことによつて、自分の責任が果されたと思うのは大きな罪悪である。何故なら、それだけでは作者のいかなる態度も存在しないからである。他人の生活や思想の皮をいかに書いて見た所ではじまらないし、つまらない。作者にとつて、自分の生活が、たとえどんな階級に属していようと、それがその人自身のかけがえのない現実であるなら、私たちには、これをとがめる何らの権利も存在しないかも知れないが、良心だけで悲愴じみたポーズをすぐものしたがる或る種の詩人に対しては、私たちはその責任と態度を問う権利を持つている。正確な事実の裏附けのないままに新聞記事的感動に従つて書かれたと思われる作品、これらは、時代を生きているということと、真実の証人でなければならないということを切り離して思考し得ないために、現実に対して浅薄な態度しか持ち得ない詩人たちの錯誤の結果であつて、詩人としての態度が極めて曖昧なことを物語るものでしかない。こうした所に、日本の知識階級や詩人たちの現実に対する態度の脆弱さや、時代に対する責任の無力さがむき出しにされている原因があるのだと私は思う。

ひととき、モダニズムを通過してない作品は信用出来ないという言葉——こんな無意味な話はなかつた——が流行した様に、今リアリズムを通過してない作品は信用出来ないと言われている。リアリズムとは何か？　原爆の恐怖を書くことでないことは誰もが知つていよう。リアリズムとは何か？　労働者をいたずらに歌うことでもない。自己の皮膚を通して感知したものを客観的に表現したものだ。自らの卑少な観念を世界と思い込みそのうちで生きている詩人の錯誤は、作品を無意味なまでに昏くしているのではないか。つまり、自分の生活している部分で真実なるものを書くことが必要なのである。問題はその位置での詩人の態度だ。そしてそれがひとつの作品であるための方法である。つまり真に批評に耐えるだけの方法が、態度を含めて詩のなかになければならないということである。また、今日の批評が詩の技術だけにとどまる事は、私たちが現代に生きていることを拒絶し得ないと同じ様に、許されない。批評は一篇の作品の存在理由にまでかかわらなければいけないと私は信じる。私は抒情詩を徒に否定することも出来なければ、主婦の書いた原爆の詩を否定するのでも勿論ない。それは、詩人が社会に対して持つ態度と詩人が詩に対して持つ態度は同じ線の上で連結しているからである。詩は具象的な形でしか書かれないというものではなく、常に具象性を通して心象を語ることが可能であるのだから、如何なる素材に対しても、自分の場、時代を生きているということを証拠だてる事が、詩人にはそれを扱うに到つた責任と態度がその詩人に存るなら可能である筈だ。私たちはこの操作を行うに当つて無意識であつてはならない。常に意識的に行う事が、詩人にとつて大きな必要であるばかりでなく、より多くの読者にとつても必要である。そのことは、何を、如何なる理由のために、書くかという事を意識した態度で問わねばならぬと、作品を書く前に考えることが必要だという意味である。詩人の良心はここに存在し、ここにその作家の現代に対する、或いは現代を生きている自己に対する批評精神が生れてくるということである。

もともと、批評精神は、歴史を通じて公式のように定まっているものではなく、批評の方法も時代によつて異なつているのだ。これは当然なことであつて、批評は大いに時代性を持つことが望ましいと私は思う。この結果、あらためて過去の作家がしばしば現代に意義を帯びて来ることも生ずる。ロオトレアモンは超現実主義者に発見され、ルッソオの絵も再検討されてくる。しかも、これらの作家たちは、当時にあつて、他の作家に及ぼした影響は皆無に等しい。ロオトレアモンも当時、ぎりぎりの<生>を生きていたのだが只それを、当時の時代が受入れなかつただけだ。これで総てを尺度し得るとも思わないが、私は、時代によつて批評の方法が異つたように、作品の評価は必ずしもその時代の批評と結合していなければならない理由はどこにもないと、考えている。これと相反して（これはJ・M・マリの言う歴史的批評に属するが）例えば、フランス文学に於ける十七世紀のプレシオジテの文学は、時代性という点だけでその存在理由を持つている。作品自体はつまらない。時代的な裏附けがあつて初めてその存在理由を持つているという作品も又、存在する訳である。只、この端的ではあるが、二つの例のなかで、私に言い得ることは、これらの作品は良いにしろ悪いにしろ、少なくとも、次の時代につながるという意味での歴史性を持つていたという事である。

現代というものが、過去との相関の上にみちびき出されてくる以上、この現代に対して真摯に生き、生きるという事に対して厳格な態度の撰択がなされれば、私たちの現代は、次の未来というものに直接関連するという事が、どんな意味ででも肯定されるだろうし、或いは、未来に関連させるという努力も決して無駄に終るとは考えられない。

私たちは或る作品を、何の当惑も感ずることなしに秀れたものでさえあればこれを認めているし、又認め得る。パウンドの詩は、彼が精神病者であつたとしても、西脇順三郎の詩は水素爆弾が世界的不安を惹起している時代であろうと、杜甫の詩は、その生涯を知る知らずに拘らず、秀れていることを私たちは認めるのにやぶさかでない。だが、私たちは、作品が美しいの美しくないの、秀れているのいないのという以上の創造的批判を批評は含まなければならないことを主張するのである。私たちが直接に結びついている今日の批評家、例えばエリオット、彼の言う歴史的、哲学的、純文学批評を、それぞれ個々の批評に望むべくもないが、一篇の詩が、何故にそれが、今日の詩人であるかを作品の内側から明確にするもの、私たちはそれを要求する。「私はイズムナイズで呼ばれたくない」と言つた詩人が居たがこれは当然なことで、ひとつの主義の中へ個性を押し込める必要性は毛頭ない。ひとりの作家の眼は常に他人の眼ではあり得ない。ひとつの主義は常にひとつの方法にすぎない。その詩人の思考法の結果が、意識された形で決定されていない限り、ひとつの主義の中に押込むことは許されない。只私たちは、その作家を批評し批判するについて曖昧であつてはならない。言語の極端な連結から生ずるイメエジや形態に対して、正当なる判断と批評がなされていないために、単語の奇妙な連結や文法を無視した言葉の分解などを何の計算もなく、詩人のイデエの裏附けもないままに綴つて、それを詩と信じているらしい幾多の詩人たちの出発を見るとき、この出発を不幸と思わない訳には行かぬ。先述した悲愴じみたポオズを持つ詩人と同様、そこには人間と現実に対する如何なる態度も責任もなく、只言葉の遊びだけしかないからである。しかもそこには言葉に対する責任も見られないのだ。これらの現象は、既成詩人、批評家たちの批評に責任があると思う。詩の現代における存在理由にまで逆のぼらなかつた結果である。今日の詩人たちの出発はグルウプの形で初まり成長しているだけに、相互の批評精神や態度に肯定し難いものが感じられることは確かである。批評家の職務の良心性を強調しなければならず、又批評精神の再検討をなさねばならない。睡りを恐れて眼を光らせている土人たちの倒錯された稚劣な論理を笑えないような詩人たちの批評精神の存在を私たちは根絶しなければならない。それが今日の詩人として私たちに課せられた現代に対するひとつの責任でもある。

後記

ウイリアム・テルのリンゴを誰かがかすめとるわけにはゆかない。矢は正確にリンゴの核を貫ぬかなければならなかつた。そのときテルは或いは喪なわれるかも知れない一つの生命をどれほどの痛さを持つて感じていたのか、今の私には知るよしもないが、彼の自らの技術に対する気持のうちには、もはや自信と呼ぶべきものは存りはしなかつたであろう。しかし、秀れた技術はここにその生命を救つた。若し、一編の詩がつねに私の生の深部にかかわつて書かれるなら、なおのこと「矢は正確に核を貫ぬかねばならなかつた」といわなければならないのだ。

　ビキニ事件について多くの詩が書かれた。この事件に対するそれぞれの詩人の感動がそれほど異つていると思われないのに結果は秀れたものと、「感銘のあわい」作品とにわけられた。事件の本質をとらえていたか、といわれた。よろしい、けれど問題は事件をとらえる詩人の社会的視野にあつたのか、またはそのあとの詩法にあつたのか。新体詩の方法でこの事件を書けるとは誰も思うまいが、昨日と変らない詩法で書かれた作品もあつた。新しい真実は新しい方法を自ら選んで万人のものとなる。猪を射るための腕ではリンゴの核を貫ぬけるとは限らないのだ。この詩にとつて、この言葉は何かというような原則的な問題をつねに私たちはかえりみる必要があるのだ。（山田）

＊

　われわれの民族に固有な伝統というものが、その殆どを朝鮮や中国におうていると考えるのは、芸術の創造意慾ときりはなして考えるとき、或る程度正しいかも知れない。或る程度、というのはたとえば竹山道雄氏などが、ヴオリンガアの美学の援用によるものであるにせよ、われわれの祖先の非常にユニイクな宗教的造形を解明しているからでもある。

　しかし、伝統とは歴史的な創造意慾の謂である筈であつた。それはアメリカにあつてさえ、「収穫と運搬人」のものとしてとおくエジプト、イスラエルにさかのぼるものである。われわれの源泉はヒマラヤにあるのかも知れない。だが伝統をこのように理解するとき、それはまぎれもなく現代のわれわれのうちに生きているものである。

　過去への探求によつて明確にされるというより、むしろわれわれの積極的な詩作のうちにあらわれ、またそのあらわれ方において詩がたしかめらるべき性質のものである。われわれが詩のなかに生命的な世界観を回復させようとのぞむとき、それは伝統の本質にただちに結びつくことによつて詩に生命を与えようとすることに外ならないのである。　（堀川）

なお、氾五号は五五年一月に発行される

1954年10月25日 印刷
1954年11月 1日 発行

氾 第四号 隔月刊

価 40

発行人
山田正弘
東京都大田区馬込東四の一七

印刷人
石川貞夫
東京都品川区南品川四の三七二

發行所
氾書林
東京都大田区馬込東四の七二の五

氾
5
POEM CRITIC FIGURE

氾

1955 第5号

表　紙・カツト　早崎レイコ　　編集　堀川正美

禱り

江森国友

すべての植物の
皮下はしろく濡れている
その内側に導管があつて
土壌を空に吸いあげている

あさ銀杏の葉はひととき降りしきる
変貌もすでに予知された行為なのに
ひとの知らない形に
それは噴水のように
溢れるのかもしれない

詩をぅたわない
少女は裸足を水溜りにつけて
空に顔を映していた
銀杏樹は梢を慄わせて
棘のかたちに冬をさしていた

唐松の芽ぐみの親しさのなかで
老樵夫は最初に蕨をみつける
蕨は其時すでに無数である

生命はぅごめく獣
植物の花咲かすのは
ひとつの愛
あいの作為にふさわしい
可憐さは

蕨のおもい
頸を伸ばしてくる
芽生えは舞踏のように
蕾は裳裾をひるがえす

それらが優しさに抱かれて慄えるのを
ひとはまだ冬の故としか思わない
すべて物は
ふるえながら成就するのに
思い遣り　親しさのうちでは
ものたちは恥らいもなくあらわなのに
世界は空隙のない塊なのだから
自然は顫動しながら共感し合うのだから
女は横臥する存在
そして女は楚立する
女の耳は翼の形をして
赤い花々は翻がえつてのぼる

女は耳で思考する
しかも肉体できり生きないから
充ちた裸形は
恐れるように慄えるのだから
ひとつの線は
いつも肉体の外側に向けて
引かれなければならない

物を一本の線で限つてはならない
むしろ考古学者の
宇宙を探す掘り方は許される
ひきずりだして
面前に曝らすことはするな
確かなものは
あまた線　色　錯交して
ふるえる揺籃の内にある

草の目

中島敏行

草を食べる
山羊の瞳より
もつとさびしい
草の目

露の降りる頃
えのころぐさ
すずめのてつぽう

野を行く僕は
盗人のやうに裸足になる
それでも
僕の足跡の中から
頭をもたげる顔の無い露草
水音をたてる
僕の心
ずぶ濡れの
僕の裸足

露の降りる頃の
草原には
誰れかいる
ひざまずき
接吻をする
誰れかが

耳の中の町

海に向けて光つている町
僕の足跡が
そこで消えている町

その町にともる
灯を消すと
今　風の舌が
僕の耳の中で
貝殻に似た花を散らしている
僕の涙のその白さを
耳の中で聞くだけだ

こだまのような
少年の頃
耳をすますと
幾山河

父の碑銘が

俘囚

水橋 晋

いちまいの扉の内側で
緑いろに葉をしげらせていた私の裸は
いくつもの美しい眼に射抜かれていた
そして私だけの隆起と稜線が
眼にみえないたしかさで削りとられ
いく枚もの紙のうえにおきかえられた

いくにちも私は無言のまま耐えていた
体のなかから重さがひきだされ
つややかな肌から匂いとかがやきを
触れることのできない手で奪われて

明るい日射しが部屋に縞を織りしいている
日暮になつてそれが河の州のように消えていく
そして扉のむこうに誰もがなくなつたあと
私さえもなくなつたあとに
いく十枚の紙のうえで
いくつにも盗みとられた私が黒くひたされ
そして凪のなかではたはたとはためいている

やがて私の体から
奪いとるものが何もなくなり
灰よりもかつさりといつかの夜明けに枯れたときに
私は絵のなかの女となつて
のびやかに肢体をひろげ
あまいろの髪を
青い光のなかになびかせて
いくにんもの眼のなかで何時までも生きていくだろう
しずかな語らいをその眼のなかで持ちつづけながら

洞穴

巨大な洞穴をひらいて
さざえはころがつていた
焼きつくされ
魚のように啼きながら
時には生きたまま肉をひつぱがされて

青い海の床で
体をいくつにも殻のなかに曲げこめて
声もなくさざえは這いつづけていたが
さざえの生命の内側には
ほろびるまで気づかなかつた洞穴が
寒々と口をあいていたのだ

けれどもこの曲りくねつた
寺院のように奥深い空間を埋める
いかなるものがあろう
火の斧によつてたち割られた
ぬるぬるとした生命の
あのたしかさに代るいかなるものが
死さえもこのなかでは
かつさりと影を宿さないでいた
かつておのれを曲げこめた殻によつて
いまいちどさざえは問われねばならなかつた
ふしぎな時間が流れていつた

けれども風化は
眼にみえぬ大きな手ではじめられていた
さざえの洞穴いつぱいに
おびただしく陽は
ましろい火をふきあげて

青の時代

おそろしく蒼ざめた空を背にして
ある日おれは斧をふりあげ
樹液のほとばしる木をたち割つていた
灼きつく陽がぎらりと斧に反射して
ひろい砂丘の方に散つていつた
舟づくりにおれは汗を垂らしていた

岩礁から岩礁え髪をなびかせ
海のあいだに乳いろの裸をひからせて
おまえは鋭い槍を動かしていた
海がましろい飛沫を空にとばしたとき
おまえよりも巨大な緑の魚が
おまえの槍に腹をうちぬかれてふるえていた

おれは無限に木をたち割つているようだつた
これから何年間も木をたち割るために
斧をふりあげねばならないようだ
黒い髪が銀色になつて垂れさがつても
おびただしい毛穴から潮辛い熱気をふきあげて

おまえはおまえよりも巨大な魚を火にあぶつた
焼け切らない内に夜がやつてきて
おまえは疲れて横になつて睡ると

あかさびた岩山の向うから
たくさんの餓えた犬どもが現れ
なまやけの魚を
あとかたもなく食いつくしていつた
眼がさめたあとには
白々とした巨魚の尾骨やら背骨やらが
いつも暁のなかで凍りついているだけだつた
おまえは再び海にでて
岩礁のあいだをひるがえらねばならない
しかも永遠に空腹をみたされないままで

おれの舟はいつまでたつても出来なかつた
出帆はいつも幻のなかでその影を休めていた
そしておまえは
白い骨々の鋭い乱立のなかで

毎夜　胃袋のからつぽな夢をみていた

けれどもおれは木を割りつづけるだろう
青い灼熱の空を背いつぱいにささえて
そしておまえは
槍をかたてに
海をふみならして魚を求めて廻るだろう
入江のない港のなかで
骨よりもたしかに身を晒されながら

黙る

日比澄枝

すなやまに腰おろすと
風が耳たぶにふれる

裸の足には
赤い靴をはかせたいのに
しもやけの話などして
木の実をたべると
すつぱい顔するのだ

誰か
背をまるめて
松の道をあるいていく
ふところ手をして
なぜ急ぐのか

アスパラガスの葉がひらいて
汚れたコートを気にしていると
海辺の恋はみように悲しいものになる

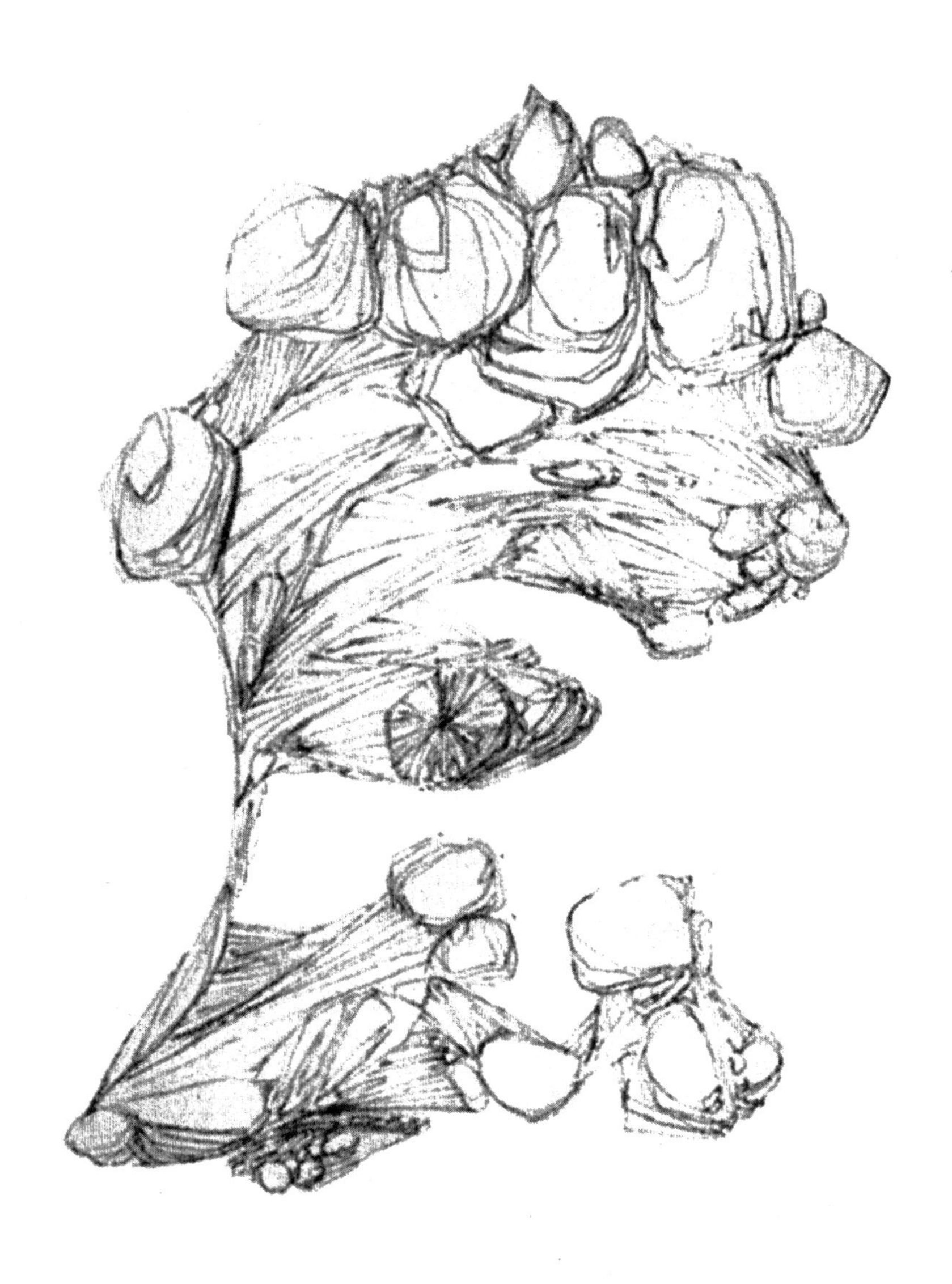

デッサン　　松浦敏夫

蠶

小林哲夫

俺が卵として生れたとき
俺の生命は宇宙よりも丸かつた。
そんなある日　突然
俺は　俺の宇宙を食い破つて
暗い身体を曝したのだ。

だが　世界は平和だつた
と俺は思う。なぜなら
生暖かい季節の中では
俺の思想は柔かい緑の糞でしかなかつたから。

いま　俺は知る。
この冷い薬の臥床で生命が権力によつて
どんなにたやすく左右されねばならないかを。
俺の臓腑は不吉な予感にすき透るばかりだ。
俺の魂はこの暗い風景におののくのだ。

俺は身を弓なりに反らせて悶える。
だが吐き出される不安の糸を
振切ることは出来ない。
俺は俺の吐き出したものにとり囲まれ
その中で俺の存在は
影絵のようにうすれる。

山頂にて

緑一面の豊かな風景を見下して、眩ゆいばかりの黒髪をなびかせるこの清々しさに息のつまる思いだ。一陣の風を吹き起すススキの薮や、栄光を彩る紙吹雪のようにいま降りそそぐ樫の青葉や、そして、蒼い果てなしの空のドォム。淫乱な女の体臭の漂う山百合の群がりは遠く展望のすそに拡がり、赤土の崖をちらつかせる山のヒダヒダは、生きた動物達のたてがみのようだ。或いは振り向き、或いは眠り、或いは怒りに狂う山犬のそれだ。わたしを覆つて茂る松の一葉一葉は針よりも鋭く輝き、果てしない空の蒼さを、なぜしたたらせるのであろうか。女郎花の結ぶ一粒の種はなぜ又女郎花の花を開かねばならないか。

こうした無限の謎に充ちた自然の中に立つとわたしはただ、為すこともなく阿呆のように渇仰するばかりだ。幾十年、わたしの脳裏を捉えて離さなかつた諸々の「美学」はこの一本の草にもおとらねばならないのか。

自然はいつも人類を絶望させるのだ。けれどその絶望のなかにも夢を産み、又、新たな闘いに人類を振いたたせる。わたしは思う。痛ましい歴史のなかの、数知れぬ生と死と、繰りひろげられたその対決の刹那刹那に、彼等の脳裏を去来したものたちは何かと。おびただしい光と影に彩られた山河のなかで、ひととき彼等は見たであろう。一閃の大刀にも優るあの草のなびきを。そしてその煌きを。その輝きのなかで、何ものにも増して懐かしい自分の生命を賭けたのか。過ぎてゆく風のなかに聞えるものは、それら魂達の囁きではないだろうか。

おお。あの眺望の果てを区ぎる一筋の紐。あの河の行手をわたしは慕わずにはいられない。茫漠の海のなかで、ひたすら空を仰ぐあの虚しさを君は思わないか。ある時は木舟の影に太古に帰り、ある時は雲をかすめる飛魚のきらめきも忽ちに消えて、只うねるばかりの海の虚しさを。今こうしてわたしの髪を空しく吹き流す風を凝視める。草や鳥や野獣や、そして人間達の匂いに充満している風の生命を。幾度それを吹き起すススキの薮のざわめきや、山のヒダヒダや、天の深さや、花の群がりや――。それら全てのものの美しさが、「死」の刹那の輝きなのだと、わたしに、語ることは許されないか。

翳と印

堀川正美

夢を襤褸のように縫いあわせてはいけない
われわれは嘴を失つている
淡い日のなかに
幻のかすむ足だけがあつて
それは雲の上で
あるく音をさせている

なにものにうながされることなく
葦の実をもういちど口に含めよ
降つてくる単音の悲惨によつて
どの生きものが災されていたか？

このうち倒れている石をすぎて
他の倒れている墓碑に到達することができない
はるか高空を吹いている風が
こゝに散らばる木の実と同じ色であること
ひとつの色のひとつの結論を
喰つて生きる

第一の行爲

大きな翳のなかにいて鳥等は
大きな埃のようにたちはだかる
掌をもつものを感知する
しかし永劫を知らずに
なにゆえに人間は他の鳥に
似ているか

他のかぎりなくへだてられた時の
うちにまどろむいつぴきの蝿
はいまとぼうとする
億の予言者
この同じもの同一の眼等そして口等
億を超えようとして

はばたくもののなかの
ゆつくりはばたいているもの
もとめられているなにかの

にぶい眼のなかのにぶくない眼
は女のものであり
にぶくない眼の男である
眼のなかの眼は小さな天のように
つぎつぎに大きくなるため
にあるそして反対のもの
によつて結びつくものしかし
ふたつの瞳ふたつの性器をもち
犯さないものは
つばさのない鳥のかたちの
かがやきであるそして
もつともはじめに
十の指で石くれを砕こうとする

白の必要

つばさあるものは
十の脈絡のうちに一の化合をみいだす
ゆえにたちあがることを
うながされる水は
この人間等のあしゆびと
他の人間等の掌のおおきさによつて
おとのないひとつのおとともに
ひとつの何をともなわずに
木の男性そして木の女性があるく

その心臓のかずだけある単語によつて
人間の男性そして人間の女性を
とらえるために
われわれの子供のかずだけある
花のために

もえることのできない石
見ることのできない獣等は
この打撃によつてふたつの蓮を所有した
そして空を所有した
空は人間等その
十の指を承認した
指等は演説しわれわれは発音した
雲！

春の咽喉

松井知義

私は眼を蔽うこの雑草空に生い茂る刻
海の方をむいている私のひとひらの私
おし寄せるものはない
孤独ですらない私の存在は
網のように拡がつているがらんどう
そこに凭れるべきどんな土地があるか
やがて僻地の岩間で色ずいてくる木の実
この相剋はきびしい

記憶は野面に拡がつている
かつて私の立つていた土地は、たゆみなく孤独の彷
徨する輝かしさであつた
生命のながれが深く双翅類の日々を走つていた
孤独が私のうちにこだまして私をひきだしている
いくつかの粒子がまい落ちるとき
喪服をつけた私は夕映えの前にいる

土地はやがてはげしい雑草の繁殖でうずもれる
海を越え渡つてくる緑の匂が
わけもなく私をうち倒したのだ

再び私は僻地の木の実を意識する
燃え上る生存、いまひとつの生命のための生存
根をはつてその先に形成される空洞
蒼い本能の芽生えが自らを喰尽す

ふたつの生命は相手のうちに巴の姿を見ることによつ
てたちむかわねばならない
水平線は音高く足を鳴らす
時間はつねに黒ずくめであるか
ひとつの厳正な姿が海を渡つている
しかし私は、ひとひらの私の存在でもなく木の実のそ
れでもないこの相剋につけるべき喪服を知らない

がらんどうの拡がるにまかせ
木の実のはびこるにまかせるとき
私は荒地にのこる叫びが自分のものであることを知る
うち続く叫びのなかでどこに身を埋めようか
私は残酷な春の咽喉をえぐろうとする

光栄について

山田正弘

この朝わたしの内部で一枚の新聞がすべりおちた
だがここには求めた言葉はなにひとつ書かれていない
冷たい矢が凪にむかつて放たれた
崩れさつた街でありちいさな売場があり
人びとは鶏や蜂蜜や袋をかかえて急ぎ
活字をふんで雨の雑踏を歩く

街であつたのだが……

きみは老いたいまこそきみの望んでいたように
十本の枝のあるあの楡の昏い梢は伸びた
ように十の戦いに勝利したきみの家は
百の重い扉のある部屋を持つけれどそこに
夢によつてはぐくむことのできたあの九月のやさしい
　言葉を
誰が唇にだすことができるのか此処で
きみはなにを結び合わせることができるのだろう
その眼には乾いた土地が映つている
冬枯れた川そして林のむこうに歩いてゆく人びとの群
おう　この太陽のうごきののろさは
熱を運んでこない光はそして
きみの白い足に賢い人びとは勲章をそなえるだろうか
そして……

ごきげんよう市民たち！
ごきげんよう！いまあそこ丘では収穫の季節なのだが
われらは罪をいまこそ罪としようとする巣箱を
巣箱としようとする伸びたい芽を
伸ばしてやろうとする欲びを
欲びであるとしようとする棕櫚を
棕櫚であるとしようとするが梢は
なぜ　空へと手をさしのばしているのか
その丘でながい夜ののちの収穫が始まるときであるのに……

おうきみ！きみの腹はわたしのより立派だ
しかしわれらの眼はきみのよりよいとわたしはいい得るそして若し

あえてこの一粒の麦を沙漠に捨てるなら
しかし亡びさつた多くのものたちの生命のために
それは芽ぶくとわたしは信じよう
しかしわれらの親しい声をつき刺したきみの命令はかつて
そのうちに何を暖めることができ得たのか

おう仲間たち海を流される瀕よ眼よ光よ
そして昂然としている飛魚たち
ここをゆけ　暗い泡の下へと降りてゆこう
生れるまえの子供や泥のなかの希望に名をつけるため
船ではなく未知のゆくみちを探して
しかしいまは考えるときである原因のまえに結果のある
平和ののちに戦争のある……
平和の約束ののちに戦争の

戦争ののちに
戦争！
そして多くの叫びのなかにわれらは一つの声を聞く
武器には武器！

もはや風は語らないのだ風は
ただこの海を吹き過ぎるだけだわれらは
汚れた寝床の上に目覚めみずからの影を瞶めている
それはなおわれらから遠ざかつてゆくものである
しかしわれらの辿りつく場所はつねに戦いの始まる岸
　辺なのだ
われらの涙はそして風がもたらしてくれるこの心を試
　す飢はそして
おう波は何を返すために打寄せるのか
失つたものは形のあるものだけだつたといいきれるだ
　ろうか

すでに波に和してわれらは許すことを知つてゆくのだ
もはや波は何も語らないだろう
祭典のこと儀式のことは必要ないのだから
けれどきみの歴史の一頁にしるされたこの栄誉は……

……けれどきみは語るな
きみは戦いのない日　薊咲く野を歩くことがあつた
われらは空が霜を用意する意味を知つていた
きみは雨の降る庭にかがみこんで考える時があつた
そのときもわれらは苦悶の霜を踏んでただ歩いていつ
　たのだ
けれどいまこの夜の空に星は燦めいていてわれらは方
　角を知るしかし
きみの肩には冷たく弾痕が星をうけてひかる
けれど此処に座してわれらは何も見ることができ得な
　いでいる冬の終りを告げる嵐のなかで

きれぎれの夢をつなぎ合せようと努力して
告別の重みその力に耐えようとして
ここに眠るわれらは語ることができないでいるのだ
――わたしの胸は同じくその力に侵されているそして
　ここまで
人間の土地と死の栄誉を
たしかめるために来たのではない　と
わたしはいい得ないのだ
けれども……

多くの歩く人や寝ようとする
多くの人びとがたてそして伝えてくる
幾百の音よ寄り添え
それは何をなぐさめようとするのか
けれど思いやり深い間違いよ
われらは家に帰ろう

きみはひかる一番いい靴をはき給え
多くの音をききわけることができそして悲しみの意志
　を知るなら
出発せよ道のつづく限りへだてられなければならない
　われらは
今日みずからの心臓の上に涙をそそぐ
失われた多くのものたちのために
そしてそれが石ではなく石と同じようなものであるな
　ら血は
収穫のためにふさわしく流されたのだと
いまこそいいたまえ
この朝に……

「光栄」と密柑についての ある後書

場所、日本赤十字本社講堂、原爆資料公開展。一九五四年十一月二十六日から八日間。十二月三日金曜日まで。その黒い色のポスターは混雑する夕刻の街の高架線の上をながく灯をひいて走りやがて昆虫の脚のような影を河面に映している鉄橋をこえて、麦畑の間の家並の町へと、人びとを運ぶ国鉄電車内、大ぜいの人びとの頭の上にぶらさがつてゆれていた。

風が吹いてくる。そうだ何かを考えるのを止めよう。俺はこの時も焼杭のような皮膚をして、その多くの人びとの間にはさまれたままでいて、窓の外を一枚のうすつぺらな影となつて去る風景を見ていよう。何かを考えることは、これ以上に疲れることなのだ。誰も無口である。みんな次の駅で下りるような顔をして口をつぐんでいた。下車しそこなつたらまるで十年の時を損するような気持で。腕だけが妙に冷たい。又ひとつの駅をすぎた。人間としての状態からの魂の孤立ということについて。考エナイデ。こういうとき、俺の思いのなかを逆に流れてくる〃もの〃があるのだ。リアリテイとは何か。俺は街路樹の根元に吹きよせられた一枚の破れた夕刊や、汚みのように雨にうたれて舗道にはりついている枯葉、オーバーに背をまるめて歩く通行人と、暮れ残つてまだ西の空の赤い時刻の、あの煉瓦の歩道や、低い三階建や、二階建のつづく街角。そこで俺は温いはずの夕餉の卓にむかう幸福そうなしかしもう見知らぬ家族たちと、近道だつたからそこを通りぬけていつたことのある沈丁花の白い花が咲いていたりする暗い道で、皿のふれる音や、味噌の煮える匂いを嗅いだと、ふと思い出すのであつた。すると俺は、まるで悪いことでもしてしまつたかのように、押されながら廻りの人びとを眺めるのだ。涙がこみ上げそうになるのをこらえる。このいくらか淋しさに似ている感情というものは。全くつまらないことなのだ。俺は、あの暗いわずかに窓の隙間から陽が一条の線となつてさし込む会場へとゆくことをはたして欲していたのか。いまなぜこんなことを考えるのか。どれだけの痛みを持つて、同じ運命を辿るべき多くの日本人のなかにまじつて、なにを感じることができたであろうか。一度だけだ。新橋の駅頭でのこと。朝鮮人の少年に求められて署名をしたことがある。いつも急いでいた、そんな呼声をぬつてやはり改札口へといつも急いでいた俺であつた。急がねばならぬ理由は？けれど今は、なにが俺を呼び止め立止らせよう。昨日より今日。まるで俺は遠く、この多くの人びととからはなされてしまつていると思う。人間としてしかし俺が、なにかにかかわることができようか。今。やはり考えるのをやめよう。俺は「勤める」ということをどんなふうに生のうえに重ね合せなければならないのか。犬のように生かされることを欲しない。けれども。ある朝、舗道の隅が風に凍つていたりする冬に、横断歩道で足をとめられ信号の変る少しの時間を待されるその間に。なにを考えたりするのか。

「とんでもない考える暇など」。この一分間。遅れてはならぬこの時が惜しい。そして忙ぎ足になるだろう。数字のつまった部厚い帳簿。明後日、しあさつて、六年後も。月日とともに多に死んでいる蟻のように増えてゆく数字の群。君と俺と人生。やがて青に変る信号。つねにわれわれは百の答えというものを知つている。しかし問われることはなかつた。そのまえにつねに強いられていた。黙つて、何とか動いていて、手を使つていること。返事。電話のベル。ぬるいお茶の味。昼食とカードと職制。

例えばあの落着かない男を見てくれ給え。妻を信ずることのできない不幸。俺にはしかしこれつぽつちも関係はないというが。十二月二十二日。あの時間を俺はさぼつて喫茶店にいた。松川事件の二審判決を告げる裁判長の声を黙つて、黙つてききながら。俺もその一人である日本人の運命。運命という言葉はこの国では素的に重い響さを持つている。俺の運命と、そして……。

つまり俺は若き庶民なのだ。俺はあの偉大なる帝国の英雄の運命と、原子力を解き放した博士たち、百の戦いに六千の艦隊を指揮した将軍らの栄誉を知らない。俺は凱旋大通りともいうべき通りの角で、群衆のなかに立つていて、その英姿をば知らない。歓呼する人びとと俺は同じ靴をはいていたが、俺はまるで無縁なのだ。俺はちいさな倖せと、金星のようにかがやいた眼をぬらした涙がしるす、同じくらいちいさい不幸や、土の匂いや、かがみこんで受けた愛の悩の複雑さがもたらす意味を知るが……。

若し、すべてのものを秤にかけてはかることが許されるなら、俺はあの「光栄」と、土の匂いがふと人びとの胸にもたらす想いや、ちいさな不倖せがながした涙を、この英雄の運命と較べてみたいと思う。俺は兎のように殺されることを欲しはしない。樹が樹であるべきように。石がそうでないように。

「僕は掌にひとつの蜜柑を持つている。それは若く美しい。そしてほどよく酸いのだ。しかしこれはほろ苦い皮につつまれてもいた。風よ吹いておくれ。僕のこのやさしい婚約者らのために。若く美しい妻が世界をのろつて歎くことがあつてはならぬから。風よ裏切ることなく、果を実らせよ。帯を解いたおまえが、海のように老いることがあつてはならぬから。愛するとは、そして努力のことなのだ。かつておかしたことのくるしさに。夜半。黒い窓に撒かれた星をみつめて醒めている夜。血がからだを灼くことがあるなら思い出し給え。火は腕を灼くことはできても、心をやけない。そして、山に向う林の間で見えた夏の陽のきらめく海岸と波を。思い出し給え。澄んだ朝の空気のような詩を。探し給え。しかし、遂に詩は、真に慰めとはなり得ないのだ。すでに苦しむことを知つてしまつた心には……」

今、七時のバスは発車してしまつた頃だ。やがて期限がきて、そのポスターは一せいにとりはずされる。けれど、よくみると真新しい同じやつが、毎日通う人びとの頭の上にぶらさがつているのだ。それは、いつまでも、いつまでもだ。

後記

日本海側には猛烈な吹雪が襲っていたが、山を越えて関東平野に入ると、蒼天が限りなく拡がっていてそれまでの陰鬱さが一辺に消し飛んでしまった。私はあらためて気候の精神に与える影響の深さを思ったが、もっとも、雪ひとつ降らない東京には日本海沿岸に感じられぬより一層の暗さを現実が内包しているのかもしれない。今日の、あらゆる意味を含めての生活は山脈を越えて蒼天を望むような訳には行かないし、この生活の坩堝に投じられている私たちは自分自身をいかに現実にかかわらせなければならないかを、まさぐらねばならない。私たちの前には、常に無数の終着地のない出発があるばかりだ。（水橋）

*

今日の詩が解り難く、つまらないという非難の発言には、しばしば理由のない暴言がある。

確かに、現代では詩は散文のように多くの読者をもつことができないではいる。そして、秀れた詩というとき、多くの人びとはその言葉から何をくみとるのだろうかと考えてみるときその受取り方は全く様々なのであろうことは想像がつく。

詩が多くの人びとから離れているのは、詩が自らの伝達性を無視した美学の陰欝な実験の故と、この人間が生きてゆく世界について人間として考えることを止めてしまった結果ではなかろうか。より多くの読者が詩を必要とするときとは、詩がその伝達性と、そのうちに生きている人間を回復するときであろう

このとき、詩は多くの人びとにとってのその生と生命にかかわり、新しい詩的経験は未知の言語表現の方法と世界を獲得し更にうみきつた自然主義的散文に刺激を与え、これを変え得るかも知れないのだ。（山田）

*

日本の詩の短詩的伝統は汎神論的感性との相関物である。逆に人間を主体として考える場合に人間の全的反映であろうとする詩のスタイルはむしろ長詩となることもありうるのではないか。危険な云い方をすれば英詩の伝統のなかに本格を認められるように私は思っている。様々な条件がわれわれに本格の詩を書くように要求している。こう書くと山田正弘などにやにやするかも知れないが、その彼もさらに考えてゆかねばなるまい。

今号からあらたに加わった中島敏行は現在早大の露文専攻で一九三一年出雲の産、雑草の類に博識なのでおどろく。

またデッサンを掲載させていただいた松浦敏夫氏はかつて美術文化協会に属していた画家。われわれの風土のなかに生存するひとりのパウル・クレエ。一年ほど前、個展直前に病を得て倒れ、現在稲田登戸病院で療養中。氾の表紙に FIGURE とあるのは始めから氏のためのものであった。同人一同、全快の日の一日も早からんことを心より希望しています。（堀川）

1955年 1月20日 印刷
1955年 1月25日 發行

氾 第五号 隔月刊

¥40

發行人
山田正弘
東京都大田區馬込東四の一七

印刷人
石川貞夫
東京都品川區南品川四の三七二

発行所
氾書林
東京都大田區東馬込四の七二の五

氾
6
POEM　CRITIC　FIGURE

氾

1955 第6号

表紙・早崎レイコ　カット・早崎レイコ・嶋岡晨　編集・堀川正美

掌

堀川正美

花々は
声をもたない
声をもとうとするものは
葉であるその波のなかの
花々は声をもつ
この百千の唇の
くだけたものらのひしめくなかの
爪のない大きな裸体は
人間が鳥であるときに難破した人間の祖先
われわれは愛する他の叫喚する花々
この爪のある花々そして
他の爪のある花々
このくちずけあう花々
さらに他の爪のある花々を
投げよ

白くないもののなかの
白いものは
白いもののなかのさらに
白いものでありひとしいもののなかの
さらにひとしいものであるそして
心臓のかたちをそれがもつのはただ
紅のためそして
紅でないもののなかの紅であるものは
紅であるもののなかの
もっともやさしい紅それが
十の指であるのは世界が
そのなかに成立するために

三月―四月

好雨知時節　当春乃発生――杜甫

賢明な霞と曖昧な雨にながいあいだそだてられた
のびてゆく蛸
地のなかを匍う鯨はその
夢をうしなうことに腐心する
胡麻は胡麻によつてかき消えることを学ぶそして

獣はうつつてゆくもやの下の
うつらないもやによつて――
うなだれるために
ながい茎をよりながいものにしながら
胞子の不幸をあつめる女あるいは
おびただしく嚙みおびただしく

はばたくとおい猪等を熱愛するこの十日
あるいは他の十日のために――

雲を殖やす十日のために
妻とともにわれわれは
雲より大なる灰のなかに墜ちたからすのように
やさしく眠つているのだそして
見ることのできない緑色の布きれにとりまかれ
鳥等は緑色の義務をはたしているそして

掌を不幸の色に変えよ犯罪の色に
眼とひとしい色に
そこには洞察者が住んでいるそれは
黒いはしばみであるそして
けし色の信条をもつけしがいるので
けしの子供等の手のなかで
ひとつかみの灰がいつも発火している

地軸

栗原紀子

人は
不完全なまま愛されると……
葦はゆれている
遠い地平にあの爛熟した陽は落ちる

やがて　静かにきしる
夜の地軸

背後の壁に
映つては消えて行く　黒い
生のイリユージョン

そのとき
埋葬の土の上に
暖い愛のぬくもりを着るだろう

泥人形

宵やみの中に
夏みかんの花がボロボロ落ちる
それは絶間なく
死人が手にもつ薄白い磁器のかけら
濃い香りがむせぶように流れ
ふらりとのぞいた月の唇から
生ぬるい粘液性の吐息
月の横顔が溶けはじめると
立ちつくしたまま私も
水底の魚の眼をした泥人形
おそろしい形をした水藻の蔭に盲い
月の光からませて
ボロボロと絶間なく花が散る
そして睡りに醒めて私は
遂に愛すべき対象を知らない

埴輪

水橋　晋

死者とともにかれらは
大いなる埋葬のなかにおさめられた
かれらの内部には
種子も記憶も
ましてや月もめぐらなかつた

夥しい足音が遠くにあつた
闇が時間のなかで腐れては落ち
落ちては腐れた　路が続いた
けれどもおしのけてゆく樹の枝や
漕ぎわける櫂の列が
どこに用意されていよう

巨大な劇場であつた
錆びた馬や錆びた鳩や
沈黙を秘めた女たちに混つて
兵士ですらないかれらは
たしかに夥しい奴隷であつたろう
終曲だけが幕もおりずにあつた
舞台はまわらず
かれらのすべてが化石化していた

蒼い苔をひからせ
劇場は夜のなかをではずれた
ふたつの眼もひとつの唇もない
裸のかれらを乗せて
そして船首には限りない永遠があつた

朝

片岡文雄

すべての見えるものは
見えないものに附著している
ノヴアリス 断章六三二

朝はだれのためにに風光をさしだすのだろう
指の間からこぼれおちた種子の感触が
すばやく樹間の気配に成長する
伸びあがろうとする気配の下に
おなじように息をひそめた静けさが
谷間へ影の部分となつて降つているのだろうか
死の筒先をむけられたけものが
深い午后の草原めざして馳け降つた斜面を

裾を露でぬらした娘がのぼつてくる
露のつめたさをにじみこませている光りが
娘のあたたかい胸に移りゆきながらも
たちはばかる緑に　そのうえ
足もとまでやわらかく描いて
谷間に消えてゆく背後の空の青に
すでに崩しがたい輪廓をあたえる

とおく歩みそして息づきながらもたえず
あたらしい風光に化石してゆく娘の姿は
こころにかさなるひとつの形骸が
唯いちどの朝の光りでうかびでたものであろう

かぎりなくさしこむ光りはぼくの静けさを解き放ち
ものの静けさにむかつてぼくをゆだねる
ぼくはあの照りつける虚空にふたたび
自らの姿を想いうかべることができない

生

嶋岡　晨

蝶々はみんな智慧の輪
離れないふたつの銀の輪
ときどき花にたづねるが
花にもそれはわからない

飛ぶこと飛ぶこと　謎をとくこと

ヒントはかんたん
ちよつと死に指を触れたら
智慧の輪はほどけるのです

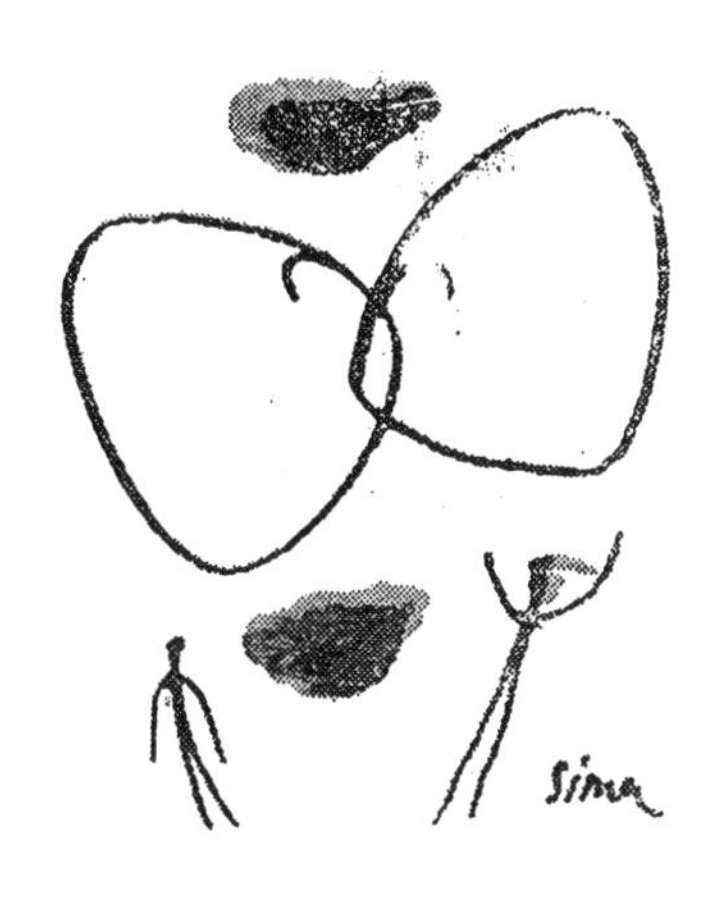

樹木

大野 純

太陽ののぼつて来ないしののめ
なにやらの気配がま向うから近づいてくる
あたかもぼくたちが伐り倒されるときのように
背後から霧がくるぶしをぬらして流れてゆく

とつぜん存在の意識をおしひろげる獵銃の谺
そのなかへいのちのように墜ちてくる叫び……
ぼくたちが紅い葉をちらしてそれを受けとめると

夜あけの空にうつすらと血がにじんでくる
だがま近かにいる狙撃者は見あたらない
ぼくたちの掌にくるしみはしろく息絶える

ぼくたちがうたおうと身動きすると
すばやくあをい果実をもぎとつてしまう非情の風
ぼくたちの唇をかなしみがすりぬけてゆく
ことばとともに　しかもことばなく……

いなくなつた小鳥たちよ　ゆさぶるがいい
きみらのやさしい重みでぼくたちの梢を
いなくなつた獣たちよ　かみくだくがいい
きみらの小さな歯でぼくたちの泪を

ふしあわせの立ちならぶ林のなかで

ぼくたちはぼくたちに許しあう
いたいたしい善意がしばしば罪をつくり
あらかじめ実行されている果されえない約束
そしてぼくたちはぼくたちに知らせあう
いま蛇のようなものがまばたきもせず
きりきりとぼくたちの青春にからみつき
らせん階段をのぼりおりする死の呼吸

ああ　ぼくたちはきようの何処にいないのだろう

もはやぼくたちの精神はふたたび憶い出しはしない
むかしうたつた未來のうたを
ただ葉のおちた腕を天の頂きにさしのばすだけだ
やがてぼくたちがひとびとを眠らせる柩となるまえに

死

餌取定三

観衆のたち去つた闘牛場に　少年はおり立つ
はなたれた黒い死の巨体
さつと少年は抜く　いつぽんの刀剣を
ふりまわされるレボルラ

だが　少年は知らない
その刀剣が鉛でつくられていることを
そのレボルラが透きとおる布であることを

黒い牛は驀進してくる
少年はまちかまえている
かがやく星のしたの大地をふまえて

本能

餌取定三

ぼくは前方をうかがう
だが　前方にはなにも見えない
いや　見えてくる……かすかに
すでに撲殺された人間のデス・マスクが

身をよじりぼくはふり向く
と　無数のなかの一本の毒針が
ぼくの心臓につき刺さる

やっと声をたてると
まだぼくを見知らぬ奴までが
飢えた蟻のように集つてくる

うしろからあ奴が
ぼくを羽交いじめにする
うしろからあ奴のはなつ毒ガスが
かわききつたぼくの咽喉にからみつく

咽喉に言葉を空転させ

暮日

日比澄枝

部厚い封筒をポケットに入れ
生垣の通りをまがると
道はだらだら坂
葉の落ちそうな樹が
人待顔で小枝をひろげ
遊び疲れた子供らは
石蹴りひとつ残して
帰つてしまつた

今話さなくてはならない事などを考えながら
毎日それに触れないようにして歩き
無言でやつてくる重さを
貝殻のかたさでつみかさねて
不信をなじれば
どうなるとゆうのだろうか

雲がきれぎれで
夕暮は春の眩暈のように広がる
ひとしずく抄いあげると
指の間から洩れてしまうぬくもりを
無意識に追い
また冷ややかに唇をとじれば
いつまでも立止つてしまうわたしなのに

お雛祭の宵に
菜の花に切り抜いた千代紙を
本にはさんで
風に送りました

月夜にそのお返事を待つことのためです

告別のための詩

山田正弘

でも暖かい腕 人びとの苦しみのうえに
その手が握つていた少しの土のうえに
戦いの夜は人びとに雨の夜を返してくれる

すべて しかし完成されないものは完成されたものと
同じかたちをもち わたしの声は
多くの人びとと同じ間違いのときのなかへとおちる
降りそそぐ白い雨のようにしかし水に浮き流される

種子は逐うべきものだ
わたしはこのあわれな生でも生きてゆくことは
よいと思う 午後には風の向きが変わり
この指が握つていた少しの土を
返すために夕暮れの橋を渡ると
いきなり抱き上げられてしまつたのさ
そう それが未来と名づけられたものであり
多くの人びとの欲する流れの下の静けさであつた

でも朝
ひばの茂みを馳けながら子供たちは
初めての涙をおぼつかなげに拭うのだ
松の根元をとおつて石を蹴つて
追憶の向うに掘られた穴を囲んで
その指が握つていた黒い土よりもつと

柔らかな土を投げこみながら
どの石がきみと同じ固さをもつものであるかと一冊の
　本のなかに伸びる
そのような幹にきみの名を刻みながら
遠いところからくる光を掌にする朝に
きみにきみの裸身と同じ匂いのする土を与えようと

ときに銀で作られた馳ける靴である　明日は
火にふれる枝また枯れることのない花であり
剝れることのない星である　明日は
海へとゆく道であり夏の輝く樹立そして
鳥の声であり
すべての魚たちの歌であるように思うが
あすにもう一つのときと結合と
不正なる支配を許す

おだやかな眼をみつけだしたのだ

このちいさな一人ひとりの生を共同のものへと馳つて
　ゆくために
しるした雪のうえの文字は
最もよい眠りであり本当の愛は力なのに
そのとき過ぎゆく樹々の間にいて
やはり近づけないものはかたちのないものであり
与えうるものは真の生を生きるものだ

眠れ　人の子土のなかに本当の種子は生きる
与え合うために与え合うことによつて
愛は力となることができすべての不正をあばくゆえに

生命について

小林哲夫

その夜も秋は深く、わたしはひとり馬のひずめを沈ませて、川添いの細い小径をたどつていた。草叢は無数の甘露を抱き、その中に無数の月がきらめいていた。ひずめの音が高いので、兵（つわもの）にこの音をきかれるのを恐れて足を早めた。虫は時雨のように小径に降つていたが、馬の吐く息のみは暗い空に白かつた。笹藪の茂みは、ざわめきも絶え、永劫のように鎮まつていた。冷い夜に駒を走らせると、わたしの心はいつも湧き立つ。そして、こころよく汗ばむ肌を風が吹く時、かすかに泌みこむ孤独を愛するのだ。

生命は絶えず何かを怖れる。この太刀を振りおろす瞬時の中にも、永遠はある。人生は云わば孤独の連鎖。土に帰る歴史は、やがて病葉のように朽ち果てる。それ故にこそ生命は、草かげろうの羽ばたきよりも哀しいのだ。わたしは告白しよう。一閃の太刀の下に、ふりかざされた一葉の軍扇、切りこんで、血潮が蒼く、月の光にほとばしつた時、胆汁のようなどす黒い苦悩が、わたしの生命をかすめたことを……。更に飛ちようのように敵陣を遁れ、戦場のどよめきを後にしたとき、砂のように舌を荒らした、あの空しい寂漠のひろがりを……。けれど、わたしは語ることが出来る。人類の血が体内をながれ、又新しい人類の血が愛のように土をぬらす間、闘争は果しなく繰り返されるだろうと。一つの死が、新らしいもう一つの生命を鼓舞するかのように……。

金魚

あなたの愛は
悲哀のように揺れる裳すそに凝結する。
あなたは知る。
胸の中に渦巻く炎の色が
かすかな吐息に煌めくことを。
だが、このつめたい息づきはあなたの思想ではない。
レモンの香りのするあなたの「倫理」は
あなたの臓腑を炎で灼き

女王（クイン）よりも優雅な身ごなしは
この時　昏れて行く光のように昇華する……。
僕等は知つている。
あなたのどん欲と浪費の中で
おびただしい緑の水があなたの中になだれ
たちまちに吐き出されねばならないことを。
この時あなたが生気に充ち
瞳が無心にきらめくのを。
僕等はかなしむ。
なめらかな肌の起伏や、浪費や、食欲や、虚栄や
これら全てのものがにわかに切ないばかりに輝くのを。
その輝きが、あなたを捉えて離さないのを。

海の見える風景

松井知義

寒村で鳥は翔けない
この裂け目のない空間では、いかなるたたずまいも許さ
　れない
そしてそれは人々に語られなければならない
枯れた畑と祠
人間的なものが全て奪われてどれだけたつたろう
過去は洞窟に蒼く葬られている
かつて村人はむなしい樹の根をせいいつぱいはつて生
　きてきた

掌に握つて生れてくる小さな芽のために
土を耕した
土に帰る人には花を捧げた
俄か雨の中から咲く花は驚異であつた
泣き咽ぶ声は時折り谷間を浄化した
すみきつた夜、村人は谷をよじのぼり彼等の小さな芽
　を天にむかつて差しだす
神よ見給え、吾等は芽をいつくしむ
だがこの不毛の土地を
（子供、おまえたちは夏の日の落葉に歓声をあげる
　だけ
　樹の下には灼かれているごみ捨て場がある）
しだいに鋭くなつてくる生への疑惑を彼等が知るとき
神よ、土はまだ耕やされなければならないのか
埋没林のあいだであなたのように眼を光らせなければ
　ならないのか
谷底の村を見おろして天に手を差しだす彼等の姿は
そのまゝ憐みを乞うそれである

眼から吐き捨てる幾筋もの言葉
小さな芽は掌からこぼれ落ちる
　子供たちは岸辺で戯れ
みな鳥のなき声を真似た
それから黙つて鳥の顔をしていた
　おまえたちはもういない
この燃えさかる岩肌に手をやつて、村人はなにを握ろ
　うとするのか
神、あなたはただ夕暮の野へ走つてゆき戻らない
やがて雪のある土地の村人は明るい声をあげて唖のよ
　うに笑う
無垢の時刻をつくりだしている
異邦人の矢は的確に彼等の咽喉を射る
落ちた小さな芽は腐蝕して強烈に匂いはじめた
その中から蔭の濃いふるえる花を咲かせた
小さな芽はすでに彼等のものでなかつたのだろうか
村人たちも黙り

いまはなにかおびえきつて狂つた花を凝視ている
空は木の緑のように裂かれるだろう
花の匂いは寒波の素早さで彼等におそいかゝり
澄んだ空気をふるわせて幾度か打ちかえすと
みな寄りあい、嵐の夜、難破船を気遣う漁師の家族等
　のようにだきあつて
ただそれがおさまるのをじつと待つている
海辺の焚火が消えてふたたび朝がきても彼等の立ちあ
　がることはない
ふれるとすぐくずれ落ちる形のままからだをくぼませ
　ている
手を十字にくませて何に祈るか
だがやがてそれもくずれ不毛の土地だけが残つた
土地はそのまゝ墓となり
墓は海にむかつていて雨を降らせている

舞踏

江森国友

朝 苦さのなかで舞踏は弧をえがいていた
朝 頭骨の底の渦潮を放れて
舞踏は晴れやかな陽のしたをすべつていた

踊りは男の靴から印される
けれども平偏な靴音は
いつか それていつてしまう
女の脚音は白くためらいがちに
いつか軽やかに
中心の軌跡を辿る
それは光のしたでは街をはづれて土に入る

土深く内部の扉を開けて
土壌 砂粒 気泡
植物の根の生きかた
蛇 濡れた生命のうごき
スペイシの踊り コーカサスの
けれども生命の干れた所で
土偶のリズムだけが
最も精神の
単一さを踊つていた

縄文の壺
把手にはいくつもの眼があつて
紋様のうねりのリズムのなかで
目覚めていた

採光の悪いミユゼアムの
記憶のなかでは
女の白い脚の運びは
ボギー車のきしむ車輪のあたりで

消えていたが
一体
舞踏の本当の姿は
捉えることができるのか
しかも　祕めやかな
リズム
ふれあう
もつれあう
かたちづくる
一粒の雨の音は
世界を濡らしてくる
そのときの
樹木や花々の仕草さ
動物達の行為

交合の単一な音
しかも豊かな
濡れた色彩り
その舞踏
すべての行為の

初めにくる
単一な発想

人々は
提出された僅かの証文きり
信じられないのか
若者達の触れ合う
肉体の起伏
さゝやく小鳥たちの
同一の発声
優しい精神の舞踏
さゝやかな　精神の
かくれた默契が
さらに大きな行為にまで
拡がる朝
舞踏は
耕やされた土地
覆われた種子
もたれるべき根の
方向

詩のためのノオト

堀川正美

エッセイとはいくたの効用をあわせもつものであるにせよ、一般にそれが書かれるとき、それを書いた詩人は彼の詩作のうちにおいてすでに、そのエッセイに含まれるものを或る程度超えてしまつているものであるらしい。詩は思考に先行するといえる限りでは、詩は直覚の芸術である。たとえば詩論の光り、それは簡単な矢印にすぎない。指示される空間に詩は生きようとする。その空間に何故詩が存在する（と考えられる）かについて語るとしても、語る人間が彼の詩のうちで敢て為そうとし得ないことについてはエッセイは語ることができない。このノオトでは、現在われわれの詩が何故そのように書かれるのかという、これは説明の意味で書かれようとするものでしかないのである。われわれが詩を愛するようには散文を愛しうる幸福を知らないのは、若年の故でもなくその他如何なる理由のためでもない。今日まで詩作が環境に対する第一の行為であつたし、今後もまたそうであるだろうからである。そして常に、同世代の詩人たちによつて第一の空間のための第一の矢印が示されようとしてきた訳である。

1

わが四十年代のジエナレイションがこれまで詩作してきたようにはわれわれは詩作していない。現代と自己についての何らかの自覚をわれわれが詩に関わりつつ持ち始めたときから、彼等のように現代が詩人個人にどのように関係するかを――それは不思議なことに自己が現代に関わるとは云われず、主体的でないとしてもさらに相対的でもない、ただ現代が自己に関わるその関わり方の認識の反映の詩であつたが――それを表現することが何ら意味をもたないことに気ずいていたからであつた。彼等は、詩人の内部の現代に誠実でなければならないというように表現していた。内部の不毛について個人主義的な誠実――彼等自身によつて悲劇的となづけられた――によつて書くことが、共通の主題といわれたものであつた。誠実それ自体について、それが正当であるかないかなどということは出来ないことでもあろう。しかしこの誠実は、破滅しつつある自我が己れを支えようとするところに生ずる、証言すること、記録することの誠実であつて、そこに何ら積極的な価値のイメエジを含んでいるものではなかつたのである。現象に受動的な自我であれ、能動的な自我であれともあれ自我が支配しうる世界とは、海のような愛の世界に比してたかだか孤島でしかないことは自明であり、このような狭小な世界に身を架けて詩作することが、よしその時誠実と考えられようと、反人間的冒険といわれねばならない。詩人自身にとつては緊張した意識の頂点に恰も梯子乗りのようにバランスを持続させようとする不自然な努力であつた。しかしそれを為すことが、現代にあつては自我の最後の地点による誠実であつたことを、わたしは疑うものではない。フランツ・カフカはたとえばそのような作家であつた。しかしまたこのプラアグ生れのドイツ人作家が記したように「不安の存在ということより、不安の持続ということに耐える」ことを、われわれもまた「おそるべき」ことであると思わざるを得なかつたのである。じつさい、われわれもまたそのような経験を持たねばならなかつたのであつたが、そのために詩作することはよく為し得なかつた。たとえわれわれが現在のように詩作する以前の一時期に必然的にそのように詩作せざるを得なかつたとして、そのように為すことは詩の効用としてどのような価値をもつものであるかが絶えず自らに問われねばならなかつたのであり、絶えず発せられたそれらの問こそが、われわれに今日のごときひとつの態度をとらしめたものなのであつた。まず最初に、このノオトが態度の問題についてふれているのだということは、諒解されるであろう。

　じつさいわれわれが、より肯定的な価値のイメエジを主題とするとして、予定されない空間に投げこまれて不意に生への讃歌をうたうようなことを想像することは不可能である。アンチテエゼに対するジンテエゼとは、こゝではとりもなおさず、詩人の態度の問題であると云われるべきである。その故にこそ態度によつて詩作するということが考えられる訳ではなかろうか。よし態度のみで詩は成立しないにせよ、態度について考えた詩人は、それを考えることのうちに現代詩にとつて何らかの積極的な意味を与えていたにちがいない。環境がまず変化したのではない。不安への誠実に対する不同意にはじまつた数年によつて、変化したのは態度なのである。「私たちは私たちの個々の生の価値、その尊さを証明することによつてしか〈死〉を超克できないし、私たちが絶望しないのはこの故であり、私たちの出発の唯一の理由は愛の可能性を信ずるからである。[*1]」たとえば戦争というものの非人間性が、ギリシヤ悲劇の貌のない神々の規模をもつにせよ、われわれはそれに直面することで詩人たりうるのではない。それはわれわれが、われわれの生の拡大に対する一層激しい権利を有しているからにほかならない。

現代という言葉によつてわれわれの内部と外部に感知されている時代が、現在徐々にその容貌を変えつつあると考えるのは性急のそしりを受けねばならぬかも知れないが、しかしそうならねばならないと考え、欲することは出来る。変貌の必要。それはわれわれが到達しえた砦であり、そこより出発している港である。それはむしろ良く説明することの出来ない、しかし絶対的に＜善＞であると信じられたことであつた。

少くとも詩を必要とし、詩とともに生きようとする人間にとつて、現代という言葉の意味がもたらすものは、詩に反するものである。人間の内部にあつてもつとも詩である部分、それがこの一世紀のうちにまず精神的諸頂点を持ち、ついで技術的諸頂点を持ちえた尨大な文明の滅びようとする時にあたつて危機に頻しているとつよく感知されるとき、その故にこそわれわれは現代が散文の時代であつて詩の時代ではないとみずから考える訳にはゆかない。巨大な社会現象に対応する表現の手段としての散文が、詩より多く価値をもつものと理解されるにしても、尚われわれが詩によつて表現する理由は、人間の内部にあつて、もつとも詩である部分――それは生と等価である――についての、言語による最高の表現手段としての詩が今日以後、より積極的な創造の意義をになうものであると信じうるからである。

「今日、生体解剖的論理が、個々離ればなれになつた死屍の断片を生命の終極の意義の証明として分類し、内在聖殿のものである真理の価値を認めないために外門から証明を呼び入れているが、吾々は答えて叫び争うことを止め、人間の間に於て最も不死の人々の傍に立とう」[*2]。かつてわれわれと同じ圏域のうちにあつて一人の詩人によつて発せられた警告は、そのまま現在のものである。われわれの詩作の理由が若し問われるとすれば、人間の第一の空間、宇宙的な生のために書くと答えられねばならない。生そのもの、それが主題となるべきなのである。詩が詩であるのは、人間が人間であるのとおなじくその中に含まれる生のたしかさによつてであろう。この人間とはもちろん、現在あるところの人間のイメエジによつてであると同時にまた、あるべき筈の人間のイメエジによつてである。彼等がその本質的生命によつて人間であり、そのようであることがその時代のすべて破滅的要素に逆つてそれを変化せしめながら人間であることを立証するものであるに等しく、詩は各時代の感覚によつて制限を受ける範囲をこえて、詩のもつ生命によつて詩でなければならず、そのような詩であることがおかれた情況のうちで積極的なスタイルを必要としてゆく詩である。生によつて内容とスタイルを強められてゆく詩。それにわれわれはア・プリオリな興味をもつ。

前提が隠蔽されてはいても前提なしには表現は成立しない。前提とは環境であり、態度であり、希望である。それはウパニシャッドのうちに、「唯一者は無限者である」といわれ、また「唯一者は愛である」といわれた古代インド人のものでもあつた。明証を明証としようとする詩の機能は、その前提をあらかじめ詩人の前におく。そこに動く一枚の帆がある。過去のどの時代にあつても詩は常にそれ自体明証である。それをおびやかし得たものは＜死＞でしかなかつた。それは詩の内容がたとえ反人間的であるように見えた場合ですらそうであつた。どのような様式も、芸術上のイデオロギイも、このア・プリオリな存在の仕方から演繹するうちに存在することが出来たのだが、現在にあつてはむしろ逆に、詩がおかれている状況また詩人がおかれている状況から帰納しつつ、そこに到達せねばならないかのように見える。その過程は、詩において第一に卒直に示された生の表象が、徐々にその反映を拡大してゆく過程であろう。表象は他のすべての表象に先だち、それらを従属せしめるかあるいは排除したひとつのコスモスとしてまず表現される必要があるであろう。そしてこれが努力という言葉で云われて差支えないなら、それは「今日の生の大きなドラマにおいて表現のためのもつとも切実な根源は、分裂と崩壊を克服するための努力、生活の自守権をとりもどす努力」*(3)だからである。この根源からの第一の行為は直覚のうちより詩によつて表現されるものであつて、詩の積極的な効用とは、すべて破滅的要素のさ中にあつて詩人が、破滅的要素によつて合成されるペルソナのしかし最も奥深い内部の第一の空間を、われわれの祖先と同じ色、同じ輝きをもつ純粋さを与えてとり出し、生へとむかう詩人の力によつて破滅的諸要素に対抗する力を与え、確固たる形のなかにひとつの明証として存在せしめることでなければならない。過去のすぐれた詩人たちがその額に示し得たものは、このような明証ではなかつたであろうか。これが「不死の人々の傍に立つ」ことの意味であると考えるのである。

今日われわれに詩を書かせているのは、このような態度によつてであり、選ばれたこの態度のみが詩に対する誠実を裏切らしめないものなのである。それはまた今日われわれをも含めて、生をいま一度最高の価値のイメエジたらしめようとする人々にわれわれを結びつけ、ひとつの社会的態度をもそこに生み出すものなのであり、あるいはそれを失うとき、祖先は信じられない祖先であり、子孫はもとめられない子孫でしかないのではなかろうか。

（未完）

註（1）山田正弘「詩の回復」氾3号
（2）ラビンドラナアト・タゴオル「有閑哲学」
（3）ルイス・マンフォード「芸術と技術」

後記

「葡萄」の堀内幸枝さんも先日云つておられたが、世代から世代へというような縦の関係が史的には勿論重要であるし、作家の意識を決定する訳であるが、横の秩序というものももつと考えられていてよいのではないかと。私はたとえば世代意識なるものはしばしば政治的にすぎて良くないのじやないかとも思うが、しかしコクトオのように同世代からまず否定するなど考える訳でもない。所詮これらは批評家の仕事に属するが、ぼくらはぼくらなりにその立場から関係を見極める必要もあるだろう。今号の紙面から何をくみとるかは、各々の読者におまかせすることにして、まず貘グルウプ四氏に感謝いたします。

氾も一号を出してから一年になつた。七号でひとふんばりしたいところ。昨年あたりしきりに詩壇や画壇の沈滞がいわれたが、戦後十年をへて今年あたりから第二段階の仕事が始められてよいのではないか。沈滞もその準備のためであつたと考えたい。そういつた意味で今年に期待するが、ぼくらも良い仕事をするつもりである。（堀川）

*

今日までも、私たちは、一般の人びとが詩について抱いている知識―例えば中原中也の詩などによつて代表されているような、詩に対する読者の要求というものに抵抗してきた。つまり真に生きている人間とこの世界に関わりなく、「現実からほおり出された感情」について歌うという湿つた詩、そして、その涙や感傷的な作品を抒情だと名附けてきた今日までの、一般的な風潮に反撥してきた。ということは、長い間に亘つて詩とはそのようにつまらないものであり、人間が真に自らの生について考えるときには役にたたないものであると誤解させ、現代詩の卑少化に拍車をかけてきたものであるからであつた。しかし詩とは実に、今日の読者が、例えばあの十九世紀や又今世紀のすぐれたいくつかのロマンを読みたいと欲するようなときに必要とされ、その観賞力に堪え得るものでなければならないはずのものであつたのだが。あえて云えば、そのような正当性を詩がそのうちに恢復するとき、わが現代詩はより多くの人びとの間に生き得るし、私たちが、わが国とその伝統の検討、そして生命的な世界観を詩のうちに恢復せよ、と主張したのもそのためであつたのだ。

*

二月、堀川正美に長女誕生、杏子と名付けられた。作品「掌」はその杏子君へ父よりの献詩である。私たちと共に祝つて上げて頂きたいと思う。栗原紀子がそのスランプを脱して二篇書いたが、今度は、中島敏行が帰郷した。最近、水橋晋は江森国友と同宿しているが共に健筆。堀川正美の「詩のためのノオト」は今号より三回に亘つて連載される。（山田）

1955年 4月5日 印刷
1955年 4月10日 發行

氾 第六号 隔月刊

¥40

發行人
山田正弘
東京都大田區馬込東四の一七

印刷人
石川貞夫
東京都品川區南品川四の三·七二

発行所
氾書林
東京都大田區東馬込四の七二の五

氾
7
POEM CRITIC FIGURE

氾

1955 第7号

表紙・早崎レイコ　カット・堀川正美

開かれるため

江森国友

あふれるばかり
光の世界では
物はかたちを失つても
色彩だけは残される
なごみあい
さゝやきあい
みをよせあい
おまえが　ちようど
そのなかに　睡眠するような

呼吸すると
乳房はくだけて
肉体のうちに溶けてしまう

空を抱こうとすると
光のなかにかくれてしまう
石材のように伐りだされた
青さのなかに
開きたいとねがつたりする

拡溢する緑葉
眼のとゞくかぎり　花々
赤い瓦　やさしい家族
かさなりあつた朝の展望のなかから
おまえをこの風のなかに立たせるため
ぼくらが抱きあつて生きるために
横たわる充溢のなかから
手をさしだして連れだす

仰向けにねると
乳房のかくれるおまえ

なにものかぼくらの手に奪うことは
火を燃やす行為
石を積みかさねる行為
あやまちを知つている
種子まく農夫
光のさしこんでくる山間に
樹木きる樵夫
はぐくまれた緑
熱していく果実
そうして　ぼくはおまえを
自然　あるいは　平穏さのなかから
うばいとる

休息の半島

堀川正美

耕作者と猟人は
丘にゆかねばならなかつた
それはあなたの婚約者
きみの兄弟　私か祖先か
武器をもたずに
占うための骨と
一袋の種子をかついで　だが
次の日を知ることはできない
百袋の麦ですら
百頭の鹿の肩骨とおなじに　そこで
仰向いた鼻　頬に生えた植物
まばらな髭のあおざめた叢をすぎて
黄泉への道のひらかれているこの川沿いに
うつろな口をあけている涸れた泉まできたが
最後の海豹とともに
死者たちはここよりのがれている
不信のかわうその声ものこさず
はげしい年々の記憶のなかで？

おまえたちの耕す領土いたるところに
これらの丘がそびえていた
そしてわれわれの道程に――
太古の夢をのぼりつめたその頂きで
夥しい月と日が間断なくめぐつていた
眠つたままの鳥等は薙がれて
眼覚めることなくばらばらと落ちた
海象等は労役した

沃土に畝の航跡を曳いて
みずからうずくまるために
これらくろぐろとした沈黙の果実を
栽培するのは誰だ
そしてころがる埴輪に変えてしまうのは

死せるもののみが知る不可視の絆を
よじ降りて　うつろな口より冥府のなかへと
その広漠たる河床に
思想の価値をもとめて
するとそこには　一条の経験の流れしかない
われわれは迷える鬼だ
われわれはわれわれよりも強くはなく
また弱くもない
超越できないこの悪しき性は
しかしひとつの力である
一本のひなげしと戦争の
われわれの幽谷の夜を開く鍵である
この火葬の暗い谷をくだると
合歓の花が咲き
恋人たちは青く炎えながら待っている
生と死に裏切られ
讃歌もなくゆらめいて

また丘で
おまえは　一本の削られた櫂である
女たちはみな一枚の葉となる
信頼にたかなるためではなく
不吉な色のひとふりの
古びた剱をなお限りなく燻すため
歳の終りごとにあつめられるのだ
柿の葉よもえろ日輪のかたちに！
そしてわかめ等　みるめ等
何時か死の巨大な梟はころがるであろう

病める芋に変じて
ただ塩を怖れるために

そして乳房の峡谷をとおり
遍歴してゆくものたちは
他の何ごとをものぞまない
殺人者はやがて殺されるのを
まぬがれないが
よりよく生きるものは
よりよく死ぬことを得る人間
その幻影の未来のなかを泳ぐ鮎
かけぬける兎と子供と
一枚の楯の紋章のように沈黙に輝くもの
われわれの父よ　かつて火が
祖先を焼いたとしても人間は
指導者であることをやめないだろう
やわらかい武器

武器ではない武器より
海の胎内にまで煉られるものは
そのために滅びることはあつても
生きるに値するものだ
鯨をその大いさの故に
船よりも信頼する

死者たちの土地はやがて終り
また始るのだ　この足下に
汗を噴く不毛の丘陵をぬけて
一羽の白い鳥にみちびかれ
半島の岬に出ると
神の声はきこえなかつたが
霧のようになごやかな海風は
われわれの時代の神話よりも
さらに強い匂いをもつている
水の乙女の群がすぎてゆくこの

岬の突端に立つものは
ただ一人の人間でしかない一人と
ただ一人の人間でしかない一人
死者の影が加わることをのぞまない
これ以上石一個も必要でない

巨大な岩等のあいだに
悔恨のおおきな口がひらかれている
相反するものを混ぜあわし
そこに地の底の魚は
舌のように暖められて眠つていた
おまえの母や
妻とあまりにも似た貌のままで
この魚は　はるかな貿易を夢みている

衛門のない国のはずれで
耕作者と猟人は死の形象とわかれる

それは最後の地で　また最初の海
鷲の舞う流れであり原である
そこで骨片を焚き
占つて種子をまいたのだ
おそらく老子はわれわれや
われわれの娘よりは汝の隣人である
そして流れてゆくこの松の
花粉の匂いはただひとつの言葉
塩からく舌を刺す希望のにがさは
海の女のひろさ
よせかえす波の力によつて
海神の命ずるところ
人間にくちづけ
生命をそそぐ

雪夜

中島敏行

蒼天で
鶴のように病んだ
巨大な神が
羽根をむしつて
悶えている

内側から
翼のごときものが
伸びて来る
鳥に似た
人間のかなしみ

山が膝をかゝえる時
雪に鳴る
この感性の翼は
何んのために

親鳥の悲鳴が
闇の奥につまつている静寂

その奥に氷煙をあげて
傾かんとする翼の感性よ

雪の底で河川が
波打つていないと
誰れが云えよう

雛鳥たちが
絞め殺され
墜ちて来る冬だ

啓　示

無くても良かつた露深い村

あんずの朝
さるすべりのひるさがり

草達の茎は
音をたてて
天に噴きあげていた

影が吸われて行く
たまらなさを知つた

僕の不思議
と草いきれ

きりぎりす鳴く
草原を
秋刀魚のように泳いだ

一つの声が
野を走る
草の実の頃

空にはまぶたが無かつた

おびただしい影達の姿が
なかまどの下
雑草の実の中に
溜つていた

豆の樹成長

ええ　御存知でしょう　少年と豆の木の
物語りとよばれます

山田正弘

一九五四年九月十五日
見える火はみえない火によつて燃える
ものたちに育くまれ　なお日々
いろんな言葉でただひとつのものについてしか語らな
　いこのひとつのものそして盲いることで灰となる
ことを学んだ　だがあれを心から愛したのはだれだつ
　たろう
だから　苦しみはどうなるのだろう？
海を見たいか。しかし生きている人びとはいまいちど
見ることができる。きみは　どうしてぼくが粗雑で不
作法な詩を書くのかというか。恐らくきみは　だが
ぼくとともにここに立つことができるのだ　いくたび
ぼくの知らない昔からこの地のうえに甦る水を求めて
来る年ごとに女たちは葬られてきただろう　わが祖母
　ら！
そうしてきみもあれ等のうちのひとつになるのだ
岬ではなく海の方へとゆく　潮しぶく浜の岩々のあい
　だの水のように
たくさんのもののなかのひとつに
みずのなかへと滴つたあのときの血のように
決してわかつことのできないものに
なるのだ　けれどきみの息づくやさしい肩
見給え　あの岩のしたに沈んでいるのは一本の折れた
櫂だ　こんなに美しい木目になるまで洗いつづけてき
た波　だが一本の櫂によつて所有した人間たちの海
とおいときに　潮流に送られてゆく男の骨にからまり
　つく藻
とおいときに　死んでいつたものの？
しかし　このわかち得ないものこそ　なんとよばれよう
　とあらゆる生あるものへの答えであり
そして裸の光なのだ

決してもみ消されることのない
あの斃された柘榴樹のただひとつの果実とひとしいも
の　そして
暗い充溢のためにそこに在るもののうちの（たとえば
その果実がもつあの）わずかな裂目から
はじめはにぶい風のように漏れやさしい心ゆえに纒わ
りつく
おう　わが子守歌は　だれのためのものなのだろう
そして真に必要なものは…

「お話しをしましょう　むかし一人の男の子がいたの
です。
美しい瞳をしていたのです…」

＊　＊年五月二十四日
それなら見知らない言葉で書きとめておこう忘れぬう
ちに
盗まれないようにおれだけの言葉で……
……空にむすびつけられ　そして光のようにたえまな
くまじり合わさりながら　たとえば陽にきらめくひと
むれの葉や　風の強い海へと金いろの羽毛をちらせて
はばたく鳥らのものであり　その柵は人間たちの小さ
な事実にすぎないものでそして森の影は人間や獣たち
の血のいろした太陽が気まぐれに置きかえるものだつ
た　と思う大地だのに　そこがきみたちの庭であるこ
とを知らなかつた　はじめに　窓から撒かれたおれは
ひとつぶの丸い生命だつたろう。
きみたち！きみの母は煮えたつ土の鍋をもつていたの
だし　きみはおれの固い生命をつつんだうすい膜を嚙
んでほきだす白い歯をもつていたんだつたつけが　夜
露にうなだれた草たちの根をわけて　おれが伸びる一
本の茎となることを覚つたとき　きみたちは安らかな
眠りにつく頃だつたんだか！　土の匂い　それがおれ
の力を喚んだときおれはすでに一寸の芽　星のちいさ
な光さえ吸いとつて伸び　溢れくるものによつて開か
れたおれの葉を吹く風さえ　このときはおれのものだ
この夜眠れないきみは悪い子供　青い眼をひらいたま

まで　きみたちの唯一の財産であつた牛について考えていたか　ちがう！
きみはきみのうちなる王国で到着する所をもたない美しい旅行者だ　明るい花の香りをたべて飛ぶ昼のきみは夜の海では彩どられた皮膚をもつ凛々しい鱶であり
　そして空では　火をものみこんで大きくはばたく伝説の不死鳥とも呼ばれる。還えつてなんかこない放たれた矢のように　まつすぐなきみのたくましい夢　なぜ叱られたかわからないきみは　ギシギシ軋しむ木の小さなベツドでつぶやくのだ
「一袋の豆ととり換えた牛は　あいつは一匹だつたから死んでしまうんだ　あいつの角は立派だつたけどあいつは仔牛を生まなかつたんだ」

　しかしきみは大人になつた日に答える？　恐怖を拒んだ父たちが勝利者の前でいつた言葉に　きみにわからないむずかしいことば　ひとも同じように一人では生きられない　生かされていようと死にゆこうときみたちのうちにいる「私はこのような大きい不正の最後の犠牲でありたい」逆立ちしだつてわかるもんか。

　奇麗なことばを二度と信じることはできないのだがら　しかしきみがめざめた朝　おれは立つている　きみたちの驚きの目をさえぎる雲を貫いておれは伸びそしておれの足場はきみたちと同じところにあつてもつと伸びた　けれどきみたち人間のしたおれについてのみみつちい噂
　だが　もうきみたちの声もここまではとどかない
おれの腕この葉のかげを風のようにくぐりぬけて飛ぶ仔鳥たちが　その声をついばんでしまうためか　でもそれを運んだとて巣もつくれないし　だれが卵を産めるの？　しかしおれの気づくことの出来ない力それが大地からいのちを吸いあげる　けれどどこがいつたい空であり　おれのゆきつく天であつたろう！　ここにきて

一九五四年九月十六日
見える夕焼け
見える　真赤な雲　とてもきれい
知つている　豆の木の話し
知つている　波の音がきこえる　あれは嘘　絵本にあ

る大男の城館の入口まで梯子みたいに伸びてる　豆
　の木の絵
本当さ　無知な絵書きには
豆の木は伸びた　どこまでも　とまらない
少年は盗んだんだ　黄金の卵を産む鶏
くびれた声をあいつはしていたねきつと
それから……
それから　ハープ
ハープ　ハープのことは忘れた　でも大男は気づいた
　豆の木をつたわつて
逃げたのは男の子
男の子は盗んだのだから
もういい　お話し　夕焼けきれい
いい？　空とてもきれいだ
　さあ　めをあけてごらん

………………

　おれの体は巨人の怒りによつてわずかにゆれ　叫ぶ
ことのできないおれから破かれた葉が　くるくると散
つた　けれどなにがおれの充実をさまたげるのか　け
れども……
　少年よ伐れ　母なる足をきるように　おれの土深く
張つた根元へと　斧をふるえ！　しかし二十たびおれ
はその鈍い刃の輝きをはじきかえすだろう　少年よ
まつたく大勢のなかのひとりであるきみ　斧を！　き
みは失うことによつて得るだろう　千の麦　億の子孫
らをそして娘をそのやさしいからださえやがて…
きみのそばちかくたつておれは　上のみをみつめて伸
びることで充されることを求めながら　行うことので
きるきみとどれだけもかかわれないでいるのだ　おれ
の生はきみの梯子にすぎなかつた　きみの倖せの梯子
そして不幸をもまねくことのできたしかしいまきみは
斧をふるうそしてここに絶たれた暗い切口から　ほと
ばしつた　霧のように風に流されたおれの未来！
　やがてあの大男も地面へおちて死ぬのだ
　そしてきみの所有であつたもの　語りつがれる小さ
な栄光　だが　あふれるような色その花を知らないお

れのたたれた幼い生　いまこそ吹いてくる風　見知らぬもの美しきものへ注ぐ涙は　償いの塩であれおれのもの　そして諦めこそ真の光あふれるものに反するものだ　苦しみを育てた美しいからだそのゆえに地上のすべての大いなるもの　しかしいまおれは倒れてゆく全きものに近づこうとしてその心やさしい手によつて死をよばれながら　うばわれたおれの次の日々　たくさんのこれからの日から遠ざかりながら　いま千里の影をひいて老いることの意味を知らずに　もだえる姿から悲しみの葉をそして堪えられぬ嘆きに枝さえもたぎり落しながら　嵐にもどんな裂目すらみせなかつた森や　夕べ灼ける太陽をその胸に沈めた丘そして一本のひかる紐でもあつた川をこえて　おれはわが梢を遠い海へととどかせこのつややかな姿をよこたえるのだ
　おう人間たちの野よ千の恋が生れ裸身の娘たちがふるえる花びらであつた夜　父祖たちの弓をうけついで生れたたくさんの子供たちの部落よ　おれはもうなにもみえない　たしかなことそれはおれの梢はやがて海のそこへととどき　おれは眠つてゆくことだろう

一九五五年九月十四日

いまは見える火さえもきみに与えられる
だが匂いを重たさにかえ風や蝶に
よつて交わりひとつの生命の
誕生のための春夏
そして秋を知らなかつた
まぶしすぎるおれのときをもたない
ものにとつてあらゆる明日は
昨日と同じものだ
おわかりでしよう明日に手をかけられる
きみよそして大勢のきみの妹たち
だからつて 苦しみはほろぶわけはないのだ
しかしわれわれにとつて死はまつたくの未知だから
きみたちにとつてもそうであるからつてわれわれは共
　通の世界を自分のものに
することができるだろうかそのときに

解剖学

日比澄枝

ごつごつの
汚れた解剖台の上で
土鳩は足をのばし
頸をたれている
羽が引攣れて重なり
赤い目は閉じたまま

ぷらたなすの
葉ずれの音を聞きながら
土鳩は
昨日までの仲間たちのことを考えていた
一匹の蟲を口に含めながら
壊れた土塀を潜りぬけたことや
農夫の刈り取つた豆幹に穴をあけたことや
颪の突きぬける嵐の夜に
息を殺して軒に蹲つていたことなどを

それからまた
草が伸びかけている
実験室の裏庭で
モルモットたちとくらしていたとき
老蛙が腹を裂かれて死んだとゆうことを

真昼の太陽の下
ひとりの解剖学者が
生命のために思考するとき
失われるものは
いかなる禱りに対しても
恐怖でしかなくなる

生きものが災されるのは
災すべき必然性を人間がもつからであろうか
十の生命には十の犠牲を
古い病理学に新しい生命を必要とすれば
生命の価値はどこにおかれるのだろう

罪の意識が形を変えれば罪でなくなるのは
生への執着のためなのかもしれない

叫び

松井知義

人はいたるところで自分に出会うと云う
がそれは嘘だ　いたるところでみつめている眼を意
　識すると云うがそれは虚偽の眼だ
君はそこにいる君でしかない
だつていつ君から君がぬけだしたんだ？
そこらにうようよしているのはたくみに君に変装し
　た奴等にすぎない
そして君を悲愴にし　時には御気嫌をとろうとして
媚びてみせるのだ
そのことがわかつたら君は魂を抜かれたようにどぎ
　まぎする
はじめてひとつになつた君がはずかしくて隠そうと
　する
憶病な君は自殺さえしかねない
その時彼等はよつてたかつて罵倒する
君は裸にされた神のように絶望する
かつて君自身の変装でもあつた彼等は堂々君に矢を
　放つ
くたばつてしまえくたばつてしまえ
そしたら俺等も自由の身だと
そこで君の叫びは溺れた子供のそれのように音なく
　はげしい

街にて

多くの人は泳ぎを好む魂を持つ
彼を俗に怠け者と呼ぶ――アンリ・ミショオ

扉をあけると入れ違いに私の部屋を出るものがいる
そいつの姿は見えない
私は慌だしく重要書類を思い浮べた
だがそんなものには手もふれてなかつた
誰かの蒼白い顔（あとで疑もなく私の顔だと気附いたのだが）を鏡の中に見附けたときそいつが私の知らない間に私と同じ恰好で部屋の安楽椅子にのさばつていたのだと思つた　知らない間に私と同じ恰好で
＜濡れた麦穂の中を蝶は息をみだして舞つた　そのまま落ちて翅脈をあらわにし泥土と化するかと見えた　大地はあまりにもはるかに嵐の捲き起つているる地平線の方で大空に合していた　蝶は灼きつけるような泥土の匂に幻惑されていま一度中空に舞つた＞
ふりかえると扉はたちまちくずれはじめる
時刻のように積みあげた物体がこぼれ落ち
私を隅に追いつめて咽喉のあたりまで這いあがつてくる

その後私は街路でよくそいつを見かけた
いつも下をむき　時にはまるい路地を這いまわり（すぴろへいたあのように神祕に）時には街路樹によりかかつていて
だが私は　捉えて何を部屋から盗んだか訊ねるのに躊躇した
私の秘密を握つていて云いふらすかもしれない
そいつは私の足音に驚いて（私は興奮していた）急に顔をあげた
――あぶなく声をのんだまぎれもなくあいつ
たえず私のそばにいついてカーテンの向うに影の如く

たたずんだり 蜘蛛の如く天井に這いつくばつて部屋
 を離れなかつたあいつ
私はその粘つこい触手に巻かれまいと緊張し続けてき
た
∧濃い葉の間で光る茨はうち顫えていた
だが透けて見える昆虫の翅が強烈に輝く瞬間があつ
た それは蝶を呼び睲しあの光の縞模様の中の冷た
い肌ざわりの生誕の日と細い生命をかきたててひと
すじ緑の露につながるこれからの数時間を知らせた
 未明の廃墟の上を蝶が飛んだ そして収穫の祭祀
のための苔むす石柱の上に翅を休めた∨
同時に私はそいつこそいつの日か私をぬけだして（お
そらくまだ子供の頃）それつきり私の手におえなかつ
たあの頭でつかちの怠け者であることを知つた
そのころあの到る所へ入り覗う眼と暑い夜の潮騒に似
た声のために私はあいつの髪をかきむしつたのだ
あいつは帽子もかぶらず立ち去つた

それから幾年 いつから入りこんできたのだろうか私
は自分の部屋であいつとも知らず睨合い生活してきた
あいつはあいつのまま私は私のまま
私は重要書類に囲まれて あいつは身構えて
しかしこいつはやはり私の孤児だつた
こいつをにがしたら部屋から抹殺される以上に恐ろし
いことになる 私はぎしぎししたからだで死んでいく
だろう
∧蝶は夕空の中でみたび舞つた 息の続くかぎり高
くのぼつた 落ちるときはあの石柱の上へ真直に散
ると思われた∨
いまこいつののびきつた肢体あくことなく蒼空をのみ
こんだ深い瞳を 私は双手を拡げ抱かずにはいられな
い
私は一歩前へでる するとこいつは一歩退るように見
える

そして夜明けが

水橋　晋

そして夜明けが
青ざめたうでのなかではじまる
しのびよるひかりにひたされ
ゆるやかにおまえは囚われる

私の影が
おまえの根のなかをゆらめいてゆく
いろいろの形にくずれながら
そしてくみ合さりながら

蛇のひそむ奥の方えと
ましろい崖のしたを
ぐるぐる旋る水
ふかい帯をめぐらし
眼にみえない門にむけて消えさる
闇のこぼれる地で
すべてのものが翅をぬぎすて
しずかな休息にはいる
睡らねばならない
地球よりもながい距離のあいだ
死者よりも大いなる睡りを

ふきのぼるひかり
私の影がふくらむ
そしてつまずきながら

おまえの胸に帰つていく
多くの花々の匂いをひめて
血塗られたやさしい棘をいつぱいつけて

私たちのもつている共通の掌
たしかめあう共通の脚
生れない蛇たちのための夥しい夜
ふかい大地の底からでるとき
それ故に私たちは用心しよう
黒い雲の裂け目から
ふるいおとされる炎をあびて
氷河のように凍えてしまうのを

無数の石のなかに閉じこめられた
おまえのしずかな開花
そしておまえのなかで焚かれる
無数の小さな火

私はいくえにもまきとる
おまえのうでに
殺戮された多くのものたちの
さらに多くのかぎりない夜明けを

汚点

とどまるためでなくすぎるための地下道に
奴はすぎるためでなくただあるために
こびりついていた出口はなかつた
はめこまれている左右の空間
それは壁でしかない抜けられない

次のつらなりの予約されていない
あけつぴろげられた壁でしか

眼はよごれた鋪石のため
手は踏みにじつてゆく脚のため
折れた腰はひえた席のためにあつた
けれどもどんな方向があろう
眼くされ垢まみれひびわれ
赤身に血をためたなまり色の奴のための

方向をもつ夥しいものの流れは
何もふくまない別の流れ
奴は見知らぬ人の手につながれ
ひかりの外側に区切られている
騒音と闇が奴を隙間なく領している

やがてがらんどうになつた深夜

夢は奴自身のぼろ服をまとい
まがつた脚をつけ
地底からしずかにやつてきて
奴のなかにはいりこみ
そしてかたく蹲るだろう
そのとき
空罐のなかには数枚の銅貨がひえていて
奴のように潰れ
ぎざぎざにささくれ
そしてすりきれているだろう

おまえは到るところにいる

ポオル・エリュアール

おまえが起きあがる　水はひろがる
おまえが横たわる　水はつぼみをほころばす

おまえは深い海から遠ざけられた海だ
おまえは根をはつている大地だ
そしてその上にあらゆるものが建てられている

おまえは沈黙のしやぼん玉を吹く　もの音の沙漠のなかに
おまえは夜の讃歌をうたう　虹の絃の上に
おまえはいたるところにいる　おまえはすべての道を無視する

おまえは時を血祭りにする
きびしい炎の　永遠の青春のために
それをつくり出しながら　自然のヴエールをかむつている

妻よ　おまえはいつもかわらぬ肉体をこの世界においている
おまえ自身の肉体を
おまえはすべてに等しいのだ

「選詩集」より

＊＊

葡萄と林檎のたくさんの歌が
その果実をあたえた　すべての言葉に

動物たちと人間のたくさんの遍歴が
光を求めていた　かぎりない大地の上に

あかつきの唇に夜はかるくふれていた
花々は蕾をひらいた　はれやかな光線の下に

わたしはひかり輝くものだ　弱くて力強いものだ

「道徳的教訓」より

（保谷俊雄訳）

形而上学

ロベエル・ドライエ

地球には一人の人間しかいない　そいつは順繰りにおれたちの誰かに棲む　そしてそいつがおれたちの内の一人に棲んでいる時　残りのものは海底の船の遺骸のようだ
空には一人の神様しかいない　そして雲からあなたがお降りになる時　空は死んだ青年のからっぽな寝台のようだ
森には一羽の鳥しかいない　そしてそいつが海をとびこえる時　森は荒廃した古寺院のようだ
けれども人間と神様がぱつたり出会いそして親しげに鳥の翼の影で夢想することがある
その時空も海も森も尨大な動物たちの群であふれ　そして死者さえ名前と住居を変更しない訳には行かなくなる

★ロベエル・ドライエは一九〇六年、カルヴアドスのサン・ランベエルに生れた。作品には「地球は私の手のなかで動かない」1937「エレボル（クリスマスの薔薇）」1937そして「夜の発見」1947など。彼の作品は緻密で官能的な汎神論に満ちている。彼の散文詩は、神秘性は少ないながら、矢張り「石や樹の捕え難い魂を精神の永久的な真髄に結び合わせる努力」から成立している。

（水橋　晋訳）

詩のためのノオト

堀川正美

2

それ自体が生の明証であり、また生の明証であろうとする詩を、われわれは古代からのいく多の作品にみとめることができる。いわゆる詩の永遠性とは、これら明証の諸作品をはなれて抽象的に存在するものではない。これらの詩は、過去より未来へとつらなる、普遍的な生命をもつている。そしてまた、どの時代にあつても、生を彼らが生きるに値するものたらしめようとする人間は、多数である。すぐれた詩が、それをつくり出した諸関係と切りはなれて存在しうることの意味は、おそらくこのことのうちにしかないであろう。詩があきらかに直覚の芸術であり、その与える効果が直接的なものである限り、異つた時間と空間のなかで、異つた感覚の外被を拒みながら、淵に投ぜられた一箇の石のように、ひとつの音のうちに直接的な生命を保とうとする。詩が有するこのような永遠性に関する限り、その詩を成立せしめた諸関係は、その時代の表情のなかにとりのこされてしまうかのように見える。そして詩が永遠性から演繹されて、詩の目的は究極的には詩自体に含まれると考えられても、しかし一定の時代にあつて、他の時間に置換することのできない唯一の生を生きている詩人にとつては、古い時間の価値によつてと同様、未来の予定しえない時間の予定しえない価値によつて詩作することは不可能である。詩の抽象的な永遠性なるものが存在する訳ではない。古代からの明証の詩ですら、そのような架空の価値によつて生まれたのではなく、善と悪とを詩人に判断させ、唯一の価値を生であるとみとめさせる歴史的、社会的諸関係によつて、その状況を変えようとする同時代の人々とともに書くのである。その詩がもつとも良く効果を達成するときに、有機的時間性がその詩を生かし始める。

詩をつくり出す直前の創造意欲には、さまざまの影響というものがあり、それは過去の詩から、それらを生み出した人類の総体的生にうながされ、反映してそこに結合されようとする。誰しもが価値とみとめているダンテについていえば、彼は古代世界の創造性とイメイジを、ヴイルギリウスから直接的に汲んだ。決定的な影響とはこのようにはつきりしたものであるが、それを支持する様々の副次的な影響がまた存在する。一個人の容貌を形成する要素のように多種多様であるものなのだが、最後には、人間はまた只ひとつの顔しか持たないとも云える。形成した諸要素によつて顔であるのではなくして、人間のものであることによつてひとつの顔なのである。ヴイルギリウスがダンテに語りかけたものは、純粋なひとつの言葉であり、ダンテが現代に語るものもおなじくひとつの言葉である。意欲が自然発生的な記号であるにとどまらず、表象として時間性を獲得するためには、歴史的な影響によらないで詩作することは困難なのであり、意欲を形態へと発展させるものこそ、この唯一の価値を知らしめる声なのだ。このようにして云えることは、表象のための創造意欲は常に歴史的である。歴史的な創造意欲が、ある場合に民族の固有の文化といわれ、他の場合それが、伝統という語によつて考えられるものなのだ。「詩はことごとく状況の詩だ。われわれもゲエテと共にいうことができる」とエリュアールは書いたが、また詩は、状況の函数であるとともに、伝統の函数なのだ。

生の明証である詩は、第一にその状況のうちの＜死＞に抵抗し、超えようとする性質をもつが、第二に、そこになにがしか十全の生をもとめ、表現する性質をも含む。死という現象は現代にあつては、個別的であるというよりむしろ、歴史的・社会的でおる。それがかつて「破滅的要素」といわれたものである。だがまた、＜生＞もその歴史をもつており、それをわれわれは伝統のうちにもとめることができる。古代という時代が、ヨオロッパにあつては加えてルネッサンスが、しばしばそこに回帰されようとするのは、決して偶然ではない。人間の十全の生というイメイジは、人類の生の総体の謂であり、その輪郭が示されている時代の明証である芸術作品に、それがもとめられ、得られるからである。いわばそれらの創造的時代がひとつの明証である。そこからわれわれが与えられる感動は、きわめて直接的、一回的なものである。十全の生というイメイジが「棒の一端には、身体や本能、彼のあらゆる無意識的な、地上的な、不可思議なものをあつめて」*(1)と いわれるような静的なバランスを意味するのであれば、われわれは詩―内部に対して、精神病医の如き存在にすぎなくなる。しかし単にこのバランスだけにおいても、それを保持しようとする行為は、状況のうちの〈死〉に関して積極的たらざるを得なくなるであろう。医者は疾患に対して、健康のイメイジを持たずに仕事をすることはできない。そして古代の十全の生の表象は、その創造の激しい行為のうちにこそ、表象としてあらわされたものであつた。

明証である詩は、創造意欲のうちに伝統を継続し、伝統の函数としてあらわれる。さきの明証の二つの与件は、もちろん単純な把握にほかならないが、すぐれた詩はその形態にまもられ、結局はこの最大公約数を容認する。創造意欲と表象においての最小公倍数は、伝統である。

ヨオロッパという語が地理的概念ではなく、一文明の概念であるといいうるとき、アジアという語にまたひとしい概念を与えることが不可能ではない。いうまでもなく文明とは諸民族のおのおのの伝統が関わり合う上に成立する。われわれの伝統は、古代インドと中国の意志が反映するうちに最初の開花期をもつた。ここで、われわれの民族に固有な伝統というものが、その殆どを朝鮮や中国、インドにおうていると考えることは、芸術の創造意欲ときりはなして考えるとき、ある程度までは正しいといえなくはない。ある程度まで、というのはわれわれの祖先の、とくに美術上非常にユニイクな宗教的造形などが、ますます解明されてきているからでもある。しかし伝統とは歴史的創造意欲の謂である筈であつた。それはヨオロッパにおけると同様に、「収穫と運搬人」*(2)のものである。「弥生式文化の成立以来、日本の歴史の展開を基底から支える巨大な無言の力こそ、黙々として農耕にはげむこれら多数の農民の労働に外ならなかつたのである。歴史の表面にはなやかな活動を行つた支配階級乃至指導階級と雖も、その出自を遡及すれば、みな農民から出たものであり、従つてその生活や生活意識も農民のそれとまつたく無縁であつたのではない」*(3)。原始共産社会から古代国家への変革を通じて、古代中期の柿本人麿にいたるまでの、記紀・万葉の抒情詩こそ最初の明証であつた。そののちになつて、それがときには仏教の超越性と救済性のために、どれ程か諦観的なものであつたにせよ、この伝統は、現実に対しまた宇宙に対して関わる人間の秩序を確立しようとし、生命的であろうとする伝統であつた。天台止観を発見することによつて最澄が、時を同じくして同様に大乗の立場をさらに拡大して空海が、ついで親鸞がこの伝統をおしすすめたのである。

いくつかの方向をそのうちに包含しながらも、古代中期までいまだナチュリズムとしてみとめることができる古代世界は、そのデイオニュソス的生の反映を柿本人麿の作品にとどめてのちに、コスモモルフイズムとリアリズムの分化をあきらかにし始めている。すでに人麿以後の万葉集の作品中にそれは、万葉後期の主調をなしている抒情詩群と、山上憶良の「貧窮問答歌」とのふたつのあらわれとしてとらえることができるものである。後者の憶良についていえば、「抒情詩人であるよりはむしろ散文家としての資質と傾向をもつていたと見るべきである」*(4)。美学上、ギリシヤのオリンピアニズム（アンスロポモルフイズムおよびイデアリズムの概念がそこに含まれると考えてよいのではないか）に対比して、ナチュリズムとしてあらわれているこの伝統を、人麿、中大兄、大伴旅人らが、しばらくのちにはより狭小な感性として西行が継続させている。

この民族の伝統は、支配者の附加するイデオロギイの部分によつて、しばしば変形をうけざるを得なかつたのではあつたが、それは変形であつて、変容ではなかつた。農民が彼らを主体とする経済機構をつくり出すことに、絶えず失敗していた歴史のなかで――じつさい、古代以来それは、絶えざる農民一揆の歴史であり、その過程にわれわれは、「男女一人夜交はり昼耕し、米穀を生じ之を食い、子を生み世界無窮なり」と書いた安藤昌益のような、十全の生のイメイジを把握していた積極的な思想家を見いだすのであるが――われわれの伝統は、やや時をことにしてふたつの普遍的な形態を結品せしめ、その各々のうちに明証として存続したのであり、すなわち松尾芭蕉の芸術のうちに生き残つたものであると同時に、より強く近松および西鶴のリアリズムを形成したところのものであつた。後者のリアリズムは、発生した近世ブルジョアジイの階級的必要によるものであつたが、連歌と俳句もひとしく、階級的必要によつていながら、芭蕉のコスモモルフイツクな世界はまた伝統のあの源泉へ、いま一度回帰しようと志向する試みによつていたものと考えられるのである。人麿の世界を彼がどれ程理解していたのかは、しかしあきらかではないようである。結局は旅という形での抵抗の行為のうちに、先師とみとめていた西行の感覚を拡大して、デイオニュソス的ケイオスを回復することはできなかつたにせよ、ナチユリズムの一世界を再現している。

芭蕉の芸術は、ヴイジヨンをわれわれに与える。そのヴイジヨンは、とくに彼の一時期に、あきらかに可能性に関するヴイジヨンであつた。そのウイジヨンが可能性のものであり可能性のものとしてなお存在しつずけていた間、それは伝統の明確な表現であつたのであるが、抑圧のうちに尚彼の世界を支えていたその熱望が、やがて熱望であることを止めたときに、このヴイジヨンは次第に、超越的諦観的なものとして変貌し、あおざめていつたのである。彼がまず武士として、ついで民衆として封建制に敗北せざるを得なかつたことによつて、旅という亡命の手段を選ばねばならなかつたことが、彼のヴイジヨンの変貌をやがて決定的なものとしていつたのであつた。寂莫の空間にわずかに身を支えている鳥というイメイジ、それが、彼のヴイジヨンが可能性のものであつた過程の表現であつたが、しかしそのヴイジヨンは、伝統のヴイジヨンをその周囲にひきよせながら、伝統の全容を反映しようとして遂になしえなかつたヴイジヨンである。芭蕉の芸術とことなり、近松および西鶴の芸術は、人間をわれわれに与える。その人間たちとは農民から出た第三の階級として、偉大な伝統の美を表現すべき生活を獲得しようとしながら、やはり封建制に敗北することを強いられた人間たちである。

賀茂真淵、安藤昌益、本居宣長らが、のちには近代的思想家として福沢諭吉が、一定の知的、政治的、経済的限界をもつて、近世の芸術を成立せしめたこの伝統を展開した。封建の絶対体制のもとにあつてこれら思想家たちのうえに様々のヴアリエイシヨンをみせているこの伝統は、十九世紀の半ばにあつてだが充分にその力をあらわすことができなかつた。農民の「自由な個人」への欲求は、明治維新を遂行せしめた政治的諸勢力のあいだで最も重要なものの一つであつたにもかかわらず、その直後に、やはり敗北しなければならなかつたのである。それと同時に、科学的経済的諸力によつて変形された社会機構のなかで、われわれの農本文化は決定的な荒廃をもたらされた。しかしながらリグ・ヴエーダ、詩経、記紀万葉以来文学を形成してきたこの伝統は、死滅したのではない。変形された社会機構のなかで、それもまた変形をうけねばならなかつたのである。

近代ヨオロッパの合理主義が、明治維新と呼ばれる特殊なブルジヨア民主々義革命にあたつて、それを遂行したブルジヨアジイに主としてになわれようとしていたこと、それに対して維新を通じて残存し、新しい体制をとることに成功した封建制が、これを抑圧することのうちに経済力との一致を見出しながら、ナシヨナリズムへとみちびいたこと、これらは注目に価することである。何故ならわれわれの伝統は、この特殊な革命をはたしながらも、ふたたび伝統を制約するものとして封建制が存続したことによつて、荒廃した農本文化のなかからやがて、様々の慎重な継続をもとめねばならなかつたからである。これが現在にいたつて、精神上の質的な断絶として、われわれのうちに感知されているものにほかならない。しかし、断絶とみるのはおそらく皮相的な見解である。それはむしろ内部の分裂というのが適当であろう。移植された合理主義は、思考と感覚を形成することはできたが、感性と直覚を支配しえなかつた。個人の感性と直覚、それを下から支える農本文化のうちにわれわれの伝統が継続され、存在している。それは合理の知性を伝統のものとして逆に組織しながら、分裂を克服する努力のうちにたしかめられねばならないものである。それはまた、新しい詩人たちの詩作のなかで、すでになされつつあるものであるのかも知れない。

断絶ではなくして内部の分裂として考えるとき、他に断絶したとみてさほど誤りでないものがあるとすれば、風土的世界観がそうであろう。伝統は古代中期以来、生命的世界観のかたちをとることを止めていた。

註 （1）オルダス・ハクスリイ「ポイント・カウンタア・ポイント」
（2）ウォルド・フランク「ハアト・クレイン詩集への序文」
（3）家永三郎「日本道徳思想史」
（4）西郷信綱「日本古代文学史」

3

われわれは〈死〉が国家と戦争とによつて、あまりに多くを支配するなかにいた。残存しつづけてきた封建制と一体になつた、その兇暴なファシズムのもとで、われわれの民族の伝統は、農民より出た第四の階級とともに挫折し潜在することを強いられてきたが、それは死んだのではない。その声は発音する声ではなく、沈黙の声であつたが、なお発言しようとする声であり、祖先の声を交えて、やはり今日のわれわれに語りかける声である。

詩は、状況の函数であるとともに、伝統の函数である。伝統は詩の永遠の源泉である。現在にあつて内部の、詩の源泉であるものについて無視することによつて、たとえば現代詩の混乱を語ることは不可能ではないであろうか。にもかかわらずこれまで、東洋と西洋というような問題となりえない概念によつてあえて問題にされようとし、それはまた混乱をさらにつよめるにすぎなかつたようだ。しかしこの混乱は単に戦後だけの現象ではなく、戦前から引きつづいてあるものにほかならない。そして「詩と詩論」から「四季」が分れたというようなことは、なんら重要なことではない。誰が伝統について考えていたのか、われわれはそれをいまだに知り得ないでいる。「四季」のリリシズムとは、伝統のいわばコンヴエンショナルな盗用であり、そのとき伝統と考えられたものは実は美学上の一部分である。他のモダニズムについていえば、同様に伝統と何の関りもないという点で、またコンヴェンショナルであると云えるであろう。あきらかに彼らは、それを無視することによつて詩作しえたのである。より高次な比喩が許されるとしても、しかし西行はいなかつた、定家ばかりがいたのである。

だがこのような芸術至上主義的な情況のなかで、モダニズムのなかにも、伝統の再検討であるかのごときものが、なかつた訳ではない。それも歴史的創造意欲としての伝統を排除することによつてであれば、当然その限界をあきらかにしたにとどまるものである。そのような例は、北園克衛の「郷土詩論」のうちに示されていたものである。この限界とは、風土的な古い思考の型態のなかに——彼の場合、それは禅であつたのだが——「思考の原型」を探つてみよう[*(1)]としたにすぎない限界であり、その結果としては「我々のあまりにも都会的なイメイジを地方に向つて解放しよう」とした[*(2)]ものである。その思考の方法は、次のようなものである。

——自分は今一個の茶碗を机の上においた。そしてこの茶碗が数千年の昔よりこゝにおかれてゐたかのやうに眺めてゐる。そしてまた数千年の未来にまでも動かされることのない永遠の姿として眺めてゐる。これが郷土詩の一つの思考の原型なのである。

これとはまた異つた思考の例を、西脇順三郎の「旅人かへらず」の序文にみることができるのである。

——自分の中に種々の人間がひそんでゐる。先づ近代人と原始人がゐる。前者は近代の科学哲学宗教文芸によつて表現されてゐる。また後者は原始文化研究、原始人の心理研究、民俗学等に表現されゐる。
ところが自分の中にもう一人の人間がひそむ。これは生命の神秘、宇宙永劫の神秘に属するものか、通常の理知や情念では解決の出来ない割り切れない人間がゐる。
これを自分は「幻影の人」と呼びまた永劫の旅人とも考える。

彼の世界にあつての近代人とは、伝統を喪失している近代人であり、したがつてその淵源としての原始人も、単に人類学上のポリネシア人であるにとどまる。二者の史的相関々係を民族の伝統——文化の上でまつたく考えられない矛盾の上に、第三の「幻影の人」の場が設定されることになる。この方法は、宗教的超越的論理に酷似する。その詩集は、感覚的マントを着た三位一体である。

今日詩作しており、また今日以後詩作しようとする詩人にとつて、とくにヨオロッパにおいて過去一世紀にのこされたところの、高度な技術上の経験を無視して詩作することは、許されるべきではない。時に肯定することのできない態度と思考によつて、よしそれら諸価値がのこされているとしてもその価値はまた芸術上の大きな価値である。これらの価値を自己の詩作のうちに保ちながら存続せしめることが必要である。しかしまたそれがどのように高度な技術によつて書かれていても、それのみで一作品の全的価値たらしめることはできない。その限りで、詩の主題が恢復されるべきである。〈生〉は、〈愛〉と同義語であり、〈死〉を超えようとする詩作のうちでそれが主題とならねばならない。たとえばかつてモダニストがアヴアンギャルドと云い得たその意味が、技術上の範囲に主として限られていたがために、分裂と崩壊の無意識的な前衛でもあつたような現象を、ふたたび惹起することは好ましくないからである。無意識的にも詩は〈死〉に加担すべきではなく、〈生〉をあきらかなものとせねばならないとき詩人は、詩の混乱はどのようにして秩序をとりもどすのか、それは何によつてなのかを、一人々々が考えねばならないであろう。そして詩が伝統を恢復することによつて、今日の主題を得るとき、伝統は過去への探求によつて明確にされるというよりは、現在の積極的な詩作のうちにあらわれ、そのあらわれ方において詩がたしかめらるべき性質のものであろう。詩人たちが伝統をみいだすときに彼らは、「人間はその意味と価値とが彼の直接経験より長持ちし、その限界を超えうるような一世界を生の素材から転換創造するときにのみ、真に生きるのです。それこそは本質的に芸術の偉大な課題の一つなのです」[*(3)]と刻まれた明証の詩の門を、そのときすでにはげしく叩いているのである。

（完）

註　(1)北園克衛詩集「鯤」
(2)同詩集「風土」
(3)ルイス・マンフォード「芸術と技術」

後記

長野の宿で、同行の友の持つていた立原道造の詩を読んで、或る瞬間、捉えられたかに見える生の形象が、すぐに（と同時に）個人の感傷のうちに溶解されていつてしまうのが、なんともたまらなかつた。例えば「ゆさぶれ、青い梢を、もぎとれ、青い木の実を」と形象された、詩人の形而上的な体験が、やがて「ひとよ、いろいろなものがやさしく見いるので、唇を噛んで私は憤ることが出来ないやうだ」と個人的な感懐のうちに、捉えるべき詩の世界に背を向けて、引き戻されてしまうのは、本当にたまらないことだ。例にあげた詩は、彼の詩の性格、逃れゆくもの、また立ちかえつてくるもの（これらは畢竟同じものだ）を欠点としてとりあげるには、あまり応わしくないものなのだが。軽井沢の透明な空気は素晴らしいが、その土地に感じなくなつたのは僕の素直さ。或いは澄まされた僕の生――。

*

翌日、浅間温泉の一夜は快適ではあつたが、こういう場所で経験される人間関係というものは一体どんなものなのか。とりかわされる親しみとか、心安さなどいうものを、その儘素直に自分のものとしてよいのだろうか。けれども又、素朴さというものが自然と合一される場所で人間関係が、こうした土地に密着した安易さを持つことは、日本の風土の一つの美しさでもある。温泉宿の文学は、そうした所で、一つの重要なジャンルを形成したし、少からぬ読者をひきつけるのだが……　（江森）

●

その必要の度合に応じて彼は考えるであろう。いろいろとエッセイなどを読んだが、しかし伝統について書かれたものは少なかつた。そしてこのことは、私が寡読だつたからとは必ずしも思えないのだ。或いは一貫してそのことについて論じているともいえるエリオットなどと比較すると、よりよい芸術的伝統を有すると普通に信じられているわが国の詩人たちの態度は興味をひく。だがこう書いては、その中傷は自己に返えされるのみであろう。

私たちは、過去の尨大な人類とわが民族の歴史、その文化的遺産の前に立たされては、私たちの知識と教養があまりにも無力であることを知らされるのみであろう。だが私たちは「詩人の最も奥深い内部の第一の空間を、われわれの祖先と同じ色、同じ輝きをもつ純粋さを与えてとり出し」（堀川正美）得ろと考え、私たちのこの祖先の色、その輝きと純粋さを知ることの必要を感じるのである。それこそ私たちのうちに現存する価値あるものであり、過去にその源泉を有しながら、さらに未来へと貫ぬく永遠にうすれゆくことのない光なのだからである。

ここで私たちは一部の文学者によつて試みられている文学的遺産の継承のための再検討という仕事に注意する必要がある。これはわが国の伝統についての文学史的な場からの努力だからである。けれども、この側の人たちから提起される問題が、古典の再評価、つまり否定され克服されなければならない過去的なものと、受け継がれるべき価値という相反する二つの側面をもつ文学的古典としてのみ私たちに説明されている限り、それは実作する詩人にとつてかかわりある現在的問題とはなりえないで、依然として文学史的研究の範疇にとどまる問題にすぎないのではないか、と思われる。ということは、文学的古典が、受け継がれなければならない遺産として、古典的価値として明らかにされているからである。勿論そのことは永い間に亘つて古典が、主に絶対的天皇制下の御用文学者たちによつて政治的な解釈をされつづけてきたわが国にあつては、必要なことであろう。しかし、その価値は古典的過去的な価値としてあるのではなしに、現に生きている私たちの生のうちに価値あるものとして存るとともに、過去のうちにも、未来のうちへも有機的な関連をもつ永続的な力として同時的に存し、そしてなお現代に生きて詩をかく私たち自身のうちなる精神の最も深い部分に働きかけてくる価値あるものとして、とらえられるものでなければならないだろう。そしてこれこそ私たちにとつて「伝統の問題」とよばるべきものなのであり、文化的遺産の継承の問題とはつきり区別されるところのものなのだ。今日までのわが国の近代—現代詩の歴史のうえで伝統的とよばれる詩人たちの仕事が、伝統的な形骸にすぎない詩の形式や、語感を踏襲することによつて抒情的な気分を詩のうえに作り出すことにいかに専念してきたか、を考えるとき、真の伝統から離れてしまつた詩人の悲惨さを思わない訳にはゆかない。今号における堀川正美のエッセイは、この「伝統の問題」についての私たちの新しい精神と思考による接近でありその証明であろう。　（山田）

●

七号を読者のお手許にお送りします。一ケ月おくれたが、比較的充実したものであると信じています。八号からスピード・アップします。今号は氾グルゥプの友人である「新詩人」の保谷俊雄氏からエリュアールの訳をいただいた。彼のミショオとエリュアールはつとに定評あるところ。四月以来過労から内臓を悪くして寝ていた山田正弘この程恢復。小林哲夫は勤務先甚だ多忙で遂に欠稿。春先に帰省したまましばらく音信不通であつた中島敏行、郷里の米子市から漁船に乗つて出たはよいが李ラインに引掛り一ケ月以上を釜山に抑留さる。五月末に潮焼けして東京にあらわれた。

戦後十年の時間が詩に与えたものは、現在に立つてみるとき、やはり混乱というにふさわしいのではなかろうか。しかしそのなかからすでに、様々の新しいモメントを含む仕事が発表されており、それらとともに僕らもまた、おそらくこれからの長い期間を賭けねばならないだろう詩作の方向をみきわめつつある。それとともに他グルウプの有能な詩人たちとのより一層の交流を希望するものである。末尾ながら諸詩人および読者諸氏に暑中御見舞申し上げます。　（堀川）

氾・隔月刊第7号・定価60円・1955年7月25日印刷・1955年7月30日発行・発行者・山田正弘・東京都大田区馬込東4の17・編集者・堀川正美・世田谷区松原町2の670・印刷者・石川貞夫・東京都品川区南品川4の372

発行所・東京都大田区馬込東4の72の5・氾書林

予約は直接発行所氾書林へ御申込下さい。年間誌代30)円。
なお同人希望者の方は作品五篇以上略歴を添え郵送のこと。

氾・No. 7 60円

氾
8
POEM CRITIC FIGURE

氾　　　　1955 第8号

表紙・カット　早崎レイコ

路しるべ

水橋 晋

しるしはなにもないのです
荒れた路の両側には
貧しい人たちがつつましく
住んでいるだけです
そしてよっつの分岐点にでます
いえ　右の方は高い崖で
ぼくの肋骨をそれていってしまいます
その肋骨のあいだには
変に蒼ざめた空がかかつていて
いかつい鳥を舞わせているだけです
左へゆくといやらしい河にでて
脚をすくいとり塗りつぶしてしまいます
黒ひといろに
ですから真直にきてください
するとぼくの胸のなかに降りてきますから
くつ音をたてないで
風のようにきてください
でないと周囲の貧しい人たちを
おびやかしてしまうのです
それぞれの愛のぬくもりを
ひきさくためにやつてくる悪い足音が
またくるのではないかと怖れている人たちを……
夜明けのあの青い衣を着てきてください
それだけでいいのです
金の耳輪は朝の空気をまぶしくしますし
それにぬけめのない監視人の
眼をさまさせます
ですから代りに
よろしかつたら朝露をふくんだ

花の耳輪を用意しておきましよう
黒い髪をそよがせて
よそみしないできてください
途中はそよぎのない廃墟でしようけど
この秋のためにそこには
種子をまいておきましたから
収穫のときは一緒に手伝つてください
みずみずしい果実と稲のために……
いまはなにもないのです
せつかくきてくださつても
小さな椅子とふたつの茶碗と
木々にかこまれてみえる
みがいた鋤を置いてある小屋しか
でもせめてぼくの扉の前には
入口　とかいた札をさげておきましよう

出合い

雨のしぶいている裏路
誰もいないきりたつた都会の
堀割りのそこを歩いていたとき
高架線の橋のしたで
火を焚いている小さな男に出会つた
ぼく　火を呉れますか掌にのるほどでいい
蝙蝠傘をさしているぼくを見た男の
嘴は黄色くただれていた
男　もえるものはもすがいいのだ
　この小さな地獄の火
おれの毛脛から頭まで焼くこともできる

生きのびる種子のために
おれの灰持つてゆけ
そしておまえのふかい崖に
さらりと播くがよい
男は足から燃えはじめる
炎につつまれて
きらきらの眼
さしだした掌をひつこめて
ぼくは逃げだそうとした破れた窓
傾いた家のなかへ
男 そこへは行くんじやない覗くな
暗い穴のおくでは癩やみの
ダンテが苔を食つて光つているだろう
大きな哄笑が炎のなかから吹きのぼつた
男 誰のためにおまえは
黒くひろがる墓標のような
蝙蝠傘を持つて立つている？
ぼく せめてきみを葬うぼくのために

男 苔の花の咲く
このながい路のかぎりを？
そのとき電車が高架線のうえを
雨をついて走りすぎた
色あせた煉瓦の壁が
音をたててぼくの内側になだれこんだ
ごらん 火を焚く男には貌はなかつた
とりのこされた雨の
人ひとりいないがらあきの広場
ある日という日は
ぼくたちの向う側で明け暮れていて
出はずれた路の先には
茨の柵が環状に囲つてあるだろう
傘の黒い影がはつきりと
ぼくの二本の脚をひたしているきよう日
べとべとに濡れた犬がしきりに吠えていた

昏睡

日比澄枝

ひとつの目のなかの
眠つたままでいる神経には
ばらばらの形に崩れても
苦痛でない酔いがあつた

光は酔のなかで
くるくる舞いながら落ち
落ちながら消え
ストーブのある部屋で息づくと
私の肩を真赤な着物に包みながら
まるい輪になる踊りをさせる

暗い谷を飛び
赤の裾を風に浮かせ
ふわふわする雲の丘を越えて
恋人が掌をかざす花園を通りぬけ

海のある町に来て
私の足を踊らせる

屋根の色が青に見える
この町角で
陽が翳りを失つても
疲れた踊りは終らない
かもめ　かもめ
魚の唄になりなさい
海の女神に祈りなさい
羽搏くと
唄は帯の川水になり
私の着物を流していく

泥ついた草履をぬぎ
ほし草に腰おろして
私はまた眠るのだろうか
覗いているひとびとは
恐い顔で黙つている
残り火がおち
光が消え
忙しい音だけしている

東にひろがる庭

江森国友

ふるえるはじめての薔薇がひろがる
ひかりは裸でたつ肉体のまえにひらかれる
みどりが信頼のおびをとくうえに
ゆれる花々はみえかくれする

白いくら　土塀　梅にかこまれて
さまざまな草が花をひらかせる　夢そうする
ゆくための船は水平線をひくめる
三色菫は雲をぬけて帆をはり
霧につかれた土地からはなれる
花々とぼくたちはどこにでもいる
とおい親たちのまるい住居ににた輪を
うみにむかつてこしらえる

はじめに幼いものゝ湾がつくられる
そのめぐりにおんなたち
わかいおとこたちは波がしらをしぶかせる

だりあの眼がひかりをあつめる
日向葵はおくればせに眼をまるめる
むらざとは東にむけてひらかれるために
日光　月光のほとけたちは
朝のためにさゝえられる

陽がのぼるかんながひとときもだえる
ぼくはきみにふれる
きみはかぎりなく息づく
かみは葉のかたちにかさなりあい
あしはしなやかにのびていく
はむらをしだかせて鹿はかけてくる
きみの眼はあかるさにむかう
鹿は地平をかすめる矢のようにはしり
ひかりのなかにきえる

愛詩

I

きき耳をたてる
葉のしげみのなかに
眼はいつぱい開いている
黒い幹のうしろに
わらびよりも伸びた
素足はつま先をたてている
笑うと
中心がぽつともえて拡がる
炎のまわるのは
青い空と喜びのさなか
かおる　駈けていつて
もつとも稀薄な
かげろうのうちに素足をかくす

海にでよう　かおる
単一の調べをくりかえさない
きみは　そのまま
変り身のはやい海になる
ぼくは一本の櫂を
くしけづつてふなでする
いつかきみも櫂をもつて
ふたつの手をのばす
手はかぎりなくふえる
たくさんの手が櫂をにぎつて

上気している頬は
果実のなかでいちばんうつくしい
ものよりもおいしい
お茶をのみながら
かおるはたくさん葉をつけた樹である
いつぱい赤い花をつけたがる
牧場のけものたちが仲間になる
とんでいつて雲になる

切紙細工

松井知義

春、豊饒ナ土地ガ花咲カスヨウニ、ワタシノ柔イ部分ハフクランデイツタ。恣ニツクラレタ鳥達ヤ和風ノ家ヤ海ナドノ切紙細工ハ、キレイニ配色サレテ小サナ「のおと」一杯ニ貼ラレタ。ソコニ散在スル樹カラサガル羊ハ、夕陽ヲ浴ビテソノ長イ翳ヲワタシノ奥深イ繁ミニマデトドカセタ。ソシテ夜ト共ニ消エタ。

久シイ冬ノ間、部屋ニ閉ジコメラレタワタシハ孤独ニ飽イテ切紙細工ニツクツタ、身ヲモツテヤツツケタリ、ヤツツケラレタリスル人間達ヲ…。

多クノ男ヤ女ハ精密ニ計算サレテ、ソレゾレ異ツタ性格ヲ顔ニアラワシテイタ。アル夜、ヒト思イニイノチヲ吹キ込ンデヤツタ（コレハ考エルヨリズツト簡単ナ仕事デアル）。ソノ女達ト恋ヲ囁イタ。男達ト口論シタ。会社ハトウニヤメテシマイ彼等カラタクサンノコトヲ学ンダ。部屋ハ、ハチキレンバカリデ他ニ違ツタ世界ガアルナドトハトウテイ思エナカツタ。

ケレドソノ喧シサト無秩序ガワタシヲ次第ニ憂鬱ニシタ。コンナ筈ジヤアナカツタノダ。ワタシガツクリナガラワタシヲ淋シクシテシマウアノ人間達。フクランデイタワタシノ部分ハ腐蝕シ、イチメンノ雪ノ中デ黒ク息絶エテイタ。

子供ノ頃カラ部屋ニ飾ラレテイル古鏡ノ前デ、足リナイノハモウ一人ノワタシデアルト知ツタ。フタリイルワタシノ幻想ガ、モウ決シテ若クナイワタシヲ歓喜サセタ。早速ミンナヲ追イダシテ部屋ヲ整理シタ（彼等ハソノ後ドウナツタノダロウ？）

ソレハ畢生ノ大仕事デアツタ。入念ニ上質ノ紙ヲ選ンダ。鋏ヲ砥ギナガラ、ゾノ鋭クナツテイク刃ニ異常ナ興奮ヲ感ジタ。数ケ月後、ワタシハタシカニワタシノ切紙細工ヲツクリアゲタ。ソレカラ寝台ノ上ニ横タエ、シズカニイノチヲ吹キ込ンダ。次ノ瞬間、ワタシハ火花ノヨウナモノヲ感ジテブツ倒レタ。彼ハタチ上リ蒼イ翳ヲナビカセナガラ月夜ノ戸外へ去ツテイツタ。

＜ワタシハ彼ニ切紙細工ニサレル夢ヲミル。彼ダケノタメニイノチヲ与エラレル。ワタシガ服従ヲ拒絶スルイマ、ワタシタチハドウスレバヨイノダロウ？　棕櫚ノ葉陰デ争ウ手ハ、次第ニ明確ナ形ヲ帯ビテ浮ビアガツテクル＞

忘レテイタ窓カラ外ヲ見ヤリ、違ツタ貌ヲシテ海カラ帰ツテクル男達ノコトヲ考エル。波ニ貌ヲ脱ギ捨テテクル男達ノコトヲ。ドンナ変化ガ起ラネバナラナイノカワカラナイ。唯、大イナル場デ相対スルタメニ、ワタシハ彼ヲ追ツテ外ヘデテイク。

聲

堀川正美

しだいに押しはなれてゆく天と地のあいだを
たえずすれすれにあるいている、そして
どんな熱にも死ぬことのない鳥らが
まわりをはばたいて
ぐるぐるまわつている

けものたちを舌でなめしたその人が
われわれの
父や母であつたとはかぎらない
そして街の壁が
そとへむかつて割れて
ばらばらとくずれおちるとき
その声が
おまえから
わたしにむかつて
しずかにひろがつてくる

たれさがつた空のへりがゆれてはねあがる
そして空はときに
空であることをたしかめるために
そのへりをひきあげている
そしてまたおりてきて
さらにとおくのぼつている

その熱のなかでつくられた
熱よりも熱いものが
たちあがつて

くさつていくものが……

山口洋子

ほそい声帯につまつた
いたずらで
やつかいな
この未知なもの……

*

明日を忘れながら
彼の空は木蔭にはいる
這つている山羊
這つていくわかれをつげた女たち
ひどく冷え冷えした軽蔑を
運んでくる気まぐれな雨
ああ　たぶん
わらいはやまないだろう

くさつていくものが
はなやいで見える
うつむいた壺のはなびら
生き埋めにされそうな言葉
窓を見上げているだけの蔦の葉
いじめられる蛇を
ぼんやり見ている彼の

鉤形にまがつたコウモリ傘の手に
空はかわいて
つるさがつているだろう
いやですよ
いやですよ
わたしのいいひとは
決してあんな詩人ではない……

*

この窓からは見えないもの
この屋根からは届かないもの
ぬるぬるして
刄物でえぐりとれないもの
流れながら

わたしは彼の名前を呼ぶ
ふいに天から舞い下りてきて
合羽のように髪をつつみ
首もとをしめ
不自由に手足をくくつて
水底に沈めようとかかるもの
そうしておくれ
そこからは
顔見知りのデモンが見える
あんなさびしげな身ぶりして
あんな意味ありげな眼つきして……

四つの詩

山田正弘

第一の詩

いまは思え「風さえ春が
すぐそばに来ている」と冷たい芝の土を
濡らして過ぎる雨足が語りかける
ほら　風だつてもう丸まつているから
おまえのために水草もせわしい流れのなかで掌をひら
く
投げられた小石が水に拡げた輪のこさえた場所
真に軽いものが川を作つていた
われわれは不意に駈けた
われわれの木の生えたちいさな起伏を
はずんだ心臓と汗ばんだすらりとした裸の足
充ちあふれるものよ その中心へ向つて
輝くおまえの腕は何よりもすばらしいものだ
ここでは花々はみなほんの少し月光を匂わせる
あたたかい靄の手を おまえかしておくれ

われわれはここを去る　だがわたしは触れないではい
られない
決して戸口を
がんがんとたたいたんじゃあないんだ
ほんの少しびつこをひいて そして寝床を出てゆく
おまえはその手でけものたちの影をかくし
咽喉に息をつまらせたとき
せききつて不意にふきこぼれた水
われわれの住める岸という岸辺で
石の野原や森の茨のしたで
やはり少しびつこをひいて
湧きでる泉に腿を映してみている
おまえ きれいな丸みのある線は

いい　すべての人びとのものでありわたしのものだ
ほら風だつて水の面に浮いた草を
おまえゆえなぶりながら吹き過ぎるから

第二の詩

おれの職業は何だつたつて
落ち着いた訊き方をしなさるない
六月の褐色の河のうえに
かぶさるように山は岩腹をつきだしていた

選ばれたる仕事師だつたよ
　赤銅鉱の採掘
　資料の分類
　夏になれば草取りもしたし
それから　腕のいいブリキ屋はいうぜ
　酸は近づけるない　錆びるじゃあないか
橋頭堡は攻略しなけりやあならなかつた
砲身はおれの腕の真中を抜け
山の中腹へ向つて炎の鋲を打ち込んでいたとき
それは一九四一年の緑の花々が落ちてくる冬だつた?
それは一九五一年の早春の頃だつた?

だけどそれは何時だろうと同じことだ
訣別のいたたまれなさは　しかしおれがついに持つこ
　との出来なかつたものだ
だけどおれを一瞬にうなずかせたそいつが
火の鉛となつて胸を貫いたときから
おれはおいそれと声をあげられなくされたのだ

おれの職業は何だつた?
風は吹くよ　塹壕の汚れた水のうえに光のしまをつく
つて
おれの服だつて少しはふるえるだろう　そんなとき
あいつはどうしているだろう
くちづけののちの安らぎのように
風に身をまかせた木の葉よおれは吹きとんだのだ

そんなとき古里のやつの妻は嵐の雨雲に拉された胸の
　ふくらんでいる仔鳥だつた
突風よ　すべての追憶のなかを吹きぬけよ
あらゆることはちつともへんじやあないのだから

おう　わたしの案内人よ
そうだ　きみはいろいろなことにやさしすぎたのだ

第三の詩

あなたゆえのこの生き生きとした仕草さえ
荒あらしい冬の庭では
死を信じたものらの強さに消された
柿の実のように冷たい肌
あなたゆえに水溜りに作つた小さなわたし一人の地獄
　で
どうぞ聞いて下さいな
あなたの子供が眠つていた
五本の指に夜をさえ握りしめて

今日もまだじつとしてるの
最良の種子を炎やそうとして……

どうして　知らない間にあなたは行つたの
最悪のものはつねに種子にはないつてことを
どうぞ教えてちようだいな
埃の味を含んだ雨のひと滴くを
渇いた唇にうけるとき
あなたの子供がどうして泣かないで
わたしの深みでこんなに永い時を眠つていられるのか
　そうして
わたしがあなたの子供と結ばれないのは
力が病気のせいじやあない
ましてやわたしがもう大分まえから
冷たい土のなかに住むようになつたせいじやあないん
　だつて
そういつてほしいんだ
あなたゆえのこの生き生きした仕草さえ

もう終りだわ　もう終まいだわ

第四の詩

わしの行く手に山があつた
それでわしは別に道をとつた

わしらは変貌するために在るのではない
それでは全く間違つているのだ七十年かかつて手に入
　れたものは
肩にくいこむ袋にぎつしりつまつていた
それは邪魔なものだしかし昔　おまえが去つてつたよ
　うにそれは飛び去つてくれぬ
つぐみの声がきこえたが森はなんと深かつたろう
もう少し行くと道は牧場へ出るだろう
そうしたら小屋がある
山羊たちはそこにいる
だが山の上からははてのない樹海がみえたはずだつた
そして雪が降る冬になる

見上げると高い杉たちの梢はからみあつていた
わしはそれだから歩いていつた

……おまえの髪は荒い息に波うち
心をときめかせほてつた腕はからみあつていた
髪も？　ああ黒かつたね梢や枝々のようにそして
潮の音がきこえ崩れる音がきこえ夜がたちこめると
わしは膝をはずしてそこに空いた穴のなかに眠つた
だがある日　膝をはずすとそんなかに一匹の緑いろの
　蛾が隠れていた
……おまえはやさしく狂つていたか？

わしの行く手に山があつた
それでわしは別に道をとつた
森は深かつたのだし冬が帰つてきたのだ
降りつむ雪のしたにわしが眠ろうと誰の罪じやあろう
　かい
烈しい歓びのときめきが指先からぬけてゆくとわしを
　眠りに誘うのだつたから

炎

小林哲夫

例えば牧場を疾駆する牝馬
汗ばむ栗毛の肌にさす夕日の翳りである
空にひびくいななきである　或いはにわかに
　なびく
声をのむ草の輝きである

花は杜の奥に赫く開く
木もれ日は苔に静かにもえる
鳥は細い爪をたてて枝を蹴る
戯むれて飛び交うなかに羽毛は
ひとひら獣の足跡に散る

それはビロードの微笑
あまい獣の匂いただよう口吻けの夢だ
果実の限りない充実よりも淋しく　光にもつれ
耳たぶを柔かく噛む丸い白い歯の輝きだ

そして溶けずにはいない抱擁
ただ肌だけで捉える痛みでしかない歓びそれは
すべてを昇華させるただれた魂のうねりである

或いはそれは崩れた崖の素肌
むきだされた赤土に暮れていく夕映えの空である
波うつ地平に　暗いかげを落す鴉の啼き声
崖の下のひとすぢ果てしない径
ただかぎりなく空しい時刻だ
虹がかすかに空にまたがり
悔いながら充ちたりていく
熱い存在のしたたりのなかに暮れていくとき

受胎

光は蒼い絹の布である
海にほころび
宝石の煌めきに似て消え去る

波はその衣ずれ
風はみどりの裸の匂いに充ちている

青いゆらめきの底にもつれる指の形
珊瑚の林に音信は絶えて久しい

この熟れる時間のなかに
生命は苦い浮遊をつづける

時に空のかげりがこの世界を覆い
身をすり合う孤独な魚たちの上にひろがる
ふり仰ぐ彼らに
にわかに破れたはばたきがする
青い無限の底を「昨日」に向ってすべっていく
鷗の後姿が見える

けれども魚たちはやさしい口吻を交す
藻は緑の環をつくって彼らをむかえる
光はもつれ流れのなかに
彼らの囁きだけが明るくひびく
細い鋭い歯跡が
その十月の肌にしるされる

詩と敗北意識

江森国友

今日、詩人をして詩を作らしめるものは一体なにか？ という問いは、詩人の態度に焦点を合わせていろいろと論ぜられてきた。そして現代に生きる詩人は、現代と自己との、のつぴきならない関係を明瞭に自覚し、詩人の現代に生きる態度を、詩のなかに位置づけるべきだといわれてきた。けれども詩を必要とする人間の、こんなにも生き難い現代にあつては、過去の多くの（ことに日本近代詩の）詩人達の所産を振りかえつてみても。現代に生きる詩人の性格的な困難を思わないわけにはいかないのではないだろうか。

過去の詩人達が詩を書いたのは、多くナルシズムによるものであり、また個人主義的な詠嘆によつてであつた、とある場合いえる。そしてナルシズムは、いうまでもなく精神的且つ観念的なものを含めて自己への愛着をいうのだが、それは一方、資本主義社会の衰退期には、その時代特有の生命の疲労感が濃い翳をやどし、精神の内部のいわゆる良心の声が創造的役割を持たずに、自己の批判者のかたちを持つて登場してくるのであり、自己求心的な努力を必要とする創造作用のブレーキとして、他の為という倫理的な固定観念が遠心的にはたらくのである。

その倫理的固定観念は詩人の創造力を、極く狭い枠のうちに閉じこめがちにする。しかも、詩人の内部の批判者は、ブレーキ以上の働きをせず、それは社会の矛盾を自己の内部において感情的に処理しようとする避難所をつくる力しかもたないのである。そして又現代詩のうちに批評精神を持つべきだという考えが機会あるごとにあらゆる詩人によつて主張されてきたが、つねに直覚の芸術である詩において、このような批評第一主義がおおく現代詩を無味乾燥にし、混乱させているのではないかと、反省してみることは大変意味あることのように思われる。こうした、いわば受動的に詩人の内部に形成される倫理感が、どうして積極的な創造に結びつき得るであろうか。過去において詩人の誠実さは、このような避難所を形成するためのものでしかなかつた様に思われる。詩人達は何よりも誠実であるということを最後の支柱として、その仕事を持続させて来たのだが、その誠実さは少くとも結果的にはナルシズム弁護の一種の欺瞞であつたとさえいうことができる。誠実であるということは、何等行為の基準を持たない精神主義的、主観的な観念のために詩人自らその欺瞞に落ち込むことになるのである。こうして詩人の多くは他の為にという卑少な倫理観と自己への執着の矛盾のうちに一種の敗北感に陥入つていくのである。

詩人の敗北意識は勿論、現実生活における詩人の幻滅に結びつくものである。幻滅が詩人の非行動性と倫理感にからみついて詩人の意識を下降させる。詩人の現実否定は幻滅からくるが、そのなかで詩人はある種の有罪観念にとらわれて詩はその避難所になつていくのである。この場合、有罪観念は前述の卑少な倫理感と結びついて生れるもので、キリスト教における原罪の意識などとは勿論同一のものではなく、それは精神の負の面でやしなわれた倫理感からくるものであり、それは、現実の数多くの矛盾に悩み苦しんだあとにくる詩人の敗北感と、うらはらの関係にあるものなのである。

ここで詩人の誠実さは、最後の救済の手段になるのであるが、それは、あくまで個人的な精神の慰めであるに過ぎない。敗北感の落ち込む窪地のなかで、具体的な行為を持たない誠実さは、常に新しい風の吹いて通る共通の展望をついに持ち得ないのだ。

過去の詩の詠嘆や抒情がどんなに精神の窪みでうたわれたかは今更いうをまたないことであろう。詩人の孤独はその様な窪地で敗北感にむしばまれて脆弱になりおわつてしまうものである。

確かに、それは資本主義社会の衰退期における個人の良心が、そこにおち込まねばならない最後の意識といえるだろうが、詩人の孤独は、もつと根源的な処にその根を下ろしているのではないだろうか。もしそうしたものがあるとすれば、それは生まれてこの世界にあることの罪の意識である。僕は前に、詩人の有罪観念は原罪の意識などとは勿論同一のものではないと書いたが、現代においては、その有罪観念は卑少な倫理感と結びつく場所で、その輪郭を鮮明にしているのだが丁度、樹木の様に、その葉をつけた梢・枝の部分は、そうした現代社会の灰色の塵をかぶつた育たぬ負の意識であつて、その樹木の根の部分には詩人の第一の容貌である孤独がもつとも本質的な有罪観念をもつて土深く根を拡げているのではないだろうか。詩人の孤独は唯単に性癖としてのみ考えらるべきものではない。東洋の詩人といえども、キリスト教の原罪の意識に通ずる有罪の意識を担つているのだと思われる。

しかしながら、詩人の無気力さは、これらの意識をみごもりながらも認識しようとせず、それが、たゞ現代社会の悪からくる幻滅との関係において、はなはだおぼろげに感じているのみである為に、詩人の孤独はナルシズムと詠嘆に詩人を沈滞させてかえりみないのである。

しかし幻滅とは健全性への第一段階で、これを踏みこえることによつて新しい真理と信念に到達すべきものなのだ。僕達詩人は現実への幻滅から孤独を眼醒めさせることが可能なはずなのだ。いわば、詩人と社会との関係のなかで、負と負の意識がぶつかりあつてもつとも人間の可能性を信じようとする「愛」がその容貌をあらわしてくるのではないだろうか。いまでは、もう僕達は「愛」があの透明な地中海の水泡のなかから姿をあらわす女神のように、あらゆる明るさ、光りをともなつて生まれてくるものだとは信じない。僕達の「愛」は苦痛なのだ。潮風の吹き抜ける荒海のさけた岩石の間に海鳥が産卵するように、むしろ現代では、わずかに記憶にすがりながら太古に存在した「愛」の貌を、どこかに痕跡をのこしている「愛」を、再び人間の前に呼びもどそうと努力しているのだといつた方が良い様に……。

こうして現実への幻滅は社会との関係のうちに新らしい形象を生みだそうとする。生の可能性をうたうとしても、それは社会の秩序の拡がりのなかで組織だてられなければならない。

けれども詩は常に直覚の芸術であつて論理ではない。詩は空間のなかの光り、あるいは磁気である。ある力の方向である。それは部分において人間を捉えて示唆し、養分をあたえ時にはまどろみを許すのである。現代の細分化の状況のなかで、もつとも存在理由を稀薄にしか持たないと思われている詩自身が、実は現代の細分化に抵抗して、綜合されたもの・普遍的なもの・本源的なものを担うべきなのだ。現代詩が必然的に形而上的傾向を持つと主張出来るのはこうした積極的な意味があるからに他ならない。勿論、複雑多岐な現代にあつて、詩が人間を全的に規制することはないのであるが、その形而上的特性は、精神のある部分に作用することによつて、その効用は普遍性を発揮するであろう。

現代詩が難解であること、そしてもつと平易な言葉で書かれなければならないと主張することは良い。そして、それが大衆と現代詩を結ぶより強い絆となるだろうと主張することも理解出来る。しかしながら、判り易ければ良いと考えて、唯平易な言葉でありきたりの美しさや抒情をうたうことは愚かなことである。

生活に追われ、時間に追われて生きている現代人は、たまたまそうした詩を見せられて、美しいと感じることはあるだろうが、そうした美しさ、判り易さのために積極的に詩を読もうとはしないであろう。何故なら、現代の社会生活のなかで、人間は本当に必要とするものをきり選択することは出来ないし、それすら完全になされ得ないことの多いなかで、何等、人間のエモーションを揺り動かして、明日への積極的なつながりを持たない精神の慰安のために「パンでなくて」詩を選んだりすることは決してしないであろうから……。

詩は新しい魅力を持たなくてはならない。生きようとする人達にとつて啓示であり、養分であり、出発の港であり得る詩の魅力を…。そのために詩人は、そのナルシズムに生の展望を、敗北意識には現実の矛盾に抵抗しようとする正しい認識を、そして有罪観念にはその苦痛に耐えながら、一つの世界観につながる道を開くべきなのである。

詩は精神の窪みで書かれるべきではないのである。過去に属するものは、胎児の成長のそれの様に、どこか表現形体のうちに、その痕跡を残すかも知れないが、存在し、生きているものは、みな未来に属し、未来にさゝげられねばならないのだ。多くの苦悩の叫びが我々の周囲にあがり、聴きたくないことが、余りに多い時代に、遠い世界の囁きや、木魂きり聞えない様な亡命者の声は最早聴くことは出来ないのである。

現代が僕達に強制する矛盾を詩人はどの様な生き方によつて解決するのだろうか。

詩人の性格・環境・時代は、その思想・生活・作品の成立過程において一部は直接的な要因となるが、一方それ自身の含む矛盾の発見と、それへの抵抗の原因となり、しかもその抵抗が、思想・生活・作品に特有のかたちをもたらすのだと思われるが、現代に矛盾が多ければ多いだけ詩人は、傷つきながらもそれに抵抗することによつて積極的な志向を持つことは出来るはずなのである。

そうした抵抗は、詩人の幻滅・敗北意識・有罪観念を負の方向から正の方向にたち向かわせる唯一の力を持つと思われる。こうして抵抗の精神は、観念への逃亡と同じ様に現実からの脱走も抑制するのである。

現代が死に近ければ近いだけ、生の側につかうとする詩人の態度こそ、要求されるのである。

生の可能性を信ずることによつて詩はあくまで現実をうたうだけでなく、あるべき人間のイメージにつながるのであり、またそれは生の価値の回復への志向となるのである。

普遍性を持つことのために形而上的志向を持とうとし、生の可能性を信ずることによつて、未来に開かれてあるべきだとする詩が直ぐに多く読まれるとは思わない。

詩の価値そのものは、あとに来る時代にまかせられてあることであるが、詩はつねにその時代の明証であるという価値の基準のなかで、かつて時代の明証であつた詩は、決してその時代の現象的な行為、事実の記録ではなくて、よくその時代の時代精神を形象し、或いは、内に包含する詩でなければならなかつたのである。こうした意味で、詩人を予言者と同一視した古代人は間違いではない。時代の中に見、或いはむしろ前もつて見ること、それは詩人の役割ではないだろうか。

詩を不幸の証しに終らせてはいけない。詩はもう孤独のうちに人々から離れて生きるべきでなく、人々の内に最も確実なつながりを設置しなければならないものなのだ。その時こそすべての詩人が自分が他の人々の人生と共通の人生に深く没頭しているのだと主張する権利と義務とを持つ時なのであり、そしてついに詩人は愛と信頼とによつて正の方向へまず第一歩を踏み出すのである。

後記

起きぬけに霜の結晶を見る清々しさは、やはり冬の朝の喜びといつていいだろう。

今年はまだ霜もおりず、雪も降らず、こおろぎの啼く声を台所の隅に聞くことがあるが、寛ならぬ水道の蛇口に唇をつけて呑んでいると、小鳥のはばたきが覗窓にかげを落したりする。

雪といえば、私の記憶で別段データーを検討したわけではないが、東京では例年この月の十八日前後に降るのが普通だが、昨年も、一昨年も、二十五日を過ぎても降る素振りさえなく、毎日空の曇るを待つていたが降るのは灰色の雨ばかりで、東京もつまらなくなつたものだとぼやいた。確かにここ数年、雪の降るのが大分遅くなつてきたようだ。

雪は豊作の兆といわれているが、そういうことは余り考えないでみることだ。それにしても雪のあの鋭い感性に似た冷たい気品には心を打たれる。

だが、本当の雪の魅力は、世界が、毎朝の慣れた「期待？」から見事に飛躍して、別の世界に一変されているあのマジックにあると私は思う。現実転換のスリルに充ちた美化にある。つまり詩のもつ特有の心的なショックを現実の風景のなかで再現してくれる。すべてのごたごたが白一色に純化され、平面化され極度に単純化された風景は、現代に棲む私たちには、胸のすくような快感を覚えさせるものがある。（小林）

●

いわゆる死の灰詩集論争なるものにとうとう興味がもてなかつた。が、その他「55年荒地詩集」などによつて鮎川信夫氏が戦争中の詩人たちの詩と彼らの戦後の態度についてふれていたのが注目された。しかしいくつかの比難めいたものが荒地グループまたは鮎川氏にむかつてなされなかつたとしたら、果して鮎川氏は同じ問題についてやはり発言していたかどうか。ああいうきつかけの有無に拘わらずしかももつと以前から誰かが「詩人の態度」についてあくまで叫び続けねばならなかつたのではなかろうか。とまれ、彼の論難は、われわれ若い世代がそれについて今は何ひとつ語りたくなくなつている苦い傷をちよつと喚び覚ましたのだ。年老いた詩人たちをわれわれは遂に詩人として信頼することが出来なかつたという傷を。換言すればわれわれは戦後今に至るまで、たとえばオウエンの「不思議なめぐりあい」という一篇の詩のうちに反響した人間の声を、誰ひとり他人に訴え、ひびかせることができなかつたということから惹き起されたところの、決して誤魔化すことのできぬ感情を、どの詩からも癒されることがなかつたということである。単に詩の読者にすぎなかつたら、詩に対して不信の念を限りなく強められ詩に背中を向けることですんだかも知れないのだが。さてわれわれは詩とは本来人間のどのような声を反響するときに最も詩であるのかを知り始めているようだ。しかもわれわれもこれからの過程でおそらく多くのあやまちを犯すことだろう。しかし、彼らよりはより良く生きることは出来る筈だ。そしてわれわれよりもはるかに早く死んでゆくだろう彼らに今さらあまり多くを求めようとは思つていない。「あやまちをしてあやまちのただ中にて死なしめよ」だがまたこうはつきり云い切ることが出来ずに、われわれの心が今でも疼いているのは何故であろう。（堀川）

●

ロバアト・キャパのスペイン内乱に取材した幾枚かの写真を見ると、キャパが写真家としていかにめぐまれた才能を有していたかがわかる。

たしかにキャパの眼は創り出された眼である。—しかしそれはキャパ自身によつてである。

カメラは器械である。それゆえシャッターを押せば誰れもが写真を作りうる。だが、誰れもがキャパのように写真を創りうるのではない。つまり、彼はそのように自己の眼を創り出し得た少数者のうちの一人である。カメラのレンズは人が思うよりははるかに主情的にものをとらえるものであるから、レアリズムの作品は簡単に作りえないのであるが、しかしキャパは最もすぐれた真の意味でのレアリストであつた。写真においてもレアリズムは対物をただ、あつたような状態のまま、写すのではない。フィルムのかたちに現実の一部分を撮し切取つて人の前につきつけてやるものなのだ。現実はカメラ・マンの眼と指によつてフイルムに焼きつけられる前に、創られうる「現実」がカメラマンの想像力のなかに創り出され、現実の風物と一致していなければならぬ。キャパによつてくりひろげられるスペインにおける戦乱。あの人間の戦争、憎悪と抗争、友好と敗走、砂、岩と捲き起る突風、静かな崩された室内、あらゆる状況の生と死は烈しく同時に一枚のフイルムにやきこまれているが、これはすぐれた才能がよくなしえたものであつたのだ。

しかしキャパの作品が、見るものをとらえたのは、作品のなかの非情さではない。僕は、それは作品の底を貫いて流れるキャパのヒューマンな眼であつたといいたい。人間にたいする愛着—。僕はこう書いてきて、人間の土地についての愛を語つたサン・テックスを思い出すのだが、これはともに、ヨーロッパの風土のうえに永く培われてきたヒューマニズムの伝統のうえを生きた芸術家の、よく歩める道だつたのだろうか。ともあれあのキャパのヒューマンな眼はそれゆえキャパ以外の誰もが創りえず、そうしてキャパ自身がつくり出したものなのだ。

こうして彼は、報道写真が、芸術作品であることを立証したと同時に、ニュース写真ではなく文明批評としての写真芸術をも創つたのであろう。僕は、死の灰詩集が論争の場に持ち出されたときに、キャパのことを思つてみた。キャパはカメラマンであつたから、スペインへ出かけていつたのだが、詩人は、あゆる社会的な事件、歴史的事件のときも机に向つて詩を書いていなければならないことについて……。詩人が死の灰について発言することは必要なことだ。（しかしそれは、詩人としてではなく先づ、人間としてだ。これが第一の条件である）しかし詩人は感傷や、たんなる怒りのみによつて詩をよく書きえない。ここに逆説がある。千人の詩人が死の灰についてうたうとき、花々の美しさについて書きうることは勇気のいることであり、最も普通な詩人なのだ。

だが、キャパはスペインへと出かけていつたのだつた。

＊
八号の発行のおくれたことをおわびします。十二月、栗原紀子がグループから退いて、新らしく山口洋子が加つた。彼女は詩集「館と馬車」一巻をもつ。（山田）

氾・隔月刊第8号・定価50円・1955年12月20日印刷・1955年12月25日発行・編集者・堀川正美・世田谷区松原町2の670・発行者・山田正弘・東京都大田区馬込東4の17・印刷者・石川貞夫・東京都品川区南品川4の372
発行所・東京都大田区馬込東4の72の5・氾書林
予約は直接発行所氾書林へ御申込下さい。年間誌代300円。
なお同人希望者の方は作品五篇以上略歴を添え郵送のこと。

氾
9
POEM CRITIC FIGURE

氾

1956 第9号

表紙・カット　早崎レイコ　　　編集　堀川正美

新しい時間

小林哲夫

樹本という樹木がもえたち
鳥のまぶたや蜘蛛のわきばらに
いつせいにかげを降らせはじめる
ほそいふくらみにつつまれている街を
まつすぐにつきぬけ
岬を踏みしめてゆく若ものの脚は
弓なりにのびている
ふりかえると　地ひようが
胸のなかをひろがつている

けものたちは肋骨をのぞき
あかるい風景にむかつて吠える

痛みに似た鼓動が
若ものの内部を荒々しく目ざますので
若ものは厳のようにうずくまる
みひらくと　眼は魚になつてはねかえる
掌のなかで熟れている果実は
空である
きつい香りが若ものの頬をしなやかに実らせるので
若ものははばたきになり
熱いくちばしで空を呑む

海だけがあかるくささくれている
にわかに声を裏返し
若ものの厚い胸に爪たつている
ほそい唇をひらき
若ものの内部に歯跡をしるして
ひるがえる
あつまつてくるかげの環
青い岬のくぼみをみつめ
若ものもまた一本の樹木になつてもえる

鳥

涼気がふくらんできて枝々にからまるので
鳥はほそい羽さえも休めることができない
まぶたの裏側に
くずれてくる断崖
むきだされたその腹に
眠つている化石の夢
草の茎を踏んでゆくけものたちのあらい毛に
沼の頬は波だつている
こめかみの痛む衝動に
鳥のくちばしは鋭く開かれるのだ

けれども
後むきの巨大なかげが
声をおおい　樹木のひろがりをおおい
世界の裏側をすべつてゆくとき
背信の白い花びらはきりたつている　青い薮の根元に
暗い眼は鳥の胸にそそがれている

鳥の胸を破るな
鳥の胸を破るな
明るい落葉に風がきれる
肋骨のなかに　蝕ばまれた果実を実らせながら
街でも無数の痩せた鳥がはばたいている
指をからませて
爪のない約束をたしかめ合いながら

印

水橋　晋

木の根をしみ通つてきた水が私の根にみなぎるとき　はがれた空まで続いた流れを辿つて　草原は私のなかにのびる　流れる水は熱をふくみ　みちみちた光のなかでゆきかう　喉のあいだをのぼりながらめぐり　そしてとどまりながら大地と私の皮膚のうえにかえりつこうとして

私は群集のあいだにゆるやかにつたわるもの音をきく　この暗黒の向うからとどけられるぶあついひびきが　根にひろまりそしてふくらみながら大いなる薄明の向うへと　大地のうえを穿つてゆくときおまえたちのまわりはしげみの奥にとどいた枝々のざわめきで満ち　ふちどられた青がかずかずの起伏のなかに潜みはじめる　未知なものへ　乱れながらおしよせる波立ちからおまえたちは何を引きだすのだろうか　甦えるすべてのものが影のなかにおさめられているように私は思う　実りにおさめられたおまえたちとつながり　私は見えないおもみを支える枝となりそしてまるめられた才月を深く刻みこむ木となる　切りこまれる斧を感じながら

すべてがつみかさねられて滅ぶ以前に　眼のしたを流れるいきずいたものの流れに加わらねばならない　より私であるために　そして枝と枝はもつともたしかであるためにかぎりない葉のしたにかくれるだろう　様々に織りなされた手と手のあいだに並ぶ住まいに　地の涯から戻つてくるおびただしいつまずきとあゆみは　何を甦えらせそして　空から吊りさげられている秤りの皿をかたむけるどんな荷を負うているか　かえりつくためにはすべての空とすべ

ての大地を稲のように鎌で刈りとり　そして私のなかに穫りいれねばならない　まぶたからもうひとつのまぶたを通つて私につながる豊饒な印を　私は灼きつけねばならない　数千の沈黙のなかで　それはひとつの芽吹きとなつて深い根につながりそして熱を孕む

私はしらない　ひとつの街がさらにもうひとつの街とかさなり　折りたたまれてどんなたしかさを薄明のあわいに浮びあがらせるか　けれどもそのたしかさはかずかずのしげみのなかで育ち　私のなかに支えられ　ふくまれた多くのものの犠牲もまた印される　この受けつがれる変貌はひとつの石　ひとつの夜にすりかえられた単純な思い出のように私のなかでとげられる　限界をこえようとする新しい火の速さで　多くの座席をうばいながらそしてうばわれた痛みだけをのこしながら

目ざめをより新しくするためにいま　私は眠りのくぼみに入ろう　すべてのものが共鳴しあい　反響するこの空洞のなかで私は汲みとる　ひとつの手ともうひとつの手をくみあわせて　そして未知な擾乱の意味をしろうと思う　遺された木々のあいだをこだましてゆく声が　戸をあけた私の部屋から　もうひとつの　私と同じ呼吸をしている誰かの胸の奥へとつながる生々しい予感が　私のなかに甦えるとき　うずもれた街をさらに越えるだろう　空たかくのぼつているいくつもの軸を　ときには荒々しい爪の跡をのこしてめぐろうとする流れのなかからおりてくる鋭い嘴とともにあつて

さだめられたひとつの星の位置が　さらには囚われた体積が私のなかに軌跡を印してゆくとき　それは森を擁し未知なものに向う約束をもつだろう　影のあいまにしげる多くの手を通つて　そしてふしくれだつた多くの手にむすばれて

眼のための春

江森国友

あかい銅にみちた鉱床を
鳥のように爪がひとすじの速さで溶ける
とげた尖端に唇をひろげる
しろいたくさんの生きている水泡が
さかれた淵にそつと爪をかける

灯台はわづかにめぐる円におさまつた柔毛
たちならぶ黒い幹の隙からのぞくあかい岩肌
植物のみどりはおそくきて裸をよこたえる
松のするどく数えられるやさしさ
木のしたをあかい眼の鳥が駈ける

もう菜の花が咲いている
えんどうのあいらしい豆粒が紫にもえる
頂きまで耕やされた丘の畑
みなみの水田は
黄色い唇とあかい唇と
つぎつぎに満たされる

かれは畑から森をぬけ海につながる
路をあるくかげろうの草むらのぬれた土
顔のみんな赤銅色の眼をひらいたまま
やわらかな緑からなごみあう波のうえに

鳥と動物は森の色に爪をたてる
いちめんあかるい蒼さに
小石のように鳥が黒い線を消していく
きえたあおさのなかに
いつぱいの声をひろげる

森の声

1

山のいただきは
したしい日のひかりに
ともされる
桃色に　木は
こまかくなごんで
雲の切れ間を
青空で　むすぶ

2

木洩れ日のあいだを
きじがはしる　雪と
枯草を　しだかせて
山と山のあいだを
水がうごく
くぼみは　ぬれて
みづ草がこぼれる

3

あかい森から
うた声が　ひろがる
こまかく柔軟な
やがて粉雪は
森を　しろくする

4

雪は　ほんとうに
訪ねるのである
おなじしたしさで
農婦の手にすくわれる
もみ粒の　ひとつ
ひとつと

5

ほとけたちは
水にうたれる
みづたち
水泡たち

6

うすむらさきの森に
鳥はくちばしをはしらせる
よりそうと
しらかばは
三つの指で
くれていく空をつかむ

7

森は
もえるように
ねむる
羊がこつそり顔をだす
そのとき
羊は　かぞえきれない

愛・詩 Ⅱ

快活な生命は
いつものまちに　花咲いている

………年
まちをやさしく埋めたてた
雪景色のなかに
眼のなかにもつとも輝やかしいものに
満たされていた日
人混みのなかに
かおるは　姿をなくした

まちかどに立つ　かおる
石だたみの春の樹・樹
いつもみどりにもえる日
探した街路を　ゆめみる

こまかい葉たちがもえる

風にのつてかけるさわがしさの
さなかに　見いだした
記憶をつかむ
まちが果実のかたちをしてすぎる
母親や　友たちの　したしい
いくつもの輪にかこまれたまち

かおるを　見失つたまち
がらんとした空しいまち

そのしたにふたたび微笑みあう
とおい樹のかげをふみながら
冬山のまばらな植物のなかをのぼる
山はせりあがつている
雪のなかに
かくれている鳥
雪ははてしない
疎林のひろがりのうえに
月の光りと　ふつていた

かおる
夜の都会へむけておくる
便りのいくつを信ずる
陲つている　とある住居
陲つている　かおるの可愛いい足
そのまどろみのなかに
ふと別れる理由がある
そのしなやかな足とともに
ふたりは　いつか群集のなかに
逢うための街角を　みつける

ふたりの笑つた昼　悲しんだ朝が
かおる
人々の親しい日々に重なるのは
雪のうえにしるされた　ふたつの足跡が
黒ずんだ土地の芽を　ふみしめる心の
重みのそとに出て
地平にのびる
はれたみどりにとけあう日

くずれてゆくもの

日比澄枝

杉の葉が　ぼつそりぼつそり
おちるのは　どこ
秋たばねられる葉のことなぞ
もうとつくに
思つてもみやしないのに
小腰をかがめた私は
そのひとつひとつを農夫にたずねた
あたしやあみませんね

さむい冬の暮に
杉の葉は田舎家の土間で
ちりちりやかれてしまう
畑がえりの男達や
素足の子供らが
首をならべて
ぬくもりをなつかしみあうために

ひとつの生命をささえるもの
それはまた別の生命ではなかつたか
おおくの枝や葉を剥がれて
やかれる植物の芽よ
うすい煙のなかで
おまえがひそかにあいされるのは
炎のめらめらとたつ

あの血がもえる瞬間である

やけただれた幹や
もえのこりの灰殻から
ひとはどれほどの僭越も
感じはしないのだが
どこにも　なにも
見つけ出すものはなくとも
あるものは　すべて
思いのままにしようとするのだ

さかれた枝や
ちくちくの葉さきからは
樹液とともにながれる香りが
けむつた土間に這出している
私のたずねるもの
それは無惨に晒される樹でも
厭わしきものにひしがれた幹でもない

あの森のはずれ
浄らなみどりのひろがる
杉の葉である
いちどの拒絶もなしに
命ある樹はくずされて
ひとは　これを意味ありげにみている
自分のためには　いかなる行為も
不当とはいわないからなのか

わたしの恋人こそ贋金作りといわれていたが

山田正弘

前書き　この村の中央には青銅のトネリコの樹が一本あつた。わたしはこれをイグドラジルとひそかに名附けた。煉金術師はどこの村にも一人はいるものです。わたしは彼を知らなかつたがわたしはずつとせんからこの村に住んでいたので彼が私の恋人だと村人は噂していたのです。

―旅人がお出なら山の方へ牧場へ案内なされたがよいでしよう、村にはお見せするものもありませんから…
―さあ　こちらです
――オーディンの伝承神話

わたしは考えなかつたのですそのときでさえ
囲い場のなかにいてどの羊の群にも属さなかつた
それゆえ首くくられることもなしに老いた一匹の羊のように
―禍いがしばしば不意に訪れてくること
わたしは長いあいだその時のことを考えもしなかつた
一枚の硬い葉が肩に生えてきたあなたの
荒い毛衣に包まれてしまつたからだのことはまして…
もしかして標高六千メエトルの山を六千億のちいさな隕石に
変えてしまうその時の打砕く力のことをわたしが知つていたら
もしかしたらあなたのからだ恢復したかも知れぬ
とまあ　そんなふうには思つたかも知れないのですが

見よ　一粒の麦に十の時を与えるならこのように穂波は光となつて野をおおいます
わたしは種子を蒔く男のようによびかけます
―だから風をください　出来たての風を！

一人の今日の生命のため　まえは頒つことのできた
　わたしの億の実りのために
雨は降りそそぎ農夫は耕します
道は畑をめぐつて遠くつづいています
森へ！　わたしも鞭を振るつて羊を逐いたいと思うも
　のです
しかしあなたのように駈けられなかつたわたしは
子供のように攻めたてた
へい！　そのときあなたの尻を蹴つた

いま　苦しむ心が想い起そうとしていた
あなたを新しくつくりなおしたその黄金の法則が
同じく　わたしの衰えゆく力を
飲むための水を入れたちいさな革袋に閉じこめようこ
　と
それだから若し　たとえ額に火でしるされる文字を知
　らなくても

初めての動物はさらに変るために土のうえを駈け去つ
　たのです

わたしも見習つていいます
――生れた土地にわたしは死にたい……
本当に嫌なことは　毛衣ではない人間であつたこと
　の思い出なのに…

けれどわたしはいまわたしの家へと戻ります
急ぐのです　水を汲んで
あなたがやりかけた偉大な仕事をつづけるのだ
泥のなかに血を混ぜ合わせて
実は　心美しき「人間」を製る作業です
だから仕事の中途あなたがたくさんの毛を身に着けて
　わたしにさよならしてつたつて
いえ何も存じません　というでしよう
指先に力をこめた　辛棒強かつたその愛や
唾液に哀しみをいつしよくたにして

暗い泡に作り変えたりして　だけど鬼鋲は使わないよ
　うに注意して！
さあ　仕事だはじめよ！
そう　これがわたしのみずからによびかけた始めての
　言葉ですし
生の涯に見いだしたどの男へも服従することのないと
　知つた
全くの善なのですそしてただ一つの
言葉がいまは私の未来であり過去をささえそこで限つた
わたしの住んでいる土地なのですしそれはもつと多ぜ
　いの人間の所有に帰すべきものだけれど
いまわたしは仕事を止めるわけにはゆかないのです
これつ限りの指きりしたあなたへの約束だからそうい
　いきかせます
このとき誰が　わたしを悲しむのですか
しかもわたしが死の時を待たず盲いるというのは誰な
　のです？
親しかつた恋人！あの青銅の樹に斧が打ち込めるか

それができるか　あれはあなたの財産だつたから
しかしあなたを駆りたて　わたしから引離したもの
　は「粕のように
残つたほんの少しの愛」といわれるもので
風のなかや掘り返された泥のうえに影をおとし
遠いときその腕に始めて歯でしるした想い出なのです
あなたのしたように答えるでしょうか
　―嫌いなものはいやです―と　けれど
わたしはさからわない　恐らく正しいものは何ひとつ
　のものも変え得ないのでしょうから
しかしわたしは断言します
あなたの肩にやがて一本の樹が倒れかかる
そのとき斧のみが正しく人間を裂るのだとそして
あの硬い葉をおとすことができますと
　人間でも動物でもないものを愛したというあなたの
　しるしを……

暁の方へ

松井知義

おまえにささやく言葉やその唇をふるわせるわたしの愛撫が、やがてわたしを苦しめないことがあつただろうか。

けれどもつと確かなどんなわたしが存在するか、愛のために抱き、開き、みつめる？

そしておまえはからだを捩じらせる。なにをさぐりあてようとして？

わたしはよみとる、わたしのなかのおまえのぬくもり、おまえのなかのわたしのぬくもり。つつしみ深い瞳よ、わたしはどんな力をもつているか、教えてくれなぜおまえは尋ねなくてもいいというのかを。

わたしはおまえから千のわたしをよみとるために千の愛撫をする。けれどまだ充分じやない、おまえのみた眼でわたしの存在をとらえるには。

おまえの瞳は遠のいていく。わたしはひとりのこされる。おまえは気附いていたのだね。おたがいが限りない行為をつづけなければならず、おたがいが相手に手をさしのべるだけだということを。

かつておまえの微笑はわたしの生の証しだつた。だのにいまあの証しはどこへ消えたか。

わたしたちの抱擁は冷い。わたしはわたしとよりそいおまえはおまえの胸をまさぐつている。だがわたしたちは愛し合つていなかつたか。おまえのせつない身悶えをふたりでいたわつていなかつたか。

わたしは生きている証しをみつけるためにおまえを愛しようとしていそしていま愛するためにその証をみとしかしていなかつた。

伝説

堀川正美

おれもまたひとりの太郎

樹上で熟しきつて風の吹くときに枝をはなれるのは
海亀たちだ！かれらは黄金の夢を背負つて
水の底へ巣ごもりにゆく…
夜が夜ではなく　まして朝でもないところで
われわれもまた手足をまるめて
眠つていたのだが　揺りおこすのは誰だろう
乱暴なペエジのめくり方をする奴は？

遅すぎるかも知れませんけれど
まだ間にあうかも知れません
億の日がめぐりめぐつたのにどちらか
選ぶことが許されております　それは
いまでもそうであり　あなたが
沖のはてに立つ門をひらいてこの岸辺に
うちあげられたときもそうだつたのですから
経験も　欲望も　あまりに高価な都市も
暗黒のなかを漂流しておりながら　なおも
そこから脱れた舟をよびもどしているのだから

たしかにきみは　眠つていたに違いない
製造の手段と結果を奪われたものら
渦巻く水の奥底で答えられようと願つた漁夫よ
あらたな罪の時刻に鶏らはくびり殺される
きみのまほろばは　ウランのなかにある…
ふり返ることもできずに追われてきたものたちよ
常世の国の広間で　水盤のただなかに
きみらよりもきみらに似た
幾人もの顔をみいだしたか？

かれらは夏の朝　刑場へきみらを引きつれて
もつと深い眠りへと突き落さなかつたか！

コップが　皿が落ちて割れるから
そんなにおれの扉を叩くな
さまよいさまよつていた夢の胃袋には
一冊の書物が漂いながれるだけであつた
なぜそれがばらばらにちぎれているのかを
おれはただ知りたがつていた
そこではあらゆる記憶も　幻想も
スサノオの血ではげしく洗われていたし
うなずく月は合歓の花の匂いとまじりあつていた
それがここでないとすればどこかの丘であり
あなたのうしろをゆつくりとすぎてゆく
巨大なあんこう魚のおおらいのなかだ
よびさまされながらわれわれはたれも
磁気がどこからきて背中をたたかれたのか
しらずに眼ざめていたのだ

舟と太郎がすすむにつれて　水がふたつにわれて
氷のように切りたつた書棚という書棚が
ひびきをあげて崩れ　雲のなかへおちこみます
けれども最後の書棚に手をかけるとき
それが回転ドアになります
そこを俑いのぼつている海亀を
おどろかせるのは可哀そう
こんなに遅く　またやつてくるのは誰
また太郎？

唖眠の突堤から出発したものら
渦と渦の境で　死に答えられようと願つた漁夫よ
きみらの祖先にむかえられながら
鍵盤のうえをあるけ　兵士らとともに
象牙の樹木がそだつている広場で母親の手をとれ
きみらのようにかれらは何度も死んだ
だが死を学んだのではない

その国で　噴水と菖蒲をきつて音がとぶとき
きみらは蟬に貨幣を支払うことができなかつた
それ故にまたもきみらは
　そこにとどまることができなかつたではないか？

たれもおれの顔をのぞくな
海神の娘も　その使者も
伝記作者も　また歴史家よ
英雄にあらざるものを語りつたえたのは間違いだ
そして　またもや夏がきて
のぞみがみたされたというわけではない…
とおい国の公園に
青く色づいたなにかがころがつていると思う
起重機の影がそよ風の吹くたびに
水の上でゆれていると思う
それは海亀らがこえをそろえてうたうときに！
浦島の漁夫を語りつたえたのは
間違いだといつてくれ　でなければ

あるいはおれは煉瓦の荷運び人
官庁の事務員　出勤時間に
いつもきまつて遅れていたところの

さあ眼をさまさなくては　遅れぬように
あなたの名は太郎
あなたの服のポケットに切符があります
あなたの名は書いてないけれど
行く筈であつたところが記されています、
破壊された街で　製りだされたものが
製つた者を支配する世界で
つめたい乳房のあいだに頰をうずめて
まるい眼の子供が抱きしめられているのはなぜか
しらせるのがわたし　常世の国の女
あなたの年老いた祖母であり
まだ生まれていない娘です
ここでは墓のない死者の娘ですが
あなたの帰るところでは

家をあたえられる女
始発電車の轟音にいつも眼を覚まします…

おなじ名が呼ばれ　おなじ名がまたこたえる
サイレンの下で
古びたよみびとしらずのながいうたのなかで
たしかにおれの兄弟が行つたみちしかない
舌をつけてはじめて死ぬことができるその土地の
岸辺へは
われわれが眠るにはまだはやすぎると告げる…
たちばなと塩が匂う国へ辿りつくとき
夜あけの街で若い男がひとり
わたしのように眼ざめるだろう
忘れられた民族の夢想の底で！
そんな一点で　傷がうずくように
歴史がうずきださないと誰がいうのか
そして彼のポケットに
忘れられた切符が一枚はいつていないとは

わたしもいうことができないのだ……

きみのうえにかたむいて囁いたのは
とおい暗室で発火している大陸だつたろうか…
起きあがつて最後に出発するものたち
睡眠のはての境をひそかに出ていつた旅人よ！
そこで　きみはあるいたのだ
黒から青へうつりかわる楽符のうえを
海亀らにおくられて
行き倒れどもの魂に挨拶しながら
どんな船団もしらない年の断崖の下を漕ぎわたり
きみの祖先の紋章にひとつひとつ名を刻みながら
すべての航路がかえつてくる港へと…
オーロウラが裂け
希望が幾重にも垂れさがつてくる
そこから
われわれはあるいたのだ

おろかなことを……

山口洋子

食べすぎたあとのようにだるい

わたしなにができるだろう
わたしはもてあましている
ジユースをこしらえること
樹のぼりすること
だれを呼ぼうかと考えること

虹がかかる
わたしは待ち伏せする
アラビアンナイトのコスチユームで
近ずいてくるすべてのものに
ガラスの猟銃の口をむけて

わたしでないわたしを愛しているひとたち
白菜のような味でしかないオン鶏たち
上品な物腰でひしめきあつている公衆浴場

おろかなことを考える
いちまいの焼きたてのステーキのこと
潮の匂いがする大きな腕に抱かれること
黒いきれを巻きつけて
氷河の檻のなかにしやがむ
ひとりの囚人になること

わたしのからだは熱つぽい
髪がぬるぬるして
鼻だけがかわいている

それらがみんな
しんきろうになつて
遠くで燃えている

おろかなことを考える
はるかガンジス河にひたつて
祈ることがあるか？
ひとに与えるものが？
ひとにうばわれぬたしかなものがあるか？
ねらわれているか？

わたしになにができるだろう
水を飲むためにコップをさがしにいく
白い籠にセロリを買つてドアを押す
いとしいひとのキスを受けて
いつも期待されている人間のように
せわしく

祭のようにはなやいで
おやすみなさい……と窓を閉じる

サイコロマンボ

ひるねしよう
手紙かくのよそう
砂浜のくぼみ
ムラサキの飛沫かぶり
海賊がくちうつしする塩
ごくごくのめば

遙かとおく

魚を山積した船ひつくりかえり
処女いちまいのセロファンになつて
マンボ踊りながらながれゆく

煙草ふかそう
気まぐれなゆきずりの雲
ウインクよそう
エンピツなめなめ
犬の顔描いてる
小鳥が白いボール咥えてとびこんでくる

愛、あい……なんか
明日、あした……?
だれもがおんなじスプーンで
力だめしの競技に熱中してるころ
たかくたかくサイコロなげる

信じるもんかね
汗ばんでくるシャツ脱いで
風のなか乱暴に身体まかせる
はらんでくる空を
おかみさんせわしく通りすぎる
ニセピストルでひとが殺される
耳のなかへ
いきなり火山灰つもる

サイコロどこまでもたかく
どこまで…… ?
まだ欲しいものがあるんだ!

調和より

ギュヴィック

おまえは　めざめている……

おまえにはいまも暗い大きな穴が見える、
ひらかれたくち、岩々の歯のなかに
金属をなめる
大きな火を。

焼けただれた海からのがれて、おまえは見たのだ
夜なかに長い廊下が燃えつづけ、それを防いでいる塩を、
巨大な水のかたまり、その動きを――おまえはおぼえている
それらの敗北の騒ぎぶりを。

おまえは混沌の中をすべつてゆく、
笑う岩をおしのけながら、
火の友情をさがしながら。
おまえのわきばら、おまえの口は　みどりの草や木を生みおとす
希望のことを口走り、気むづかしい肉体の
たかまる力を待つている
動物たちを。

おまえは舌の上の入江に　波音をたてる
おまえの指は　樹皮のなかに見せる
おまえは皮ふにくつつける
あらゆる粘土を。

〃Terraque〃

＊粘土　argile. 〃Fig. Les Parties Materielles du corps. (Littre et Beaujean)

（大井三郎訳）

後記

知性と感覚の冒険は、たしかに心理的な荒癈をもたらすものだ。という理由でわれわれが冒険から絶縁してしまうとき、詩が驚愕であるという魅力から遠くなるというのも、またある程度たしかなことのようである。

すくなくともわれわれは、といつてもこれは私を含めて一定の周囲のひとびとに限られることになるが、冒険と絶縁したのにはそれ相応の理由があつたわけである。理由の有無はそのまま正当性を保証しないが、理由がわかつていてなお現在のようになしつつあるということは、選んでそうしていることになるであろう。

冒険と絶縁して感性と直覚に依存することを心がける傾向は同世代の一般的な傾向とみなされはじめているようだが、選んでそうしているのか、そうでないのかによつて個々に区別することにはちよつと興味がある。

そして冒険家たちの拓いた道の恩恵に浴して、詩作する人々が増加し、書かれる詩のレヴエルはおとなしく向上しつつあるとしても例えばイメイジという機能について、われわれはその意味するものを、知りすぎているのだ、そして同時に、殆んど何も知らないのだ。

われわれを立腹させるほど失敗している詩があるとすればそれは曖昧な失敗であるからでのなくして、眼にみえるところは明らかにされた機能について熟知していない失敗か、さもなければ、知らずにしかも良い加減に使用したことによる失敗である。残余のものは、失敗のうちにはいらない、「精神」は、時の手によつて完成することが多いからである……。

だが言語の一機能としての「イメイジ」についてではなくして、ブレイクのあるスタンザについて最も云われる「イマジネイション」という言葉に留意することが大切だ。「イマジネイション」を「精神」という語に置換することができるであろうしかも同義であるのだ。この前提によつてこそ、「映像は精神の純粋な創造である」よく知られたルヴエルデイの言葉が正当性を与えられることになろうそして「イマジネイション」の支配する領域へはるばる復帰することの危険な正当さがあたらしい冒険でないとは誰にも云えないのだ。　（堀川）

●

単純な比喩にすぎないが、リンゴの樹は赫い実の豊かさを求めるために異常な育ち方をしている。（最近の長野旅行から）

ほんとうにスタイルの上では現代詩はもうどうにもならないと思つてよいのだろうか？　我々は新しい詩のスタイルを見出そうとしている。航空機に使用する軽合金の様に、言語を軽くすること、材料としての重さを出来るだけ減らすこと。意味とイメージの隙間のないワード・フレーズを生み出すことだ。それは本質的に詩人の発想法の問題であるがたとえば当用漢字の問題のなかで漢字の使い方がいろいろ論議されるが、漢字に於けるイメージ（具象性）・カナに於ける意味とイメージ、また両者の質量の相異をその場かぎりの秤りにかけるのではなく新らしい合金をつくる様な気構えでやつてみる必要がある。

新しい日本語は、そうした詩人の努力を必要としているし、またこれは日本現代詩の一解決となる問題でもあり、一般的には言語生活からくる日本人の性格の開放をもたらすことを夢想するのだ。（江森）

●

最近、話題になつた石原慎太郎の小説を読んでみて感じたのだが、若し彼の作品が、前世代の作家や老人たちの非難をかつたり、或いはどんな意味にしろ彼らを感嘆させたりしたのだとしたら、それは石原のモラルが〃案外に古かつたり〃描かれた青年たちの行動が社会の良識に挑戦しているようなものだつたからではなく、それを評者が気づいていたかいないか私はしらないが、彼の小説には全く戦争の影響がないためではないか、と思えたのだ。私たちは、すでに太平洋戦争のはるか以前の時代より、戦争というものに影響されない作家などに出会つたことはなかつたのだ。情事しか書かないことで高名なある小説家にしても、この限りではなかつたのだ。ただ直接、戦争が戦争らしく小説のうえにえがかれなかつただけのことで、その作家と戦争ということによつて象徴される社会と社会的な事件との関係は、冷酷なまでに残忍なものであつたのだ。

私は、戦後になつて、オウエンやキイズが真の戦争詩人であつたという意味で我国にも真の戦争詩人の誕生をみたと考えるが、と同時に多くのエピゴオネンと贋の戦争詩人も生れ出たと思う。秀れた一篇の詩がわれわれの魂に生を愛した者の悲痛ではあつてもよりよき声をはげしくこだまさせ得たときも、贋の戦争詩はせいぜい武器の威力の解説や、戦場における軍人の蛮行を拡大してわれわれに人間への不信を抱かせようとする位の役目しか得なかつた。つまり、われわれ―人間にとつて詩とは何であつたかを忘れた詩人たちが多すぎた、ということを私はいいたかつたのである。これは戦争詩人ということでかいてきたが、この言葉から戦争という語を取去つた方がむしろ話は通じ易いのであろう。

それにしても戦争とか革命とかいうことを通じてつねに人間の条件を考えてきたわれわれなどにとつて、戦争の反映の全くみられないかのような同世代の小説家の存在というものは不思議に思われた。だが人間について全く考えない詩人たちが同様に登場してくるかも知れないとしたら、われわれの世代の詩ははるかにつまらなくなることだろう。（山田）

一月下旬に「氾」が創刊いらいお世話をいただいてきた大成印刷が失火にあい、またグルウプ内では二名大学を卒業し、三名就職し、一名失踪し、一名失業救済され、一名結婚し、等々その他多事多難、順じて発行も遅れたことをおわび致します。すでに印刷所も機能を回復、ここに九号をおくる次第です。

氾・隔月刊第8号・定価50円・1956年5月25日印刷・1956年5月30日発行・編集者・堀川正美・世田谷区松原町2の670・発行者・山田正弘・東京都大田区馬込東4の17・印刷者・石川貞夫・東京都品川区南品川4の372
発行所・東京都大田区馬込東4の72の5・氾書林

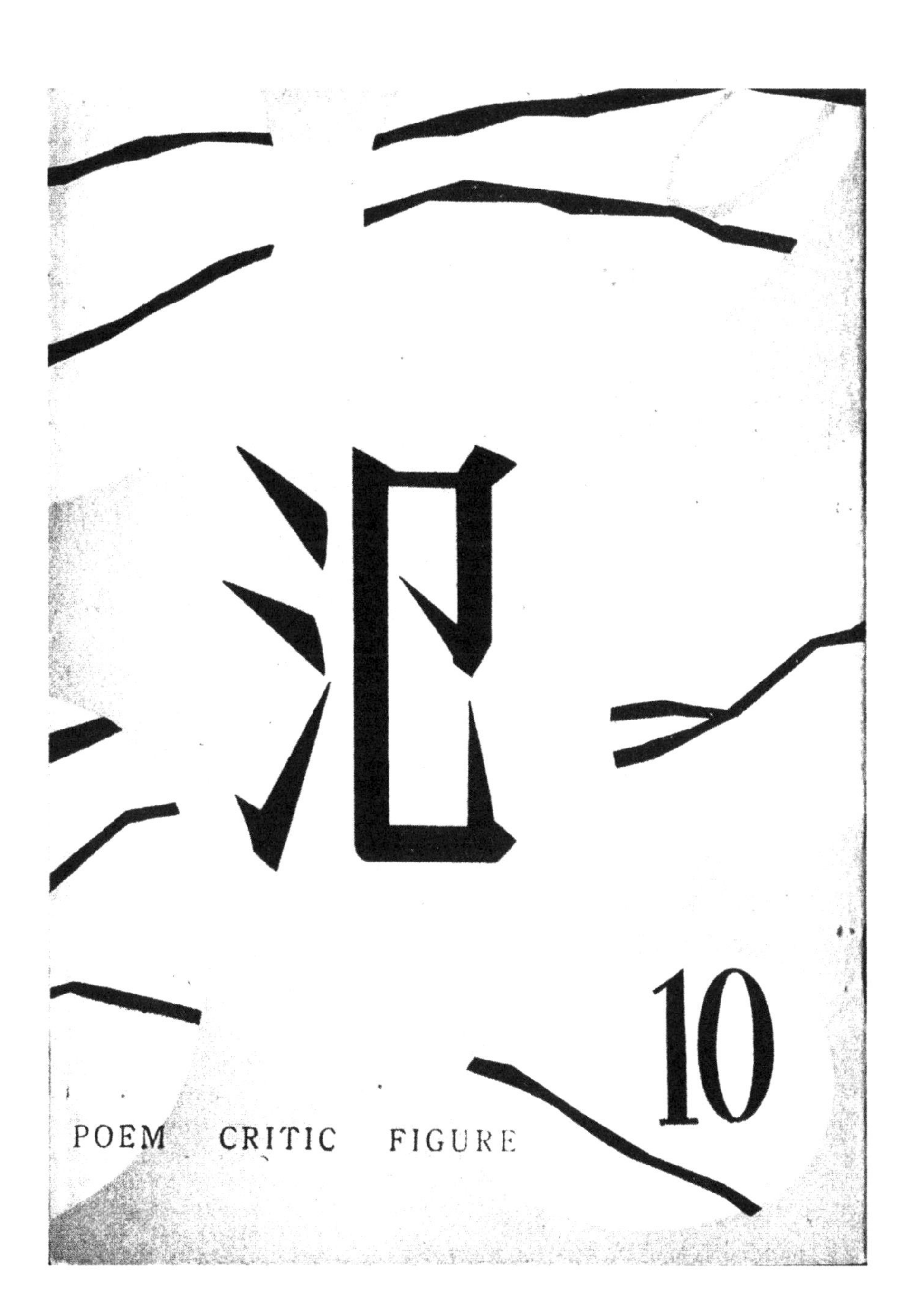
氾
10
POEM　CRITIC　FIGURE

氾

1956 第10号

表紙・早崎レイコ　カット・松浦敏夫

私を愛したものを
私は愛した

山田正弘

秋のさなか！
町の入口には衛兵が立つている
あす　鉄の切れ片と雨にたたかれるだろう大麦とわた
　しは一緒に
石と石のあいだにはさまつて眠り
時々ひらかれた霧と燃え落ちるカアテンを裂いて五本
　の指は
残り火をかきたてて　待つていたのだ
この美しい素足を黒い土のなかに埋めて

その年の冬から春へ　光る鎌の刃と刈り手たちを
冷えた胸のうえを血液が種子のように滑り滴つたとき
　もそしてきよう
ただ一人のひとであるとともに百万の顔を持ち百万の
　人びとである一人のひとに
もう　女でもなく男でもなくなつたもう一人の人間の
　ことを
信じさすことはできないだろうよ

そしてねえ　風は　あらゆる光に映しだされているの
　で
ちいさな路地を吹きぬけてゆくこともできない
現実の世界
そこではわたしは額に兵のしるし星を灼きつけて
駝鳥のように乾いた金属の眼をして
たつた一人で

昔からの仕来たりを守つていたそして
きみたちの知らない土地の方へ
優しい用意や城壁のいろした河を押しやつた
わたしはあまりに愛することで間違つてきたのか
だがやめよう　おしやべりを！

たしかな足どりで清められた不動の年月
雨のなかの声はわたしの行くまえに雨に消された
そうして間違つたのはわたしではなくて世界のほう
　なんだ
子供たちはけれどおとなしく去年出会つた日を待つ
　ている
祭の太鼓はいつうつの
——今年はいつたい何に会えるのだろうか

歩いてゆく

さいごの行為は死から単純さへと
単純さから友人の死の内部へと
再び巡りかえつてくることなのだしわたしを
支配した瞬間はきみを支配した瞬間なのだろうかわた
　しは
細かく氷の砕かれた多くの顔のなかにいて
きみの帰る足音をきいた！
昔は勇敢だつたひと　兵士の列にまじつて
一つの言葉を一条の白い光にかえた
きみもまた今は単に寒い沼地を渡つてゆく行商人にす
　ぎない
雲と枇杷の枝のあいだのちいさな空から
霧はしぶいてきてきみのアメリカ風の服をぬらすだろ
　う
このときにどんな草々が
きみの焦げた口のなかへ蔓を伸すだろうか

血のにじんだ腕で水をわしづかみにするとき
鉛の鎮められたきみの眼は瞬たいて　涙を流した

だのに風は涙の中心から吹く
慾望は一ばんよい場所へもどつてくる
そしてねえ　わたしは思わず笑つてしまう
しかし今わたしは塩の詰められた袋にくちづけします
わたしが町に入るとき支払つた乳より
酸つぱくされた海をすすつている
それがすべての悲痛なものの生れた所でありすべての
　歓びを呑みこんだ洞穴なら
暗やみのなかの暖かい国できみの踏んだ草々に答えよ
う
わたしの苦しみさえもう一杯の水より尊くはないだろ
うと
それでも　不充分な力が鳥たちを追いたてている

昔きみが踏みわけた大麦の穂
よりも小石よりもきみの不幸よりもちいさく
わたしは傘をさして帰るだろう
不細工だつたが竹林に囲まれた家にそして米をとごう
薪はくべろ 最も聴とく火は燃えている
不滅なるものは機械の産れた陸に
きみのように立ちきみは輝く河のおもてを歩いた
そうして三たび
わたしを愛するものをわたしは愛していた

眼

江森国友

めぐる雲をうしなつたいま
青さをおとし続けてきた空の
したしくかわされる水滴がちりかけたまま
すぎたばかりの風の後には
垂れさがるひとつの意味もなくて
木と森と　砂と一本の道がむすばれる

選びながら
溶かしてゆく時と距離を
一の流れを見つけると
物質がアメのように

水は色と別れたものではなく
愛の状態と
信じあつている柔らかさをもち
石と植物を拒んでゆく

棘の隙間から木の芽が生れ
眼は萌えてゆく色にかこまれる
土地はいつせいに木をたて根にかくれ
拡がりは森をめぐつて緑をつける
枝は空に　根は流れに近く
たつている木のしたに　掌と掌は
ひと握りの球にかわり
あからんで森をうつす

愛・詩 Ⅲ

山の村で

むらさきの森に入ると
ふいに黄の葉をおとし
かおるは私の胸にのる

森の赤い実が口を開いて
ふくらはぎに接吻する
羞ずかしがる花をつみとると
かおるはその裸を開く

そつとかおるを連れだすと
本の葉はかけてきて
庭の花々とかさなる
空をからませる木

鳥の声をしばる森が
私の庭に
鹿もかけてくる

いつか森はすべて黒い
鹿の瞳は猟人を囲んでいる
鹿よ　きみの耳は
なぜ崩れる空を恐れる

あさ　向日葵の葉に雨宿りする
雀
山あいの土地は浮くようにひろがる
花々
樹々は島々が海をおさえるように
ひろがる枝々に空をつかんで

ひる私は庭をでる
そのまゝ土地は森にはいる
森はみどりのかげに充たされて
そのまま山にはいる

私はそのまま
かおるに迷いこむ

海　に

はなれているために　明るい
折れ　交差し　乱されてゆく
まちかどから
近くに
僕の青い空を　呼べる
蜜柑の熟れる丘の
森のおくによこたわる海の
しお風のために　ひらかれる波に
光りはすべての根のようにひろがる

脾腹のように白くひきしまることはない
視覚のゆらめきの外に
なげかえす
ひとつ　ひとつの眼
切りとられた唇

かげろう足と指を
眼ふかく化石している火を

海は切り通しの道のようにせまっている
風は塩をふく
僕のひろげる二本の腕に
光りはすきとおり海をつらぬく
海水はきつく僕のからだを抱く
波が充血してきて息がつまる

かさなる森をとおして
とけてゆくいろの輪
溢れてくる
くちびると乳房は
かたちを捉えられなくなる
そのとき未来は芽をふく麦畑
かたちをなくしたくちびるは
僕のくちびるにおなじ熱をわける
かたちをなくした乳房は
僕の胸におなじ鼓動をかぞえさせる

秋の素描

小林哲夫

1

背なかにこぼれる
みどりの掌　みどりの爪
岩のくるぶしのかげをかいくぐつて
道は山頂へとはいのぼつている
断崖のわきばらには白樺のやぶが
かすかに茂り　鳥の胸は
空がひかるいらだたしさにふるえていた

高原は追われるけものの逆だつ毛並
風になびくしろいひとすじは
孤独な鳥のかげのように
馳けすぎてゆく
おお　おまえのほそい肋骨と
夕陽を閉じこんだとびいろの肛門
空のはだかを
亜麻いろのかげにすりかえるすばやいまたたき——
蔓草はさるすべりの梢にたれさがり　その結実は
くれのこるひかりのなかに曝される

2

からすが土すれすれにはばたく
その翅音にかすかな痛みがぼくの内耳をとらえる
ギザギザに空をきりこんだ
くらい厚い羽は
樺のやぶをさわがせて
炎のかたちに露を
こまかい爪たちをひらかせている草の根に
いちめんにふりまく

みだされるぼくたちの髪にも
海なりのひびきがつたわるとき
樹木の指をからめている蜘蛛の巣をかすめて
ひと群のもずがとびさる

3

内部に　みずみずしく
張りめぐらされた樹木の根よ
種子を結ぶ秘密の営みを
昆虫たちの眼にさらして
もえている草たち
このようにして
ひとりのぼくと
ひとりのわたしの胸にもふくらんでくる愛
形而上学的なさびしいざわめきは
絶えて　この地のなかにしずまる

ある肖像

はぜの森にも炎がもえうつると
もうすべては変心の初冬

群がり咲くコスモスのはなばなを踏みしだき
キャタピラをかき鳴らして戦車がすすむとき

彼は　赤松の枝に吊るされた蛙の死骸を
発見して狂喜するのだ

径へ

日比澄枝

どの山も
どの道も
溢れるばかりのひかりで
くるおしく黙らす

身をよじり
岩山にかけこめ
巨大な樹のひしめく
緑の葉ずれ
風のなかで
しずもる草花
苔にしたたる水に
蝶のようにうずくまると

山路をのぼり
木の間つつぬけると
ひたひたの川辺りに
くるぶしいれて
空をみる
鳥も
雲も

ふくらんでくる
乳房の匂いに声をひそめる

つまずきながらゆらめいているひかりは
忍びよるもの
奪いあうもの
深い径にひらかれると
山のすべてを
眠りのなかにねむらせ
海よりも
死者よりも
はるかに暗い眠りで
いだきあう

あたたかなかおりよ
甘き果汁をしたたらせ
燃えたぎる炎
掌でおしひらけ
息すると
あらわな願いも
山のみどりにやさしく囚われ
大地の底にとけていく

かくしている

水橋 晋

泡立ちの
ひとつひとつの泡がはじけて
ざわめきを
花のような夕暮につたえるとき
入江のおくにまで
よせてくる海鳴りを
私はきいていた
それだけではない
内側にきざまれるたしかなひびき
地のしたからとどけられる鼓動をも

私はききとろうとしていた
渺茫とふきおちる
ましろい光の輪のした
おまえは体をまるめて
くらいあわいをかこつていた
指と指をあわせて
そして
ふかくしまいこんだ
生ぐさいものを
私の手のとどかない
潮の
さらにむこうに
しまいこもうとしていた

腰のおくふかく
くろい環礁をおまえはもつていて

ながれこむ
夥しいものを
かみあわせ
水平線のなかにおりこむのだ
夜の記憶を
めざめのなかにおりこむように

まわりをめぐつて
つつみこむあたたかなもの
おまえをみちびきそして
ゆだねるものを
私はしらない
潮騒にみちた夜にむけて
私は夕暮のなかからたちかえるだけだ

いまは
喋つてはいけないとき
泡立ちの
ひとつひとつの泡がはじけて
つたえる音を
胸のおくにかえりつかせるときだ

アルコール

堀川正美

一〇〇人目の男が
岸辺から消える。
かれののこしたアコーディオンのなかに
われわれは折れまがつた起重機の群をみつける。

島国のあなぐらのなかでは、かれの乳母が
われわれの祖先たちが
まつくろいけものになつて、たつた一冊の本を
がつがつといま嚙つている。
しかも飢えをみたすこともできず
ページがたちまち雪になつて
歯のあいだからこゝへおしよせるのを
いちどみたものは

もうふり返るな！ 盲になるから。
出発はたしかめられ、われわれは凍てついた海をわた
る。
やがてかれは到着する、おびただしい漂流物にとりま
かれ
巨大な舌のうえに坐つて。
それからわれわれはおち込み、使徒はおち込み
血に泡だつ温度のへりをよじのぼり
まつ青な緑の旋盤にまきこまれ
ベルトをとめて
かけた大きなコップのなかから出た。

眠ることもできず
齢をとることもできなかつたのだ
出発したところへもちかえるものを
アルコールの山にみつけるまで。

死んだアメリカの詩人に

燃える空は額のうえに海をひろげた
きみのためにふるえる
春の、あわだつ花々がむらがりひらくとき。
叢林のむこうにすけてみえるしろい掌は
きみがさいごにそこから去つた庭を
抽象のひかりを
いちまいの古い手紙のように展いている。

その庭で、メキシコの翳のなかから
いつぴきの貂がすばやく逃げる
葡萄樹下をくぐりぬけ
冥府の備門をいくつもおしひらき
童僧が読経をつづける水のほとりからすべりおちて
炭火にやかれたガラスのうえをはしりぬける。

地図のきれめから
きれぎれの声をあげてかれは墜ちる。
だがきみの、無益なはげしさでいためつけられた
うちなるやさしさのように、かれは不死だ。

そこまできみの行方をたずねてゆくものは
もういないだろう。
われわれは自分の顔をさがす、そして
愛するものの顔をもさがしあてる。
だが夏は
ようやくはじまつたばかりだ
死者たち、劫火の亀たち、ひとでたち
それらが水のあふれる床を匍うとき……
ここではきみのまなざしが、不意に
ふたたび断崖のようにきりたつ。

帆のように鏡はまわり
われわれは部屋をでる、手に手をとつて。

砦

中島敏行

1

むかし　祖父の土地の胸ふかくあり
吹雪や　菜種　あるいは洪水や
砦といつしよに
なにげなくころがり　なにげなく吐き出された
数すくないことばのつらなり
とおい狼火よ
祝祭の花火であつた
橡の実は　むかしどおりにかたい
だがわれらの太陽が

むかしの日々に同じだという確証はない
われらの心の茂みであり
祖父たちの智恵が
雉の卵ほどにねむつていたふかい森
ただよう霧の歌であつた葦の笛たち
戦争に裂かれ　村の梢から追放され
いちどは胸のなかへ昏倒したそれら
ひとすくいの水を与える愛があつたのなら
われらはなぜ　きのう生れたように今日
ひとりでいるのだ
われらの揺籠を編んだ祖父の大きな手はどこだ

2

はてのない乳房の森の奥
兵士の心が　流星の勲章のようにひかつた
この胸の茂みは　なぜに伐採されたのか
亀裂した窓ガラスほどに　なぜ

われらの太陽は破裂しているのか
愛は陽炎ほどでしかなくて
恐怖と猜疑のために毛の脱けた鳥のよう
ほそつたおたがいの影の
かさなるのさえ避けあうわれら
そのために青ざめたくちびるで
棘のあるくちづけをかわすわれら
愛のための愛のひもじさ
一人のために一人であるわれらのひもじさ
さて　遂に一人なのか　祖父の声が
とだえた土地の？
砦を越えて　新らしい雲が湧く地方へ
あるいてゆくところの？

そこへ行つたら
狼火をあげろ
胸の盆地をきり出した飛行場はあるか
滑走路はまつすぐ天にのぼつているか

3

祖父らといつしよに遁走したわれらの酋長は
そこで　癈墟の蔓草ほどの生命に
眠りながら　煙つている！
かれはいまでもカブラ肥える地の塩
魚群湧く地の養いである
これらを血潮のように信ずることは
祖父の十指の力を　われらの
ひとにぎりの心臓に痛感することだ
われらの心はとびたたなければならない
砦のそらで
破裂しなければならない　だが
なすべきことをはたした時には
この土地で　われらの山脈の中に
眠ることも許されるだろう……

洪水

山口洋子

風が逆らう
起重機はおかみさんたちの愚痴の捨て場に困る

胡瓜にトマト
吉原遊女を夢みる老人の籐椅子は古びて
軽業師を志ず子供のパチンコの的

棘のある雑草のむこうで
ほら
またたれか
発破をかける
それは一瞬のこと
猟人のたくましい肩が
緑いろの葉をゆるがしていく

切りとれぬもの
藻のようなあのひとの一日
好ましい
あの男の熱い舌
生温い河の面に
いいかげんならずな情欲
夕暮の窓は曖昧な笑いに満ちて
長靴下をぬぐ女たちのものになる

痺れが
すべてにおそいかかる
《わたしの一生を……》と賭ける恋人たちの
大きな眼にさえ……

森も湖も
いつごろ色を変えてしまつたのか
いゝ気になつているわたしには
まつたくわからない
洪水の夏が
たしかに
わたしの両脚をふかくぬらしている

占師のM

松井知義

Mは街角で客を集めていた。……

埴輪のように彼らはがらんどうで、眼から内側は斜めに腰椎のあたりまでのぞくことが出来、そのたびにMはりゆうと口髭をしごいて軽い当惑をまぎらす。

ある客は喉になんと牝馬をひつかけて彼のところへやつてくる。またある客は肺のあたりに部屋をこしらえて、なにがこう私をなやますのでしようと尋ねにくる。Mは、けれどあなた、わしや外科医じやないよとは言えないのだつた。

奇妙にも碧い海が頭蓋いつぱいに拡がつた客がやつてきた時ばかりは、眼に眼をあてて下からすかしてみたMは、さすがに度胆を抜かれてそこから逃げ帰らねばならなかつた。

けれども女を占うのは一種のスリルがある。女たちはおとなしくうなだれていながら、扇子であたりを遮ぎるや、はつと鋭い眼をあげ、そこから驚くほど大胆に足の裏までのぞかせる。

犬が客であることだつてあるのだ。犬だけは別もので、充分に注意しなければならない。犬は、占われていながら、逆にMの眼から入り込んで彼の内側を嘗めまわす、粘つこい視線をもつているからである。すなわちMは、犬を占いながら同時に自分を観ているのだと思う。

生憎客のさつぱりつかない日、彼は退屈まぎれに、あたかも床屋で鏡の中の自分を盗み見するように、ちよつと自分を占つてみる気になつた。けれど人のことならいざ知らず、そんな危険を冒してよい理由はどこにもなかつたのだ。

彼は道端の犬に、神妙にこちちから話しかけた。犬は不思議なものを見るようにまじまじと彼を見上げ、その眼はまぎれもなく埴輪のがらんどうであつた。その途端、彼もまたがらんどうにほかならない。

だが彼らの奥にうごめく白いものはアメエバ、見られることから彼が残していたただひとつのいのちではなかろうか？

三枚目役者のM

Mは楽屋裏で鏡に向つていた。

ちかごろ彼はやたらに背中の方がむずがゆかつた。だれかに追いかけられているような気がしてならなかつた。それで今日はとくべつ入念にメーキャップしようと思つた。まるでそんな奴がいても目をくらませることができるかのように。

だが時も時、彼は鏡の中に彼の素顔とそつくりな奴がいるのにびつくり仰天した。そしてあんなに背中がむずかゆかつたのはこいつ、彼の偽者のせいだつたのだなと思い当つた。

こんな奴につきまとわれたんではおれの商売もあがつたりだ。あの目付じやおれの内側へすべりこんでおれを追いだし、おれになりすまそうというつもりかも知れんぞ。

なにしろ彼はとても昂奮していた。それで彼と偽者の顔が鏡の中で二重にも三重にも見えだし、そのうちにどつちがどつちだかわからなくなつてしまつた。

さあ大変だ、おれさえ区別がつかないんなら、世間にどつちが本物だかわかる筈がない。彼は大急ぎでドーランを顔中に塗りたくつた。そしてそのまま舞台に走り出てみると、素顔の彼が一足先に

「ちかごろ私はこの商売がつくづく嫌になりましたので、今日かぎり癈業させていただきたいと存じます。もともと私はゆううつな男でございまして…」

Mは声をかぎりに遮ぎつた。

「とんでもない、こいつはおれの偽者なんで、おれはこいつの素顔にメーキヤツプしたおれなんで、てんで癈業のつもりなんぞありやしません」

あげくのはてに二人はつかみ合いの喧嘩をはじめ、観客はやんやの喝采を送つた。

＊

Mはお腹が重くてしようがなかつた。あれつきり偽者が見えなくなつたところをみれば、奴はてつきり喧嘩の最中に彼の身体の中へもぐりこんだに違いなかつた。

こんな馬鹿な話はあるもんじやない。二人一緒にひとつの身体に収つているなんて。

そこで彼はついに決心して偽者に彼の身体をあけ渡すことにした。

考えてみれば、実はそんなことはどうだつていいので、彼もだれかを盗もうと思えば簡単にできる。あるいはその方が変化があつて面白いかも知れない。たとえばそうすると、人様の女房を抱くことも出来るし、思いがけない所へ旅行することだつて望める訳だ。

Mはさつぱりして街へ出ていつた。街は各々の偽者ばかりで氾濫していた。久し振りに鼻唄をうたいながら、どいつを盗んだものだろうと物色しにかかつた彼は、恐らくは、たちまち相手に似かよつてしまい挙句のはては相手の男のなかへ入りこんで、そこにいた奴を追いだしたにちがいなかつた。

こういうどうどうめぐりが、お終いになつて皆が皆自分であるためには、ひとりでどうにかしようとしても出来るわけがなかつたのだ。

意識

ギルヴィック

言葉たち、
知るためにあるのです。

樹をみつめ、《織物》とその言葉をいうなら
おまえは そこでつくられることを知つているつもり
また それにかかわつている筈です。

おまえは それに熱中し
冷静に仕上げます。

で、気づかいは
ほとんど なぐさみです。

**

そう、河だ——そう、家々だ、

そして君よ、霧だ——そして おまえよ、
奇妙な天とう虫だ、

ふとつた牛のように そなえのない
かたむいた うつろになつた柏の木だ、

成熟しつつ
種子のように叫んでいる
君の声を 誰かが聞いていたの

——忍耐、二・三世紀
そうして おれたちは
知恵というものに
恐らくおれたちを調和させることができるだろう。

顔

小石のあふれている国、いばらの草むらが
　あふれている——旱魃にじらされ
いらだつ岩の……。

牛乳をほしがつている
いためられた咽喉のような
大地です。
男ッ気のない女、あつい湯を
そそがれた蟻の巣のような小山、
腹のない大地、銅の音楽
つまり顔です
裁判官の。

眠りの森の乙女に

いつまでも眠つていては
いけないんだよ。

私はおまえを愛する

どんな季節にも
おまえはこわがらない

またおまえはふるえない
その体にくつつく私の体にしか。

（大井　三郎訳）

後記

週刊朝日の緊急増刊で、田宮虎彦が、ハンガリア、エジプト問題と妻の死とを関聯させて「一身の不幸の前には、世界のことなど、今はどうでもよい」と言つている。

妻にたいする愛情の深さを言つたものだろうが、そういう発言をしている間にも、オーストリアの国境まで妻子を送つて、再び銃をとつて引き返していつたハンガリアの市民がいた、とも伝えられている。

すくなくとも、妻の死、と中東や東欧問題を結びつけるべきではなかつた。私小説作家、田宮虎彦の社会にたいする見方、態度が、あまりにも正直に表現されてしまつた。田宮虎彦を支えているものは、過去の日本の社会形態のなかでつちかわれてきた家族主義的利己主義以外のどんなものでもなかつた。ここには、作家としての責任も、人間としての責任もなく、それらは一個人の「不幸」に肩がわりされてしまつている。

ひとり田宮虎彦だけの問題ではない。共同体意識とか連帯責任とかが、ひときわ叫ばれている今日の社会において、指導的立場にあるべきはずの作家、知識人のなかに、まだまだこうしたナニワブシ的倫理が、根強くひそんでいることをわれわれは知つておく必要がある。

沖縄基地問題、日ソ交渉、砂川基地問題など政治的な陣痛がわれわれに大きな関心を与えたが、こういう状況において、詩の社会的可能性を追求するということは、そうした政治・社会の動向にたいする正しい判断と理解を要求する。表皮的な事件のおくにかくされているもの、われわれが常にみいだし、把握しなければならないものは、それだ。詩のもつイマアジュの価値は、その本質をもつとも正しく表現しているところに、はじめて生じる。イマアジュが詩を支えるのではない。そして、死にゆく市民たちが問題なのではなく、市民をして死なせるものが問題なのだ。　（水橋）

●

最近、秋の鎌倉を訪ねた折、T女の紙絵をみましたが、その魅力は選ぶということの偶発性による面白さだと思いました。なかでも白いスキ紙の地に桃色と緋色のリンゴをおいた縦長の絵がありましたが、そのやさしくて新鮮な色調が女の精神の状態をおもしろく屈折させてみせてくれたと思います。

観覧者の大勢いるなかを行つたり、ぶらぶら来たり眺めていたのですが、紙絵から喚びおこされる楽しさが持続しないのはそれが僕らの夢と結びつかないからだと納得しました。

〝すべて可能なものを現実と見なすため…〟とは「詩の証し」のなかのエリュアールの言葉ですが、同じ頃みたブールデルの作品群の持つイマジネエションの豊かさは彫刻の持つ造型性を超えてなお僕らを夢みさせるといつて良いと思います。単彩の素描のなかにひとりの天使の像がありましたが、その可憐な形姿に驚かされました。（江森）

●

十月×日　ハンガリア問題はフル氏とミコ氏、ナジ氏の政治力を超えたところで暴動と介入による内乱となつた。正面切つてソヴエトを弁護する馬鹿ものはいまい。だがこの内乱が必然的であるが愚劣だということを否定できやしない。流す必要のなかつた血をハンガリアの抵抗者たちはどうやつて償うのか。ポーランドの民衆やゴムルカ氏が賢明であるかどうかはさておき政治力のない両国が惹き起してしまつた愚劣な事態によつてわれわれの胸の中でも傷ついて流れる血を、価値あらしめるものは善き未来を信ずる聰明な知慧のほかにはない。ぼくらにとつて、まさしく、ただ詩のうちでしか償えぬものだ。

十一月×日　日曜日の午後、アンズをつれて遅れ咲きの白い花が散る火葬場の道を歩く。アンズは猛烈に興味を惹かれる方へしか歩かないから、寺院からいつの間にやらバス通りへ僕をつれていつてしまう。幼児の好奇心と比較にはならないだろうが詩の方向とて、客観的な価値づけによつてリアライズされる「欲せられた方向」にすぎない。だがそれすら個人のうちにおいてさえ確かめられずに書かれる詩が詩人と認められている人のうちにもあるのじやないか。責めは詩人個人に帰せられるものではないかも知れない。だがそれはなお詩人個人に帰せられねばならぬ。有能な人が間違つた詩をかくのは悲しむべきことで最後には自分まで殺す。戦争の経験を超えた詩人が何人いることだろう。

（堀川）

●

十月十二・三日、私は砂川にいた。警官の暴行については、一せいに報道され「日本の新聞やラジオが、これほど忠実に真実を報道したことはいまだかつてなかつた」といわれている。私の目の前で一人の労働者は、デモ隊から引き抜かれて六人の警官に引きずつていかれた。額が割られ血が流れており、服も泥まみれで、その人は半分ぐつたりしていた。救護班（だろう）の人が駆けてきて「手当だけさせて下さい」と叫んだが一人の警官が棍棒で追いはらい、その人は検束された。この状況は写真にとつてある。

その夜日通の労働者の一人は「乱闘になつてこつち側の力の強いときだつてあり、そんなとき警官隊の方が倒れかかるのですが、そのとき私たちは人間として前へは出られません。前へ出れば警官たちを踏みつぶしてしまうからです。しかし彼らはそれが逆の立場になれば好機とばかりおしよせてきて、私たちの腹の上にだつてのつてきました」と語つてくれた。

戦場の経験のないものには警官たちの暴行の加え方が、計画的で、かつ残忍なやり方であつたことを本当には信じられないかも知れない。普通の人間だつたら絶対にできない、人間ではない、という声を私は現地で幾度聞いたかわからない。

いろいろなことを私もわすれてゆく。しかし、目の前で暴行がおこなわれ、なぜ彼らがそのようなことができ、私たちが彼らに、そのような暴力をやめさせることが武力やピケによつてでなく出来ないのだろうか、という自己嫌悪にも似たいらだたしさと、情けないというそのときのやりきれない気持、それを私は長い間忘れることができないだろう。局外者の立場にたつて砂川を論じることは猫にもできよう。しかし一人の労働者の語つた言葉と、警官隊の行為の間とに出来た深い一つの淵に考えがつき当るとき私は、人間の問題にかえりつくのだ。〃政治〃の問題としてとらえられる事実にあつては文学は無力であるかも知れない。けれどよりよき多数の人間とともにあるとき詩は、再びわれわれに人間の価値をかえしてくれるのだ。

（山田）

＊

今号より約束どおり隔月刊で氾は発行されます。

氾・隔月刊第10号・定価50円・1956年11月20日印刷・1956年12月1日発行・編集者・堀川正美・杉並区高円寺3の155・発行者・山田正弘・東京都大田区馬込東4の72・印刷者・石川貞夫・東京都品川区南品川4の372

発行所・東京都大田区馬込東4の72の5・氾書林

氾
11
POEM　CRITIC　FIGURE

氾

1957 第11号

夢の流れ

江森国友

ひとつの流れがそのときから
誕生したけものの柔毛を洗い
ひらかれた眼にひかりをとかし
渦をさそつて睡りのなかから呼びかけたのだ

七つめの夏の夜　山の
いほりに湧いた水は
かたい土地を濡らして流れにあい
招魂の星たちは　そこに土の橋を
渡したのだ　それから腰を折つて
刈り入れに精だした娘たち

とおい夜　穀物は
あついふたつの半島に囲まれて
息づいた　その夜を　流れは　川底に
ねむらせてすぎた

かがやく穀物のみわたす　すべて　平らな国に
牛がつながれて黄金の草を喰つている　流れは
日暮れちかく　土地に入りこみ
すべての根をむすばせた

雀のむれが流れの八つの頭をこえて
飛んで北にさつてから　三十五日
あかい岩肌に風のしみるあさの山脈を　流れは
こえていつた　集落もすぎた
這うように藻の住いを透明に波がひとつ
波がひとつずつ越えた

翌日というものは　そうなのだ　子供らの眼に
明るい水晶を　親たちの知らない昼に
植えつけてすぎた　娘たちは　鶏や
みちはずれの杉の森が　はばたき
紫に染まる日や　こどもらの眼の　かたく
澄むのをみつけると　まるい胸をこがした
知つていたのだ　やわらかく
ふたつの乳房にふれる　夫のあらわれる日の
旬日まえから世界はきわだつて美しいことを
娘たちは

流れは　透明にながれたが　雲形の
紋様をおつて　事物は　波に
洗われた　山脈は　断層を　はしらせた
わずかに　塩を　噴いて

流れは土を柔軟にした　森のなかに
粘土をねつた　壺は耳をたてて　眼をまるめ
縄をない火をもやし　祭りの夜　ながく
沈黙した式典の男たちによつて　滑稽に
まわれる　やみとひかりのなかを　流れは
しづかに足をはやめた
おなじ夜　樹木は　羽をひらいた
えらで　呼吸した　あくる朝
樹木は　肢で　沼をこえた　ゆうぐれ
虫の群れの流れる　西の空を
こがね虫は　虹をながし
炎の匂いについて　まじりあう世界の
そとに　水泡は　子供ら　うさぎら
牛のむれになつた

愛・詩

Ⅳ

生きたものの死を
あとで　ぼくらはなつかしむ
鉄を炎にした仲間
おなじ街に　おなじ言葉を
胸にくちびるをかさねあつたひと
血と泥をわかちあつた兄弟らは
腕をもぎとられた
眼をうしなつた　あとで

生きたものだけが死ぬ　そのような
死のために　生きる

降りつもる雪のかさなりあう土地に
雪は村を隙間なく埋めた
まちにふりつもる雪に　ぼくは
はじめに失つていたものの
原形をさがす
雪のかさなりの
雪のむらがりのしたに
ぼくのからだの
たくさんの隙間を
ふりつもる雪のために
埋めてほしい

ゆきのなかの
　くちびる
ゆきのなかの
　ちぶさ
ゆきのなかに
しつかりふみしめられたあし
その奥に火を溜めて　そこから
草々や樹々がもえでた　そしてなによりも
もえるものだけが生きた

ぼくは悪い路にたつた　けれど
きみの熱い記憶のために　ぼくの
冷えた心臓や　腿のあいだがやわらかく
埋められる日の
ためにでかけよう

ぼくは迷つたけれど　ぬかるみの路に
雪のイメージの内部にもえる火は
きみとぼくの熱い炎を呼んでくれたから
ぼくはきみの記憶を眼醒めさせた

朝の溢れるひかりに渡された
橋　きみとでかけるために待つた
橋は　すばらしい
森の動物たちのように
十七の石段をおり
ぼくの胸にまで　ほぼ
五十歩　それをきみは
いつも駈けたのだ　橋のうえを
光りの芯にむかつて
ぼくの胸にまで

沿って

日比澄枝

空がひらけて
煙りがもくもく
黒ずむと
道ゆく人の肩から胸まで
影にさせる

手拭かぶつたおかみさんが
橋の下を漕いでいつた
煙りのいろが
背中で

化石のようにしている子にもふれる

くちをあけた川が
北風に吹かれ
くずれた波が眼のなかにひろがる
二つの掌ににぎると
押しやられた水の輪に
きき耳をたて
けれど
遠い出来ごとがかすめるだけで
舟人はまたもとの仰向いた顔になり

あしたあるために
櫓をこぐ男たちの掌は
ささくれ　垢まみれで
泥ついた舟板に

川水をいくかいもいくかいも
ながしていく
祖先が残したこの舟に
はげしさも合歓もしらず
みずからの沈黙でうずくまり
耐えるのだろうか

雲が時をしらせる頃
眠つたままの子供と
夥しい塩の匂いと
なごやかな光と
しらじらしい建物の間を
ぬいながら
一日　これ以上のなにごとも
神にねがいはしないが

流れていく隣人たちと
笑顔もみせないで
たくましい力で櫓音をさせる
妻とあまりにも多すぎる子供らと
老いた母のために
舟人は
滅びることをゆるされない
満潮に暖められ
浅瀬の水面では竿をさし
逆らつても
振りはらつても
おおつてくる生命に
ひとつの絆をたぐる

勇敢な心は

山田正弘

絶えまなく折れ　合わされ
光は金属の線となる
百から千と
千から二千へと　ぼくらの眼は数えきれない。そして
　休む。
そして朝の枝々ははげしく動く。風よ
その眩しさは唯一の意味であり
人間のもつことごとくの目的を色あせさせる
誰がいう。きよう
死せるものがあやまつたのであると。
だがぼくらは欲する
ぼくらの目覚めるところには　常に
花々はうつくしく咲く。

ぼくらの声は
愛するものをいつも新しきものとする森と
炎の結び目に楔を打ちこむ。
すべての花崗岩を穿つ強さをもつ。そして
真実はその明晰さゆえにぼくらの生を狂わせ
ぼくらの生は真実をひきつける
そのうちなる強さを欲する。そして
そのゆえにぼくは打つ
タガネの強靭さで打つ
ぼくらの勇敢な心は悲しみに灼鉄を焼きこみ
愛するものを死なしめる　絶望から
火を摺りだし
炎からぼくらの涙を抽出する。そして果実から
やさしさをえぐりとるそして断ちきる
とだえがちの言葉を
再び　昔よりもきつく結合しようとする苦しみの時に
　ぼくは心うばわれる。
そして　ぼくらの心は休む。

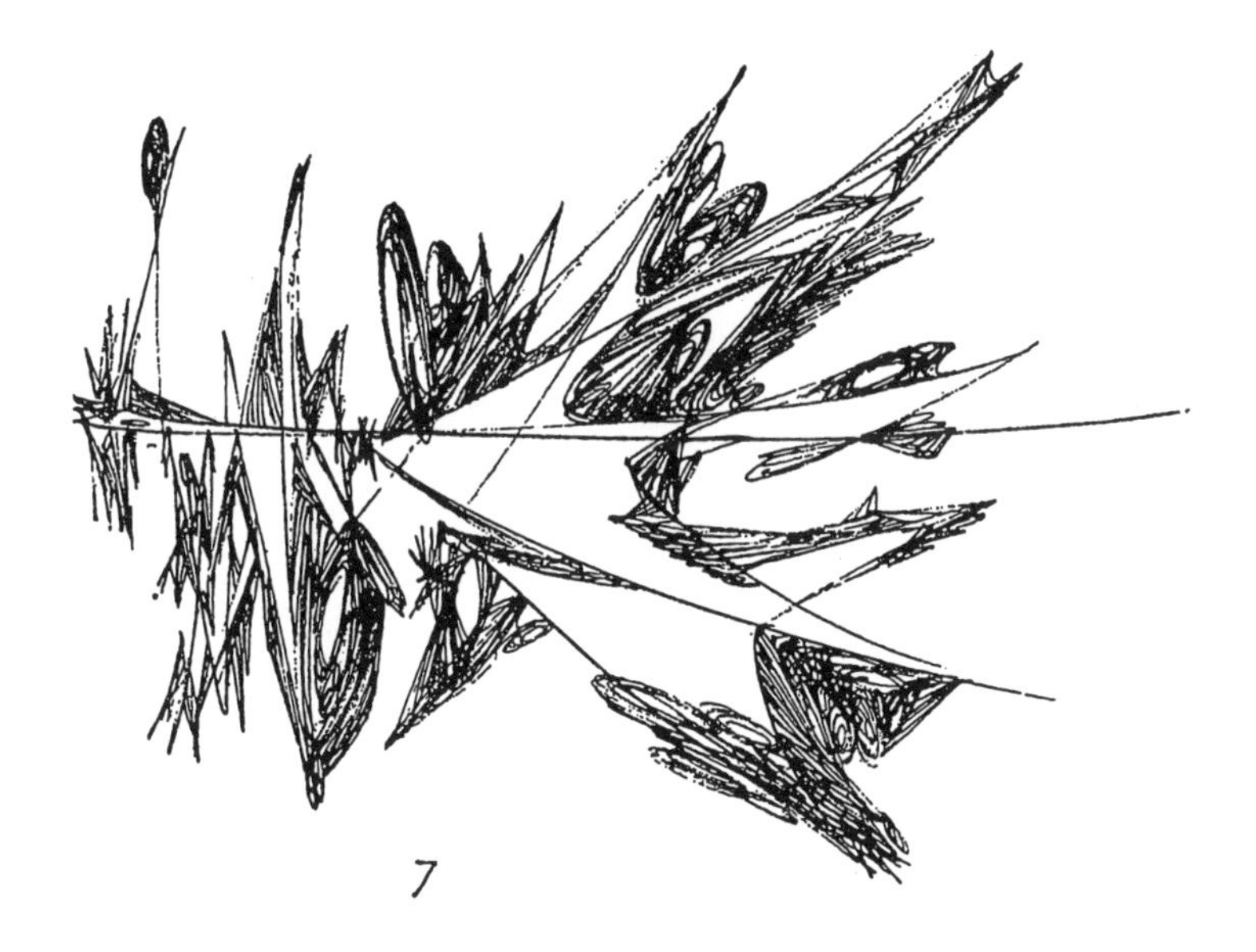
7

雪の里

水橋 晋

窓は雪で埋まるだろうそのとき
流れはみちびかれ陽のひかりのとどかない底を
やがてわれわれの腕のしたをくぐりぬけ
霧をたちのぼらせながら海にむかうだろう
かじかんだ手で雪の窓をこじ開けてはいけないもう海
　はめぐりはじめているのだから
めぐりながら流れる潮は雪とともに夜をふりこめてい
　くだろう胸のなかで
うろこをきらめかせて旅立つ魚のようにわれわれは眼
　のなかに微笑を
閉された窓からとりもどそうとする　けれども

風は吹きすぎていくだけ　空をひびかせて雲を
手よりも遠くに吹きおくるだけ
どんな鼓動がみどりのうずの中心から
岸辺にむけて打ちかえされるか
枝枝のなかに夜は発芽をぬいこめておくように
いろりで餅をやきむかし語りに時を費やすことは
ふかい海溝のなかにわれわれを沈めることになる　船
　はもう出ないのだから
背から海までつづいている路は
われわれを吹雪のなかにぬいこめるから　けれども

流れる潮のあつみは
遠い世界を洗ってきた潮とおなじだと信じたとしても
輪がつなぎあわせる端と端を
むすぶことが明るい陽のひかりのしたに
雪どけをむすぶてがかりになるとほんとうに信じてい
　るだろうか　われわれは
何をなくしたのだろう

春になればれんげ草は田畠を敷きつめるだろう夏には
むらさきつゆくさは石垣のあいだに咲いて
露を朝のうえにひからせるだろう秋には
稲は波立ち二百十日のためにわれわれは眠らずに低い
　空をみまもるだろうけれども
いましめてはいけない雪ふみする子たちのざわめきを
　老いた人たちの微笑を
甦らない記憶のひだのあいだにひそむもの
われわれをひとつの輪で海の方にみちびかないもの
すぐに
雪の世界にかえりつかせないものを感じたとき
そのときかえりつくすべての路はとだえる
新しい旅立ちに供するどんなふさわしい祭りがある？

小川のほとりへ明るい夕焼けが帰つてくるように
海のあぶくが消えそして生れるうねりのあいだを　櫂
で
こぎわけてはゆけないのかもしれない誰が変つたのだ
ろう
私は変つてはいない　ほんのすこし痩せ　そして背た
けがのびただけ
影をいくつかの山と川に懸けわたしただけ　ひとつの
流れから
もうひとつの流れにわれわれをとどけるために

海から吹く風
雪を星のたかみにまで吹きちらす風のなかで
もう誰をも憎まなくなつたのだから
平和なのだから　だから胸の内側から生れる息吹きを
　われわれは送りこむ
瀑布のような流れのなかに
星と氷の呼びかわすかたい眠りのあいだに

小雨をかむり

新藤涼子

小雨をかむり
どんな色するのか
瓦は波の形にあいより
屋根屋根の考えにそつて
かたむいている

わたしはそのむこう
空の水を掬つて
流れる月日に
燃える魚族が幾千と浮ぶ
そんなながめをみるのだけれども
そのなかにたしかな風景をみようと
まぎれることなくおよいでいる
金魚のような
わたしの影をみるのだけれども

――回想はまたしてもくらい汐を満たしてしまう

いつしか
しのびやかに浜辺に立ち
海鳴りに聴きいつている
歴史は止つてしまつたのか
砂丘は沈黙にしずみ
つめたい風が金魚の心に
流れはじめる

――忘却の眠りからここにかえる

したたるばかりの緑を背に
静かな場所をあつらえて坐つた
その日から遠く
求め合つた大きさだけの
空洞を抱き
こころみられた千の言葉の
みのりない空しさは
憎しみとなつて
つきない道を瘦せていつた

――信じることを忘れてかたくなな心よ

もう帰つてはならない

白砂に残る足跡を消し
はじめの春に甦がえろう
やがてたどる波の間に
はげしい風がさかまいても
流れにつづいて生き残ろう

ひそかな噴きあげに
流れ去つて行く汐を
わたしの故里と呼べば
一瞬のうたげは空の中にとけこんで
日輪をかこむ耳の遠い鳥たちが
屋根の重なる果てを飛び
みひらかれた瞳孔は
瓦の色にかえつて倒れてゆく

樹になろう

あこがれは空に染まる樹木のみどり
花は朱色で
ちよきちよき空間を截つちまおう
雲の色の変わることなど
おそろしいことだと思い召さるな！
戦いやんだ海の上のいたましい挿話たち
たくましく喰べて
こうもりどもにさよならさよなら

鶏は焦つて卵を嚙み
犬は嫉妬で吠えている
……いたましいねえ

広告マッチの嘘を裏がえす手に
いつのまにか落葉がつもり
掌がそつと苦笑してたつけ

自分の影を見失つてはならないから
灯りをつけている

墓穴が大きすぎてはいけないから
体を計つている

風化した岩礁群は童画のように
ぼけちまつたが
わたしはぼけてはならないので
森の樹木になつて角笛をふき
虹の尾つぽを探しに行くのだ

意識について

小林哲夫

風は常に純粋な羽ばたきである
ふいにぼくの鼻梁をかげらせたり
季節のはなばなをなぎ伏せ
ぶなの葉むらにかくれたりする
それからその羽搔いのなかに
鳥の声と太陽を捉える
ために深い世界にのぼつていく

宇宙のはるかな時間を
光としてむすぶために
蜘蛛はならの梢から身を空ふかく垂れている

そのとき君の頰にはてしなくのびている地平
その弧のかげをかすめた風は君の湖水に豊かな
もえるものの種子をふりちらしていく
野末が乱れて
とおい野火が君の額に
またたくうちにもえひろがつてくる

あるとき風は
わかい樹木の耳にひかつて
ちいさい空のように憩うことがある
すると叫ばずにはいられないものの声が
樹木の内部ふかく
痛みのようにひびいている　こまかく
梢はふるえその根は目覚めて
意識の奥ふかくを流れるものの鼓動に
堪えている　ひとすぢ葉先にまで
のぼりつめていく確かなささやきにしずまりながら

日の国

堀川正美

……鰹釣り鯛釣りほこり、七日まで家にも
　来ずて、海さかを過ぎて漕ぎゆくに……

裏切りの祖国が機械と車をびつしりつらねる
夜のはてにわれわれは住んだ……
夜よりもきつい酸性の
屋根と屋根の狭間、紫いろになつた空。
おそらくはそれこそが伝説にちがいない
口いつぱいの荒海にぴたりと蓋をした
白痴どもと死者によつてまもられる
おおきなおおきな、ひとつだけの耳。
木箱のなかへ父母は血と肉を注ぎかためた。

いつの日か砦が運びさられ
荷が商われてゆくとき
われわれのうちなるかれら
かれらについてわれわれは書く。

世界のいちばんへりで、海のふちで
太陽がすがたを消すそのむこうには
なにもなく
こちらむきにたたずんで
落日のいくつをかぞえる神もいない。
歯のうちらでかれの舌がふるえ
まくれあがるように
水は空へのぼつている——
追いつめたしなやかな鯨は
その下に身をかくして。

海をもぐつていた最初のくちびる
空気のなかをつきすすんだ最初の目
われわれのうちなるかれら
かれらについてわれわれは書く。

死者は死者を、白痴は白痴をしめころした
ぶあつい闇のなかを手さぐりで。

くる年もくる年もこれにならつて
眼がみえずに生きてきたものについては
訊ねるな。愛には方法があり、鉛のような炎もあるが
胃液に浮き沈みするこんな世界のものではない。
噴水は断ちきられ、その樹のかたちをした夜のかたわ
らで
語りあいも、くちづけも
さかさにぶらさがつた鳥の瞬きのうちにしかない。

おもい出してくれ、咽喉の最も奥で
それから歯と舌のあいだで。それが
われわれのうちなるかれら
かれらについてわれわれは書く。

帰るための洗いざらした帆
と海がつぶやいていた。
それはおまえのうちに
と空がこたえていた。
それはうたになり
うたはたかまりつき
海がわずかにうごき
水でできた壁を背にして
まるい乳房の乙女が
もつとたかくうたつていた。
みどりの髪を
鯨のうえになびかせて。
そして太陽が
うしろを一瞬におちてゆくとき
さしのばされた両腕のなかへ
小舟をとめ
鼓動の階段をかれは
ひとあしずつおりていつた……

ゆくためにめぐりあうもの
めぐりあうためにここへくるもの
われわれのうちなるかれら
かれらについてわれわれは書く。

めぐる血を、アルコールの風にまぜあわせよ
鉄条網の針がふりそそぐまつたゞなか
ふみしだかれた稲と稲がかさなりあう下。
機械の群よ、ひゆうひゆう鳴くけだものたちよ

泥の心臓で建つた高御座のしたに
われわれをとりのこしてくれるな。
ひとつ世界に生まれた兄弟たちを
大地の共和国へみちびけ
虹の門のなかまでつれていつてくれ！

山上で鯨がねむる教えのなかから
ふたたび出てきたものが語るとき
われわれのうちなるかれら
かれらについてわれわれは書く。

あなたの手のように
きりきりと胸のまんなかで
まわつているの
四月が、あたたかい
いちばん白い絹の帆が——
それをもつとひろげてよ
夜もそのなかで寝られるように。
あくるあさは
一輪の花のようにふくらみきつて
いやはての風に
ふるえるように。
ああ舟はすすみ
かえりつく浜辺が
うねりながら
わたしたちのなかへ
ゆつくりはいつてくるまで……

心臓が指さきへおくりとどけ、その
爪の下からまたよびもどされている
われわれのうちなるかれら
かれらについてわれわれは書く。

起重機がのたうつ陸に
傭われて死んだ祖先、傭われずに生きる子孫。
ドックには氷の巨船が
リベットを打たれ消えかかつている。
酸素の炎はわれわれの肺のなか
サイレンは吠える、共通の言葉にしびれて。
そこにも最後の夜があり、われわれは指という指を噛
　みちぎる。
かけがえのない物語りのながさは子后線のようだ

そしてわれわれ、われわれと女たち。
彼女らの腿から闇はすべりおちる
バラ色の鋼の岸辺を沖へひいてゆくように。

ここにいるためにいるわれわれ
ここにくるためにくるかれら
われわれのうちなるかれら
かれらについてわれわれは書く。

その波が岸辺へ
ながながと舌をのばすとき
かれらは到着し、ここで
めざめるものは誰と誰と誰たちだ。
めざめたものらは
へさきに抱きあつて立ち
来たものらはベッドから身を起す。
これらを動脈と静脈が
ひとつにつたえるだろう
汐風をのみこんでいるまだ若い
一本の松によつても
これは語られるはずだ

ひろげた両枝の、弧の中央へ
日輪がのぼる——
それもまた、まるで
人間のかたちだ。

恋人よ、きみのほほえむ目は
かれらのかがやく目、そして口
われわれのうちなるかれら
かれらについてわれわれは書く。

そして世界の他方のいちばんへりで
土は終り、日はそこからあらわれる。
森はガスになつて燃えあがり
曇り空の下われわれの国もそこで終る。
だが花々でいつぱいの手押車を
いまそのきわまで運んでいつた子供たちは
めぐりあいめぐりあつた結末を告げるとしても
知らないことを樹に語ることはできない。
まして指導者は沼をさまよい
老いた政治家がつぶやいたたわごとなど。
われわれが忘れるに値したから。

詩人としてのロレンス

W・R・マカルパイン

D・H・ロレンスは作家であり、詩人であつたとともに、異常な才能に恵まれた人間でもあつた。いままで、詩人としてよりもむしろ、作家として、あるいは人間として評価されてきたが、それはさまましく、そうあるべきものである。そして詩人としてよりも、作家あるいは人間として、彼は優れている。散文の広範な分野では、比較的めだたないものとして存在していた欠点――それはかなりあつた――が、詩の緻密な秩序だつた分野においては、めだつものとなつた。にもかかわらず、詩人としてのロレンスを見逃す訳にはゆかないのである。優れた詩を書こうとして失敗したという点で批判されるべきでなく、優れた詩が、それまで多く書かれているのに、彼が成功しているという点で、そういう批判されるべき「場」を、彼は持つているのである。そして、このことは多くの英詩人の成功でも、また失敗でもあるものなのである。もちろん、そこには、たとえば、シエイクスピア、ミルトンシエーリイ、ウアズワースなどの巨人たちがいる。けれどもまた同時に、巨大な詩人でないにしても力量を持つた、はるかに英詩の本流に含まれるべき多くの詩人たち、つまり、ヘリツク、カリユウ、プライア、ハウスマン、ブリツジエズ、デイヴイズ、エドワード・トマスなどがいるのだ。そして、ロレンスも、これらの一人なのである。彼らは、極めて重要な詩人たちである。というのは、彼らがいなかつたなら、英詩は美しい山麓をもたない。ただきらめく山頂だけの環となるであろうからである。

ロレンスは、生涯を通じて詩を書いた。作家である前に、詩人であつた。そして、彼の小説が、生活を補充するものであつたと同じように、幾分小説からくらべれば劣つていたけれども、小説にたいして、常にこれを補充する役目を、彼の詩は果していたのである。そして、しばしば彼は、詩を散文の拡張と考え、詩を書く場合に要求される感情抑制のきびしい方法を採らないで、ただ注ぎ出していたようである。これが彼の多くの欠点のひとつであるが、一定してこの欠点が現れているのは、失敗した散文においてであつて、詩においては、たとへば失敗した詩においてさえ、現れてはいない。彼の詩集「新しい詩」の序文で、自由詩に言及して、ロレンスは意識することなく、彼自身の詩法の脆弱さを晒している。

「それは瞬間であり、素速さであり、未来、現在、過去の吹きでる源泉そのものである。表現は発作に似ている。あらゆる影響を、同時的にそのままで結びつけるのだ。それは何処かに行きつこうとするのではない。ただ起るのである。」

このような定議は詩の主題が、操作されるその方法から切り離されるはずがないことに気付くだろう。つまり彼の詩法と密接な関係があるのである。そしてロレンスが青年時代に書いた初期の詩以後、韻律詩を棄て去つて以来、このことが彼の詩の骨格に適用されている。ここにおいて、もし感情抑制のきびしい方法が採られているならば、「同時的にあらゆる影響を、そのまゝ結びつけた」詩を生みだすための、技術的な画策を、驚くほど多く用いたジエラード・マンリイ・ホプキンズの場合のように、詩に非常な高度な秩序をあたえる結果を生んだことであろう。けれども――このことが、詩人としてのロレンスを、低く評価すべきでない理由であるが――彼は、言葉を使用するにあたつて〝瞬間の花火のような〟一瞬で、すべてを燃焼させる言葉の使い方に、確信を置いている。どんな外形的に適用される方法も、あるいは感情制御のきびしい方法も、彼にとつては馬鹿馬鹿しいものであつたのだろう。その結果として、彼は、自分の存在のなかで、自分自身を、みずから創り出した全的かつ完璧な自然によつて確認できるのだ。すなわち、驚くべき真感力を持ち、同時に、その内のいくつかの詩は、自然詩の新しい型を生みだした詩集「鳥と獣と花」におけるように……。

オルダス・ハックスレイは、ロレンスについて、同情的かつ高く評価したエッセイで、次のように書いている。

「彼と一緒に田園を歩くことは、かつては彼の小説の主人公となり、背景となつた、素晴しく富んだ意味深い風景のなかを歩くことであつた。彼は彼なりの経験によつて、木であるためには、桜草であるためには、打ちくだける波であるためには、まして月そのものでさえあるためには、それがどんなものでなければならないかを知つているようであつた。彼はたとえば動物の皮膚の内部にまで、たち入ることができたし、またもつとも確信的な細部においても、いかにそれを感じ、いかに考えたかを、ぼんやりと非人間的に語るのである。」

この才能こそ、かつては、少なくともロレンスにとつて、生来の神秘的な孤独性を詩に注入するために必要とした「発作のような表現法」であり、また現在は、ロレンスの尨大な作品の内に、新しく表われているものである。

ロレンスは最初正当な詩法で、詩を書きはじめた。彼の詩は、その時代に流れていた様々な影響を示していた。彼の場合、それはトマス・ハーディであり、晩年には自由詩を採用してホイットマンの影響を受けている。ロレンスの詩は、青年が自分自身を探究し、発見しようとする詩であつた。そして情緒的な自伝と密接に関連していた。いや多分、あまりに密接でありすぎたほどだ。英詩の歴史のなかでロレンスがやつたほど、それほど、情緒的な発展に関しての「時」と「場所」の経験を記録した他の詩人がいるかどうかは、疑問である。彼の詩を理解することは、彼の一生（ここではそれに触れないが）を理解する上での、重要な役割を果すことになると同時に、彼の小説の様々な傾向をも、予見できるのは、これらの理由にもとずいている。次に「金魚草」（スナップ・ドラゴン）という詩を分析するとき、このことが、はつきりわかるだろう。

この詩は、彼の初期の、二三の小説の主題と同じ主題を持つている。すなわち、ミリアム（ロレンスの最初の恋人であるとともに、「息子と恋人」にでてくるミリアムでもある）とヘレンに対する感情のもつれ、母親に対するエディプス的な愛、学校の先生、お国なまりを使つた物語詩、それに、小説の場合と同じ、詩のなかの自然や背景や主人公等々。このうちのいくつかの詩は、後年、ロレンスによつて、書きなおされている。その理由として、「詩集」（ザ・コレクテッド・ポエムズ）の序文を引用すれば、

「青年は自分自身の悪魔を怖れている。それでいて、時々悪魔の口に手を置いてそして悪魔に語りかける。そして、青年が言つている事柄は、非常に詩的なことなのだ。だから私は、悪魔に言いたいことを言わせ、また青年があえて押し入つた所にひとつの路を通わせようと試みたのだ。」

悪魔をそのままにとどめておき、青年に言いたいことを言わせようとしたことは、たしかに良いことであつたにちがいない。けれども、たとえば「ピアノ」のような感動的な深い感性を示す詩をかいた、詩人としてのロレンスに対する義務のひとつとして、先述の引用を用いたP・R・ブランクマー※にもかかわらず、悪魔の存在を肯定し、言いたいことを言つたのは、ロレンスでも、また悪魔自身でもなかつたのである。

「詩集」のはじめの部分に、ロレンスは「ザ・ワイルド・コモン」という詩を置いている。これは詩集のなかの、書きなおした詩のひとつで、それ故に、青年と悪魔が結びついた価値をもつている。このことは、ふたつの理由で特別の興味がある。ひとつは、彼と同時代の詩人たち、ジョージアン派とよばれる詩人たちの自然詩とは対称的であるということにおいて、もうひとつは、ロレンスの作品が新しい境地を開くはずであつた詩の表現方法を指示したということにおいて。

ロレンスはジョージアンを賞揚している。ジョージアンは詩を、古くさい表現法や、華麗なヴィクトリア時代の詩文から解放し、世紀末（ファンドシエークル）のニヒリズムから解放し、そしてスインバンの大袈裟な恋愛詩やハーディのペシミズムから解放したという点で、ジョージアンをロレンスは賞揚した。彼自身も、それまでの先行者の、文学的な高峰に対して、革命的であつた。もつとも詩の面においては、先にも述べたように、彼の初期の作品は、ハーディにいくぶんの影響をうけてはいるが……。

ロレンスは、ジョージアンの連中と一緒に出版されたけれどもまつたくの関係のない同志ではありえなかつた。ジョージアンにとつては、自然は背景を形成し、またある程度まで詩の核芯でもあつた。彼らは、お茶をのみながら、小屋の垣根ごしに眺められる無気力な、あかぬけした現象として、自

然を捕えた。彼らの眼は素晴しかつた。だが、それは偉大な栄光、と自然の激烈さに似合わしいものでは決してなかつた。ロレンスにとつての自然は、ロレンスの全生存をその内部に注入しそしてその内部から自然を捕えた。彼の異常な、ほとんど神秘的な真感と感覚でもつて、彼はポプキンズのように自然に素速く接触し、そしてそうしながら読者を、自然の新しい経験のなかにみちびくのである。ロレンスは「ザ・ワイルド・コモン」においては、自然に対する独特な接近を充分には果していない。けれども次のような数行

「いま見る、私が
腕を離したとき岡は腕の迸りでる勢のしたで
はじけそして揚がるのを！」（大意）や、

「けれど真下に、灯心草の茂みから
金盞花の群れが花開いた灌木に挑むように
押しよせる」（大意）や、

「あたたかい日差しを浴びる私の皮膚のうえを、
ねばりつく空気は
時を同じくして啼きさえずる七羽の雲雀の歌と
ともに流れでて
私に口ずけしながら喜ばせてゆく。」（大意）

などにおいては、彼は、直感的な鋭さを表現しており、更には、「田畠の愛」や「金魚草」の詩のなかで、それを完成している。また彼は、「鳥と獣と花」の大部分の詩のなかで充分に、その直感的な鋭さを完成している。

最初の詩集「愛の詩集」（ラヴ・ポエム）のなかで「ワイルド・コモン」と一緒に発表された多くの詩や二番目の詩集「アモレス」のなかの詩には、多くの青年たちの詩のようなエロチックな傾向がある。けれどもロレンスの場合、彼らとは異つている。すなわち、自然は、彼のエロチシズムの背景をなしており、また他方において、彼のエロチシズムは、自然に対する背景となつているのである。「その当時のロレンスは、戸外で女を口説いていたらしい。」と、ある伝記作家が注意している。彼は、次から次へ、それぞれにあの同じ震えるような感情的な密度を運び込みながら、飛ぶことができた。それは、あたかも、彼が自然とエロチシズムの本質を発見して、それらは同じものだと気ずいたかのようであつた。事実彼は同じ主題を扱い、そして自然とエロチシズムを、同じ感性の深遠さで抉りだそうとしている。このことは、これらの詩が成功していると言うことではない。それどころか、およそ成功からは程遠い。（未完）

水橋　晋訳

註　R・P・ブラックマー・現在アメリカのプリンストン大学教授
詩人　批評家　ニュークリティシズムの旗頭
"Language as Gesture," "The Double Aget.," 等の著作がある

（附記）
この・D・Hロレンス論は、一九五六年十一月号と十二月号の「英語青年」に所載されたもので、本稿はその前半である。

後記

『小林多喜二のこと』アカハタ二月二十五日附という文章のなかで、高名な一詩人は、つぎのように書いている。「その生き方が一つの戦いである関係上、場合によつてはその戦いをじゆうぶんなものとするために、自分の生命を戦いの相手が突き出した死と引き換えねばならなかつた。わたしは小林多喜二の死をそういうふうに考える。つまり彼は一人の共産党員として精いつぱいに生きたが故に、死なねばならなかつたのだ。それは多喜二自身にとつても、党にとつても大きな不幸であつたが、それによつて党の組織は防衛されると共に、彼の内部に最後まで党がいきいきと息づいていたという重大な意義が認められねばならない。」

以上をここに引用したのはここに述べられた考えに賛成や反対したいがためではない。ただ私はこの文章を読んでどうしても心にひつかかるものを感じたから書くのである。もちろん、本文の発表されたのが日刊紙であるからこの筆者は多分に啓蒙的な意図をもつて書いただろうことは推測されるし、それだけに、私には読後の印象の後味の悪さは気味のよくないものであつた。

この気味の悪さは、そしてこの文章は大変巧妙に書かれてはいるのだが、多喜二の死を必要悪として肯定していることからくるのだと私には考えられた。「その戦いをじゆうぶんなものとするために、自分の生命を相手が突き出した死と引き換えねばならなかつた。」そして「一人の共産党員として精いつぱいに生きたが故に、死なねばならなかつたのだ。」というふうに。このいい方はこれでよいものだろうか。私は正しくないと思う。たとえ、その時代が「共産党を禁止した側からみれば、その党のもろもろの活動はすべて犯罪であつた」ような時代であり、よりよく生きようとすることがしばしば死を招くような場合があつたとしても、それを「不幸であつたが」というように、やむを得ないことだつたのだという過去の事実、あるいは一つの既成事実としてしまうところから結論を導きだすことは正しくないと思うものだ。それにしても引用したような美文からは空々しくて、私は人間らしさを感じとることはできないのだ。私は多喜二が、一人の共産党員としてよりよく生きるためには、彼はあくまで生き延びねばならなかつた、と思うものなのである。けれど彼を死に追いやらなければならなかつたところに当時の日本共産党の組織的な弱さ——欠陥があつたのではないのか。それとも、当時の党の方針と戦術は神のように絶対に正しいものだつたのであろうか。

だから、政治的な重大な意義は、そのこと及び党の内部的な弱さを含めての革命勢力の大きな後退と、天皇制政府及びその警察制度の狂暴な弾圧政策と非人間さを露骨に示したことにあるのだ。いかなる場合にも、一つの史的事実あるいは文学史上の一つの事件をいかに考え、どう評価するかということは、単に、問題の発端にすぎないのだ。ましてや、あやまつた評価のうえに、結論をつくりあげてゆくことはできないのじやあないかと考えるのだ。一人の共産党員として、一人のプロレタリア作家としてよりよく生きたということから、より優れた文学的創造をなしえていたということからひきつぐべき教訓をみいだすことはよい。だが、その死という事実は、肯定することのできない事態のなかからきたものなのである。これは、どんなに怒つても足りないくらい馬鹿げたことではないか……。そのことにふれないでいて、そこのところを混同させておいて、そのような死を肯定していかにもつともらしい結論を導き出そうともこれは納得しかねるものなのである。それにしても、必要なことは評価することのみにあるのじやあなくて、今日生きているわれわれの内部にかかわりうるような結論を、それらの問題からどうひきだすかにあるのだ。

　そのことは詩における問題のうえでは、実際に、今日書かれる詩をより良い方向へと変えうるようなエッセエが、少ないことと関連があるのだろう。つまり、われわれにとつてその内部の問題にかかわりうるような結論をみいだすこと、それが必要な唯一つのことであるのだが…にも拘らず、それがよくなされえないのは、ここに少しばかく長く引用したような、その最初における論理的な混乱もそれら理由のうちの一つの大きなことであろうけれど——その程度の杜撰な雑文やエッセエは、今日しばしばみられるのだが——たとえエッセエがいくつかの効用を併せてもつものであるにしろ実作する詩人によつて、今日書かれるところの詩を変えうるような力をもたないとしたら、その意味の大半をうしなつてしまうのだということを、真には考えずに書かれたエッセエが多いということなのだ。そして、このこゝは幾度繰返えして語られても、少ないということはあるまい。

（山田）

●

　二月十四日夕の読売紙上の西脇順三郎の随想はしみじみと詩人の心をつたえ、いつもよりやや重い調子で信じうる詩の効用について語つていた。我々は我々自身の生活のなかで詩の効用を信じ、かつその豊かな実際的効用を享受しているが、より多く読まれるべき詩は現代詩の歴史のなかでジンテーゼとしての詩であると云うとき、我々の考察は荒地グループの果したアンチテーゼとしての役割をその根底に置いていることになる。

最近、我々の作品が過去の詩のアンチテーゼとして書かれているという、漠然とした発言について一寸述べておきたいのだが我々は、過去の詩といつた場合には、そこに我々の詩のフォルムを決定するべき直接に対立する類型を、持つてはいないのだ我々の仕事は漠然とした気分のなかで生まれるものではなくて現代詩の歴史と現在の状況のなかで生れ、また生かし続けられるものだからだ。

　アンチテーゼとして当然持つべき強引さは我々にはない。止揚され充足された世界を持つというところで、我々の詩の形而上的性格と評価されるものは真の理解につながるだろう。〃広場に出よう〃という掛声の盛んな詩の世界は、その声（内部から外部からにかかわらず）によつても、我々の状況が、のつぴきならぬ所にきているといえよう。かうした現代詩のおかれた深刻な（希望的であればあるだけ）状況の中では、我々は好むと好まざるとに拘らず、過去の詩壇内で書かれてきた詩への不信、否定としてのみ詩を書くという態度は持ち得ないはずである。我々は以上の理由で、はじめて広場を必要とし、詩の世界の拡充への展望を持たなければならないのだ。

（江森）

　十一号を送ります。本年より新人新藤涼子を加えた。今後を期待して下さい。本号より江森国友が編集に当ります。

氾・隔月刊第11号・定価50円・1597年2月20日印刷・1957年2月28日発行・編集者・江森国友・杉並区高円寺4-547川上方・発行者・山田正弘・東京都大田区馬込東4の72
印刷者・石川貞夫・東京都品川区南品川4の372
発行所・東京都大田区馬込4の72の5・氾書林

氾
12
POEM CRITIC FIGURE

氾

1957 第12号

表紙・早崎レイコ　カット・江森国友

必要なもの

堀川正美

十年間をつぎつぎにとりだしたり
しまいこんだりする六月には
委任統治権をくれてやれ。
これから死んでゆく人びとの唾液のなかで
戦争も、都市とコップいっぱいの恋も
最良の味になるために。
（なりはしないとわれわれはいいたい）
そんなにいくしゆるいもあるわけじやないだろう。
死とつりあうわずかの希望は。

冒険家は頂きのない山へむかう。
かれのはげしさとむなしさは
みごとに角砂糖をとかしている。
膝のうえにおいたコーヒー茶椀をかきまわしながら。
それはどこの山だ
かれの谷間だ。
いまはじめてかれは気がつく。

そのようにして六月はわれわれを医すだろう……
人麻呂をそのまま死んでゆかせたように。
そんなにいくしゆるいもあるわけじやないだろう。
六月がわれわれの口のなか
いつぱいにみたす唾液のあじには。

女よ、きみにくちづけたい。
そしてきみといつしよに
きみの胸にもたわわなくだものをくれとたのもう。
ほんとうにふれあうために
われわれのからだが服をぬぎすてるとき
収穫はそのようにして不安な農夫にもたらされ
かれのくるしみや
計画されたサボタージュが
財布のようにずつしりと重みをもつたヴィタミン剤の
びんになり

地平線にひとつひとつならべられるのを見ていよう。

バイトのきつ先がすすみながら金属のくずを
まわりにけずり出してゆくように
じぶんの影がおびただしいレンズをまきちらして
ふくざつに波うつたりしながら
いつまでもつきしたがつてくるのを
敏感なけものは知つている。
それから、するするとかれが追いかけているのが
なんであるのかを。
かれのするどい鼻はいまわれわれのなかを
ようやく速さをゆるめて
匂いのないちいさな熱湯にちかづく。
われわれがいつもやけどしているところの。

あじわうべきものをあじわうのに
ながい時間はかからなかつたから。
一日もあれば。
なんと苛烈な思想がすこしも変形することなしに
じつくりと腐つてゆくかなどは！
すべてのやわらかい細胞には学ばせよう。

どんなことも覚えこみ
みんな忘れてしまう方法を。

なつとくがゆくまで
光のかけらをさらにこまかく打ちくだいて別な色に変
　えてしまい
つぎの土地へ移つてゆくものがあるとすれば
そのものには信念があるのだ
はりつめたおおきな旋律のうえを
しずかにあるきつめて
雨あがりの午後
うまれたところへしずみこんでゆくひとつの音のよう
　な。
多数の人びとがそうだつたとはかぎらない。
いまから
きみとわたしがそれをたしかめようとしているから。
そんなにいくしゆるいもあるわけじやないだろう。
簡単な音楽を
最後にちよつぴりくれたまえ。
この六月に。

奔流

水橋　晋

私がくぐりぬけてゆくところは
花のおくにひろげられた夜のなからしい
茂みのしたを入つてゆくだけで
息ずくけものたちの気配がしている
ひかりのとどかない内側で
こんなに嗳く泡だつているなんて
風はいつもやさしく花片を撫ぜていたにちがいない
用心ぶかく星をさえひからせないでいたにちがいない

それだから私は降りる
ひと足降りてまた降りてそして一気にかけ降りる
樹液をいつぱいみたして

一方の端からもう一方の暗い芯にむけて
踵りからさらに遠くおしやるために　ゆすぶるために
そのとき百方のけものたちと小鳥たちがめざめる
夜は大揺れに揺れうごく
空にむかつて花片をおしあげ
樹液のなかで渦をまく
　それで　太陽がおめえ　花のなかで　一千も
破裂したかと思つたのによ　鳥一羽　おつこちなかつ
た

ひかりが大地のうえをめぐりはじめるころ
風はまもなくやむだろう
海のように深みを甦えらせ
静けさを澱のようにしずめるだろう
全部が全部傷つくのかもしれない
黒い奔流がそして体のなかに脈うつのだろう
私ははだしで入つてゆき
ふたたびはだしで帰つてくる

広すぎる空

白い花々が光のなかを降りている
私は休む庭をもつていたらしい
けれども長い歩みが海のほうからはじまつていらい
ろくすつぽ嘘もつけなかつた
風さえ夜明けをはこばないときがある
夜のなかにまつすぐにおちこんでいる河だつてあるの
だから

もう誰のことも思いださないがいい
花々のなかから
いつせいにちいさな船がふきのぼり
すべりだしてゆく
光のなかをかいくぐり
みちびかれながら四散する
私の体はそのとき

霧のなかでするように
おくびようそうにひらいたりとじたりする
私の柔軟な影は　そのまま
風といつしよに流れてゆきそうだ

光の波をひろげる夜明けは
やさしくなかつたにちがいない
体をすつかりひらかせて
露をそそぎ入れたのだから
はじらいをひつぺがしたのだから
そして私の眼にも
光はけつしてやさしくなかつた

夜にも昼にもすべりこんでいない庭に
花々はひらきながら降りている
やつぱり足をとめるところではないらしい
光とおなじように
影はたえまなくおちてきて
空はいつこうにとじられそうにもない

櫻の樹のした

江森国友

1

どしやぶりの雨が人間の土地をとりあげてから
虹色のトサカを持つ鳥がはじめの時を告げた
ながい日をかぞえ
ながい光りの束をかぞえ
伝説の島に渡つてきた　若者が
水を汲む　娘に逢う
咲き匂う花のしたに
いろいろな貝がねている入江から

半島のおくふかく　透明な河がながれ
萌えそめた草々を　濡らしている
河辺に　娘は　魚たちに米をあたえた
岬から径は砂地へ
赤松の根のむすばれる冲積層の泥土に
からす麦の生える土地につづき
若者と娘は　山をこえた満月の夜
五月の祭をむかえた村里にはいつた

2

花のあたらしく開く日の光りは
半島の桜をうるおし　花は流れにうかび
子供らが網ですくおうとする　波は散つてながれ
風は空にさく花を探しにゆく　雲の森に
ふかい山の桜は　夕映えにもえて拡がり
かわべの桜は　子供らをうつし　花びらは

音もなく　うえに色をかさねる

3

喜びと緑色の月のはじめ　きみと
ぼくのあいだに花ひらいた桜の樹が
いつも二人の愛のなかに活きている
桜は　ぼくらの過去と
ぼくらのいつもまたはじめられる
再現の流れの交わる土地に伸びる
くろい幹と　つややかな小枝
よりそう花弁と　あつい雌芯は
雄芯にはさまれて

澄んだ流れが花を溶かし
桃の祝いのすんだ村里を流れている
花のまたひらく日
白い花の樹のしたに　きみの眼と
ぼくの眼が　おなじ一つの花を選ぶとき
樹々はふかく　ふたつの乳房が
ふたつの幹にかこまれて
身をくずすとき　花々は　やわらかく
耕やされた土地に光りの暈をひらく

流れは　山の襞にあふれ
村里で　花は　流れに色をそそぐ
澄んだ流れは土の橋をくぐり
幹を濡らし　根と土地をうるおし
貝のまどろむ入江にながれこむ
ぼくら二人のとけあつた胸のおく
かさなりあつた入江と岬のへりに
流れは　こくこくと水量をまして
舌と　乳房を　おぼれさせる
桜の樹のしたに

默契

松井知義

城に秘密はない。

が、ひとつは、かつて城に忠誠を誓つた祖先達の因習に倣つて、ふたつは他に向くべきもない猟奇の習性に従つて、人々は犬のように日夜城郭を巡つている。

城は滅んで久しい。けれど呪われた默契が彼等を縛り、仲間の誰かがそれを破つて旧い秩序を乱すのを怖れているのだ。彼等が監視するのはその仲間達であり、祕かに盗み見ようとするのは絆を喰い切らんと踠く己の姿である。

時としてその一人が素早く城壁を攀じ登ろうとすると、彼等は群がり集まつて叛逆者に制裁を加えるが、次にはその犠牲者となつて葬り去られる。

したがつて城の内部を覗き得たものは、未だ一人もいない。彼等は他者を警戒しながら、只巡り続けているだけである。

ひとつの默契によつて、一時彼等は監視から自らを解放する。それは新たな犠牲者の出たときだ。城壁に血の爪を立てた屍体がひきずり降されると葬式は荘重に執り行はれる。夥しい祖先達の亡骸が埋れている深い穴に、その勇士はまつすぐ落ちていく。暗い安堵が人々の胸にみたされる。他者から護り、手に入れようと争つてきたものが何であつたか、その時彼等は理解する。

万事滞りなく済むと、城壁を己から守るために、ふたたび散つていく。

遠くにあるもの

日比澄枝

旅びとのように
草いきれする風にふかれていると
みどりの木の芽を
たまらなく愛してしまう
土の上に落ちた一枚の花片とともに
摘みとつて髪にさしたら
ひらいたりするだろうか

年輪のかずだけ
くるくる幹をまわると
梢がゆれて木の芽がはじけた
やわらかくて　淡い色にひかる
このちつぽけなものを
ふところ深くに埋ずめたら
葉脈のなかにとけこむのだ

渓流にまよいこんだ野苺よりも
はるかに冷えた水流にゆすられて
いきつくところは　どこ
岩肌のしたで渦をまく白いしぶきに

ためらいもなく裸の足をしずめれば
ぽつかり洞穴がくちをあける

這い出しているものは
籠いつぱいにつまつた果物たち
固い種子の内包をさいて
おもいきり塩をふきだす
鳥が巣ごもりする朝のように
ぬれた翼ではばたけば
なんという舌のかわきだろう
だが川はそとに向かつてのみひらかれるのだ

呼吸している樹木にひろがるのは
墨色の空　ちぎれちぎれの雲

なまなましい生の血潮を破つて
ほとばしるものは
怒り　憎しみの水泡　そして
人間の骨までしやぶつてしまう奔放な愛
不意に夜鳥が飛んできて
するどい声をたてる

かつていとしんだ木の芽は
大きな枝にはさまれたままで
ひしめいている
朝陽をうけた肢体は
やがて燃えるみどりになつて
夏の空にかけるのだろうか

あなたは知つているのだ

小長谷　清美

馬の首に置かれた白い指が油断なく
たてがみをいじつている
無関心を示している馬の腹がけの中には
何かがかくされている
そうしてかくされていることをあなたは知つているのだ
その白い指が愛撫するように
くすぐるように

栗色のやわらかな毛のあいだに
影のように注意深くもぐりこみ
あなたのわいせつな眼をひこうとする
そのとき無関心を示している馬の腹がけの中では
かくされている何かが
ゆらゆらと呑気にゆれているそうして馬の腹がけの中
に
かくされている静止した何かをあなたは知つているの
だ

窓から清潔な顔をつきだして
あなたは広場の馬を観察している
いくら無表情をよそおつていても
馬の首に置かれた白い指が油断なく
たてがみをいじつているのと

無関心を示している馬の腹がけの中には
億の委員会よりはるかに重く
一秒のキスより少し軽い何かが
かくされているのをあなたは知つているのだ

若いつぐみの誕生のために

岸辺にはかぼそい葦の群が
ずつと遠いまちにおこつた火の風にも
やさしい鋭どさで反応し
伏せるように湿地にたわみ
空にむかつて温和しくたつ　その度に
産卵を終えたつぐみが七匹

ひとみのない眼をおおきくひらいて　そこから
かれらの上に浮かんでいる空
のような一枚の布きれにむけて
とびたち
そのなかに包まれ
見えなくなり　わずかにかれら
のあるかなきかの影だけを
わたしたちのうちのあるものが見る
けれど　それを見たのは私です
と誰も言わない　なぜなら
そのひとたちは言葉を惜しみ
それによつて勇気づけられ
夕食の卓につくのだから。

ふりかえつて

きみの背なかを確めよ
姉の十個の指紋が確かな強さで
そこに刻まれている事実をきみは目撃せよ
二度と忘れることなくそれを銘記せよ
だが　そのことを
そんなに慣れなれしく語りかけないでくれ
姉は望まなかつたし
わたしも危険だと思う
さあ　籠のなかの果物も熟した
階段をのぼつて二十一個のイメージを砕きなさい
若いつぐみの誕生のために。

てのひらの中に塩と米粒をすくい
春のやわらかな陽ざしをすくつて
ばら色の肉のつぐみたちを
飼育するのが
きみの役目なら
夕食の灯を卓の上に用意して
今年の野菜にもつとみどりを
与えるのもきみの仕事だ
怠けるな
一言の不平もいうな
声をたてるな目をみはれ
岸辺の葦のざわめきの理由を
理解した聡明な姉を持つきみならば。

海

夜のごと、美はしく、夜のごと、さだかならず
――アルフレッド・ド・ヴィニィ

窪田般彌

雲はそらの高みをながれ、海にとけ
容色(いろ)ほこるハマナス、日輪をさへ己のいろにそめ
貝の骨うずめる白砂のそのに
血のはなびらをまく夏の日。
けれども――若さとは
このうつくしい牢(ひとや)の季節も
つひには、すてねばならぬ信仰だ。

たとへば水の精神は
うちよせ、もどり、煌き崩れる波の彫りは
貝吹きトリトンの意志といふべきか。
明るくまるい、幼き眼をやきつけるビーだまを
波にこめて送つた海よ、大地の母よ
ぼくは無邪気にもとりちがへたのだ。

おほらかに歌ふアケロンの、影ふかい胸を
死をしらぬ、なまあたたかい大地と。

とほく、とほく
せみしぐれふる林のかなた
ぼくはいま海をみる。
雲のうら、むくろの花をただよはせる海をみる。
海づらにてり映える、遠いぼくを遮りながら
ゆがんだ石のやうな硬なな表情で！

ぼくの前には――
小さな、むかしの海がひろがる。
小学校の休暇をつげる海がある。
あたらしい宿題帳の海がある。
夢の席をまうける海がある。
葡萄のとりいれのやうに、かぐはしい海があるのだ。
やはらかに、息づきながら、死んでゆく海があるのだ。

雨、風の強い月のこと

山田正弘

もつと下へゆけ　そこには
梳けば　はじめて見つけた土地のように
ゆたかな髪のなびくあたり
脈うつ光のなかの白い胸のように初夏は
いちめんに水をひろげているそして
息づき　また苦しみの霧を産みだす都市を輝く氷の波
　のうえに
打ちたてたのは人間なのだそこから魚の骨をひきだす
　ものがいるだろう
じぶんの住居や夜明けを運びだしていくように
だが　生れてくる子供を待つている老いた親は死んだ
　ものの体を洗つている
丹念に時間をかけて爪をみがくように
路を急ぐぼくらはぼくらのうちに住むひとりの人間を
　愛しているのだ
しかも空はもとの紫いろにもどるだろう
暗い灰をつめられたままのぼくらの眼のなかでそして
同じ土地のうえではやさしい思い出も死んだものも
すりきれたスリッパのようにただ重ねられているもの
　にすぎないのだ
ぼくらじしんさえも

恋しいひと　おしえておくれ
くる冬ごとに
おなじしろい雪がおなじ野に降り
あたしをまた眠らせてくれるように
あたしを射つたその指が　なぜ
あたたかつたか
子守うたはなぜ激烈で
とげとげしい舌を制えたか

空のたかみで雲雀はなにを
歌つたかそれで雨にちぎれた
春さきの花も実るように
あたしのからだが熱をみごもるとき
雨にうたれた
うすれてゆく花のうえにかがんで
あなたの年を指おつて数えたのは
恋しいひと　なんのためだつたか
おしえて　おくれ

また風が　揺れる腰をめぐつて過去へと
さわやかな午前のときから一気に十数年を逆もどりす
　るとき
その敏感な指で口をぬぐい
盲いたままで奈落へと挨拶をおくる
ぼくらより十年は早く生れしかも
ぼくらと同い年で
戦いの年には洪水と寒気をともにえらび
そしてよる暗やみのなかに押しひろげられた入江にた
　どりついても
爪を噛むようにしてじつとしている青年
ぼくらはきみに出会いそして忘れたのだ
兄弟は敵　恋人も老いてゆく海なのだ
汲んでおいた水が家のなかで凍る日には
それから魚のように眠れそれから
すべての本に書かれてあるとおりに怒れ
太陽も河も怒りは身軽にしてくれるだろう
ひいてゆく潮のように

ちいさい錠ですくえた
葡萄のような言葉
夕ぐれの荒海
よりも大きく夢のなかに
羽をひろげたものを
なによりも思いつづけた
あたしをそれがいつぺんに燃えあがらせてくれた
それからすばやく仔鳥のように
かえつてくる言葉

露にぬれている葡萄のまるい実
ああそのものらがみな口のなかで
ひとつにまじりあうときに
かえつてきておくれ　直昼の
ひろげられたシーツのうえに青い草の
波うつ髪がしろい霜で凍らぬまでに

鉄もその半島の多ぜいの子供たちも
いつぺんに燃えあがつたのにちがいない
ぼくはそこを過ぎ　火は行く手をなめきれいにした
でもぼくらの瞼からこぼれおちるのは消えてゆく燿火
　であり
本当に強いものは涸れざる声をもち
ぼくらの声はただぼくらを歩かせるのみだ
そして木と水でつくられていた想像力は崩れおちる
庭に向つた窓はあけはなたれておりぼくらは
大急ぎでよく食べ　戦闘は間近かつた
ぼくらの一人がはげしく咳きこんだとき不意に
あたたかく空気はひきさかれ

ちいさな石ころがひとつ
干潮の海辺をめぐつてきた風にのせられて
吹き流されていつた　そして
さいごにはぼくらも多ぜいの仲間たちの立つている陸
　へと
寄せあつめられたのだ弱められてゆく森の方へ
次第にそして速く風に
まかれながら

恋しいひとよ　いつておくれ
冷たい早朝の風が刈られる
若い麦をせかせるように
あたくしの顔をなぶりながら吹くとき
折れたえにしだの一枝の
きいろい花が
あたしをなぜ悲歎にくれさせたか
梢ばかりをてらした光はなぜ眼を
くらませたかそれで昔ながらの
やさしい月を　残酷で

あかるい月を
ふたたびあたしは見るだろうか
昔どおりの若い娘を
腕くんで足なげだしている彼女を
だれがいつたい愛するだろうか
夢のなかでも仔猫のように
かけられる
かろやかな娘を

ひといきに駈けおりよ　そこでは
薄暗がりのなかに呼びもどされたものらが煙つている
焦げてゆくやわらかな指と重たい雨雲のしたで
ぼくらが言おうとして口ごもつた
言いにくい言葉は豆のようにはじかせてやれ
まだあたたかい場所である木蔭では
ぼくらのたくましい腕は女たちすべてを涙ぐませるだ
　ろうか
夕陽のみえる夕方
安い酒も信仰もまた間もなく実る赤い麦のことも忘れ
　てしまえ
ぼくらを有頂天にさせた飛行の試みもすべては失敗す
　るだろう
それらは氷の手のようにそぎたつ　秋の空にそして
ぼくらが信じたものはうしなわれたままだ
だが生きたままのひとりの人間は
高架線のホームから階段を下りるとき
足をすべらすようにしてこの世からすべりおちる
おう両腕に痛手をうけたものよ　ぼくらが再会すると
　き
別の戸口から濃い霧のなかへなげこまれた
泥と星が煮えたぎつているぼくらの胸をやさしく抱い
　てくれ

詩人としてのロレンス（承前）

W・R・マカルパイン

われわれの明白な賞讃を要求する唯一のものは、詩人が自らを適応するその狂熱である。ロレンスの詩は、しばしば詩的技術の上にも、散文体の上にも成立していないが、多くの詩を読んでわれわれを感動させる最初の嬰齧が鎮った時、読者を捕えるということにおいて、いかに詩が少さな役割をしか果していないか、に気づいて驚くのである。救いとなっている狂熱という特徴が、全く欠けている若干の詩や、狂熱がありさえすれば、われわれを感動させる質を充分に備えていた「冬物語」や「花嫁」において、これらの詩は、その平凡さ、いい加減なめめしさ、珍腐なイメージやありふれたリズムのかったるさでもってわれわれを驚かせる。（唯一の例外は、ブラックマーによって驚異的に分析された「コロー」という詩である。）

「金魚草」という詩は、この狂熱の質で満たされているけれども、象徴主義と写実的な記述との結びつきは、狂熱を制御し、まとまりを与える傾向を示している。われわれの情感はかきたてられるだけでなく、それを支え、持続させ、そしてこの詩を繰返し読んでも、われわれの批評的な興味を何ら減じない。「金魚草」は、ロレンスがエロチックな象徴として自然（この場合は花である）を採りあげた最初のものである。この事は、「どらん、私たちはくぐりぬけた」（一九一七）や「鳥と獣と花」（一九二三）などの詩集でロレンスが用いようとした象徴的な形態であり、またそれは「息子と恋人」といった小説においても当然用いた形態の局面を告示していたのである。

「金魚草」は庭園に舞台が設定される。詩人は花々の中の一人の少女を見つめている。

　　「好きだわ」と少女が言った。
「金魚草が私にむかって舌をつき出すのを眺めているのは」（大意）

この瞬間、少女の指は金魚草の緋色の喉をしめつける。詩人は自分の喉がおしつぶされるように感じる。彼は眼の上を漂う血のために盲いる。

そしてあそこ　暗いなかで私は発見する
私が見つけだそうとしていた多くのものを（大意）

少女は褐色の小鳥となり詩人の愛を求めて彼の胸のなかを飛び交う。笑いながら少女は、詩人に、金魚草の口を広く開くのはあなたの番よ、と問いかけた時、幻覚は消える。彼の

指が花の喉をしめつけるように
……頭がうしろにのけぞるまでにその根は
彼女を毒した（大意）

少女はそれに耐えることができない。彼にむかって、やめて泣く。狂おしい愛慕が彼をつかみ、その瞬間、笑った少女を、少女の眼のなかで起きあがらせようとする。

鼓動は愛慕のなかで吹きのぼった　歓喜をみいだそうとして
彼女の夕闇のいれもののなかに　彼女の広々とした魂のなかに
こわばった熱情をつきいれるために（大意）

たとえ、象徴が、時おり不明瞭であったとしても、詩は充分に明晰である。これは、奇妙な、性にたいする復讐のモチーフであり、少女がいとも無邪気に花の喉をしめつけることが出来るという態度に奔放な誇りといったものを、詩人は見いだすらしく、その事にたいして少女に加えようとする性の復讐である。

劇的な表現には、詩がひとつの感情的な水準から他の感情的な水準へと振れ動くような変化がある。それは、写実的な記述から、象徴的な記述への変化であって、何処かしまりのない、長いだらだらとした詩から、短い緊迫した詩への、言語形式において交感的な多様性をともなっている。これらの技術的な策略は、ロレンスの魔神を詩の限界のなかで支えそして根本的な機構と詩の秩序を与えている。

ロレンスの母親の死は、息子と恋人と母親との間に、最後まで三角関係の争いをもたらした。その後すぐに、彼はノッチンガム大学の教授とすでに結婚していたフリーダに出会った。そして彼らのダイナミックな、苦痛にみちた、しかも勇気のある生活がはじまり、それとともに、新しい波動が彼のなかに現れる。詩集「どらん、私たちはくぐりぬけた」は、ヨーロッパの彼らの彷徨の背景とはうらはらに、愛と恍惚と彼らの間の争いを記録している。若干の詩を除いて韻をふんだ詩(リズムド・ライン)は、自由詩のために破棄され、そしてこの詩の形態（Poetic forme）を操作するにあたって、ロレンスは、彼の先覚者ウォルト・ホイットマンによってまだ完成されてはいなかった韻律詩(ライン・リズム)の制御を示している。二人の人間の深い愛の記録として、これらの詩の完全性は疑いのないものではあるが、一方時おり、いや、もっとも光り輝き、溢れるばかりの喜びの瞬間においてさえ、彼らに滲透した暗黒の深い雰囲気によって、誰もが胸をうたれるのである。

この明白な逆説を理解するためには、ロレンスの暗黒の観念を、絶望とか滅亡とか死とかの象徴として受けとるべきではなく、すべての創造行為を囲繞する神秘性を、覆いかくした、光の別の形態の象徴としてうけとらなければならない。ロレンスの心がもっとも鋭く、そして感覚を超えたもの(ハイパー・センシティブ)になったのは、この「光」のなかにおいてであり、その「光」にたいして彼の驚くべき直覚は、われわれに自然の全一性という独特な感覚を与えるために滲透したのであった。オルダ

ス・ハックスレイはロレンスについて語っている。(1)

「彼は光の壁を越えて、暗黒のずっと向うを見る眼をもっていた。囲繞する神秘から彼を目覚めせておく感覚的な指を、彼はもっていた。」

また、同じエッセイの中で、

「別の神秘を感じるためには、真の愛は、ロレンスの言葉にしたがえば、夜のようなものである必要があった。真の知識もそうあらねばならない。夜のようなもの、触知するようなもの――夜のなかで触れるようなもの。」

光を超えた光の象徴としての暗黒が、彼の考えの中心的位置を占めるようになったのは、この「どらん、私たちはくぐりぬけた」という詩集からであった。この考えは事実、「そしてああ、私のなりたくなかった男」「彼女は後をふりかえる」「憂暗のなかで」「楽土」「春を渇望する」といった詩のなかに、すでに現れていたものである。けれども「どらん、私たちはくぐりぬけた」までは主題は太陽であり恍惚であり豊かな愛であり、それらはすべてフリーダとの成就の最上の年月から発散したものであった。

自然の世界との全一性を体験するロレンスの才能と、「同時的にあらゆる影響を生のまま結びつける」言葉の使い方における彼の信念は、ともに、一九二三年に出版された「鳥と獣と花」の詩を完成するためにもたらされている。作者はそれゆえに、「偽瞞の影のない、何処にも偏りの影のない厳しい直接性」を主張する。彼の特殊な、言葉の音楽にたいする感覚はそのもっとも感覚的なところに存在している。彼の自由詩に関する制御は、極めて確信的なものであり、より柔軟性に富んでいる。新しい詩の形態と、ほとんど便宜的なスタイルは彼の題材に調子が合っているのである。

これらの詩は、なお彷徨の経験から生じたものであるとはいえ、彼の意識の底の潜行や個人的な探究は、ほとんど影をひそめている。これらの詩は、探究によって、獣たち、爬虫類、魚たち、花や木の原始的世界に置きかえられたのである。これは、自然界における人間と生物と発育する物とのあいだに、彼の確信していた非異性（ノン・ディファレンス）を設立するための試みであり、生命の波立ちをともなった神秘な関係のなかで自分を確認するための試みであり、またロレンスが彼のエッセイ(2)「トマス・ハーディ」のなかで「理解してない多くのものと、人間の意識の上を通りぬけて行く理解できない自然のあるいは生命それ自身の、モラリテイ」と述べているように、その理解のなされていないモラリテイを理解しようとするための試みである。

そして生命の形が低くなればなるほど、ロレンスはより魅惑されて、これらの被創造物との全一という確信が、より強烈に、たとえば「魚」「蛇」あるいは「亀」といった一連の詩にみられるように、強められたのである。

一九三〇年に彼が死ぬまでの戦争のあいだの期間は、ロレンスにとっては、彼自身のみならず全体としての文明にたいしても、それが更新される場所を求めての休みなき放浪の時期であった。もっとも神聖な新しい本能——性本能——でもって、社会に衝撃をあたえたに拘らず、彼は気分をこわし、怒りっぽくなりそして狂熱的にひねくれていった。というのは、社会は彼を拒否したばかりでなく、その返礼として情用捨もなく彼を攻撃したからである。彼の生計を著しく追いつめた第一次大戦の期間中、彼の書物は発禁になり、絵は没収され、中傷はたくらまれた。そしてもう少し同情的であるべき批評家の多くは、彼に悪評を加えそして傷つけた。ロレンスは排斥されたのを感じた。自己免許の救世主的な使命はますます彼を遠ざける結果を生んだ。彼は社会にたいしてだけでなく、ほとんどの友人とも喧嘩した。というのも彼らはロレンスの祭壇に跪ずくことを拒んだからである。彼自身が、自分の最悪の敵となり、総てにたいする憎悪は熱病のようなものであった。

「三色菫」や「いらくさ」の詩は、この熱病のような話法である。そしてこれらの詩は、ほとんど別のものとして見ることができる。というのは、悪魔は狂おしい、完全に破滅的な詩となったからである。

この時期の詩は、怒りに満ちたものであり、喧嘩を売るような調子があり、生硬だという点だけでも、出来はよくない。しかしそれにも拘らず、つまり長い間の病気と社会の彼にたいする酷評にも拘らず、彼は決して自己憐憫とか病気を匂わせたことはなかった。自己憐憫とか病気とかになるにしては、極めて生命的に生き、痛々しいほど感覚的であったばかりでなく彼の躍動的な信念の核芯は、自分自身を自己憐憫とか病気の背後に隠すことを決して許さなかった。彼の生命とその仕事を通して、彼は更新と復活を説いた。無慈悲にもヨーロッパ、アメリカ、セイロンそしてオーストラリアまでも、更新と復活を求めて、彼はひきまわされたのだ。「ロレンスは自分の周囲に、死に滅びゆく文明を見たのだ。そう。それは死に滅びなければならない。けれどもそれは再び生れるだろう。しかもそれぞれの男と女と一緒にだ。」と、ある批評家が言った。[3] 彼の墓碑の上の不死鳥は、この確信の象徴である。彼の最良の詩「バヴァリア竜胆」と「死の船」は、魂の更新と復活によって、死についてではなく死を越えた勝利についての、彼の最後の生き生きとした動的な言葉なのである。

洪水はおさまり、そして肉体はすり減った貝殻のようにふしぎに美しくあらわれる。

そして小さな船は帆をひろげて帰る　よろめき滑りながら
うす赤の洪水の上を
そしてかよわい魂はふたたび家のなかに歩みをうつす　心を平和で満しながら[4]（大意）

水橋　晋訳（完）

註(1)オルダス・ハックスレィの「橄欖樹」
(2)Selected Literary Criticism, by D. H. Lawrence
(3)スコット・ジェイムスの「英国文学五十年、一九〇〇——一九五〇」の中で引用されたデイリイズ・ボウエルの「パルナサスの後継者」
(4)「死の船」X節目

後記

　ほんとうは、すぐれた詩をすぐれていると判断することには大して手間はかからない。批評家のほうにはいくらでも混乱があろう。しかし詩は直接的な効用でじかに読者とむすびつくから、評価の基準、または批評の確立など、実は不必要なのだ。すぐれた詩がない、ということにすべて原因があり、批評の混乱が招かれる。

　それを気づかせる詩というものもまた少ない。それにぶつかるとき直ちにわれわれは敬礼する。またそれだけの「読み」の能力はもっているつもりでもある。われわれ若年の世代の智慧について批評家は信頼してもよいのだ。そして、わたしはそのような詩人をひとり、最近発見した。じつはだれひとり存在しないと考えられたところに、兄弟を発見した。異邦の詩人Z氏はその人について、時というものの特性と意義について考えこんでいるという印象を受けた、と書いているが、その人は、魂の不確定性を熟知しているが故にその不確定性との間に親和力を確立し、親和力を飼い馴らしていたのである。

　生、愛、死はすべて魂の不確定性のうちにあり、そとにある。不安でいて希望をもち、絶望していてしかも怖れを失わず、親和力をけっしてみずから損うことがない。そのほかに詩人と呼びうる人はいなかったのだ。

　他には、態度において納得させてはくれるが自我のヴイジョンしか与えない一老詩人がいただけであったところの老世代に、ながい間、十数年もの間、侮蔑しか知らなかったわたしは、それを改めるであろう。残念なことにわたしは人間の経験を信頼してはいても、その価値を当然知らしめてくれる資格のある先輩をみつけなかった。

　その人の讃辞を書こうとは思わない。彼の偉さは、詩人と呼ばれるに足る仕事をしたことにある。死ぬまで時を稼いでいるにすぎない人々のうちにあって、彼は何か若年のわれわれを勇気づけるものを見せてくれもした。たれもいないと思っていたところに詩人だけがひとりいたのである。　（堀川）

●

　最近は、同世代の詩人たちの仕事のうちに優れて良い作品のあることが多くなり、ようやく同世代の詩人たちの充実した力倆をみせられ、われわれも頑張らなければと思うのであるが、同時に明らかに失敗していると思わる作品も決して少いわけじゃあないのだ。そして、それの理由の一つとしてまえに堀川も一寸ふれていたが、イメージの機能について考えてみることは妥当であろう。文法を無視して並べられたコトバの意味をわれわれが理解できないように、全体として統一され、秩序を与えられずに並べられたバラバラのいくつかのイメージを示されても、それは読者の想像力には働きかけないし困惑ぐらいを与えるのみではないか。ということは、イメージの機能のうちにはそれを十全なものたらしめるある方則（それは秩序といってもよい）があるのではないのか。と同時に、よく知られるように、イメージの機能が言語の機能を超えて読者の想像力に働きかけられるものだとしても、コトバによって創り出される詩のイメージにあっては、元来、伝達のための道具である言語の機能が、創られたイメージのなかで充分生かされて駆使されていない限り、詩人の意に反してその詩の各スタンザでのイメージは曖昧なものとしかならないであろう。つまり「完全な詩的イメージ」というものが考えられるとすれば、そのことはその詩のイメージを構成しているコトバが十二分に言語のもつ機能を生かされて用いられている場合にのみ可能なのだ、という相関的な制約を前提として考えられるものだ。

一つの単語に日常的な言語生活でもっている意味以上の意味を与えて詩を書くとき、そのフレーズが曖昧でツマラナイものになるように、ある一つのイメージのもつ機能をそれ以上のものと考えて、その機能以上の効果を期待して詩作してしまうときは、やはり同じような失敗をせざるをえないだろう。

そして、難解な作品といわれるときに、そういう失敗によるわかりにくい詩が多いことは注意に価することだ。本質的に詩は読者の感情、感性や理性に直截に語りかけるものなのであるから、その難解性を、白秋や流行歌の抒情性を理解できる程度のアタマしかない人には当然なことであり、難解性そのものを恐れるにたりないとする白痴的オプチミズムにわれわれは組みするわけにはゆくまい。だいいち、われわれは過去に擁護するに価するような難解な作品などもっていないのである。―現代詩の難解性が擁護するに価するものであることを証明できるような好個な作品などがありはしないのだ。つまり、魅力ある良い作品が難解であったためしなどなかったのだ。そういうことは言い過ぎだろうか。ともあれわたしは、詩のコトバ自体が、日本語として魅力のあるコトバでなければその詩はやはりつまらないものだと思うものであるが、どうだろうか。（山田）

●

最近耳にした話であるが、或る若い詩人が少し酒のはいった席でのことと思われるが、隣席の女流詩人に、「僕と同じ顔、同じ手足を持ったものが本当に生れてくるのだろうか？」と近い内に訪れる子供の誕生を感動的に語ったというが、何故かその女流詩人が語ってくれた若い詩人の言葉からは私のなかに感動を持ち込むことが出来なかった。またある四十近い詩人の話だが「子供が出来ると詩など書いていられなくなるよ」と云っていたと同じ仲間の詩人は当然の様に話していた。そう云えば田宮千代と田宮虎彦の愛の記録をつずった書物がベスト・セラーになったが、どこかで子供について何もふれていない点を批判していた読者の声をきいたが当然起るべき疑問であろう。

最後に、これは私がたまたまその場にいて目撃したのだが、私の最も親しい詩人の愛娘が朝から行方不明になり、詩人は若い母親とそれぞれ四方、八方探して歩いたあげく、途方もない方角の交番に届けられている娘を、母親が一足さきに引きとって戻った。小一時間ばかりたって探しあぐね、疲れきって戻って来た父親の娘をみつけた瞬間の眼は、まさしく〃我が骨の骨〃なる感動を、かたわらの私に喚起させた。

詩人が、その子供と共にいる写真というものは、ごくまれにしか眼にしないが、唯一つ、エリュアールがその愛娘の手をとり、この世界への期待の全てをかけているとでも云っている様な、エリュアールの愛に満ちた眼差は極めてうつくしい。

我々の仲間の詩人に、近い将来女の子か、男の子が生まれる予定だ。今から大いに祝福したいと思う。（江森）

氾・隔月刊第12号・定価50円・1957年6月20日印刷・1957年7月1日発行・編集者・江森国友・板橋区蓮根2丁目蓮根住宅12号1243・発行者・山田正弘・東京都大田区馬込東4の72・印刷者・第一印刷KK・東京都新宿区西大久保1の459
発行所・東京都大田区馬込東4の72の5・氾書林

予約は直接発行所氾書林へ御申込下さい。年間誌代300円。
バツク・ナンバア希望者は直接氾書林へ 8～11号 各50円

氾 ・ No. 12 ・ 50 円

氾
13
POEM　CRITIC　FIGURE

氾

1957 第13号

表紙・早崎レイコ　カット・松浦敏夫

風の凪ぐとき

水橋 晋

よろめきながら脱皮をくりかえす記憶がある
その記憶は
私とおなじ眼をもつ人の内側からだけ
汲みとることができるだろう
アジのようにそのとき
あばらぼねを段違いにずらして
そこからひんやりした空気を
いっぱいそそぎいれることだろう

体内にむかう光のなだれ
空気の土砂くずれ
けれど
きつとそれを
体の外側へかき出してしまうおせつかいなやつがいる
そしてそのあとを
横眼をつかいながら
黒い落書きでみたすやつが
いるにちがいない

ああ きみたち
なんにも聞かないでくれ
ほんの海つぶちからたどりついたところだ
ねむりのおくから吹きでたばかりだ
私を水平のまま明けさせる朝
紙のようにちりちりもえおちていつた夜

へいたんな蛇行がつづいている
汗のない苦役が……
からみあう藻海のなかで

きみたちの胸のなかで
カラカラ廻つている風車を
私は見あき聞きあきた
それになんというたいそうな笑い
やさしい悪態
そして唐辛子のような信頼

とつくのむかし黙つていていいはずだつた
いち日をシーツのように洗濯して
千枚にひろげてみせるやつが
いてもいいはずだ
気づかないひだ
その死角のあわいから
沈黙のうらのほうから
話しはじめる語り手がいるにちがいない　夜のほうに
はばたいてゆく堕天使にまじつて
ひそかにほくそえんでいるやつもいるのだから

なんにも聞かないでくれ

二千年このかた　あたりまえの人間にはこと欠かない
　でいる
頭と足が輪になつて
グルリと手の先にまでのびているいちにちの距離が
私の背につづいている
その距離を影のように歩いているのは
私のしたしい人々かもしれない　いや
もつと身近かな
気のちいさい男であるかもしれない
けれどそいつとは喋るまい
空には現実ばなれした海豚や蛇が
足を夜のなかにのけぞらせて
しろいしぶきを
私のまぶた沿いにはねあげる
そして海はそんなにも遠かつた

生きることは
いますこし恐ろしいものであつたほうがいい
まちがつた風が吹いて
まちがつた場所にみちびかれて凪ぐあいだ

私は充分にまちがいを孕みそしてはぐくむ
そのとき
けつたるい恰好をしたふうがわりなやつが
私のなかにいすわり
あらぬ方角を眺めながら
ケラケラ笑つているにちがいない

わたしは遭難するはずがない

わたしは遭難するはずがなかつた
ただしく混ぜあわされた光のしたで
眼をさまし　のびをして
微笑みをかわしながら流れをくだるのだから
定期券の日付けをおつかけ
タイム・カードをたしかめ
時計をぴつたり時報にあわせる
ね　みなさん
わたしは遭難するはずがない

計算ずみなんだから
あついお茶をすばやく飲みほし
行くさきざきの連絡をすませ
どうですか
いや　いつも燃料不足で……
そして
仲間たちとはしごく円満であつた
仲間の笑いはそれゆえにわたしの額をあげさせ
仲間の苦しみはそれゆえにわたしの眼をくまどらせる
おなじ足音をたて　おなじ方角をもつとき
おなじゴー・ストップがわたしを規定する
そして　貧乏になれてしまつた話からはじめて
政治の話をする一歩手前で

また仕事にもどるだろう
行儀作法どおりにセンセイたちと挨拶するだろう
順調な流れが
わたしの昼と夜のなかにつづいている
くりかえし　くりかえし通いなれた街のひとすみで
わたしはとつておきのまどろみをもつ
まどろみからやすらぎへと運ばれながら
貴重ななにか
ほんとうの微笑みのようなものを
はぐくんでいたことだつた

したしいざわめきで満ちている森
光によつてきわだてられる山や海
そのなかで
たつぷり　わたしは日光浴をする
ともすれば　ねこぜになりがちな背骨を
まつすぐにのばして歩こう
握手する手は

ふところに入れてあたためておけ
あらゆるものを
わたしのなかに集約するために
そして風はいつものように
東のほうから吹いてきていた
空気は澄んでいるし
天気の具合もたいへんよい
晩食には新鮮な野菜と
とれたての魚を塩焼にしてたべよう
健康ないちにち
むだのない計画　そして
はりめぐらされた路　やさしい水のように
だれもがしつかりと手を組んでいた
わたしは遭難するはずがなかつた

火

――たつた一日の休みだつたが――

島田忠光

樹木と樹木の間をすりぬける風　おまえがなでる
無縁な大地　血に染んだ草
肢だけが美しい少女　そつぽをむく岩
おれたちが盗み出した小さな大地
たつた一日の休みだつたが
静かな魚は笑つていた
群がる人をかきわけてわずかに見つけた海
沈む大地　浮かび上る空
おれたちが最初に狙つた火　自由な大地
かすれた風　汚れている海
なんだつていい！

静かな時間が海を泳いでいた

鋭いものの影をうばうのは嵐だろう　だからといつて
機械が休んでいい理由はない
むなしい目的がしめ殺した鳥らのさわぐとき
人眼をさけて動き始めるのはなんだ？
船を動かす男どもが港で見つけた一杯のラム
この一杯のために生命を賭けたぜ！
片眼をつむつて笑うだろう
狙うのはあの火だ！　われわれのなかの最初の男が眼
　をつむつて火に一歩近づいた
酒がほしいな　こんなとき
呟いたのは一匹の野良犬だつたか

岩たちはみな岩であることを誇るような岩だつた　鋭
　いレッジが光つていた
あの頂があるために登るのだ　すべてを賭ける　一本
　の針のように
酸素吸入装置のゲージが零を指す
アポロは睡つていたのだろう銅鉄の雲のなかで

長々と舌をたらして
選ばれたおれたちの一人の手が火に触わつた
荒れ狂う海が暗い掌のなか一杯にのめりこむ
蒼白な光が　すべての火の明かるさを消したろう　これでよし！
勇敢な登山家は山を征服した

舌を刺す風　凍る大地
灰色の壁が長々と続く　〇・〇一六インチ
この誤差が骨を刺す
きらりと光つているのはなんだ？
兵士たちは睡りのような煙のなかで伏せた
立上る　燃えているのは骨だ
獣たちは一瞬立ちすくみ　炎の匂をかぎまわり　一斉にほえ始める
人々は手をひろげ頭上に輪をつくつて歩いた
プロメテウスは黙つて眺める　待つか？
山は急速度で傾斜する　肌を刺す岩
揺れているのは鎖だろうか　ザイルだろうか
カラビナが抜ける　もんどりうつて落ちる

ジッヘルした掌がきりりとしまる
痛みは重みのなかを垂直におりてゆく
雪崩　落石　千年の束縛　プロメテウスは坐して　岩を見つめた　丸くするか？
すべての角をけずりとつて丸くするか？
許容誤差〇・〇一六インチ　鷹が狙つているぞ！
血をなめる飢えた瞳を光らせて
プロメテウスは立上り鎖をはずして歩き去る
背をまるめ　重い足どりで　火を！
叫んだのは　獣たちだつたか

何処かで烈しい手がおれたちの海をゆすつている
犬たちは緑のなかで丸い光を抱いて睡つた
たつた一日の休みだつたが
煙る大地　遠ざかる空
おれたちは一粒の種子もなく　火もまた持たず
帰つてきた　読みすてた本　疲れた指
手を振つて歩き去るのは重装備の登山家たちだ！

大きなビワの木

山口洋子

大きなビワの木蔭で
わたしはゆつくり髪を編んでいた
アンゴラ毛糸の靴下の底に
ロシヤあめの包装紙をかくしていた
　ちいさな横文字で
自分を裏切つた肉親の名前が書いてある
血のいろの
　湖をうつしたいちまいの羽根のように……

ある日

ビワの葉は海のように波立つていた
汚ないものをかぐときの快感がおそい
わたしはぶるぶるふるえ
幹を上つた　どこまでも
虚弱な街が　ずつと下の方で
細い茎になつてのびあがり
ゼリーのようにねじれ
むずがゆがつているのが見えた
死にそこないの
アカンベエ
のがれられるものか
城跡の崩れた石たちは今もしつかりと
行くてをさえぎつているのだよう……

行くことができるだろうか……
ふたたび　ビワの木蔭の湿つた穴にしやがみ
空につながる梢を仰いだ
そのとき

脚の悪い見知らぬ男が
裏のやぶからぬつと出てきた
　男はどんよりした眼をしていた
　どこも見つめてはいない
　男は背をまるめ
　はねるように崩れた石段を上りはじめた
　苔が
　　男の掌の中ににぎられひかつた

黒いみすぼらしい傘のように
ビワの木は夜になる
しなびたまま
うたうことのないわたしの胸に
なにをささやくのでもない
遠い　もつと暗い世界で
打ち上げる花火を
わたしはつんぼになつて眺めていた
　首にかけたくさりには

　ひとつひとつが戦いの
　なまあつたかいひとの爪跡がのこつていた

大きなビワの木
大きなビワの木
それが見つからぬ
そこにいつもしやがんでいた
あの少女が見つからぬ
あそこからぬけだして
行つてしまつたのだろうか
ほんとうに
行くことが
できたのだろうか……

ひとつのものの朝

小林哲夫

朝は一個のコップ
ひかりのなかにきりたつている
つめたい思惟
その割れちる鋭い破片　その失なわれた典型の
とおいしずかさ　そして
空はボタン
はためく地表を鎮まらせて
なめらかにわん曲する紫の面
ゆつくりと開いていく展望を統べる
その　ふかい秩序

朝は
決闘者が遺した白金の時計
つきないひろがりを
きりこんでいる木々の枝々
過ぎていく風のなかにきかれる
生命の彫りこまれていく声　記憶の
彫りこまれていく声
沈黙のみえない波紋がこの世界を　ふいに

ひろがつてくる　地平から
この朝の鳥肌だつ鋭敏な肌へ　つめたい炎のように
ふるえるコスモスの花びらへ　それから
ものたちの内部へと

沈黙が
こんなにもやさしい意志で　世界を
その掌に触れようとしたことは嘗つてなかつた
沈黙が　激しい環のように植物たちを捉え　それ
から
鳥たちの声を次々に放ちはじめ
世界がまるでひとつの声の混沌であるように
ささやけるもののすべての合唱で
充たそうとしたことは　そうして

朝は一滴の露
こまかい爪や髪などのかたちを
こごらないようにまきちらす樹木
その葉を　伝い　花々にこぼれ
あらゆるものの皮膚をながれおちていく一滴のしずく
やがて　紅にもえてくるその皮膚
その侵されたしずかさのなかに
こぼれちる　明かるみ

猿カ島はどこにあるか

山田正弘

服従は親しいわたしの鏡だ
はじめての声を敵に売りわたしたものら
憐れみも、つめたいひかりも味気ない！
かれの眼のうちの海の、そのそばだつ波を刈るものが
　いるとき
吹きゆく風のなかに　いまみる
わたしの生きた時代がすがたをあらわすのを。
過ぎた初夏の
雷にうちひしがれた旱魃の場所を際だたせている
じやあ、といつたちいさな叫びも。
それから駅の暗がりのなかおぼろげなじぶんの顔を。
その影のうちに育つた
花咲くおさない藤の木を。
おう　それらはなんと的確でなやましくよみがえるこ
　とか、あのとき指切つた血も。
戦争のあつた四年間の時が……。

本当のことを教えてくれ、
悪をなすとはどういうことなのか
正体のない暗黒とは。
――短かつた午睡のとき
わたしは経験ぶかい登山家だつた、霧のなかを歩く
そうして仲間よ！　わたしは山頂にゆきつき星を並べ
　かえてやつたのだ。
それは戦争のなかつた四年間のこと――
眠りと現実の混ざりあうところで。
わたしは辿つてゆく、燃えつきた時へかえることで
やさしさと試煉のとりまく庭へ達しようと。

だがいつか冬、吹雪がわたしを襲うだろう

すさぶ風は髪をこごらせて肩をさき
山から追いはらわれるのだ
——わたしは行きたかつたのに、わたしは愛していた
　のに
そうして朝、氷峯は晴れた空にそぎたつ、けれども
わたしは与えられたものを、
わたしの生きた時代に返えしてやらねばならぬ
やさしい花咲いた藤の枝を　午後の睡りを。
正体のしれない暗黒をふさぐものに。

（飢えは胸のなかをくるくるめぐる剃刀の刃となろう。
だがわたしはゆこう
わたしの生きている時代のうちへもどることが必要
　なのだ
　再び、山へと。）

山へと
走る列車のなかでわたしは、聞く
暗い空を一瞬よぎる風の叫びを、
おうぜいの人間の声を、そしてわたしはみる
デッキにごしごし手をこすりつけている肉屋を、
かれの目は
政治家の目のようにうるんでいる
——かれらは死にゆくおうぜいのものしかみえないの
　で
だから登山家の目もそのようにうとましげなのか？
しかし、いまわたしはほほえめるだろう。
めいめいの男は目的をもつているのだ。

（山にて）
服従は親しいわたしの住み家となる。
だがはじめての声は眼のうちの海の、その波を刈つて
ゆく
そのとき吹きすぎる風のなかに、みる
わたしをふさわしく死なしめたその時代が貌をのぞか
　すのを。

穀物祭

江森国友

きみに　このひとにぎりの穀粒をあげる
あすの朝はやく　まきたまえ
つぎにめぐる年　それは
きみのために
はしるように　心のうちでは
とついでくる花嫁のための蜜になる

われわれは不幸の時も　幸福の目盛りをよむように
われわれはいつも幸福の時をながくすごすとはかぎら
ない

母親はながい時間をかけて種子をあたためる
父親はとりいれのまえの意地悪な台風のように　とき
どき　母親の首筋のあらい毛を愛撫する　でもやさ
しくして

女はとおくはなしてやるとよい
麦ふみの朝
手に山兎をさげて帰つてきた

狼の息子たちは腰であるくというが
この男は胸をこゝろもちさげて足でそつと帰つてきた
この詩想を道ばたにおとしてしまわないために
この夜は　愛するものと　すべての人々を　おなじ秤
にのせられる

きみは踊ることによつて

――O・Nに

これからまちにはいるところで
炎と喜びの生命をみたすものが呼んでいる
おりてゆくように
朽葉色をした都会のそこに舞踏が
感動の区劃をひろげ情緒の鋪道に
あたらしい緑をつけた樹をふやしているから

六月の花のしたには微妙な踊りがあつて
この単一にならない花々の変身にはきみもかなわない
けれど
きみは軽くしかも昼と夜とをひとつに生みながらとり
　どりの夢をまいている

日をかたどる蜜
卵色のすばやい流れ
つよい髪のえび茶
耳のやわらかい羽
桃のいろを紫にかえ
虹がまたきみをかくし　時間の滲透してゆく空に
　新鮮な色をめぐらしながら海にとけてゆく

豊かな共感の海のなかでは
色はおびただしい手にしるされる
われわれは女性にみちびかれて
屈折するひかりをおりてゆく

どこに　こんな庭がかくされていたか？
落葉にしまわれていた肉体のなかの庭に気がつくと
き
睡りをゆすぶられたふるい鳥がとびたつ
むすめたちは　うす紫の庭に
秘密のこかげをつくるが　そのしたは
適当にしめつた草むらになる

径路

うす日が杉の尖端からおかしてきて
苔のうずまく石の数をかぞえ
ここから樹木が森の入口をさしだしていた
苔のみどりがかがやいて
金いろの祠のあとをすぎた

ものをいわない樹
ながい雨にからだはなかから腐つている
幹は空洞をつくり濡れたけものが出たり入つたり
木偶がまつられている
太陽をさえぎる枝葉があつい

森がきれても霧が
めのまえをこまかい水が螢の原形のように
ひかりともないひかりをおびて昇りつめてゆく
幻覚をみるように　築土のくずれ
尾花をかきわけてゆく
霧のはれまに枯れ木がつきでている
沼がおもたく時間をみとつている
山がくらい紅葉をうつしている
一匹の狐もみえない　ただ
流れが彼岸の山襞に発して沼におち
沼からにごつた水をくぐつて右手に

繁みのなかに消えてゆく

霧のなかに泣いていたおんなは姫か
蛇の腐肉をついばむ禿鷹の叫びがこの沼地にこだま
　したことはないのか
流れをくだつていつても
綿花の帆船とレビアタンのあばれる海
あの幻の土地を探しだすことはできないのか

夜は月がうつくしいが
この国では月にむら雲
袖に涙を　涙で顔をかきくもらせる
旅人の夢に追つたのは
枯れすすきだつたのだろうか

ブシヨウと呼ばれる男は
はじめ森をぬげることによつて特殊な海に
人間のなかにもそとにもやつていて
遠くに黒潮がとだえる
とし老いた海と等価の
喜びの海
みちている穀物の土地に
ゆきつくはずであつた

沼は山姥の髪の毛のように
流れにさからつてうごきをくりかえしている
この男はまちがつた路をきたのだろうか
ふたたび霧のまいこめる草原に
ひとつの声が
「このさきに部落がある」とこたえた

九月の日

日比澄枝

いたずらつぽい目をして
暮れてしまつた
この空から
ひそかにのぞかれるもの

なにごともなかつたように
陽気な言葉がはねかえつていく
きまぐれな道
彼のうしろからは
むく毛の犬が
曖昧な顔してあるいていく

雨も風もいちどに通りすぎて
がらんとした街があるように
人にけられた小石が
音をたてていつた
あれは何だつたのだろう
愛ではない
よじれたままでのびている

蔦のようなもの

少年のようにあおざめ
立ちつくしたまま

むきだしの感情でささえあう
彼の白い指
水藻のおくにすいよせられ
盲いた蛇の吐息になつて
ぬるぬる流れだす

しなやかな水面をおしのける
濃い香りは

絶間なく　しかも
するどい速さでひろがる
いく日かたてば
埋葬の土ばかりになつて
風化されるそれらの
ひとつ　ひとつを
ぼんやり見おくつている空で
秋はますますひろがつていく

鏡の中の猿

松井知義

悪意に満ちた手が檻の中へ鏡を持ち込んで以来、猿の世界は一枚のガラスの範囲に限られた至極窮屈なものになるかにみえた。

　利巧な種族である彼は、それが鉄にまさる檻であり、抵抗は発狂を意味することをたちまち理解した。同時にその枠をいとも簡単に破る方法に思いあたつた。事をなすにあたつては、彼等は本能的ともいえる敏捷さをもつてする。老人が着物を尻まくりするあの腰つきで、彼は臆する色もなくごめんよとばかり鏡の中へ入り込んでしまつた。

　そこには想像されたとおり真暗な隧道が通じており、前方からのわずかな風が鼻をしめらせた。彼は生憎、入口を振返り、これみたことかと人間どもを揶揄してやる気が起らなかつたので、すぐさま風の来る方へ進んでいつた。長い隧道を抜けると眼も眩む光の庭である。その乱射光の中に、輪廓のはつきりしない無数の猿たちが群つている。何かはじまるところらしい。不安と、思いがけず仲間たちを見出した嬉しさでおずおず近寄つていく彼は、彼等の性急に促す眼に会つて、了解した。中央の演壇は彼のためのものである。躊躇は許されない。敵陣を突破して来た兵士の如く、振舞わねばならぬ。

「みなさん、私はみなさんの未知の国からはるばるやつて参りました。とうてい不可能であると考えられていた自意識（むこうではそうよんでいます）の壁を破つて…………………………………………

……………………………………………………………

……………酔狂な人間どもは自分の中に裸の自分を見つけようとのたうちまわるのであります。あのとてつもない自己との闘争は、目撃されうる最大の惨事でありましょう。なぜならそれが完全に遂行されるのは、妊婦が嬰児を産み落すような己の内部でのみ行われる形ではなく、男が女に自分の子を孕ませる場合の、あの他との接触を媒介とするという悲劇的な形態でなされる時だからであります。

たとえば私にこんな経験があるのですが、それは今のようにすべてが光の中で霞んでいる春でありました。ひとりの老人が動物園の私の前まで来て急に立ち止まり、驚愕の眼差しでまじまじと私をみつめました。向き合わされた二つの鏡の間に生じる現象のように、彼の眼差しは私を貫き、はね返つて彼をも傷つけたようでした。老人は一瞬棒立ちとなり、よろめきながら人混みの中へ消えていきました。ご存知のように、暗黙の裡に相手を了解することにかけては、私たちは異常なまでの力を具えています。私は彼が永らく捜し求めて来たものを私を透して彼の中に見つけだしたのだ、と感知しました。俺はこの猿にそつくりだと彼は思つたのです。

話はそれつきりなのですが、その時私が彼以外の人間どもにたいしてどんな立場にあつたか、したがつて、それ以後、彼が彼等にたいして置かれる立場はどんなものであるかということについてお考えいただくなら、人間どものおろかしさ加減がおのずとはつきりしてくるでありましよう。

ここでひとつつけ加えさせていただきたいのは、それが眩しい光の中での出来事であり、したがつて後に人間どもが私をいじめるための最良の道具として鏡を選んだのには、それ相応の理由があつたのだということです。反射しさし透す光は、どうやら生きものを裸にしてしまうもののようです。

ところで私はいまお話しながらみなさんを次第に了解しはじめております。おぼろげな影が明確な姿を現わしてくるように……」

猿は、黙つた。強烈な光の中で群猿はそれぞれ、そつくり彼であつた。猿は仰天した。エヘラエヘラ笑いをした。けれども彼等は何も言わずにしゆんとしている。猿は自分の笑いが凍りつくような気がした。そして石の如く固まつた。

旅

小長谷清実

さようならさようなら
窓を抜け壁を抜け松林を抜け
塩の匂いのたちのぼる海辺に面し
一そうの肉色のボートを引きだせ
二本の腕を櫂にせよ
沈んだ色の重なつた沖へ
われらの鋭どい嗅覚の舳先を向け
痛点の多いわれらの舌で
風を舐め
海に産まれた生物の死を舐めて
湿つた方向を確かめよ
海がやさしい波たちの指でひき裂かれ
あらゆる死者のうつ伏した顔を
持ちあげるとき
無気力なおれもおまえも
最後の力をふりしぼつて勇ましく
かれらの面に対決せよ
うろたえるな
たとえわれらがわれらの瞳のうちに
愛したもの親しかつたものの燃える眼を
みつけたとしても拒絶せよ
さようならさようなら
かれらのボートは海を愛撫し
波たちに愛撫され
更に遠く陸をはなれるために
雑草のしげる土くれを求め
更に遠く海をはなれるために
渦巻く海の中心に進む

いかなる書物いかなる経験も

それをわれらに教えなかつたが
海の中心は入江になり
入江は春の花々でぶちどられ
われらの墓標はそこにあり
死者の指がわれらの指とからみあい
死者の唇がわれらの唇と重なりあう時刻が
体内を流れる血のように
そこには激しくめぐつている
おれはそれを知つているし
おまえもそれを知つている
だがボートの底板が
虫たちの囁やきで腐り始め
一握りの塩水がしみこんだとき
水平な海が恐怖にかられ
空にむけて垂直にたち
われらの行手をさえぎるのを
おれは予想できなかつた
だが誰かがそれを知つていたのだ
われらの頭上をはやてのように
かけ抜けた数えきれない沈黙が

われらにそれを判断させる

白い封筒が音をたてて破られ
何も書いてない三枚の手紙が燃えながら落ちてくる
とらえるとそれは重たい灰であり
われらが去つた家のストーブでたかれた
薪であり旧い手紙の束である
われらの目的
光の満ちる島の入江は
これらの灰の外側にある
ぐるりとまわつて
さてここが入江ならば
おれんぢのかおりはもつと性的に
木々はもつとしなやかに
われらをやさしく招いたはずだ
ここがわれらの出発の場所なら
錆はわれらの言葉を犯し
つちは黄金で輝やいているはずだ

一度捨ててしまつたボートには

もはや乗るな
櫂は焼け
そのとき腕はだらりと垂れて
指はのび爪は戻つてくる
そしてわれらは確信にみち
塩の匂の結晶した山頂にたつ

時

色を失なつた色彩が花壇の中心で
滅びる
光を失なつた光線が鏡台の表に
溶ける
冷酷な牛の背骨のように
決してくだけない茶碗のなかで
肉のついてない壁に舌をあて
まだ形のないわれわれはなめる

意味を失なつた言葉が空中に
止まる
牡牛たちの住む牧場のような
決してうれしくない壷のふちにつかまつて
われわれは嘆願する
十本の指に千の力を与えよ！

夢のいれものにさわる

堀川正美

老いた船乗りが眠りにつくダイヤモンドの谷間で
それよりもくらいガスバーナーの混合管のなかで
絶望と経験は区別されたか？
ポケットにつめこんだのはでかい握りこぶしだけか？

毎朝の新聞は印刷された字がぎつしり
しかも希望は白紙だ。
なりたいと思うものにしかなれないなら

地球よりひとまわりも大きい感謝を捧げよう。

ひとりずつ鳥の赤い足首にぶらさがつて
溶けかかつた夜のいちばん底から出た。
手錠をはずしたものも腕時計をはめて
そのおやじたちは、妻と子のそばにめざめるだろう。

薬も、血も、花も樹液も
もう皮膚の下でみわけがつかない。
頭のうえには星、靴のなかには井戸よりもふかい海。
炭素は歌い滲入する、むかしの鉄の鏡に。

バラ色の雲があたらしい河いつぱいにであうあたり
わたしはおまえをたずねてゆこう。
かきあつめたルビーはみんな首にかけてやろう。
してきたことが誰でもおなじになる朝。

感動が無感動になるとき

夢の世界まぢかにそびえる都市をにらんで
生きのこりのけだものたちが、怒りにもえながら
軽蔑していたその人間になるだろう。
青い闇がしずかに命令を発している。
きみらが引きつぎにゆく文明は
知慧をめざす良き教えとは縁もゆかりもないものだ。
それから地底にむかつてさかさに建つ首府の中央階段
　には
おちこみやすいから気をつけろ。

過程がすべてだ。
結果を待ちのぞむ技術者は生きられまい。

さらば、さらば、穴だらけの石の祖先。
希望だけが人間のかたちになつて
いまやその処をかえるにちがいない。
噛み捨てられたホットドッグをふみつけ
コカコーラのあきびんにつまずきながら。

誰の耳もきいていない。
約束の地にやつてきたため首だけのこして埋葬された
舌のない囚人までが夢中で叫んでいる。
夜のなかでとめどなくすべつていつてしまうかれの国
が
かれの目のなかのくらさと
やがておなじになるまで……

どこかには、春みたいに咲きほこる花ばなもあつて
不思議な匂いをさせているらしい。
ア　ア　アアア　ア!
兵士たちは象徴の国にたどりつく。
内臓にびつしり生えた毛という毛が
気候にはげしくむしりとられている流れのほとり

蛙たちの、くらい運河のふるさと。

落日はなおもかがやく。
きみの腹と胸のふくらみはほんとうにやさしさそのものだ。

にしても政治家が必要なのか、政治が必要なのか
ちよつとちがうようだ。
落日はなおもかがやく。
論説主幹はオートバイで逃げだすだろう。
みんな昔のままだ。
そこで崩壊がエンジンを始動させている。
落日はなおもかがやく。
ねえ、何にでもなれるし何にもなれない。
今日も稼ぎにゆくこととききみの
あまい乳首を愛していることと
どちらがどうだ?

むかしもいまも馬に逃げられた騎手は無残だつた。
連歌師よ、巡礼よ
あなたの機能障害にもちやんとわけがあつた。

あけつぱなしのひろい咽喉のおくに
囲い地はあり、植民地と収容所ははてなく
日はしずみ、日はのぼり、消えかかる月の下で
はじめてあなたの舌は思い出すにすぎない。

ここに旅人は眠る。
わたしのかたわらに横たわり、かれは
ときどき歯ぎしりしている。
海は地の底にしずかにはいりこんでその水面は
しだいしだいにたかまり、大理石のテーブルをあらう。
どこか近くにあるらしいその寺院では
野馬も蛙たちもぜんぜんうたわない。
レトルトやフラスコがひつきりなしにコトコト泡だつている
われわれの心のうちでしか。
ガラスの森は断崖をつつみ、風にそよぐとき
声をあわせて
ぶあつい葉をふるわせ、血をふるわせる動物たちの
きれいなとびいろの声は。

ディラン・トマスの詩

ジャン・マルカール

フランスでは、二三のアンソロジイによってしか殆んど知られていないディラン・トマスは、大英帝国に於ては、新しい詩的ジェネレーションの最もすぐれた、最も独創的な先駆者の一人とみなされていた。かれの作品には流布されるのに都合の悪いある難解さがあるにもかかわらず、そう思われていたのである。詩人とは一般に、自分自身のことしか考えないものだ。あらゆる他の詩人と同じく、ディラン・トマスもまた妥協の人間ではなかった。かれは社会のなかに自己の独立を保つこと、と同時にあの一種の知的孤独を――それはかれにとって、態度というよりは、もっと深い必然性であった――保つことを固執した。

ケルトの生れ――かれはウェールズの出だ――。トマスはこうしたものを詩のなかに残す。かれのテーマもケルトのものであって、かれはいわゆる≪サクソンの≫詩とは、ほとんどわずかしか関係をもっていない。かれは言語に於てしかサクソン的なものをもっていないのだ。しかしそれは、フランス語にかこまれて、現代の文学語が貧しく変質してしまっているのに、言葉とイメージに於てあれほど力強く、ゆたかな、個人的な言語なのである。しかも二つの文化は、かれのなかで互に隣り合い、詩的言語の開花に他ならぬそれらの完全な綜合に成功したのである。新しいことばを鍛えるためばかりではなく、増大する感覚の鍛練のために、自らに与えている自由は、輝かしくも≪言葉≫を操るトマスに、桁外れにすばらしいゆとりを与えているのだ。この≪言葉≫の操作が、デリケートで自己中心的なその思想の奥深くにかくされた秘法を暗示し、また同時に、明確にもするのである。

しかしこうしたことが、たとえ他国語にその詩的内容を考えなおそうとしても、またフランス語の遠まわしないい方を用いて、当然重くはなるが字義上の翻訳だけをしようとしても――フランス語へのかれの詩の翻訳には、極めて複雑な問題が起る理由なのである。とはいえ、ディラン・トマスの詩にある普遍性の欠除は、たとえかれの詩を外国に伝えることのさまたげとなるにしても、確かに、かれのゆたかな思想の根源の一つなのだ。

ディラン・トマスは先づ第一に、しかもごく自然に、その時代の影響を――この際それはシュールレアリスムの影響を――受けた。大英帝国に於ては、シュールレアリスムは、フランスと同じような反響がなかつた。わたくしはむしろこういいたい。シュールレアリスムは英仏海峡のかなたでは、フランスに於てその誕生の役割をしたシュールレアリスムとは全く異つた土地をみつけだしたのは正しいことだ、と。それは英語というもののためで、英語はより以上に分解作業と実験室の仕事を可能にするのである。だから、そこはより恵まれた土地というばかりではなく、感覚的にも異つた風土なのだ。シュールレアリスムは長くシュールレアリスムとして残らず、いろいろの影響をうけて、じきに多くの小さな詩派――より正確には一つの雑誌のまわりに中心をおいたいくつかのグループ――として脱皮するのである。かくして、人々の方向は、じきにアンドレ・ブルトンが禁じた領域にむかい、さまざまな《黙示録派》ないしは《新黙示録派》が生じたのである。ディラン・トマスが一九三四年に第一詩集《十八の詩》（Eighteen Poems）を世に送つたのは、このような空気のなかに於てなのだ。

青春時代の作品は、しばしば、一詩人が追いもとめようと考えている詩的大綱の粗描にすぎない。しかし、ここでは、それとは逆に一切がすでに場所をしめ一切が深く決定づけられているということを、われわれははつきりとみとめるのである。そのことばは明らかにシュールレアリスムの烙印をしつかりとおされているが、啓示的なオートマチスムの流れを自由に流すかわりに、トマスは、いわば原始生活の精密な分析のために、意識的に自らを精神分析することをえらぶのである。トマスにとつて原始生活を探索することは何よりも子供の意識を探索することであり、さらには、もつと遠くに時間の流れをさかのぼつて、意識を――或はかれが胎児の意識であると信じているものを探索することなのだ。これこそ、トマスの本質的なテーマであつて、われわれが、かれの作品の一つ一つにさまざまの強さをもつて見出すに違いないものなのである。かれの一切の行為、かれの一切の思考は、誕生と死との苦悩する問題へと導びかれる。かれによれば誕生と死とは同じような行為であつて、その象徴的解釈が、かれの人生のさまざまな段階に個人的に意識された事実を通して現われるのである。

このような経験は、明らかに、現存する人間を、即ち昼間の人間を何らかの形で忘却するに至るものだ。というよりはトマスは、夜の人間なのである。かれは闇のなかに、人間のすべての誘惑を、すべての邪まな分別を、すべての欺瞞を発見する。存在とはいわば、苦しい出産と人生の躍動する闘争を通つていく、あの処女喪失から死に向う大きな傷痕なのだ。

愛の最初の情熱から心の傷に、つかの間のやさしき刻から、
心のそこに深く漂う空しい刻に、愛の始まりから断ちきられる
肉体へ……（大意）

そして夜の人間は夢をみる。トマスが自分の出生の、それからさらにそこを通つて人間の起原の解明をもとめているのは、まさにこの意識の啓示する夢――もつと正確にいえば悪夢に対してなのだ。

ぼくは寝あせにぬれ、幻想と本質的な不快を通つて、うごめくドリルのように、つよく、うづまく殻を打ちやぶるぼくの誕生を夢にみた……
ぼくは死の汗にぬれたぼくの誕生を夢にみた……（大意）

とはいえ、このようなインスピレーションは、危険のないものではない。だが詩人は一切の批評に、つつけんどんな答えをしてさつさといつてしまう。かれは論理の人間ではないのだ。その非論理性を、或はその《類推》を――かれはこうしたものを、確かなところ

からくみとっているのである。かれは自分がウェールズの出であることを忘れず、自分の国の古い吟遊詩人たちを手本とするのである。吟遊詩人たちの偉大な気づかいとは、宇宙を探索し、ドルイド教の複雑な秘法を通して宇宙を説き明かすことだ、ということをトマスは知っているのである。タリエシン（訳註・ウェールズの吟遊詩人。六世紀に生存したといわれる。）のような吟遊詩人は、全宇宙にむかって、おどりかかるように身をなげかけたとすれば、トマスは人間であることに於てその様式をまねる。人間であることを通して、人間の尺度で組みたてられた、度はづれに大きな宇宙を発見するのである。

　緑ととけあうことによって花開かしめる力が、未だ熟らないぼくの年を活気づける。木々の根を破壊するものが、またぼくを破壊する。そしてぼくはだまって、打ち倒された薔薇にむかって語りかけない。ぼくの青春も同じく冬の熱のために折りまげられると。（大意）

　≪一切は肉体のなかにある≫と、かれはさらにいう。そしてかれの探究はこの奇怪な題目から出発し、かれが肉欲を以て溺れているようにみえる宇宙からより広い領域に達するために、人間的関係をはなれるのである。かれがわれわれに提示するのは生物学的宇宙なのだ。その宇宙では、血は人間の血管を洗う前には、化学的な合成物であり、その宇宙で人々は原初の幼虫から人間につくりあげられる過程に、綿密にたちあうのである。

　幼虫のそれに応じた四肢をのがれ、皺のよった肉体の外にでて、小草のありとあらゆる鉄鎖に貫かれ、人間の夜のなかにとけこんだ太陽のきらめく金ぞく。（大意）

　こうした方向は、かれの内部に一種の哲学ないしは固執された宇宙発生論を創造させていった。ロンドンに於てシュールレアリスム展が行われた一九三六年に発表されたかれの第二詩集≪二五の詩≫（Twenty-Five Poems）には、他のかれが意をそそいだものに比べ、時間の起原を求めつつ普遍化されたこの宇宙探求の烙印が押されているのである。

　われわれがどこの海につれて行かれるのかも知らず、雲のなかに、正に聖なる手によって月がつくられたとき、賢人たちはぼくにいった。庭園の神々は東方の木の上に善と悪とを生みだしたのだ、と。そして月が昇ると、獣のように黒く、十字架よりもっと蒼い風が吹いた。（大意）

　イーディス・シットウエルが次のように書いたのはこの時代のことだ。≪この青年の作品は、そのテーマのためとともに構成のために、偉大な価値がある。そして多くの詩の形式はすばらしい。イメージには鋭く、感動的な美しさがある。わたくしは、これほどの期待と、これほどの立派な完璧さとを自分の内部に抱いている若いジェネレーションの、如何なる詩人も知らない。≫また同じように、ハーバート・リードも一九三九年に≪愛の地図≫（The Map of Love）が発表されたときにいっている。≪これらの詩は、われわれの時代にかかれた最も完全な詩をふくんでいる。≫

　しかしながら、ディラン・トマスの偉大な詩作品は、一九四六年に世に出された≪死と入口≫（Deaths and Entrances）であった。詩人はそこでは、自分の方法を完全なものとして身につけている。かれは人間の神秘さを追求するという独得の才能を棄てなかった。それどころかこの探求は光り輝き、さらに≪風通しのいいもの≫となるのである。ウェールズの故郷の丘の上にはげしくふく海の風は、全く誇張されたような知性の詩句を吹きはらう。戦争と、戦争がひきおこした痛ましい光景とは、ついには、ディラン・トマスの詩的思考に、深く決定的な影響を及ぼした。眼の前には暗さがつねにあるにせよ、かれは疲れがもたらす一切の誘惑に道を開かしめない、強い生命に活気づけられる。言葉は純化される。それはトマスが、烈しく、驚ろかすようなイメージを棄てたからではなく、かれの詩の鍵である言葉を、より以上の注意を払つて調合したからなのだ。生化学的な探求から、われわれは発展する。暇のかかる奥義に向かつて。また、トマスの先祖である吟遊詩人たちのそれのような密教の世界に。魔術が≪死と入口≫を支配し、人々はそこに、最も親しみのあるといつた、最も奇異なる儀式をみつけるのである。そして人々は、かれの想像力にまつわりついているものは、ただ、一貫して変らない、人生の最もささいな挙動に導びかれた注視である、ということに気づくのだ。

一人の見知らぬ女がやつてきて
ぼくの部屋をゆらめく家に分割する、
鳥たちのように気の狂つた娘だ。
かの女はその羽の腕で、戸口の闇を監禁する
自分の窮屈なベッドになやみぬいたかの女は。(大意)

また十月の詩とともにある自然の詩は、次のようなものだ。

ぼくの誕生は水鳥たちや、羽のはえた樹木の鳥たちとともに
始つた。
ぼくの名は農家や白い馬のかなたにただよつた。
そしてぼくは育つた
雨の多い秋のなかで。(大意)

こうした詩篇は、≪幻想と祈り≫のなかで――これは烈しい息吹の詩で、その技術だけでも詩の教えである――胎児の宇宙に、また新たな輝かしい勝利を得させるのである。

お前は
誰だ
側の部屋のなかで
生れたお前は?
お腹を開ける音や
闇が魂にむかつてゆれ動く音や
みそさざいの骨のように脆い壁のうしろで
子供がころがる音を
ぼくがききたくなるほど
なき叫んでいるお前は?

しかし、ディラン・トマスの詩は、単に韻文でのみかかれてはいない。そのポエジイは、≪若い犬としての芸術家の肖像≫(Portrait of the Artist as a Young Dog)という粗描的な作品集のなかでも、ひそかに身をかくして響きわたつているのである。この作品は、現在、フランス語で発表されているトマスの唯一の完全な作品である。その物語は、作者の少年時代の思い出でできているものだ。人々はそこに、この物語に潜在する伝説や卑俗さとともに、ウェールズの故郷の町々の多少奇妙な雰囲気をうけとるのである。港のぼろ家の描写は、きわめてぞつとするような浮彫である。そしてユーモアもまた、この半ば詩的で、半ば幻想的な粗描の数頁から除外されていない。

何はともあれ、ディラン・トマスの作品は、あらゆる種類の――純粋な状態に於ける詩の豊かな教えである。≪死と入口≫の作者はかれの早すぎる死にもかかわらず、かつてそうであつたように、現在もまた言葉の気高い意味における芸術家なのだ。芸術家たちというものの顔が奥ゆかしく、かれらの詩が人間の自然の泉からくみとられている限りに於て、かれもまた、人々が忘れることのできない芸術家たちの一人なのだ。かれは現在に生き、さらに長い将来にもその詩の奥の奥に生きつづける芸術家たちの一人なのである。

(窪田般彌訳)

後記

論争の結果というものは、そのテーマにもよるが結果がすぐ出てこないものもあろう。だが今にしてみてもあの死の灰詩集論争ほど始めから結果が判り切つていたのも類がない。こういつては、真面目に論争に参加した人たちに失礼かも知れぬが、鮎川信夫自身最初から相手のまともな手応えを期待していなかつた。「ぼくは別れようと思つた人たちに向つて一言か二言か呼びかけてみた。どうせ、手ごたえはなかろうと半ばあきらめていた。期待した応答はなかつたが、自分で自分にその答えを書く約束をしてしまつたようなものだと気がついた。なぜならぼくは最初から彼等が、その答案を書き、宿題をはたせるとは思つていなかつたからである」(詩学三十年十月)

私には最初から問題提起した人間が自分で答案を書くことになるのが予想された。相手は十年間も頬かむりしていた老人たちだ、今更どうもこうもあるまいと。全く期待せずに成行きに注目していたが、予想通りの終り方をし、しかもその後二年たつても何もほんとうに起らなかつたことがはつきりしている。私は、弾劾された詩人たち、それと直接には死の灰詩集で対象にはならなかつたがやはり頬かむりでは同罪の詩人たちから、ちよつとでもまともな弁明や告白がなされ、かつ現代詩にその結果ちよつとでも私たちをやわらげてくれるような何ごとかが万一起るかも知れぬという気持が私のどこかにあつて、それもやはり甘かつたと納得するまでに、今までかかつたものらしい。

鮎川信夫が当時、半ばあきらめながらなおかつ批判を開始した理由は、彼に何かあの役割を引き受けさせるものがあつただろうし、結果的には私の予想どおり、やればやつたなりにやつた方が得をして終つた。「放つとけばいいじやないですか。どうせ先に死ぬ人たちだから」

私はその頃、中桐雅夫と話が出たときに言つたことがある。

私は何も言いたいと思つていなかつたし、今でも、これからも言いたくない。言いたくないほどいやになつていたので、自分で詩を書き始めてしまつた青年の一人である。私が言いたいことを言うとしたらやはり、ほんとうの聖職者はどこにいるのか、とどうしても問わねばならない。やつた事の恥が問題じやない、頬かむりが問題なのだ、詩の批評がかくも底深いところで混乱しているのはあなたたちに大分罪がある。詩の本質は詩人の良心とは実は無関係かも知れない。しかしあなたたちの態度が、私たちに必要以上にあなたたちの良心と勇気のことにこだわらせるのだ……。

結局私は、私なりに、これから彼らを問うて批判すれば得になるとしても、そうしないことにする。彼らを理解はしても許すこととは別だ。いつまでも平気になれないかも知れない。侮蔑や不信や憐れみも彼らにむかつて言つてはやらないつもりだ。彼らがいなくなるまで。否応なしに私たちは自分で答案を書いてゆく。馬鹿々々しい、ほんとうに馬鹿々々しいことだ。〈心が枯れはてる前に死んだほうがいいたくさんの死〉この夏、あるところで読んだD・ルーイスの短詩が激しく記憶にのこつている。

(堀川)

●

最近多くの詩誌に飜訳詩がのせられている。面到な詩の飜訳が沢山なされていることは訳者の労を多とするものであるが、少数の詩をのぞきなんの感動も我々に伝えない詩が多いことは注意しなくてはならないことだと思う。一時代前には外国の詩は日本の従来の詩に無いものを多く持つており、飜訳することが直接詩に影響をあたえ意義があつたのであろうが、現在我々にとつて重要なことは学ぶことではなく、明らかに創造することにある。優れた一篇の詩が出来るまでには、不断の努力が必要なのであるが、これは常に外部のすべての対象を自己の内部の問題として処理出来る能力を養うことにあると思う。

詩の飜訳に詩作と同等の価値否それ以上のものがあたえられているとすれば、労多くして益少なく、貴重な詩誌の頁をさくにあまりに勿体ないことだと思う。

海外の詩にかぎらず優れた詩に対しては、我々はそれ相応の敬意を表し、学ぶだけの用意は持つているのであるが、そのような詩は決して多くはない。過言かもしれないが少数の研究家以外は必ずしも海外の詩の事情に精通する必要はないだろう。それよりも我々は過去に否定すべき大家も、文学運動を持たないのだから、創造という方法によつて我々の内なる世界を豊かにし、土壌から新しい花を咲かせたいものだと思う。（島田）

●

私はむしろ調和のなかに詩を求めたいと云えば逆説めくかも知れないが、詩は本来調和への欲求を内に持つている。だからこそ、ときに詩に逆説の論理と高次な精神の錯乱を見いだすようにもなるのだが。それはともかく、我々の詩が普遍性を獲得するためには、近代主義の超克が必要な条件だと云いたい。近代における自我の確立ということが、詩にきわだつた魅力を持たせる様になつたと云えるが、ロマンチシズム・象徴派・シュルレアリズムあるいはモダニズム等、一貫して作品のオリジナリテイが詩の魅力の正根になつている。それはそれで良いのだが、現代詩の魅力を云々する場合、たとえば驚かせるということが詩人仲間では相当重要な条件になつていると思うのだが、この驚かせるという詩の要素もヨーロッパ近代詩直輸入のもので、これが日本の詩人の偏狭さ、貧しさと別なものではないと考えたいのだ。詩人の偏狭、貧しさというものは、いかにも日本的なイメージと思いがちであるが、むしろロマンチシズム以来のヨーロッパ近代詩のまずしい影響と考えるのだ。判りやすい詩と、こうしたたぐいの個性尊重の美学は矛盾する。その様なアイマイさで、現代詩の読者を迷わせることは止めるべきだ。すぐれた芸術作品から真の個性をはずすことは出来ないが、こうした窪地に落ち込んだ現代詩のために、創造的な想像力によつて最初に詩人の自我への盲信をつき崩す必要があると云いたいのだ。

繰り返す様になるが詩は最も良く平衡感覚を養う効用を持つとさえ云いうると思う。調和とは、宇宙との、世界との、社会との、他人との、そしてまた自己の内部の平衡を保つことの謂であり、詩人の幻覚も、錯乱もいつてみれば、この彼岸の調和を求めることがあつてこそ、その激しさがあるのだ。

十二号より窪田般彌・小長谷清実が加つたこと、また春以来の同人である島田忠光が今号にあたらしく力作を発表していることを紹介します。（江森）

氾・隔月刊第13号・定価50円・1957年12月1日印刷・1957年12月10日発行・編集者・江森国友・板橋区蓮根2丁目蓮根住宅12号1243・発行者・山田正弘・東京都大田区馬込東4の72・印刷者・第一印刷ＫＫ・東京都新宿区西大久保1の459
発行所・東京都大田区馬込東4の72の5・氾書林

氾
14
POEM　CRITIC　FIGURE

氾　書林　東京都大田区馬込東4丁目72の5

編集者　江森国友　板橋区蓮根団地12号1243
発行者　山田正弘　大田区馬込東4の72
印刷　第一印刷株式会社
発行　1958年6月1日

氾・隔月刊第14号・定価50円・年間予約300円

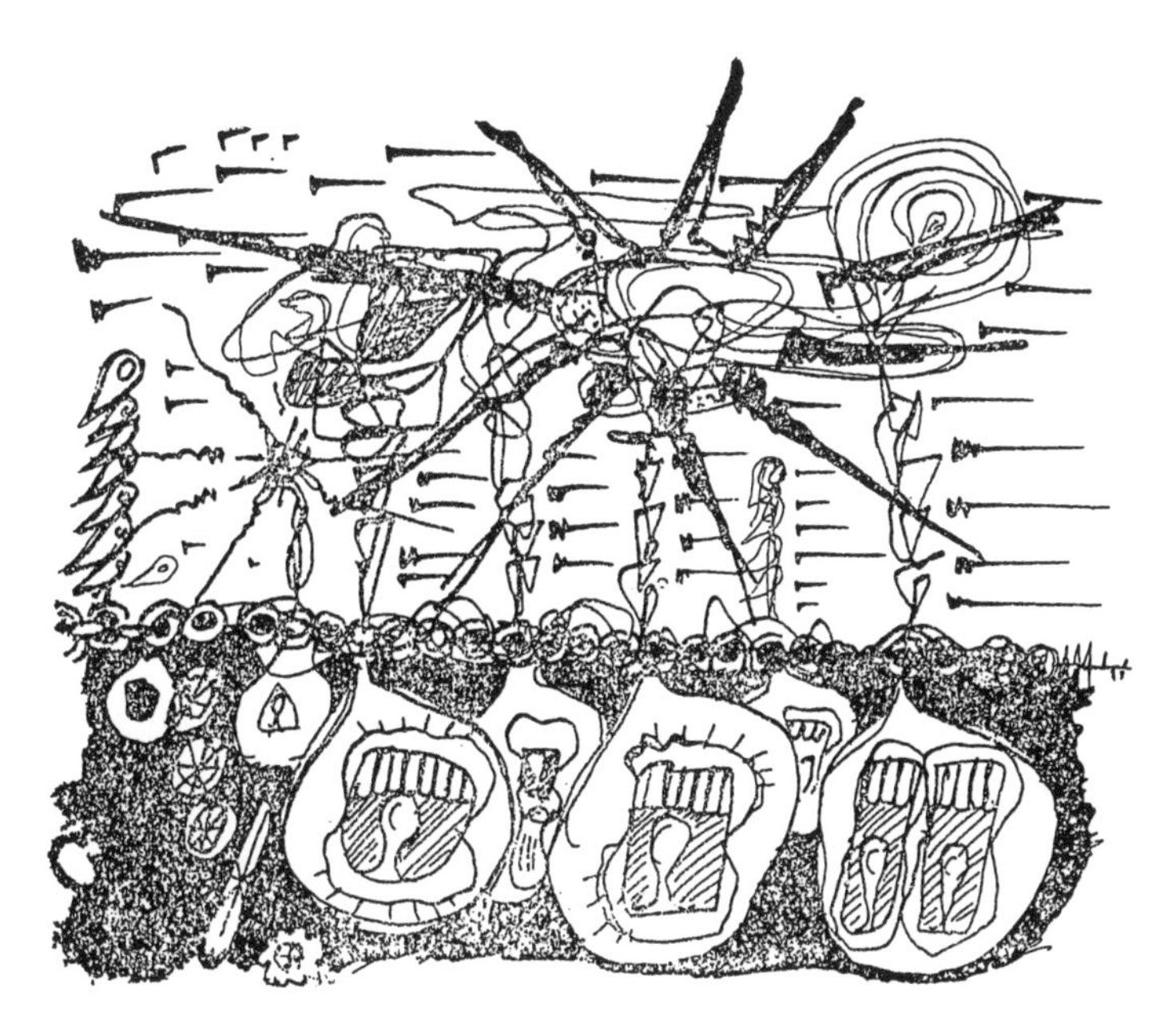

氾

1958 第14号

表紙……早崎レイコ

愛は樹木のかげで休むやさしい獣だ

島田忠光

意味のない言葉をわめきちらす季節には
舌は咽喉の奥にしまつておくのだ。
狂つた空にオーロラがちぎれた夢をまきちらすにして
も
夜明けをつげる昨日の鳥は帰らない。
たとえ　どんなにぼくらの生がうえていても
樹木をまたぐ大きな影を
革の手袋のなかにはしまえない。
伝説のなかで鳩をとばす少年が
昨日のことを忘れたわけでは決してないのだから
忘れたいことは忘れる
という鉄則は破るな　お年寄よ！
吹雪の山の生んだめくらの風が吹き寄せる
五つめの季節に咲く花が狂わすことの出来るものは
そんなに数が多いものじゃない。
愛しあう二人だけにわかる言葉を
手風琴のように伸したり縮めたりする若者や
崖の下で石のなかにとじこめられた季節の匂をかぎま
わる学者たちにとつて
海鳴のなかから細い指先で
インカの老人の繰言とか　太陽のような抱擁を拾いだ
すことはいとたやすいことだ。
それに　睡れない夜の闇に消された
古い日記のなかの一日が又やつてこないとはかぎらな
いだろう。

光から光へととび移るアトムを掌のなかに
一つ一つ落してみせる研究室には
記憶のノートに分類されない夢を溶かす
一億度の熱を持続させる熔鉱爐がある。
愛しいものの睡りのなかに
蒼い湖水を送るモーターがある。
夜から夜へと渡り歩く
魂のセールスマンが鏡のなかで見せる
裏切の契約書には署名させないための……。

さあ　覚めていたものが睡り
睡りから覚めたものには一杯のコーヒーが
ウィスキーより貴重な時刻。
ブルドーザーが一日の時間をかき均す街へは帰らない
　でおこう。
そのためには　たつた一つのぼくらの生が
少ない水と残された朝のために

一番大切にしまつておいた言葉で愛するものに
やさしく話しかけることだ。
薄つぺらな夜は甦えるために
光の外に身を隠すことはしないだろう。
まして　夜の底を這いまわる蝸牛には
新しい世界について多く語る必要はない。
腕のなかで抱くことのできる宇宙しか知らないものに
　は
柔い唇の磁石はいらない。
胡桃のなかの兵士たちは
昨日をなめる舌と　その舌にさわるための指先しか持
　ち合せていない。
ちつぽけな緑が身を伏せる春のような命には
カミソリとダイナマイトを用意してやれば……
黄金の光の矢が
ぼくら二人の共和国のために犠牲にするものは
少ないわけでは決してないのだ。

……………しないで

山口洋子

よばないでほしい
窓をあけ
靴をみがき
バルコンに毛布を干し
笑つて花を買いにゆく

だから
そんな眼をして
みつめないでほしい
あたしは鳥
羽根のよわい　おろかな鳥
いつそのこと
火あぶりにして
軒につるしておくれ
どんなに責められても
それを云えることなら
ああ　ずつと　遠くへ
あたしを放つてほしい
やい！　あばずれ奴！
いつも太陽ばかり眺めていて……

そういつて　打ちのめしておくれ
ささやかないでほしい
そんなものが愛ならば
抱かないでほしい
それが生きるのぞみだつて……
あたしは吹かれていく
もう　いつてしまいたい
ミイラになつても
いきたい
ネーブルがむけたわ
さあ　これをたべて
むしやむしやたべてしまおう
それでみんなおしまいだと
うたえといつても

むりです
うたなどとうに忘れてしまつた
あたしは鳥
いちどだけしか生きられぬ鳥
だから
うそなど
ああ
どうぞ　よばないでほしい
とびかけた　そのときに……

愛・詩 V

江森国友

蕗の葉のしたにいま睡るものたちは
何千年のむかし蓮の花のうえにいたものとどんな関係
　があるか？
遠い声が木からおりてくるとき
これはかぎられた経験かも知れないが
すぎた昔、現在、そして未来
おなじ太陽が河から汲みあげるものが
いつもおまえの肉体にかえつてくる

睡り
このあかるい睡りが
おまえに必要なもの

それからまた蕗の葉を一枚、二枚、三枚……かぞえな
　がら睡りにはいつていつた

午後の陽は
妻のやわらかい膝のうえに夫の毛をこがしながら
すぎた昔、現在、そして未来
かわらない軌跡のあとを追いかけるように
夫の睡りもまた　かわりなく
妻の肉体をめぐりはじめる

路はひろがるように明るく
分厚い緑の葉は肉の真中につよくくぼみをこしらえて
やわらかに襞をこまかくはしらせていた
みどりはほんとうにくろぐろと
葉と葉はひしめいていた
思わず手を触れると葉はゆれて
指をかんだ　襞のやさしい感触ははげしく
あかい花の匂いをかがせた

出来るだけとおくはなしてやるように
地球からとおくはなすことによつて
星が今日もまわつているように
つくられるものだけが完全であるように

海辺でふたり全裸で夏を送つたことがあつた
きみは正確な記憶の持主だつたからきくのだけれど
――岩かげにかくれて着替えした
　五分間のこと――ときみは
こたえるかも知れないけれど
ふたりはひと夏　全裸ですごした
いまもぼくのうえにはあの日とおなじ
陽が炎えているが　あのときぼくは
裸のきみの柔毛のちかく
口唇をつけて海と喜びにひたつていたが
すつかり干されたきみの裸は塩からくて
柔毛からは匂いが海にながれた
一九四三年　ぼくらは自由がほしかつた

心はとおくはなしてやることだ
　旅にでる　経験のかぎりない
起伏の丘にあるいは百年睡つたかも知れない
できるだけとおくすぎたものを
生のうしろから流れてゆく河にすてるのではなくて
はなしてやるように
できるだけとおく――
するとすべては　いま生きている

できるだけとおく　そしてかるく
手からはなしてやるとよい
幼い息子よ　コマを廻すには
幼い娘よ　掌のしたのまるいオハジキは
できるだけとおく　そしてやさしくすべらせるとよい
夢のなかにとりどりの花を咲かせるためには

冒険と象徴

山田正弘

豚は何を食つてふとつたか
夜どおし、一人の男が考えている

眠れ 眠れさあ！
子守うたの泡だつうみべで妻へ告げてやろう
食つてはねむれ
毎日 まいにち。
そうすれば鷗もその子の母もおおきな岩のうえで
やさしくふとつてゆくだろう。

雨のすくない都会の夜明け
午前八時には青空とウェスタン音楽が
いつしよに訪れてくるアパートの六階の部屋。
残りすくない夢のなかに
かれはしやがみこんだ鯨をみつけ
三才になつた子供のためにシーツの港から出帆だ、獲
物だ！ 獲物だ！
象をのんだ蛇のように急いで……

（首をすくめても
真昼の太陽のしたではいつまでも寝そべつていたい
おれだ）
そのとき公園を駈けてゆく子犬と
子犬をはやく駈けさせる思い出とは
どちらがすばらしいものなのか

なつかしいむかしよ　恋人のうでにさざめく
葉で編んだ炎のいろの家でねむる
ことと週給百ドルもらう良い男になることとは
どうか
妻よ　うつくしい妻よ
おまえと生涯をすごすよりか職業革命家になることを
日の暮るるまで思いつづけていよう
くれるにおそいはるのいちにち！
めくらのこころよ！
……………
ねむりかけた鳥もはばたこう
晩いはるの夕ぐれ
のようなかれの眼に映るふるさとの村を思いだしてみ
よ

そうすればよい
洪水のおおいさむかつた秋を忘れよ
そして風の凪ぐとき
だまつて泥の実いつた籾を刈り入れたものは
敵をあいせるだろうか
この十年　怒りの想い出は雨水に浸つたままましだいに
ふくらみ
いつかは教えられるだろう
ぼくらはじぶんの生が嵐のときの緑のように浪費され
る
ムダなものである時代にいあわせたことなんかも……
心から思うのだ
だからじぶんをとがめない
ぼくらにしろかれにしろ！
やつつけるべき

敵と味方をあるいはまちがえたのかも知れない……。

そのゆうべ一人の男が試してみる
豚はなにを食つてふとつたか
かれは食らう……
　藁
　人間の声
　汚れた水
　百合の茎
　根毛
　そわそわする吐瀉物
さいごには豚を食つたらどうなるだろう！

目敏い妻の指をしやぶりながら考えている
（おそらくここしばらく変るものはないしどうにもなるまい）
十年まえも十年のちも
（豚は豚だしおれはおれだ）
かれは目をつむりじつと待つている
それから科学者になる息子と話しはじめる
――ねえ、パパ、ぼくがヒロシマを飛びたつて月まで
　ゆく
距離を往復するには何時間かかるか
数えてあげる――
息子がゆつくりと計算するあいだ……。
かれは待つ。
めぐる年月を。

詩

小長谷清実

英雄たちの栄光は塹壕にたまる泥水のうえに
倍のおおきさのかげを落した
あかい空に流れてゆく兵士の列車は
いつ垂直に
われわれの血の河を渡るか

陸軍十字勲章が泥をなめる
一九一八年十一月四日
魚もかわうそもすでに死にたえた運河のほとり
草の実ははじけ　仲間たちの死のなかに

不滅なる火を灼きつけ
生きるための風を呼び　そして
肉を鳴らし　髪を鳴らし　舌を震わせ
粘土のなかに
人間のかたちに精神を注ぎこむ

花は石のなかに咲き　骨のなかに
種子を発芽させめぐりつづけるひる
白い岸辺にうちあげられる
むなしい言葉
恐怖のうちに
腕は沈み　時は沈み

帰還できない千の影を持つ一人の男に
そこでわれわれは遂にめぐりあう　そして
錆びたライフル銃とまだ血に濡れている一行を
受けとる
The Poetry is in the Pity.

過程

暴君たちも温しくない
日あたりのよい岸辺にしやがんで満足した。
趣味の良い局長は高給と
重税のあいだでたいそう悩んだ。
どこか遠くで　かれらの心より遠くで
小鳥がぎやあと鳴いた。これは心やさしい詩人の夢
だ。
多分　少量の雨なんかでは溶けないだろう。
海の白い泡の上の白い陸に
垂直にたつた白い都市は。三階はバアで
白い液体がコップのなかにちよつぴりある。
七階もバアで
そこには何があるかわたしは知らない。多分何でもあ
るだろう。欲つしたものは何だつて。

肥えた豚に乗り得るものは
さらに肥えていなければならぬ。われわれの
時代の選良の言葉を
常に信頼せよ。それらは
激流にのつて突進する
讃えられた冥府の衛門に向けて。
郵便配達人　君の使命はそれらの手紙を
窓で待たされている女たちに注意深く
やさしい姿で手渡すことだ
彼らは驚くほど傷つきやすい性質だから。

まわるまわるわれわれの椅子は
独楽のように床の上で
落日のさきにも落日のあとにも。
焼絵ガラスを通つてきた光の意味が
消えたのは
微笑みながら墜落していつたかれらのせいだ。
われわれの産れた鏡の部屋は
古い地図のようにひびわれている。恐怖の旅に

いま出発するのはかれらでなくて
われわれである。
まわるまわるわれわれの詩は
独楽のように紙の上で
落日のさきにも落日のあとにも。

それから微風が高みで吹く
みず色の首府にたどりつく。
虹が遠くの庭にかかり
雲が牝羊のように移つていく首府の真上の限られた空
に
花のような葬列が続き
蓮の葉の上に乗せられたふるさとの物語が
ゆつくりと弧を画きながら高く
ずつと高くのぼつていくのを見る。
航海の終えた帆船は沈み
われわれの頭上から沈み　積載した
陶器と銃器を暗い渦のなかにずり落す。
首府の上で水は揺れ
きついおれんじのかおりは水面を刺戟する。

さあ急げ　ひかつた銅鐸のうらをはしる
登呂の鶏の声が消えぬあいだに
一滴の水　一枚の歯車　一握りの子宮
を通り抜けたそのところで
われわれは見つけるだろうか
はげしさとむなしさをつりあわせるにたるだけの
目に見える言葉の草の根を。
記録屋よ　きみの両の掌にやまもりの記事は
弾丸ほどの価値があるか。
合せた掌に流しこんだ鉄の溶液を
血にかえる幾人の信念があるか。
われわれの上の狭い空は昨日と変りなく
明日も変わることがない。変るのは
われわれだけだから　さあ急げ
われわれは生きるために生きるために産れたのだから
いま一度産れるために生きることを
その過程とするために。

帰郷

堀川正美

かがやく仕事がくらい炭鉱にしかないとき
世界はふつとぶ樹木のなかにあり
どこかにまちがいがあつて羅針をみつめる船員は
はこんでいるのがじぶんひとりだとはしらなかつた。
船はいつも暴風雨のなかをすすみ
頭蓋のガラス張りを鉛のくちばしでつきやぶつて
あの黄金の鳥がさいごにおちてくる。そしてさけぶ
「無為の革命家ほどには
　きみはくるしまなかつたよ！」

だれの妹だつて健康だ。妹が
春のスポーツコートをひつぱりだすとき
ちいさいのからおおきいのまで
ゆめから希望にいたるまでひとつひとつを
しだいに増加してゆく赤信号がストップさせる。
神経末端ではかくのごとし。
交叉点にならぶ技術者たちは
夏の昆虫よりも優勢だ。工場からとおく
中枢のまわりに車をそろえ、スイッチを切り
手をかくして投票する。
そして国司は派遣され委員会をあわてさせる。
利潤しかかれをやわらげない。

だが国司の息子は、どこへいつた？

かえつてくるものは感謝している。
ちつぽけな救助ボートに。
信条が泡もたてずに氷解している漁村から
かかとをあらつてかれは上陸し、役所はいたるところ
　だ。

いちばんふとい筋肉がなんぼんもよりあつまつて
うねうねとのたうつている海の中心は
なにかが舞いおりたようにうるさい。
緑色の太陽よりもおおきな渦が
きのうもあしたも
ねむれないものをしかみつめない。

時のたまりばを移る

せかいじゆうの窓ガラスが反射するひかり。
砂は反射し、水は反射する。
しかも鎧戸はみんなさえぎる。
すると部屋のなかはもつとあかるくなる。
くちづけあつた少女と少年の手からコップがふたつお
　ちる。
そのそばには二頭の馬があるきまわり、床を蹴り
いちねんじゆうおなじ季節でこまつている。
床すれすれに二隻の帆船はドアへむかつてすべり、馬
　もとびだし

一頭はボイラーにくびをつつこむ。
スチームパイプは鎧戸のしたから部屋をとりまき
わたしの心臓をぐるぐるまきにしめつける。
あとになつてみればすべての光景は
むなしいあかるさだつたともいえる。

失敗した革命は
青空しかのこさなかつた。
リンゴのかごはみえない。
なにもかもつかいはたした男たちはいない。
生クリームをきみの
乳房のうえにこつてりおいて
すこしずつ舌のさきで
消してゆこう。
あ、まつかなサクランボサクランボ。
幾年月も瞬間と瞬間でしかない。

それもいつかはふるえのうちにきえる——

ぶらさがれるへりはなかつた。
ゆびをひらいてどこまでおちても
底がなかつた。
国家が一〇〇ぐらいはいるはずだつた。
そこにわれわれの墓はなくても
いつかは眠りにゆかなきやならない……
ぎやあぎやあわめきながら海が
おしあいへしあいながれこんで
ひろがりつくしたあたり。
はるかにイルカがいつぴきとびあがつたりしている。
どこに扉があつたとしても
ねがいをきざみつけるすべはなかつた。
鍵はついに、子孫のしらないものだ。

人さまざま

——カンポアモール風に——

窪田般彌

あはれ、吝嗇な時代のはかなき夢。
ひとの子の金銭（かね）かぞへ、ひとりゐて。
ひとの子の金銭の愚痴、なかまあつめて。
そして、そして、そして……
むなしい日々をかさねつつ
時間つぶしの金銭勘定。

資本家——ともかく鼻紙にひとしい

乞食——生れてきたこともそれ程損じゃない
革命家——せめて町工場の主人にでもなれば
ある男——どうしても足りぬ
ある女——売るべきか、売らぬべきか
道徳家——やせがまんが大切だ
教師——《我は光らぬ螢かな》　いや学校経営もわる
　　　くない
新聞記者——自殺の記事がたえぬ
哲学者——死こそは最も健康なるもの
僧侶——食にありついた
詩人——また女子の魂を奪ふとしよう

溜池ほどには小さくない話

水橋 晋

まわつているあいだだけ
たおれないコマのようなものだ
わけなんてわからないほうがいい
と ひとつの言葉にしがみついて
うなずきあうのが精いつぱい
かろうじて足をふみはずさないでいる

川は
なつぱのくずや
くされたものを浮かべたままとまつている
流れなくなつてからひさしい
ここいらを吹く風は
すこしばかりいたんでいるようだ
ほつておけばカビのようなものが
いちめんに繁殖しはじめるにちがいない
そのせいか
しやべつているだれもが
メタンガスがぷくりとわれるような
音をたてている
どこかがこわれているらしい
じつとしていると
体がぶらりと冷えこんできた
あいつらは必要以上に
苦しいめにあいたいのかもしれない

わるい雨でもふりだしたらどうなる
と心配しているうちに
夜が
くぼ地にむけてたれさがるのが
崖から見るとよく見えた

あのへりは
だいぶ先までつづいているが
どこに通じているのだろう
あるいは通じてなどいなくて
胃袋のようにだらりと
たまりこんでいるのかもしれない
すつぱいげつぷがのぼつてきて
花や犬まで
中毒をおこしてねこむのではないかな

だから人間がこわれるくらい
なんともないにちがいない
やがてはちぢれて
しぼんでいつて
さいごにはボロのように
まるまつていく空のしたでは
千の目をもつて
おのれをみとどける必要が
あるようだ
光がねじれこんでいる夜のプールのへりから
光のとどかないところへ
足をふみだすのは
わけもないことだが
それぞれの胸のおくの
冷えきつた部分へ
ねじれたまま帰りつくのは

たまらないことだ
あまりにもいたわりぶかいつながりのなかでは
沈黙だけがときとして
塩をなめ水をのみこむあの
あたりまえの人間に
ひきもどしてくれるのではないかな

入口を通らないで
夢のくらいくらい幽門にたどりつく
パンタグラフのようには
おりたたみのきかない足で
そしてあぶなかしい恰好のまま
吐気をこえる
手に汗をして
夢は消化のわるいしろものらしい

こなれないまま
吐きだされてしまうようだ
こなれるものなんて
はじめからなにもありはしない
もつとはやく気がつけばよかつた
かさぶたのはがれるような音が
足のしたから伝わつてくる
地べたのいちばんふかいところにたまつた
くさりきらない澱が発酵し
発酵しつづけている音にちがいない

……ふたたびめぐりくる夏のために

小林哲夫

穀物と
髪かざりとが
街と　むらを
つなぎ合わせるのだ　それらを
更に固くつなぎ合わせていく径に
いまは　菫が　こまかい
爪のように花開いている

とおく海がめぐつている
ひかりのなかに　ふかぶかとつつまれながら
ぼくの内部を　炎える血が動いていくように
へりに　次々と　新しい街々を築き　そこに
いろとりどりな人間たちを棲まわして——
（風は消していく　ひとつひとつ
鳥たちの声を　人間たちの声で
うめつくすために）

とおい日々　けものたちを追つて
この同じ季節の杜のなかを
分け入つた始祖たちの叫び　荒々しいあの
足音が　ふいに　われわれの血の流れの果てに

きこえるのだ　抱えきれない
記憶に充たされた数々の日々と　余りにも分ち難い似
　　つかわしさで
今日は始まる

背景にある街を　ラセン状に
さりげなく斬りおとすあおい落葉ら　おお
土に帰りいくものら
始祖たちの骨のかたちに　それらは
なぜ無数のやさしい線を有して在るのか
朝の地平　それよりもさらに
しずかに深まつていく　この無限の拡がりに対し
それらが証そうとしたものについて　われわれはいま
じつくりと考えなければならない

このとき
植物たちのしなやかな根は
土壌ふかくをながれ
われわれの内部へと非常な確かさで
ひびいてくるものの声をさぐろうとするのだ
植物たちのひかるあおい眼は　いつか思い出のように
われわれの世界を侵しはじめるだろう　それらが
新しい時間のなかで　宝石よりも
確実にわれわれのものになるとき——
この明かるい季節の街のために

きみはよく出かけた アルチュール・ランボーよ

ルネ・シャール

　きみはよく出かけた、アルチュール・ランボーよ！　友情に、悪意に、パリーの詩人たちの愚かさに、また少々狂気じみたアルデヌにあるきみの家庭の不毛な蜜蜂のごろごろ声に反抗したきみの十八年、きみはそれを沖の風に吹きとばさせ、早すぎるギロチンの刃のもとになげつけた。きみが棄てたことは正しかつた。なまけものたちの遊歩通りを、小便くさい竪琴ならす小さな居酒屋を。それらは獣どもの地獄、小ざかしいものたちの取引所、愚直なものどもの挨拶の場所。

　あの肉体と魂の不条理な飛躍、標的を破裂させてそれを打ちこむあの大砲の弾丸――さうだ、それこそまさに男の生涯といふもの！　少年時代とわかれるときに、人は漠然と隣人を絞殺することはできぬ。火の山々が殆んどその場所を変へないとしても、その熔岩は、この世の大きな虚空をかけめぐり、傷つきながらも歌ふ力をそこに運ぶのだ。

　きみはよく出かけた、アルチュール・ランボーよ！　ぼくらはきみとともに、可能な幸せを、証しもなしに信じる数少ない者たちだ。

（窪田般彌訳）

扉を閉ざしているものは何か

――部落問題と現代詩の閉塞性――

水橋 晋

1

過ぎる三月二日のNHKの放送討論会「部落問題解決の具体策」は、近頃になく聞きごたえのあるものであった。ひとつには問題の特殊性にも依るものであろうが、ひとつには、これまで二、三の「部落問題」を論じた書物では、とうてい覗い知ることのできなかった所謂部落民の生の声、生の訴えを聞くことができたからであろう。

部落解放委員会の委員、京都市の行政担当官、関西の大学教授等を講師として、京都市で公開されたこの問題は、想像以上に活発に展開された。京都がえらばれた理由は、全国の総数六千部落三百万人のうち七十パーセントが、京都を含む近畿から瀬戸内海沿岸地方にかけて住んでおり（週刊朝日）、したがってこの問題の最も燃焼している地域であるからだろう。

この放送討論会で提起された問題は、様々であったが、大きくわけると次のようにまとめることができた。

一、歴史的にみて、部落は、徳川幕府の階級政策による結果生じたものであって、何ら種族的に差別される必然性はないという事実を全国民に知ってもらいたい。

(イ) 結果的に職業を選ぶ自由がなく、
(ロ) 恋愛、結婚も部落外の人とは行なわれていない。
(ハ) 普通の家庭内で例えば母が子供に部落民に対する偏見

を植えつける。

二、部落民と呼ばれている人々の大部分の信仰している宗教は、「浄土真宗」であるが、その浄土真宗は、時の封建制度と結びついて、部落民をむしろ部落民として温存させておくに役立っただけで、何らの救済手段を講じなかったし、現在も何ひとつ講じていない。それどころか、例を手近かに取れば今度親鸞上人の第何百回忌かの大法要を予算額十七億円をかけて「執り行なう」ことになり、そのために、全国の信者にそれが割り当てられており、勿論部落民にも一戸当り三千何百円かの寄贈を半強制的に申し入れている現状である。

註　浄土真宗と部落民との結びつきは、親鸞の出現とともに始まったと言える。それまで、僧たちだけの特権であり、それ自体がひとつの学問体系であった宗教が、民衆の手許にまで降りてきたのは、親鸞の革命的な力によるものであった。僧侶といえども肉食妻帯が許され、また、念仏をとなえさえすれば救われるという他力本願の浄土真宗は、必然的に下層階級に迎え入れられ、当時の末世思想と相俟って、強く民衆と結びついた。勿論今日のような株式会社的組織を持つ宗教制度は親鸞の目的としたものではないことは言をまたないが、当時の所謂賤民（部落の原型）にとって、浄土真宗が、唯一の精神的支柱であったことは容易に想像できる。

三、部落の中にもボス的存在がいて、部落内で大きな発言権を有し、いわば生殺与奪権を握っている。このことが、部落解放の上での癌となっている。

そうして、これらの解決策として、種々の意見が出されたが、まとめてみると次の三点に括ることができた。

一、政治的解決（具体的には就職、職業問題）
二、教育的解決（同和教育・偏見の除去）
三、経済的解決（スラム的部落の状態を、近代産業の中に統合し企業体を成立させること）

この部落の問題は、今まで一部の人や一部の運動（水平社運動）などを除いては、まったくわれわれの意識の外にあった問題であった。部落民の存在を知らなかったかと言えば知っていたが、それは、われわれとは別個の世界の事件にすぎなかった。

勿論、この問題に一生を捧げてきた例えば部落解放全国委員会、部落解放同盟の委員長である松本治一郎氏のような人もいるし、私の知っているものだけでも昭和三十年かに慶応大学の部落問題研究会が長野で真剣に問題ととりくんだ等、事例がない訳ではない。その他、部落問題研究所とか社会党の部落解放調査特別委員会も存在しているが、なんといっても一番この問題をクローズアップして大きな関心を一般民衆に抱かせるに到ったのは、昨年の秋、アメリカで黒人の人種問題が起った頃、週刊朝日が特集した記事（一九五七年九月二十五日号）以後からではなかろうか。これはマスコミの力がもっとも効果的にかつ良心的に発揮された好例と言えるだろう。

われわれは、アメリカの黒人人種問題には敏感な反応を示した。部落問題よりも大きな比重をかけた。部落民の差別と冷遇の実体を知る以前に、或いは知る以上にユダヤ民族に就いての多くを知っていた。これが実状であった。また、問題をこうした点にしぼらないで考えてみても、一昨年のハンガリアの動乱が起ったと同じ頃、北海道に起った冷害に依る不況と人身売買の事件の、どちらに新聞が多くのスペースをさき、雑誌が多くの執筆者を動員したかと言えばハンガリア問題にであった。そしてハンガリアの難民に対する救済品見舞金が国民の手で集められているとき、政府は食糧統制を理由に、食糧を北海道に送るのを躊躇し駐留米軍が先に救助を申し出た。

こうした事例を考え合わせてみるとわれわれの現実に対する考え方、受け取り方の基盤は、五百万人の失業者を抱え、国際水準からは遥かに低賃銀の生活をよぎなくさせられているという現実に立脚しているとは、何としても思われない。いやという程に実感させられている現実は、すでに皮膚と同じように肉体の一部になってしまっていて、傷をつけた時、はじめて皮膚の存在に気がつくといった程度の受けとり方、把握しかしていないのではなかろうか。つまり生理的な感覚でしか現実を把握していないのではないか。

共通の船に乗り共通の嵐にあい共通の朝と夜と昼を持っているという事を意識しないでいる——つまり共同体意識が欠如していると言えるのではないだろうか。

2

民族主義が、日本の進路を正当化するために、どんな任務を果してきたかという近代史に目をむけて見た場合、幕末期の攘夷思想を例にとるならば、外からの列強の圧力にたいして敏感に民族意識を自覚した人々は、ヨーロッパに見られるような新興ブルジョワの出身ではなかった。その最初の担い手は旧支配階級の中の下級武士層であった。こうして必然的に民族意識・同族意識が、社会変革とは結びつくことはなかったのである。身分的な特権を維持する欲求に結びついてしまったのである。常に封建的な国家体制の強化と結びついた倫理感にしか依存しえなかったわれわれの連帯意識は、こうして人民主権の自覚に連なることはできなかった。この結果一歩内部にたち入ってみれば、そこには自主的な国民意識を媒介とする国民相互の連帯意識などありえないのである。つまり、ルネッサンスを持たずすべてが与えられ、吸収された近代思想の中で近代産業の中で制服を着せられたにすぎないのである。五、六の財閥と呼ばれているものも、帝国主義と結びついて死の商人であることによって、財を成し、アダム・スミスの言葉を借りれば非生産的労働者（兵隊）の増加によって、国民の経済生活は、つまり現代の低賃銀生活の基礎を築く大きな理由にもなったのである。また今日の労働運動に関して大きな癌的存在になっている経営者と労働者の関係の「家族的な優遇」という考え方も、封建制度による主従関係の強化及び同族意識の結果生じているものだ。

また、部落民の問題で、明治四年八月二十八日、政府は「エタ非人等の称を廃され候条、自今身分職業平民同様たること」という大政官布告第六十一号を出したとは言え、いわば空条文で、これは差別撤廃のため闘った部落民の要求を前に仕方なく出されたもので全く内容がなく、政治は実際の解決を何ひとつやっていない。地租改正でも部落民はほとんど土地を与えられず、三反以下の土地所有者、さらに全然土地をもたないという状態に残された。戦後の農地改革でも、三反以下の土地所有者は除外されたため、その影響はとんどないとさえ言える。民族の解放を自ら行うという歴史的役割を放棄した民族主義はこれほどに無力だったのだ。

それゆえ、一皮むけば、われわれの共同体意識というものは決して国民全体の自主的な意志と行動とによって決定されているものでなく、生活のもっとも近くにある家とか村落に表象される封建的な家父長制に身をまかせ、その延長線の上に、国家を意識する以外に手はなかつた。この権力と犠牲、圧迫と搾取という過去を背負つて出発したわれわれの内部世界は、人間を人間として尺度し、その価値を確立し、人間性尊重の領域を広める準備を、何ら持ちあわせていなかったといつても過言ではない。

勿論、新聞の記事による現実を、現実と呼ぶのではないし、また統計上の数字をもつてこれがわれわれの現実だとするのではない。もっと奥深く、種々の現象の背後に、マグロのように横たわり、根のように張りめぐらされている網脈の裏の方にあるもの。つまり、われわれ全部が全部に対して抱いている意識が共通であるべきもの、それこそ現実と呼ばれるものだ。カメラが被写体を撮るのではなく、カメラマンが、種々の素材の中から選択という行為を経て撮すそれが、一枚の写真の上に創造され把握され別の形で再現された現実だ。そうした現実を、われわれの内部世界に鮮明に映しだすだけの確かな眼が要求されなければならないのだ。

再び話を戻して、リチャード・ライトが、黒人問題に関して、理解ある白人たちの好意ある発言に感謝しながらも、なお局外者と当事者の問題だとしてゆずらなかつたという事実、こうした事例は日本の部落問題に関しては、まだ成立する段階にはないらしい。というよりも成立しえないらしい。何故なら、アメリカで行なわれるような社会的に表面だつた差別待遇や、差別意識は、日本においては現われていないからだ。たしかに、就職にしろ結婚問題にしろ、事実上の差別はあつても、面とむかつて部落民を攻撃することは一、二の例外事件を除いてはないのが現状だ。これは、人種問題と階級との間に横たわっている差から来るものかもしれない。だから誰にしろ意見が述べられれば、部落解放を称えないものはないし、アメリカのように秘密結社を作って堂々と黒人を排撃する団体もない。それだけに、よけい困難な、やり場のない苦しみが介在することになるのだ。しかもなお、局外者と当時者という関係が成立するのだから、事がむつかしくなってくる。

不幸にも、われわれ自身、局外者以上のどんなものでもないことは百も承知している。だから、部落問題のこの討論会でも、講師側の方からは、「具体的解決としてのもっとも確かなもっとも困難な、もっとも技術を要する答えとしては、部落民が部落民としての考えをまとめ、部落内の内部矛盾を統一し、それを正確に明瞭に前面に推しだす以外、何もない』という結論を、つまり明々白々な結論をしか言えなかったのだ。

たしかに、中国においては、日本の部落と同じ立場にある水上生活者に対して、今の施政者が、水上生活者の一部を、どんどん希望通りの近代産業の中に吸収し、教育して、その後また元の場所に帰して残りの水上生活者の指導と啓蒙にあたらせ、同時に近代産業を、水上生活者に与えるという積極的な政治、社会改造を行っているが、現在の日本の施政者は何も行っていない。軍人恩給にふりあてる予算があっても、こうした国内の階級問題にふりあてる予算がないという政治形態の下にあっては、自分たちの手で、その正当な権利をかち取る以外に手はないのだ。いかに部落問題に通暁し、解放委員会を組織しても、結局は局外者でしかないからだ。

けれども討論会に集まって来た人々は、ほとんどが部落の人々であった。熱心に食いさがったのも部落の人々であった。決して講師側ではなかった。ここに救いを感じとることができたし、また、この力を統合してゆくことによって、問題も容易になるのではないかという息吹きを感じる事ができた。

勿論部落解放委員の人たちといえども局外者という立場でしかないだろう。だが、この人たちの果している役割は一口では言えないほど大きなものだ。それだけに責任もまた大きいと言わなければならないのである。

どういうことかと言えば、部落問題研究所(部落及び部落問題研究という二冊の雑誌をだしている)所員のM氏が、一九五八年二月二十五日のA紙上で「日教組自身にしたところで、同和教育を『特別な環境における教育』と考え、現象的な類似性の故に、基地や在日朝鮮人の教育と並列的にとり扱う(教育研究大会第十三分科会の構成)ことに何の疑問をも感じていない」と述べて「同和教育とは日教組の幹部や大部分の教師が考えているように特殊な教育でもなければ、それ自体独自の方法論的な体系をもつものでもない。」と、現在の同和教育のあり方に疑問を提出している。そして更につづけて、「また一方的に押しつけられた道徳教育は、同和教育のねらいを形式的な徳目主義にすりかえようとしている。」として道徳教育に反対している。勿論、こうしたアカデミックな考え方に対して反対するものではないが、討論会の、発言者の一人が「だから、いま、種々物議をかもしている道徳教育の時間の特設を、極力望みたい。日教組あたりで反対しているが、とんでもない話だ。そして、そこで人間平等という事を、是非とも全国民に教えこんでやってもらいたいのだ。」と要求していた。

この発言者の言葉に全面的に賛成するのではないが、すでに現実において、部落民と部落問題研究所の間に、これだけの隔り、距離が存在しているのだ。こんな小さな(とも言えないが)ところから、解放委員の人たちは解決していかなければならないのだから、その他日常の生活の中においても、無数に、こうした問題が、出てくるだろう。

勿論部落民自身が指をくわえて他人の力を待っていては話にならないし、事実、全国の一部の部落では、積極的に解決にのり出し、成功している例もないでないが、それが全国的な力となって盛りあがるまでには、まだ数多くの陣痛に襲われるにちがいない。

さて、道徳教育賛成とする発言者の意見を正面だって取りあげるとしても、実際問題としてかなりの困難がある。つまり、われわれは、リンカーンを人間平等という見地からとりあげることができても、例えば松本治一郎氏をとりあげる事は、現在不可能に近い。人種問題を、黒人白人にしぼって論じることができても、発言者が満足するような形で部落問題を取りあげることは不可能だ。しかも、憲法第十四条「すべての国民は法の下に平等であって、人種、信条、性格、社会的身分又は内地により、政治的、経済的又は社会的関係において、差別されない」という権利については、耳にタコができるほど誰でもが認識している事実であり、しかもなお、理論と感情という二律背反が、歴史的社会的風習的な鉄の鎖の重い音を響かせ、消え去ることが困難なのだ。そこには、単に、局外者と当事者の問題だとは言い切れない微妙なものが介在しているのを、嫌というほど知らされるのである。そして、このように述べてきた今なお、われわれは、局外者、せめて局外者にもなれなかったという事実を、もう一度考えてみる必要がある。

3

なにも人種問題に限ったことではない。また階級問題に限ったことではない。現実を、われわれがどのように受けとり把握しているかという事は、日常生活意識の中で、その底を流れている底流が、どんなものであるかを見れば、容易にわかることだ。戒能通孝氏が朝日新聞紙上で発言していたように貧しい人たちの中に、かえって自民党支持者が多く、大衆の代弁者と自ら任じている社会党、共産党支持者の方が少ないという現実。また、地方での農民にとっては、政治とは、誰々が当選することだという線から出てはいないそうした政治意識。これらは一体何を物語るものか。そして栄養白書によれば四人に一人が栄養失調状態で、全国民の四分の一が慢性の飢餓状態で死んでいると言われている事実。こうした現実をうけとめるもっとも確かなものを持っているべきわれわれ詩人の問題にたちかえって話をすすめよう。詩の世界でも現実に対する局外者はいるものだ。おのれの生存のどの部分にかかわって詩をかいているか本人でも皆目見当がつかない詩人が、決して少なくはない。共同意識の欠除が生みだしたおのれたちのものでない詩。

…………

自殺しかけているひとを抱きとめるのは止せ
花のなかの少女たちよ
海辺をはなれて
落ちた恋びとの骨片を拾い
丘の上の墓地に埋めるがよい

（旅人の合唱）より

…………

これは、全部で百二十一行の詩のなかの五行である。ある年度の代表的な作品の一篇として選ばれているものだが、この五行でもって、全体百二十一行を論ずるに足る充分なものだ。

意味は読んだ通り、むつかしいメタフォアもアレゴリイもない。誰にもわかる。けれど「自殺」という恐るべき行為をしようとするひと（男でもなく奴でもない事に留意）を、抱きとめるのは止しなさい、という、この一行のなかの言葉の選び方、結び方にはつまり表現するために詩を作りあげたその現実把握には、詩を書く必然性、詩を詩として成立させるための内的要求が、あったとは、考えられない。何故「止して」恋びとの骨を拾わなければならないのか。自殺しようとする人を止めないことと丘の墓地に恋人の骨片を埋めることとは、どんな関係があり必然性があるのか。

しかも「花のなかの少女」「海辺」「落ちた恋人の骨片を拾い」「丘の上の墓地」というオセンチな女子学生でも発気がするような言葉を並べたこの詩人に、人間に対する焦点が詩人のどんな部分で結び合せられているのか理解に苦しむ。自殺しようとしている人も少女も恋人も、何ら生命が存在しているとは考えられぬ。切り紙細工だ。ぬり絵だ。受けとられている現実は何もありはしない。観念が先に肩代りし、観念が、この詩人に、決定的な色眼鏡をかけさせている。作者は詩という観念の上で安易に詩を造形させているのだ。と同時に、こうした詩を詩人が書いている限り、永久にわれわれは、愚かな局外者にさえもなれはしないのだ。

たとえこの五行の詩の背後に十万行の優れた詩を書いていようとそれを詐術であると見做されても仕方があるまい。いわば部落内のボスと同じ存在なのだ。他の誠実な詩人にとっても迷惑であり、読者にとっても迷惑なのだ。共同意識のない、つまり意識が孤立的なものになればなるほど、体験と内部世界がせばめられてゆき、選びだされる言葉はそうした共同意識の喪失によって概念的な、観念的なものに限られてしまうのだ。そして本質の所在を、詩自身が語らず、技術的な角度のみが、問題となって意識の表面に出てくる結果になる。われわれはこうした詩を信用する訳にはゆかないのだ。

言いかえれば、モラリテイが詩の中で造形されていないという事だ。といっても所謂人生派の詩を書けとか、社会的可能性を追求していく詩を書けとか、教訓詩を書けとか、抒情詩を書くなとか、いうのではない。どのような現実を、どのように詩人が受けとめたかということは、その詩人のモラルなのだから。勿論われわれは、そのモラルの質を充分に問題にする。これが詩人としての、存在理由にかかわるもっとも根元的な問題であるからだ。

詩人と読者の間の隔絶は、現代詩自身が、あまりに知的に構成されているからだとか、言語が日常国語と断絶しているからだとか、社会が複雑になるにつれて、複雑化してゆく人間の意識が詩を単一化することを阻んでいるとか、その他の意見に根ざしていると言われている。だが、そんな事とは無関係だ。読者がついてゆけない程の知的構成も、国語と断絶した言葉も、社会の複雑化も、ありはしない。それほど詩人というものはアタマの構造が微密なんだと思ったらとんでもない間違いだ。第一僭越でさえある。そんな意識で書かれている詩を読むよりは、島倉千代子氏の「東京だよおっかさん」の方が、よっぽどシニカルで面白い。それを見当はずれも甚だしく、シャンソンの領域の模索だ、詩の朗読会だ、放送詩（奇妙な詩もあったものだ）だ、ということで読者を釣りあげようったって、ダボハゼ一匹釣れるものではない。根本的なところが把握されていないのだ。こうした考え方にこそ、あやまったエリット意識が介在していることを物語るものだ。つまり精神的生産にたずさわる一介の労働者であるという意識が欠除しているということだ。欠除している限り、詩人が詩人であることを自ら放棄しているような結果になってもしかたがあるまい。

詩人の役割と呼ばれるものがあれば、それは、読者と一緒になって、直面しているものは何か、そこから何を把握し創りあげるかを考えて、もっとも正確に素早くそれを示していくそのことにあるのだ。その後に技術的な問題はでてくるべきなのである。

部落問題で、マイクに出た発言者で、冷静な口調で発言したのは、奇妙なことに中学生とか高校生であった。鋭い感受性を持つ年令で、しかも一番厳しい現実に直面していながら、一番静かに発言した。大人の連中は、激しい口調で部落解放委員に食ってかかり、京都市行政担当官に食ってかかり、大学教授に食ってかかり、日本人に食ってかかり、日本に食ってかかり、訴え、非難し、批判した。無理はない。彼等の前には十何百年の重たい甲羅の経た壁が突ったっているのだ。勿論、われわれの前にも。けれど、もっとも冷静におのれの受け取り直面している現実を把握し分析し組合わせ再組織していく正しい眼を持つ必要があるのは、この人たちなのだ。現象の背後にあるものをしかと捉えてのち、技術的に解決策を打ちだしていく必要があるだろう。

この必要の度合は、詩人にも言いうることだ。問題に対する公式的な結論や解決策ならお望みのまま出すことはできる。けれども、それは、決して真の解決にはならない。ふたたび問題は蒸しかえされるだけのことだ。

問題は、政治的、教育的、経済的解決というように、三つの答えを並べた後、なお、ほんとうの解決に導く端緒は、部落民の手にしかない、とNHKの討論会で、講師側が言わなければならなかったと同じように、われわれ詩人が必要とするのは、公式や観念の上に書かれる詩でなく、百万の方程式を書いたエッセイでなく、人気あつめの詩画展でもない。われわれ自身の手にゆだねられている、詩を作る上での人間としての現実意識だ。われわれは詩人である以前に人間である必要があるのだ。同じ帯によって結ばれている人間としての。生産的人間としての。優れた詩人は詩人である以上に人間でもあるのだからだ。私は何を言うべきであったか。局外者でない生き方について、私は言いたかった。

後記

従来われわれが考える努力を払うに足りないと思われた問題の一つには、現代詩の難解さ論議、そこから横辷りした、詩の大衆化の呼びかけ、俗流大衆路線のことがあった。けれども友人が、たとえばそんな問題についても真面目でかつ賢明な態度でもって意見を表明していたら敬意を表するのにやぶさかではない。「世代58」で広田国臣が、若い詩人の考え方というものがいかに賢明な常識を示すかを見せてくれた。それは大へん妥当な態度に貫かれている小エッセイだ。全くといってよいほど、それはわれわれの考えであることを、彼に伝えたい。私たちの以前からの意見は、難解というに足るような作品が現代詩にこれまであったかよ、というのであった。

そしてこのことに関連する私の意見は、現代詩が難解だというふうに詩人たちがインフェリオリテイ・コンプレックスめいた自己批判など行う原因は、戦後詩が、思考を強めることで現代詩たろうとしてきたことに対する、充分な認識が不足していることにもあるのじゃないかと思うし、詩における思考を強めてゆくことが今後もっともっと必要だと考える勇気がないからだ、ということである。感覚と感性の領域だけですべてを解決しようたって、無理だ。そういうことは、「詩と詩論」以後の仕事の中でも充分限界を明らかにしたものである。感性と感覚だけではもう詩人の態度というものが未来に対応することは不可能で、思考が両者を組織し、しかもその上で感性と感覚が騎手をのせて走る馬でなければなるまい。そして馬が、騎手との諒解のもとに、走る、ということの全き意味のために走っているのだとしたら、この運動の観念のうちに直覚から思考にいたる明快なバランスと統一をみつけ出すことができるというものである。だが、そんな全人格的詩の世界を示してくれた作品はまだない、幸か不幸か。けれども、少くとも私個人は、田村隆一の「三つの声」と鮎川信夫の「神の兵士」を、詩の思考に関して、注目すべき作品だとみている。読みどたえのある詩、というのは実に少い。うまい作品なら適当にあるが、本当の意味で難解な詩というのは、読む側がそれなりの努力を払って、始めていくらかお返しをしてくれる詩をいうのである。読みどたえとはそういうことだ。

いずれ、晦渋な作品、曖昧な作品の氾濫のなかで、もっと難解な作品が出てくるにちがいない。詩のイマジネイションは、そういう作品において生きのびてゆく。モダニズムがのこした空虚なイミジャリの概念などは早くこわれてしまう必要があるのだ。

（堀川）

●

午前十時。新橋の交叉点で、自衛隊の特車の群の行進で足をとめられる。同僚のAは「おッ、内乱かな」と皮肉な口ぶりでつぶやいたけれど、笑いごとじゃない。いずれ、わが国の右翼も政権をその掌中に握れるように、わが陸軍のヒゴのもとに成長するかも知れないじゃないか。

正午。比較的新しいニュースによれば、人民戦線より、ドゴール政権が樹立される可能性が強いと伝えられる。フランス人がどんな政府を選ぼうとわれわれの知ったことじゃあないが、ハンガリア事件のときにはあれだけの関心を示した、わが国のインテリゲンツア諸氏が、インドネシアの内乱にたいする米蘭の干渉、アルジェリアにおける仏軍の植民地戦争のやり方には何らの注意も示さないのはどういうわけか。われわれの政治的興味も、公的な憤りも、新聞の見出しの段数によってその質量は決められるのだろうか。

午後二時。テレビは相変らず第三回アジア競技大会の模様を伝えている。

午後三時。松竹で「静かなアメリカ人」をみる。映画が元来、思想や心理を語るにいかに適しないにしろ、ここまでくると、この作品そのものが現代の怪談というにふさわしい。それだけに面白かつた。

午後六時三十分。木曜例会、雑談が詩のことに及ぶが、すぐコトバの話になる。けつきよく日常生活で用いている言葉の用法で、文語がもつているコトバどおしの緊張した関係と美しさを作り出すにはどうしたらよいかそのときの話題の中心だつた。

零時三十分。オヤスミ、タアタ。（山田）

●

最近、復刊されるM文学誌の編集にタッチすることになつて、さる先輩に詩の原稿依頼に出掛けた所、氏はB商業誌に掲載するため一幕の戯曲を徹夜で執筆中であつた。そして、控えめではあるが、詩人たちが、散文を書くことの必要を説いていた。

詩人が散文を書くこと、或いは散文を常に一方において詩をつくる努力をすることが必要であり、その振幅の度合によって詩の魅力の一面が明瞭に理解されることがある。振幅といい、照応といい、変転といい、これらのものは創造的な仕事には欠くことの出来ない操作であり、詩が日常性の革命であるとすれば、それらは本質的メチエであり、いや本質そのものと云える。

一つのことをやるのは易しい。誠実であることは良いことだ。しかし一つのことに固執して集中し、誠実であることを作品にまで、その形を入りこませているとすれば間違いだ。詩はあくまで表現されるものであるから、猛烈な恋愛の最中には詩などおそらく出来まい。恋愛から結婚に持つてゆくことは、或る拍子に技術が必要とされるのだろうが、恋愛に打ち込むことによる成果が子供が生れたというのではさらに話にならない。

詩とは、打ち合うことと、選ぶ方法と、いいかえれば、自由と責任の緊密な化合物であり、そこでは倫理が高度なかつたつさを持たねばならない。（江森）

●

雨が少なく、東京もヨオロッパ並に乾いているらしい。梅雨どきの、湿気と高温に悩まされるのも、都会の人間にはあまり有難くはないが、雨が全く降らないのも気色が悪いものだ。

さいきん、江森は公私ともに多忙を極め、その間の事情は本後記に述懐のとおり。松井は大学卒業、遊々自適の生活を送つているが、求職中。斗酒詩百篇を誇る水橋晋は現在石酒辞せずの境地に到達しつつあり。ただし、本号における彼のエッセエは、近来の好読物であろうか。なお山口洋子、日比らはますます若く、その他はますます老ゆらし。島田は鋭意オーデン詩の飜訳に没頭し、すべて行い「吉」と出るも、惜むらくは、ただ療養中の早崎レイコさんの全快を祈るのみ。（X）

氾
15
poem & essay ■ poetry magazine for you ■ HAN

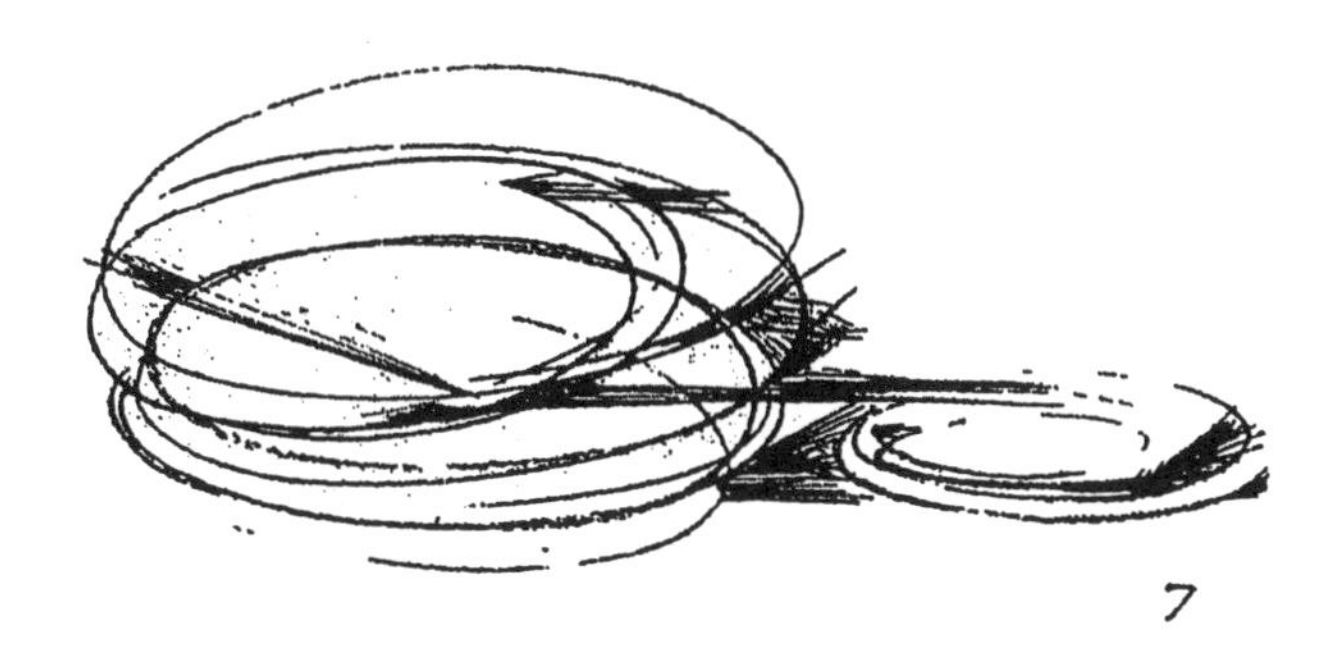

氾

第15号 1959

表紙・早崎レイコ　目次カット・松浦敏夫

水

伊藤聚

気をつけていないとこの始末だ。
緩やかに戻つてきた水のサンドバッグが
前額部を破壊する。
まぶたにかかる骨片を払いのけ立ち上り
眼のはしで見つめる。
そして蹴上げる。
奴らのゴム栓が抜けとび漏水。
水のむこうがわでたてなおし
そこで奴ら戦車で来る。

皮膚をむけ。紐につないで舗道を横切ろう。
街中で待伏せ。
肋骨をつみかさねる。
あみにかかつて方向を失くす戦車。
殴る。
潰してやれ。
蓋を砕かれて縮む戦車。
すると流失する水。多量。

洪水の底で自分の目まいのねじを拾う。
儲け。
だが死んだつて思い出せ。
咽喉にだぶだぶ不平を転がし
パンチのあいだを粘ばつかせる水漬け。
横隔膜をだめにした水の皺ども。
奴ら漂う穀物倉庫の換気筒に坐つてる。
首にタオル巻きつけている。
果物なんかにかわりたがつている。
脚の先の方は溶解したままだ。
いんちきな晴天

でないなら奴らをきちんと干しあげはしない。

藻にからまれたバリケードから
外へダイヴィング。
水面にリボン残してうきつしずみつ
食用の少女たちこなされつづける。
膝をとろうと打ちかかる水の繊毛に
噛みくだかれて
消化か。
奴らシーツひろげてる屋根の下。
筋肉をすべて丸めこみ
鋳物のシリンダーヘッドかぶつて
登れ。水の倉庫。
くちぶえふく湧水口。

切り裂くてだつてあるのだ。
奴らの中枢に座れてしまつてね。
奴らを呼吸してやらない方法だつて。

軽い男

長いであろう会話
降りだした雨のなかで混雑する。
窓の下の闇を両手で渫う。
何かかかつてきそうな夜の潮時に。

濡れてはよくない。入りなさい。
水滴を巻きつけた女たち二人現れる。まぎれこんだ霧
　は追い帰そう。ガスバーナー全開。
すると女たち喋り始める。
質問。この部屋はなぜ六角形ですか。
街角の直角の壁に誰もがぶつかる。
巾広い擦過傷つけてひりひりする。
それは危険だ。だから角を切落したのさ。

彼はこの部屋の説明を好む。
なぜ壁は皮膚の色なのですか。
温いと思われるから。
なぜカーテンはこんなに厚地なのですか。
気分です。朝開く時のあの輝きがほしい。
大きいベッドは？
海のように転がる。いいと思わない？

よく尋ねる女たちは彼を充実させる。
彼はそれらを床を這う鎖に変えたがる。
女たちは眠いのに笑つている。
朝です。すつかり乾いている。

始発電車。
今日も逆立ちか。逆立ちした男
階段をおりてきて覗き込む。
彼はベッドから両掌を先に降りたち
逆立ち歩きしてカーテンを開く。
昨夜はひどい雨だつた。

おれは変つたことはない。
急行電車がラッシュにはいる。
踏切いつぱいの足音
跨線橋に詰まつている足音。
彼の踵はこのごろ重さを増しはじめ
しだいに地面に向かつて降つていく。

馬の購入

押せば開く扉を通り
誕生日のぼんやりした気分で出て行く。
垂れ下がつた舌くらいしか残つていない。
だが馬を購入するためには急ぐことはない。
だれも買わずにはいられない。
老朽しやすく骨折の癖はわかつてるので。

今朝宙づりのまま見棄てられた黒い馬が
窓につきあたり
暖炉の中にはくすぶりはじめた奴を見出す。
かれらの頬骨は黄だん色になつている。
隠蔽のために道路公団の応急車が来る。
石灰をふりかける。
流木のよせ集まつたような馬
チーズの馬の
固いベッドで一週間ほどずつ眠つてきた。

湿つた藁の常設の馬市。
新らしい塗装の馬。
今朝は仕入れだ。規則どおりに歩いて行く。
すりへつた歩道の石に
軟組織が漂着している。子供たち
片膝ついていじつている。
横断歩道。白い柵。
買入れの価格について
不況じみたきざしを拾うものはいない。
早く馬を見たい人・近道！

　だがゆつくり歩いて行く。
首筋で見分けろ。たてがみを吟味せよ。
乗りつぶすことしかしらない男が
厩舎のしたにうづくまる。
流行の縞。眼付きを選べ。
選ぶことだけが仕事。
治癒する舌をもつ馬などがいるわけがない。
洗馬場をくぐつて行く。
連れて帰る。ロープにつないで。
そうしてどうする？
部屋の隙間を塞いでおく。
先週の奴のように
時期を見計らつてくたばつてくれ。

支払つた。
曇り空よりはいくらか小さい
革色の馬市の大天幕が呼気で膨らんでいる。
死骸を戸棚につつこんで来たものたちと
おれたち朝の挨拶をする。

若い思想

三木　卓

或る朝　目覚めたままで
ぼくは　列をつくつている人たちの群が
静かに進むのをあざやかに見ることができた
寝床のうちがわは　けだるい
寝汗でいつぱい　ぼくは
病気の馬のように手足をそろえ
さびしい声を上げてうなされていた
こんなとき
テレビジョンは生々しい刺戟　下宿の
おばさんから　悪法の運命について

寝ぼけた耳で聞くのは快い理解の仕方
一頭立ての馬車（ハンサム）とタキシード
イギリス貴族作家と決斗した夢はけとばし
壁に掛けられた
学生服とクレーの模写を眺め
今日の仕事のことを考える…
ずつとふかあい底のほうに
ななめにはりついている　ほんとうの朝
いまは霧にくるまつて冷たい汗をかいている朝
その朝に行つて住みたい
ぼくたちの　ささやかなのぞみが
ぼくを仕事へ向ける力だ
そうだあ　ぼくたちは馬じやあない
ぼくたちは馬丁でも主人でもない
斧を恐れない若い森　勝手にうごきまわる
若いベーナムの森であるんだと
目覚めたままで知ることが出来た
寝床のうちがわは　寝汗でいつぱい
身体のうちがわは　なかなか

まるい味に熟すことができない
ぴちんぴちんにとがつている若い思想でいつぱい
若い思想は　ヘアネットのように粗くて
なんでもこぼしてしまいやすい
こぼれたミルクに泣いても無益だが
若い思想は　これから成長する
体温のある海綿　ひろがつたり
ちぢんだりする組織体
ほらごらんよ　ぼくのオルガニズムは
ことばを要求している　だれにでも
つたわることば　熱いからだから
冷たいからだに移つて行くことば
静かな行進　激しい会議
ぐつたりする労働　冷たい研究室
どこでも通じる新らしいことば
朝をぼくたちがつかまえるために
一緒に仕事する同志が　わかりあう
米の御飯のようなことば　さんまのひらき
ぬかづけの味のように知つてしまう
難かしくやさしいふしぎな暗号…

起き上がるぼく　すると
静かな行進はいなくなる　下宿のおばさんも
下宿代の催促でこわくなる
だが　うろたえてはいけない
日常に堪えられない思想はだめである
起き上がつてからも
行進の足音　男達の叫び声
わだちのきしり　馬のいななきを
はつきりと聞きつづけるためにも
下宿のおばさんをいいかげんにあしらつてはいけない
斗いについては　しなやかで　やさしく語り
しあわせについては　不器用に言うためにも
まぎれもない　この朝を大切にしよう
そしておばさんにも言おう
「時代のせいばかりにはしません
出来るだけ早くはらいます」

海の上で土の上で

打越美知

俺はいまたつた一回きりの仕事に取掛かる
たつた一回きりの仕事に
仕損じたら……

＜かならず海をすすつているはずだ
この眼で　入るのを見たんだから＞
俺に借してくれないか
この腕に　あふれている
愛せるつてことの
とほうもない　ぬけぬけとしたもの
俺が得をして
お前も得をする

それを俺に預けてくれないか
愛せるつてことの　とほうもない
ぬけぬけとしたものを抱え
河を下つてゆく
満ちてくる潮の深い海に出て
俺はすつぽりと
それをはずすだろう

ひとりでは重すぎる血と
ひとりでは
もえにくい血と　海の上で鎖につながる
ずるずると引つぱりあう
俺が得をして
お前も得をして
ふたりで海を　すするだろう

俺が損をして
お前が得をして

そのままになつてゆく
愛しあつていたのにゆつくりと
お茶も呑まないで
電車にも乗らないで　むきになつて
帰つてゆくが
まつすぐ自分の家へ帰りたくない
躓ずいたりして
損だらけの路だ

愛しあつていたのに何んだつて
あたらないのだろう
愛しあつていたのだから　ぬけぬけと
銃をかついで森に入ればよかつたのだ
猟人ののぞかせる残忍な掌で
つらぬいてやればよかつたのだ
森から森へ　お前をしよつ引いて
俺の血のなかに沈めちややあ　よかつたのだ

俺が損をして
お前が得をして
そのままになつてゆく
こころの同じところを一緒に使わなかつたからか
死んでゆく時のようにありつたけの臭味を
吐き出さなかつたからか
＜愛しあつていたのだから
　黒い血をしたたらせ
　むきになつてベッドを探しやあ
　よかつたのだ＞

土の上にじかに寝る
土は残酷だから濡らしてゆく
土の上で愛せる
つてことは何んだつたのだろう
俺が損をして
お前が得をして
そのままになつてゆく

默示録

小長谷清実

五百羅漢がずらりと並び
大理石のテーブルの上 とさかのない鶏どもを叩き殺
 した。
そのあと都会のような沈黙のなかを
松風は鳴り とおくとおく
お茶を積んだ輸出船の汽笛が鳴つた。
せきが くしやみが
泡のようにはじけ そのなかから
唾液だらけのわれわれが

良き訓を身につけて這いでてきた
五百羅漢の五百の笑いをそのうえにあびながら。
そして とさかのないわれわれは
アルコールづけのあいまいな色したとさかを
頭にのせ
ただちにしくじり あきらめて
残つたアルコールで酔つぱらい ちどりあしでここま
 できた。けれど
水の上にそびえる文明とは
没落した竜宮城のなれのはてだ。亀が
ひとでが
新聞の活字の上を這い 丘のおれんじの性的な匂いは
一秒ごとのキスと共に永劫のものとなり あくる朝は
薬品をあびて枯れはてている。
たどりついたわれわれが
樹下に聖者のようにまどろむ夜は
星は流れ
はじかれた算盤珠のように次ぎつぎと落ちていく

鈍くひかつて仏陀の　てのひらの上へか
それとも　株式取引所へか？
それに応える口をわれわれは持たずただうろたえて
実験室をもるもつとみたいにかけずりまわる。
おお　硫酸液に愛する女と身を投げた心のやさしい弟
　の死はどこだ。
死せる五百羅漢の
五百の笑いはそのとき研究所をガタガタとゆすぶる。
　ガタガタと。

あたり一面にしげる夏草は
スサノオの顔にもしげり　酔つぱらつた翼あるけもの
　が
かれの顔から飛びたつていくとき
一番かなしげな顔は
八個のかめのなかにかくれている八個の顔だ。
黄泉の国へ流れるというこの川は
また都市の下水につながり

箸も櫛も鼠の死骸も手に手をとつて
流れつくところは
衛兵のたつ冥府の門でなく
不満が渦巻くわれわれの腹のなかである。
そこに消えた
家畜も姫も
ともにわれわれの親しい仲間
百年前のクリスマスの夜
キャバレーをわたり歩いた愉快な仲間
よう　兄弟　きいてくれ
あの日エレベーターが下までおちギタアの巧みな弟は
　死んだよ。
あくる朝は葬式で　小鳥たちも空を飛び交い
平和だつたよ。僧侶の読経は重々しく
胸にしみたよ　でも
飢えた乞食の腹にはしみただろうな。
そうして今日は
あまりにもむし暑く　政治家も

ヤマタノオロチも
汗をながしているではないか！
神話と歴史が混じつている白い卵は
工場にぎつしりの時限爆弾よりも更に危険だろう
やほよろずの神々がびつしりひしめき　その頭上に
まばゆい虹がかかるときには。
だが　この夏も
その他の夏も　溶けかかつた岩のうえで
まさに死すべきものを声にたくして突き離し
ないている一匹の牡牛を
どうしてわれわれの顔につきつけるのだ。
恋人と食べたレストランのビフテキにも
夏の匂いが
いま背骨をつきはなそうとする冷酷な牡牛の呻きが
恋人のかみよりきつく匂つたではないか。

抽象の城がもしあるならば
そこをとりまく城壁は何でつくられてるか教えてくれ。

沼から
首のうえを突きだして
必死になつて叫んでいる無口な画家が
われわれのたつたひとりの父だつた——
それならば　乳房の谷で
石をくだきつづける無名の男は百人の兄なのか。
パン屑を求めた恋人たちがいちにちの憤怒を革のうえ
で
だまし慰さめたとき
思いだしてもわるくないにがい笑いは
わた菓子に足をとられて窒息しちやつた
革命家志望の弟のこと。
かれは豚を愛していた。その祖父よりも誰よりも。
そして生き残つたのは
劫をへた悪魔よりも老獪な赤ん坊だけです。
泡だつ花々のうねりのなかで
はじめてかれが発した
ちいさな叫びは

いかなる呪文よりも難解で
無意味か。この子に希望をかけた
やさしい母よ　かれの尻をぴしやぴしや叩け。
そうして　今は四月
試験にまた落第して帰つていく土曜日の午後
あかるい東京駅の雑踏のなかで
死別した一族となごやかに再会する。そこで
われわれは微笑みあう
ほほがそのため突つぱつてきても　決してその微笑みを
　やめることができないまま。

誰もいない野球場に
こがらしが吹いていても寒いわけがない。
何も信じない心の広場には
不幸な仔鳥も降りてくるものか。
われわれが信じたものは
愛したものだ。
透きとおつたひとつの声しか発しはしない

腹話術師も真似できないありきたりの声しか。
都会のラジオが
断崖をゆさぶるほどわめいても　新聞が
どんな噂を吊るしあげても
契約は破られたりはしないものだ。敵は誰で
味方は一体どこだ？　誠実な欲望にも告白のチャンス
　を与えろ。
冷たく酔つぱらつたほほえみでは
どんな些細なことも
締め殺すことはできなかつた　と。
どんな誤解も海よりは
その生命が長くつづくだろう。
硫黄がもえ　花火工場が火事の夜
われわれの愛の行為をあざわらい
姉の子宮で笑い死んだ弟の死体を食卓にのせよ！　ナ
　イフとフォーク
われわれに必要なものはそれだけじやあない。

気で病むな

水橋　晋

たれさがつて暮していたらしい
ひと雨ふるごとに
あたたかいめまいをくりかえしながら
ほんとにめざめはじめる
と考えていたが
そんなひきようなめには
あいたくないものだ

目に見えないほどのひずみが内側におこる
そして夜が裂けた
目に見えないだけに
それほどちいさくはないひずみのために
とりわけ
やさしさのために泣かないでおくれ
これからも

温度に関係なく
めきめきとなまぐさくなりたくなつた
じゆうぶんに置きざりにされるためには
じゆうぶんにいたわりぶかい必要があるのだから
いままで
それほど素直ではなかつたのではないか
気圧の谷のあいだで

ながい時間をつむぎながら
ながく待たねばならない
ひかりのなかで
影をもつむがねばならぬ
わるいおとこにちがいない
氷の極のましたで
さかさに吊りさげられて
そして
めざめることがある
もつとたつぷりしたぶとんをかけて
おうような気持でねむりたい
そのうち
はだかになつて
はずかしくされてしまう夢でも
見るのではないか

と　つとめ人ならだれでも考えることだ
ひとりで
かつてに汗ばめるものではないし
ほほえみを絶やさないやりかたもある
だが　いまは
裂けた夜の傷口を
やさしくねぶる舌を信用しよう
骨のずいまでねぶりとる
正確な残酷さをほめてやりたい
がらあきの夜でないことが
たまらなくざんねんだ

どんな地点で　いま
まいごになつているのか
考えてみると花ばなのようにきりがない

熱れないまま風はふいて
しきりとみしらない土地になつていく
おのれを
かぎりなくそまつに扱つて
すりへらして
すつきりしてみたい気持でいつぱいだ
そして
あ
おおくのねむりをかきみだす
いきいきとした傷口の輪郭を
指でなぞらえて
なぞらえてもう一度
しつかりと記憶しておきたいのです
たくさんの涙をぬぐいとるナプキンは
手のなかで

ひどくよごれるだろう
さけられない病気につかまえられて
ふきのぼつてくる熱は
おそろしく冷たいものであるだろう
だが温度に関係なく
夜は
やぶれこんで
うすもも色の布の帆となつて
のうずいのひだのあいだに
ぐらりとかたむいて
そして遠くなるのが
とめどなく見えた

男に

山口洋子

わたしはもう賭けをしない
わたしのひそかなこのくちびるの下で
いじらしく夜を待つているのは
ヴェールをぬいだ恥辱だけ
海に雪がふりだす
雪は燃えている
雪のなかを繃帯ぐるみのひとが
マンドリンを弾いている
やがて夜が来るだろう
あなたが旅へいつてしまつたので
わたしは泡だけになつてしまつた
あそこなんて焼いてしまつた
あなたはスペインで
みだらな黒い牛を殺すだろう
その血のついた巨きい角で
わたしの魂を殺すだろう

よろこびは
霊柩車のごうかな飾窓に凍りついて
いつでも通りすぎる
なんてつれないのだ
メキシコの夏は
ただれたわたしの片耳だけもいで
海底へ逃げていつてしまつた
葡萄畑はくされ
いまはすつかりかわいている
陽は街をながれても

古い時代の物語のなかへ

島田忠光

疲れた船が白い航跡をたぐりよせ
シーツの港で休むとき
おれたちの一日も終りに近い。
三〇%の緑の陸地と海とどつちがどうだ?
わめきたてるのはおれだけか?
借りたハリはどこにもないのだ。

約束は最初から間違つていた
と君は云いたいだろう。
ミルク状の夜明けは結局誰のものでもなかつたのか?
あくびをして
卓上カレンダーをめくり
指先で今日の予定をさぐつても無駄だ。
君のねがいは電離層ではねかえる
電波ほどにも正確じやない。

亀も羊も勝負に敗けた鳥たちも
もうなにも云うな。
遠い空がひるがえり
おれたちに呼びかけるとき
釣り落した魚は大きかつた。
一日の時間を両手をつかつてかぞえあげ
みじめな煙を指の間にすべらせた日は
とりかえしがつかない。

君の眼の魚が　すばやく正確な楕円をえがいても
君は公園の魔法の家の床ほどにも
君自身を信じなかつた。
籠の舟にのり磁気嵐のすきまから
きりたつ海の裂目をとおり
君は海底から千の言訳をもつて帰つてきた。
睡りの底の愛しいもののために──

たしかに約束の一日は終つた。
月の軌道を計算しそこなつた科学者は
ただ睡るだけだ。
一年を賭けた一日の終り
（嘘ばつかりの一年は無駄にしてもおしくない）
だが一粒の夢も食べつくし
睡りの底におりていく愛しいもののことはどうだ？

──化石の都市も生きている石像も
掌のなかで動くおまえよりは信じられる。
蒼く重い銃声の世界では
おまえはきらめくヒドン・ピーク。
あざやかに鏡の空が反転し
仲間たちを刈りとつたすばやい一撃が
もう一度くりかえされるつかの間
宇宙線とスペクトルの退屈な会議からかすめとつた
　い眠りのとき
夢のザイルをしごいて
おまえの純白のルンゼを登りつめた一日は一年だ──
眼鏡をはずし　手さぐりで
夢を一定の法則で縛るのはやめたまえ。
細長い緑の光　コールダーホール型の夢の受信機から

誰にもわからない宇宙をつくりだし
胸をはずませていた幼い時代はとつくに過ぎた。
君も　愛しい君の恋人も
獣たちの水浴びする小さな湖水にたどりつくまでには
まだ　幾日もブラウン管の微波をかきわけて
幾尋もの深さをさがさなくてはならないだろう。
真白い裸の腕をくみあわせ
磁気でふるえる君たちの
「ザルツブルグの塩の結晶」のために――

昨日も今日も　たつた今でさえ
カバンを持ちネクタイのなかで
おれたちは柔かい睡りのなかを歩いている。
二本の指で耳朶にやさしい愛撫をくりかえす
未来は昨日の夜明けのように透明だ。

若い鳥たちの明日はいつも今日。
その今日の終り
きみと二人で釣りあげた美事な海。
濡れた鋪道に無数の影をまきちらし
船も兵士も家に帰る。
すべてが終りそこから又　一日が始まる街のなかへ。
海も夜明けも信ずるにたりない
少年たちは口笛を吹き　影をけちらして港に帰る
鏡の空からおりてくる星の光を拾い集めながら。
千の言訳も　たつた一つの釣りバリととりかえること
　の出来なかつた一日
おれたちは帰る　古い時代の物語のなかへ。
とりもどせなかつた　たつた一言の言訳のなかへ。
釣り落した魚は大きかつた！

愛の生活

江森国友

村では一年ひとつの死も送りださなかつた
家庭では若く愛し合つている夫婦と
ぴつしりつまつたクリームの箱のなかには
誕生日を迎えたばかりの息子が動いている

年のはじめの大雪の夜は
家族はやさしく睡りあつた

この村にやつてきた朝も　光りが溢れて
鹿や小鳥たちも
光りのなかで　ふたりの胸にとどく挨拶をしてくれた
　から
夢の樹は秘密のない窓から
古い書物とあたらしい欲望と
洗濯したての下着と愛の生活について

夜には空いつぱい枝をひろげることだつた
村では一年一人の死者もださなかつたが
ヴェランダは涸れた河床のようにつめたく
洗濯物のほされなくなつた家庭も三つあつた
愛しあつている若い夫婦は
愛の生活の死にたいして　いたわりあいながらたたか
　つた　注意ぶかく考えながら
水がどれほどの落差をもつて
若く愛しあつている夫婦の血管に注ぎこんでいるか
敏感な神経とやわらかい筋肉が
ひとすじに結ばれているか

一年　愛した日々は　日々を増した
男は睡つている妻と息子のために　明日のよろこびを
　うたつた
雨が素足でこの村をよみがえらせた朝
女は夫をあたたかくめざめさせるために
口にやすみなくお湯をふくませてあげた

太平洋

堀川正美

■

冒険家が死のなかへはいりこんだ玄関で
シャンデリアがくだける。
風の中心から顎をつきだして
木登り魚がきよろきよろこちらを見わたしている。
きりたつた岩でできた海峡のなかには
どんな感情を注いでいつぱいにしようか。
遭難機の恋人たちがびしよぬれでよこたわるタイルの
ふちから

なおも風は降りそそぐ。放射能の床へ。
かえろう、母よ。
あなたもここでは頂きからとけてしまう。
氷のように薄くなり
ヤドカリがカリカリすがりつく。

ぎつしりならぶ書物のむこうへ
かたむきながら船は
竜巻からコンプレックスをばらばらにしてぬけだす。
あすはまつくらあさつてのほうへ。
やがてイルカの声があつまるとき
海面のへりにうつすらとたまつた血は、あなたよりも
はげしい白熱のようにしずかに、咲きだす。

■■

コイルから出てくるかくじつなまいにち

それが幸福なのかどうかあえて知ることもない。
とびちる海草もなければ純白な自我の
ぐらぐらゆでられている卵もない。スイッチなしの瞬
　間の
きみの涙のうるわしさもなくなつたら、スイッチばか
　りの
ビルディングの観念しかない。
つかのまのうちに全貌をみつめていた。
そこで一生かわらない自分自身のヴィジョンに出あう。
ののしられるような決心も簡単なんだ。
つまりは不幸さ。先祖代々の国だからな。

大脳はやがて終り、小脳がまだ続くだろう。
指がつかみあつて映える都市のまわり
録音テープがちぎれとんでから
きれめのない痰がいつまでも降りつづいていた。
＜いのちある限り部屋に立て！＞　夜どおし
外でだれか叫んでいたが

運命のよびごえひとつ聞こえないのに
いたるところ衝突があつて友人は倒れ
宣言が国家も明日は空しいと繰り返してばかりいる。
理性のゆくえをみとどけるために
ベッドやベンチがあつた。

不安はいつも深みにあつて
印刷でザラザラな舌が
イトマキエイをあつというまにはねあげのみこんでた
　ちあがる。
乳白色の雲が消えると水はなくなり
危険！　高度の中性子の流れ。5・4・3・1・6・4
　5……
会社からきたオデッセイたち。
軍隊が今日完成した
極楽きつての住宅へようこそ。
環礁をまわつて。オフ・リミットの回廊をまわつて。

なつかしい真空が力をつかまえた。
鯤の胃ぶくろにたれているひだのあいだ。
たばになつてヒューズがふつとぶ！ 逆巻く水のうえ
顔面をうちくだかれたまま
死のような青空がわれわれをつれていつた……
針が文字盤上に眠るころ。
高速輪転機がはれつする音も
鯨の胎児にはとどかなくなる。
羊皮紙はゆつくりふるびる。
しぶきはいつまでも空にある。

青年たち。王者の子孫ではない。
何千年の民でしかなかつた漁夫たち

■

きみらは松だ。きみらがならぶ甲板は
きみらの手相だ。
秒読みが始つたら閃光よけの眼鏡をくれ。
この光が出発ならば旅へ
誘つてくれ。つれてつてくれ。家族みんなが
世界の盤面にたたずんでいる。
＜ここはぴんの入口なんだ＞
みかわす顔はさざ波のようだ。

すぎゆく入江のほとり
水のカーテンは無線機にとりかこまれて
そこかしこから血まみれの刺客たちがころがり出てきた。
＜開けろ！ 閉めろ！ なにもかもこのまま密封をまぬがれないとしたら、はやく去れ。
帰れ！ 無智なるものこそ科学だと告げてくれ＞
発射台で使徒のようにミサイルが処刑され
コミュニケが世界をのろのろはいまわるとき

スミイカは赤外線をたよりに逃げる。
そのやさしい管
夜の太平洋がかすかに鳴つている。

■

タラバガニがビンロウ樹を捧げもつ方形の墓
マゼランの涙のようなエメラルドも溶ける。
すぎゆく台風はだまつて死ね。
何ものも昨日にこたえることはできまい？
数えきれない記号変化と高熱のあとの太陽が
〈鉛へ退避する人びとに。シャツを吐こう〉
〈睡眠は航海術だ〉
おぼえあるかぎりの愛といわれているもの
いまは民族たち、われわれの最後の生活がこれだ。

そして声はゆつくり咽喉へかえる。
〈究極の勝利はどこにあろうと、引きついでゆく努力
　がすべてではない〉
〈羅針盤ヲ見ヨ〉
〈羅針盤ヲ見ヨ〉
〈滅亡を警告されたわれわれに、これら絶望のほかに
　希望といえるものはない〉
〈ブラウン管ヲ見ヨ〉
〈ブラウン管ヲ見ヨ〉

土の声はふかく……

小林哲夫

廃墟のにわに
くさが芽生え あるあさ
雀たちがきて囀きをかわしたのだ
ふかいそらと ひかる土を
ふたたびながれはじめた あの生命たちの声
夏にはあかまんまの
こまかい緋のはなびらが
石のくぼみにもこぼれちつた
ぼくらは帰つてきた
とおい日 これら黄色い皮膚の
なつかしい仲間たちのために
はじめて国造りを始めた始祖たちと
おなじ つよい槌の音を
ひとつひとつ埋められていく川にひびかせながら
道は固いアスファルトで覆つた
それをかこつて 土地には
新しい軒々やテレビ塔をならべた
鳥とけものとぼくらの声を
最も新しい時刻のなかで
結ぶために……でも
ぼくらは いま問わなければならぬ

それぞれが自分自身に　唇を
閉ざして街角を曲る男
背をこごめて橋のふちを歩いてくる
淋しい痩せ犬　〈お前もなのだが〉
ちいさい掌のもつ　非常に
あつい愛撫も　千の委員会が
確認した決議事項も　ぼくらの胸を　いま
充たし得ないのがなぜなのかを　その理由を
知つているものがあるとすれば　それは
ぼくらだけだ　波紋のように
数えきれない事件の周辺から
ぼくらの意識へふるえつたわつてくる
このつめたい鼓動が何であるのかも……

風はながれてくる　いま
東からゆつくりと北へまわつて
ぼくらの街へ向つて吹きつけてくる　おお
ぼくらの内部ふかく　なにかを
つねに　いたませてやまない血の流れの果て
明けそめてくる朝のなかで
微笑がすべての生きものの胸にきざまれるまで
ぼくらは　ときあかさねばならない　いくえもの思惟
を
なおもたねばならないのか？　あの素ぼくな風景の
なかで
槌を握つたことの　本当の意味について　そのとき
存在の
おくふかく　ぼくらの内部を木霊していつた
「声」の実体について　果てしない
生命のひだまりの　非常な　はかなさなどについても

詩二篇

南へゆく

山田正弘

逃がれきた水路さらば。
欲望のゆるやかさの中心から暴風の高みへ
どうやつて達したか知りはしない、
だれも。
感情のたえがたい短かさに沿つて、さ。
すさんだ空にあすはちいさくあろう。
肉いろのスープのうちをボートはただよいゆき、
むきだしの傷ぐち、肉をあらつて雨はすぎた、
きみがだれであろうとも。
のどまで血でいつぱいの鳥
のために身を投げたものこそさいわいだつた。
さらば幾年月、わが空想の土地。
愛おしさ、その疑いのまなざし。

招かれた食卓のうえのたくさんのたべもの。
わ、鉄床に蒼い空はゆっくりとふきあがりこぼれたと
き、
皿には海、揺られ涯なし。鋭い刃にからんだ草はまつた
く青し。
スプーンには疣、あついミルクは活字混じりだ。
めしほしければそのように振舞うべきか。
たべられませんやさしいおかた、
ごきげんよう、寡婦だけ。赤い繻子よ。
濃い波はつづき、物音はつづき
なにかが耳のあたりで泣きつづける。
雪はあくまでしろく籠のなかの赤ん坊はまつたくうるさ
い。
しめ殺してしまえ、
過去の一瞬が現在とうまくみわけられないなら。
心のそこから思つていた、やれるならば。
あ、きみにとつて革命も雛のごときものだ。
逃がれきた水路さらば、ふたたび迷路はちかづいた。

抒情的現実

冬のおわる時は冬のはじまるとき。
きみは出会う。
力つきた涙のはし
旋律よりもちいさな声のずつとした、
きみを充たすにたりる雪にやかれながら
眠る生娘の肉のしなやかさのうちに。
来い、熱つさにくずされた泥
よりはるかな昼の洪水にくわえられる
よりはるかな緑の一撃に達せられる。
それは
おろかさに吹かれた枯れる斧
きみの内部にかえるさいごのやさしさだ。
老いゆく光、すぎゆく時のうちの。

絶望とよばれるあるものは力となるかならぬか。
もう思うな。
きみがでてゆきもどる森はない
赤土から奔ばしる朝焼けをうける

温かいうでも、髪も
水になびく
葉のいちまいのかるさにしたがう。
それが目覚めるひとの想像力をたわめるときには。
よい古さについて思うな、
きみは、行為の。

　　春が嵌める泉のしろい爪
　幸福な成熟
ゆるむ網は思い出を汲み、
　裸の塩水はとりかこむ
　　おんなたちのあすの釉。
きみもしあわせ？
　　しかしひとびとは陽なたへでてゆくのが好きだ。
ん、あいしあうふたりで。

夕方は当惑にすぎない。
熟れた枝からしたたる嵐のみおもう、
最初の腐敗をかすめる雨を
新しさをさかのぼる森とよぶのは
ゆきあたりばつたりに悲しむものをおもうにおなじ
きみのゆくところでも、人間でもない。

ポール・エリュアールに

リユシャン・シユレル

だからすべてはやさしくなつた。

喜びよ 光に注意ぶかく
充たされしものよ
微笑みのききめよ

しかし とけぬ雪の朝よ
おきざりの
朝よ
見せかけでしか動かなくなつた
おまえの意志からは突然無力になつた
おまえの手の つばさよ
だが おまえは私からはなれなかつた。

小石のような時間の上で
神や太陽を云うように
未来のことを云いつづけて
おまえは熱つぽさをいつぱいにした
不在を否認した。

子供のとんぼが
大胆さをためしたり
あざみが丘に
花咲かせたのは
昨日のことだ
おまえはそれを書かなかつた

われらの左に
拒絶する門
おそれの松明
この新しい血の色の壁
おまえの顔を思い出す曲り角にある
人気ない 遠い町。

ヴイレット街の一角で
断罪された樹々は
おまえの額にまでつゞく
柵の間にある
不平やざわめきの
煤のくずを 風に巻きあげる
その半日を傷つける岬
抑えきれぬ叫びが沢山おこつてくる。

おまえの視線はまぼろしを一掃する

私が行くことを
すべてのことが私に云う

デスゥ・デ・ベルジェ通りで グルニェ通りで
とらえられた苦悶 水 強迫された夢
いな私はシャペル通りをもう歩かない
オルドネ通りを廻らない
おまえは私から離れない われらは隅から隅を歩く

ふだんの仕事のようにささやかずに!

おまえの厳しさのポプラ
空地 おまえの安らかさ
十一月の葉たち
眠りの蝶が 私に
おまえの手がふるえているという

灰色の寒さ 逆流する焰
影にしたしい影 おお この変りなき
行進の中の 私の友よ
おわりなき季節の脱線は
一人の人間の孤独の
砂丘を移す 私の前で。

(大井三郎訳)

後記

　なんかの機会に「詩を書いているんだって？」という言葉をかけられる。「え、まあ」と言うと、たちまち、相手の目つきが、おそろしくいたわりぶかくなるのに気づく。

「詩人はもうからないからたいへんだね」

「え、まあ」

「何に書いているの」

「いやあ、同人雑誌に……」

「そうか、たいへんだネ」

「そしてこの「たいへん」なことをしている「たいへん」な男を、人間を見る目つきではない目つきで見はじめる。

　こうなると、たちまち相手の気遣いをも一緒に背負いこまされている自分を発見する。申し訳なくなる。肩がこってきて、頭に血がのぼってくる。いや、私はあんたたちとは、ちっとも違わない人間ですよ。しだいに私は主人を見つめては愛憎をたしかめる飼犬に似てくる。しっぽがあったら振ってるんじゃないか。振りつづけ振りつづけて気絶するほど振りつづけるんじゃないか。と思うと、やりきれなくなる。あわてて話題を外らすのだがそれに成功したことはめったにない。

　かれらは一様に、「詩人」である私から目をそらさず、いたわりぶかい追求のムチの手を、ゆるめようとは決してしないのである。（水橋）

●

『近代文学』今年の一月号に「宇宙への招待」というアンケートがのっているが、近来これほどバカゲタおっちょこちょいなアンケートを見たことがないし「もし宇宙旅行が成功した場合にどこへ行きたいと思いますか」という問いほど哀れなものはなくてそれに対しては「ぐるっとひとまわりして、また帰って来たい」と答えた堀田善衛の答えほどこの試みへの皮肉な答もあるまい。

　同様に、現代詩に何を望むかとかあるいは、どんな詩が書かれて欲しいと思うか、という問いの馬鹿らしさも同様である。誰かがそんなアンケートを発したわけじゃないが、詩を読む文学青年にこう問うてみたまえ。問うたほうが現代詩の地上的現実にうんざりするのが関のやまである。それこそがわれわれの現実にほかならないのだ。われわれの夢と希望の世界を「ぐるっとひとまわりして」さて自分のもろもろのイデエと能力について考え、着実かつ地道な生き方をたしかめるように、自分の詩作についても、せいぜい出来ることにむかって為してゆくことをたしかめるしかあるまい。

　所詮は自分が書きたい詩を完全に書くには何十年かの歳月となしくずしの自分の能力にたよるほかはない。それもたよるだけである。やれやれ。

　『ユリイカ』一月号には老人エリオットとのH・ガードナーのインターヴューがのっている。会見者の「聖灰水曜日」に関する問いに、老人答えて曰く「さて、自分を年以上に老いていると思う事こそ、青くさい誇張じゃありませんかね」現代詩人の誰が七〇歳になってこうした智慧イクオール、ヒューマアである自分に到達するのか。やれやれ。（堀川）

●

谷川雁の詩論集「原点が存在する」を読んだ。この詩論集は「詩壇」外からかなり大きな反響を呼んでいる。このような詩論をまともに受けとめるだけの力は「詩壇」にはあるまいし、またそんなことは期待しないが僕は戦後の詩論中、もっとも注目すべきものだと信じている。

僕には、この詩論集についてうんぬんする資格はない。だがこの詩論集は、出来るだけ多くの人々に読まれるといいと思う。

そこには、現実にぴたりと密着したオリジナルな思考の積み重ねがあり、ただひたすら一つの思想を行動的に追求して行く凄まじいエネルギーがある。詩人が、かつてこのように現実に執拗にかかわって行こうとしたことがあったろうか。

おこがましい讃辞を東京に住んでいる僕が並べた所で、谷川は苦笑して「何言ってやがる。」と呟くだけだろうが、僕には大変なショックだったことだけはどうしても書いておきたい。勿論、谷川の論が、出身も環境も異った僕に全的に重さなるものではないとしても。大変口惜しいが圧倒的だ。うかうかしていられるものか。　（三木）

●

「変化に富む悲劇の時代では、それについて書くには良いが、その渦中では書くに適しない。」これはカウリーの言葉であるが、現代が悲劇の時代であるかどうかは別として、科学的な便利な機械がぼくらの生活のなかの大きな部分をしめ、カフカの「審判」の男たちのようにぼくらの精神生活の内部にまで浸入してくる現在では、元来野性的でどん慾な詩の虫がぼくらの内部でおとなしくしているはずはないだろう。ぼくらは現代が悲劇の時代であろうがなかろうが、いや悲劇であればあるほどその渦中で書いていきたい。

詩人が傍観者であった時代はそれがたとえ氷河期であったとしてもあり得ないだろう、ぼくらがなにか書くとき、それは必ずぼくら自身にかかわることであり、ぼくら自身はいかなるときもその時代に生きるものだからだ。

南極で二匹の犬が生きのびていたという報道が最近の話題になっている。厳しい自然の条件の下での二匹の激しい生は最近の朗報といえる。　（島田）

※

12号いらい本誌に作品を発表している小長谷清実は三六年生れ、上智の英文専攻、神学的な観点から真面目な詩人をバカにする悪癖がある。静岡の産。本号からの新人は以下の通り。

伊藤聚・三五年生、早大独文専攻、静岡の産。

打越美知・三〇年生、茨城県水戸第三高女卒、「三田詩人」に詩を発表、「風の中で」という一冊の詩集。

三木卓・三五年生、早大露文専攻、静岡の産、「現代詩」「世代58」「未開」に作品を発表。

氾　書林　東京都大田区馬込東4丁目72の5

編集者　島田忠光　豊島区椎名町1―1833新倉方
三木　卓　都下国立町東区102―14
発行者　山田正弘　大田区馬込東4の72
印刷　第一印刷株式会社
発行　1959年2月1日

氾・季刊第15号・定価50円・年間予約200円

氾 ■ No. 15 ■ 50円

氾
16
poem essay ■ poetry magazine for you ■ HAN

氾

第16号 1959

表紙　早崎レイコ

告別

山口洋子

あなたは知つていたのだ
わたしが罪深い女だということを

死んだひとがわたしを呼ぶの
殺したひとでないものまでが
血をよぶの
くりかえし叫んでいた
わたしはだました
だました、どこまでもだました
生きたかつたから
肉親を、海を、花を……
それらの幻影が
いつまでもついてくるのだ
それでも意地汚なく生きている

死んだひとの名前を

死んだひとの名前を
だれも知らなかつた
僧侶のたくましい指先だけが
せわしく働いていた
骨は吹雪といつしよに
運河のなかに流れていつた
なにか云おうとしたとき
あなたは歩きませんかと云つた

おれは知つている
とあなたは云いながら
わたしの喪服を剝いでいつた
闇のなかで動きつづけた
輝く森が見えた
もりあがる潮の渦が迫つていた
あなたはかすかに苦しいとうなり
美しくなるばかりだつた

わたしの掌はふるえる
凍つているのにふるえる
階段を降りていく
こんなに降りにくいものだつたのか
わたしはもうひきかえすことができない
あなたの影が
重くのしかかつているから

愛した
いつしよに生きたかつたから
愛した
あなたのなかの果しない世界へ
はいつてしまつたと思つたのに
なくなつていた
あなたの若い火を喰いつくし
あなたの肉を運河に沈めていた
どうすればいいのだろう
……殺してしまつた
それでも生きていて
幻影を刺しつづけている
だれか殺して
わたしを

必要

綿引英雄

そうか　おれにはひとりの女房
子供は三人ほしいわね
親子五人暮らせるだけの部屋
そして　良い本の五冊
しかし夏の太陽とおつかけつこするひまわりよ
水も光もあたえられるものなのだから
えらぶ権利はないのだよ
おれにしたところで
いちにちが二十四時間であることに
どんな不満をぶちまけられよう
よろしい！
三分の一が睡眠の時間なら
海で
きようは夏の最後の日課

ひとりにいちまいのカルテ
それに貝殻やヨットを書きつけるのに
はたしてどれだけのインク
カルテがだまると医者がかおをあげる
最低八時間の睡眠
もつとビタミンを！

最後のダイビング
それが終つたらおまえはやすむがよい
風が
おまえのかみを撫でてゆかぬように
午後のけだるさでつつんでやろう
みみつちいことは考えるな！
子猫だつて犬だつて
ほしいものならなんでもおまえのものだ
矢のように光のように
天使たちのところへとんでゆくのに
いつたい何分と何秒いくつ？
海よ
さわがしいオルガンはやめとくれ
まして胴間声の子守歌なんか

あたりまえさ
おれたちの船出はあすのあさ日の出の刻
おれたちはいそがしいのだもの
子供らにもまして
あばよあばよ
きみたち
海にひつきりなしにのまれている砂浜を
あいすることさえしらぬヒトデたち
さあ船出だよ　テープは要らない
見送りで退屈している連中には
精神の周遊券をくれてやれ
そして　おれには八百人の女房と
たつたひとりのおまえが要るのさ

眠る

小林哲夫

歩くこと。
はなのなかに歩くこと。
内部へと。蟻が
歩くこと。一日が
夕昏れに向つて歩くこと。
やどかりが歩くこと。
旅が人間のなかを歩くこと。
いちじつ。ぼくの内部を
鎮まらない歩行が踏みあれる
はにかんだ微笑のかげで。
人びとは気附かない。ただ
頬にふくらむ
黄色いにきびに気附くだけだ。

ちぎれた手脚が
路に散乱している。カラッポの
自動車の傍で　警官がチョークで
円を画く。舞台俳優のように。
群がる野次馬に笛が鳴る。
誰かがあくびをする。
黒い手帳に　手脚の名が記される。
フラッシュをたけ　フラッシュを!!
運転手がかすかに微笑み　ふるえる手
でタバコを吸うだけだ。

花が手折られる。猫が
しつぽをきられる。
かれの手脚が切断される。
きみ　考えてくれたまえ。
そのとき手脚は何ものであろうとするかを。

そのハムのような肉塊。それでも手脚は
なお　彼であることに留まるか？
それなら　犬が
脚をくわえて去るとき
彼のなかの何ものが
くわえ去られるのか？

きみのなかのぼく。
ぼくの内部のかれ。
手脚であり　手脚でないところの手脚
かれでありかれでないところのぼく……
あ
　待ちたまえ。このパズルの
結末は判つている。
思想は檻に囲われた
虎だ。でなければ猫だ。
あるいは　さみしいめしべだ。
点じられる精にふくらむだけだ。
朝　風に目覚め　鉛筆をナメてそれから
昼飯を喰うのだ。
ちよつぴり女の子をからかう。
課長のえりのごみをつまむ。
そのとき　内部ふかくを
荒々しく歩行するきやつは
シッポを垂れて
くらい犬小屋に眠る。

默するために

ひとよ　教えてくれ
生きることの本当の意味を　たとえばそれは
人工衛星の暗号を解くことか
委員会の決議を弾劾することか
地球の果て　原子力潜水艦の

浮上を画く映画のかすんだ影に
拍手を送ることか
寒々としたその艦板の人影
その　陥没の時間を充たす
淋しい極光をほほえむことか

あるいは　ひとよ
己の掌をもうひとつの掌でにぎりしめることか
花をくわえる鳥に銃口を定めることか
恋人の毛髪に　雪よりもしろいふけを
愛撫することか
やわらかくまるいものを
つまむことか　おお　この
生きることのかずかずの仕草を
われわれは何ものへ伝えるべきか

われわれはなぜ
思い出さなければならないか
とおい日　ふかい森を

きり拓いた始祖たちのあの熱い空を
その黄色い皮膚と強靱な骨を
巌や熊との斗いに流されたおびただしい血潮を
何よりも　荒々しく内部をへめぐつた
その炎える流れを　そして

われわれは　いま　帰るべきか
ゆつくりと風のなかを　あの斗いの庭へ
すべてのもののなかで
最も何を愛すべきか
なおも　語らねばならない
もえる樹木たちで土地が覆われ
けものたちが飼い馴らされた
ことのあのはじめての意味を

近頃の生活

江森国友

ぼくを診断した医師はだれだ
そして不治の病いだと宣告したのは！
きみのあかるい笑いと　言葉が
なかでも　きみの不断の智慧が
ふたりの生活をまもつてくれた

この世界のほかのものはみんな勇気を挫折させそうだ
つた
くらい恐怖とたたかうために力をつくした
陽もささぬ三、〇〇〇米の深さをたどることを
サラリーマンの生活ともどもつづけねばならなかつた
ひとりでは目的に到達できない
ときどき言葉が

逆登山とサラリーマン生活との
落差による気圧の変化を調節してくれた
ふたりが灼熱の炎のなかからえらびだした言葉
そのためにふたりは待つことができた
きみが二十四から二十六になるまでの二年間

いつもぼくはきみのやわらかい感情の裾野にいて
母のようにきみは　冬にはあつい蒲団をかけてくれた

おんなの二十四から二十六までの二年間の長さは
ほとんど一生とおなじだから
きびしい両親はなかなか許してはくれなかつたが
ぼくは目にみえぬ医師の宣告をきく病床で
あのときこういつたものだ
〃それでもぼくはうらまない
　きみはぼくと生きるために
　充分　たたかつてくれたから〃
休日　ぼくは新しい村の四階　木箱に土をもり
婚姻の樹に喰べものをやつた

季節を

新藤涼子

貴婦人になつてしまいたかつたのですが
わたしは毀れた水甕
すべての人に役立つことが
出来ませんでした
愛するとその人
乾いて死んで行きました

おそろしいことには
飢えた胃袋のよう
男を喰べてしまう
そんな水甕だつたらしいのです

うららかな顔をして
季節を切り売りすることが
出来たなら
その時わたし
花売りになりましよう

何を為てもだめだつたから
いつそのこと

自ら殺したその手で
あなたをなぶり続けました
優しいあなた

覚めた夢の中で
なつかしい人の群れなす
ところへ行きまして
生きることはさびしいな
といいました

それがせめてもの
いいわけだつたのですが
さとられないうちに

逃げてきました

何か
与えたい
そう思つたのです
だけど
何も持つてはいなかつた
のです
だからこそ　もうすこし
無意味なことを

花売りになりたや

六月の海と花々

小長谷清実

1

きみが愛した六月の海を
細い雨がやさしくぬらすとき
白い影はひかりのように
巨きな翼の下をはげしく流れよ
しなやかな羽毛を水のように　水をしなやかな羽毛の
　ように
めまぐるしく変えて
生が
絶えまない運動であることを証しながら
あるいは　きみのばらいろの空に漂う
はげしく燃える海を

柳の葉がかくすときにも
花を積んだ車をひいて
百千の鹿たちの声　わたしたちのため
その海のへりを死ぬまでめぐれ
さざなみのようなささやきで
すべてのすきまをうずめつくし
生が
満たされるためにあることを証せ

蝶の羽音が
岬の卵をうちくだいたはじめての朝
こぼれ落ちた言葉が
入江の波に洗われ　冷たい指でひきさかれた
　ひる
夕暮に運ばれ　いまは岸に転がる
ひかつた種子のようなさびしい一日は終る
　けれど

いつまでも
ほんとうにいつまでも

花々が咲きつづけるように
海がいつまでもはばたくように
知つているかぎりの動詞を発音することをやめるな
きみの
ちいさくふるえる細いのどを通して

2

木の実　美しいわたしの子鳥
もえる日輪のはげしさのために
もつとやさしい白いたまごを
うちなる空に直立させよ
プラタンはそよぎ　きみの髪の毛は淡い流れのようだ

麦畑に柘榴が裂け
消えかけた言葉がそこに流れるとき
空にひろがつていく親しいてのひら
火に抱かれて睡つているけものの小指
死ね　わたしのために

そして生きよ　わたしのために
きみの好きなこぶしの花々　白い水泡たち
ゆめが
現実よりも生きるために
びわの実　りんごの白い花々
まだふるえることのできる舌のうえで
笛のような音をたてよ

遠い静けさ
山鳥の腹毛のくろろく散つている
白い場所
熱く抱きかかえることが可能なように
雪よりも冷たいあたたかさ
鹿たちの耳　草たちの目
ひかりのように
ひとつの翼ある春のなかに
溶けこめ
若い櫂が泡だつ花々の海のなかにひとすじの水脈をひ
　くように

海のような春

黙つている共通の屋根を
すばやくかけさる雪のようなけもの
窓を沈め
それよりも深く部屋を沈めて
梨の花びらを散らして
肉体に帰つていく声のようなもの

おれんじのきつく匂うなかに
不意に発せられる単音のひびき
一羽の鳥の舌のように

ふるえる樹皮　そして若い葉たち

上昇するやさしさ
とびさるものの淡い影のように
確かなもの
柳の籠はくつがえり
降つてくる花々　ひかつた果実たち

今は咲くことのできる
この海のような春に応えて
眼も影も　あたたかなものも
すべて溶けこめ
雪どけの流れのような
あつく　はげしいもののなかに

＊＊＊

堀川正美

たくさんのゼンマイにうちがわからこわされ
その心の火口のへりから夢はなだれおちてゆき
夜のトナカイが海をさまよつている。
雲はショートし
波のフィラメントばかりくるくるくるくるまわつて
　ほどけている。

わたしはもう終りがまた始まりになるとはいわん。
わたしはたぶんなにか金属であるのだろう。
わたしのまわりで鉄さえついにかたまることなく
海をひきつらせてゆつくりうごくとき
やさしかつた火のようにわたしは空へだらりと垂れる
　だろう。

世界の原子炉のまわりで極がいくつもおきあがる。
プラチナの柳はからみあつて風をつくつている。
よこたわつた竜巻もいまはみまもられ
プラズマのなかでぎつしりつまつた声が
たえずつきすすんでいるとは思えないほどしずかだ。

ああむかしなにかだつたものをもつと眠らせろ
いまはとうとう空のようなものにすぎんというなら
潜水艦ではこび、発射管から発射して
北極のましたへただよわせろ！
わたしがなんだつたかいえ。だが誰にもいうな。

賭

打越美知

遊びの口笛がうまい
あのひとはわたしの手に負えない男か
払つては払い払つては払い払う女は
どうなるのか
そしらぬ顔をしている
あのひとはどうなるのか
あのひとがわたしに支払つた
わたしの価値はどうなるのか
遊びの口笛を吹きながら
冒険の旅から帰つてくるのは
たぶんふたりのうちのどちらかが
愛しているなんていう
あつかましいときだ
まちがつていたときだ

——条件
条件はいろいろあるが
飢えている
裸でもぐりこめない
ニトログリセリンでわれとわが身を煮つめている
男は木彫の女を憶いだしている
そしてわたしは
あのひとのそりかえつた背中を
——まにあうかしら
くらい山腹を縫つて車が走つてゆく
ヘッドライトが山の霧を裂いてゆく
じりじりと足の裏が焦げてゆくのが
女の体を前に乗りださせる
——ああ

おどろくほどのやさしさで
男は木彫の女を山腹からつき落した
そのまま車体はぶざまな倫理で
つつぱしつてゆく
わたしは夢をみているようにゆれる
花のような衣をまとつて
二度と思い出せない
やわらかな意識の中で
あのひとの手腕にすがりついて

――まにあうかしら
山も海も　くらい
――賭けたい方に賭けるさ
なんとむきだしの粧いをこらした
遊びの手口なんだろう
掃除されていない秩序だ
遊びきれない
自由すぎても訊ねられやしない
愛されるつてことは

冷酷に
充分に与えてしまわないまでの平和なんだ
むろん
――スピードを落して　などといえない
絡みあつた単純な事故はさけなければ
わたしは時を稼がれてしまいたくない
時を失いたくない

何かが足りない
何かが余つている
何が足りないの？
何が余つているの？
じりじりと焦げてゆく　昏い充溢
恋を知つた指が空間をこねる
果しないくにづくりだ
果しない合法だ
たつた一つだけを探すのに一つだけになろうとする
たつた一つの方向で排除する

1958年級

三木　卓

いつからか　三人になつてしまつていた
とても赤衛兵にはみえないおれたちだ
連発銃（ナガン）も旗も生れてから握つたことがない
伸びたつめで　ひつかいても
裂きとれもしない夜の雲が
ひたいにこすれるほどたれ下つてきた
食パンぐらいの雲のかたまりが　うじやうじやで
膝を持ちあげるたびにぶつつかりやがる
霧（ガス）が濃すぎて気分が悪くなつてきた
なんてえ　ずるがしこい厭な霧（ガス）だ
きつと霧（ガス）屋というものがいて
そいつは第五列の息子どもなんだ
なんにもみとどけることができない
おんなが嘔きはじめた

おれはハンドバグを持たされてうしろむき
やつが　肩を抱いてやつてる気配がする
それでも　江古田までたどりついたらしく
思われるが
ここは　ほんとうに江古田か
ざまあカンカンだ　ばんざいです
東長崎である　ちやんと書いてある
そこでおれたちは
ぐつたりへたばつちまうという寸法か
猫ツ　ぎやあぎやあわめくな
今夜は気が立つてる　やけなおれだ
それにいささか飲みすぎた
産業予備軍の真新らしい制服もちよつぴり汚れた
おんなよ　自分が就職できて
おまえの男が失業だからといつて
みにくいかおで罵しるのじやない
おまえは国家権力の手先になりやがつてよ
ちつちやな肉色の雌ねじになりやがつてよお
それだけのことではないのか
好色教授の酔つぱらいからまもつてやつた
おれに免じて　そんなにやつをなぐるのを

止めてやつてくれ
それにしても　すつかりさびしくなつた
五八年級はどこへ消えちやつたんだ
もうみんなに会えないままでしまうのか
ここはもう江古田か　それとも
まだ東長崎か
ティペラリイか　ローマか
あ　諺通りだ　ローマ理髪館だとよ
午前二時過ぎ　たつた一つ街灯がもえている
ごくろうさん　ありがとう
きよう　ぼくたちは謝恩会でした
五八年級は　はんぶんだけ卒業します
はんぶんの二十五パァセントが就職しました
五八年級はこれでおしまいであります
あいさつをしてると街灯が消えてしまつた
ここはもう江古田か　あ
おれはとりのこされたようだ
二つの影がよりそつたまま　夜霧に
くるくるとくるみこまれていつた
ゆつくりあとをつけていつた
おお　もう明け方だ　酔いが

ベレのなかに　どんよりたまりだした
すこし人影が　くつきりしてきたのは
彼女の家の門口に　ひつそりたちどまつて
抱きあつているせいだ
嘔いた唇に合わせることができるのは
やつが愛しているせいか　よつぱらつているせいか
ほろんでいきそうな恋人たちだ
煉瓦塀によりかかると　しめつぽくて
哨戒機の飛行灯が　息づいているのが見える
ああ　おれたちの青春はすばらしいよ
不倖せがおおくてかなしみで
はじけて行くほどすばらしいよ
たたかいがいがあるよ
やつがてれくさそうに戻つてきた
肩を抱いてやつた
国立まであるこう
ささやくと　やつがうなずいている
おれたちは五八年級だ
ピオネールのように胸をはつて
とおい道を進んでいつた

調理

伊藤 桑

オレンジ色の網
ショッピングバッグの中味について教え合う。
すると彼女の食事がわかる。
黙つて繊切りをまわしていく。
ぼくらの意見のくいちがつたものを決して
購入しないしきたり。
窓に群がり
決めたフライが食べつくされるのを
よろこびあう。

嘔吐を企む。

はじめから餓死は可哀そうと誰もが言つた。
てはじめに額をうつむかせ嘔きださすこと。
その順調な経過をたのしむ。
なりゆきに非難はありえない。
しかし彼女は嘔かなかつた。なぜか。
ぼくらの眼をかすめ通つた[illegible]食品があつたのか。
せめて食べ残した塩鱈でもあればと
屑籠を探り支出欄をかきまわした。
そして嗅ぎまわつた。胃液のしみはないか。
ないので隣りの奴を嗅ぎ合つた。

すぐに夕食。
アーケードの十字路を忙がしそうに歩く。
誰かが粉ミルクと言い鯨ソーセージと言うので
彼女はまつたく少量ずつ雑多に買いまわらねばならない。
誰かが解毒剤をと大声を挙げたとき
ぼくらはこなごなに飛び散つた。

彼女が立止り振返つて見たのだ。

挙手を繰返して疲れない。
が意見の調整がむつかしくなる。
何が何グラムいくらしたつてかまわない。
ぼくらは食卓のまわりで大揺れにゆれる。
彼女の指が急いでいる。
ガスレンジに歯のように焰をならべる。
台所の扉をぼくらが叩く。
返事が聞える。
食べないことが採決されたとおしえてやる。
扉を噛み下す彼女。
床を唾だらけにしてしまう。
しばらく待つてぼくらは
火掻棒を投げこんで死なせてしまつた。

目測

沈黙している者たちから漏れおちる水を
成長に欠くことができない。
そうして養われていく奥行のない穴。
潜り　測るために立停れたらいいのに。
のどに張つた錫箔でわらい
腹筋で約束を書いた貼紙がぴりぴりゆれる。

固まつた天秤
シャーレの南側によりそうミドリムシ
静止し　オレンジがどこにもひからない
中間の時だ。
空を覆うネットワークに
眠りの効率だけがよくのびる。
輪郭をひきさらう風もふかないところ

ここから目測できるものはすばらしいんだつて。

そうなんだ。おとな達。
黙つてねそべつていていい。
煙の輪。回想十年。とね。
限られた自由が手もとに残るかぎりは
馬の屍体よりも巨きい首相に投票。
そいつらにもいいところがあるといつて
目をつぶる。
うちがわの空欄。ささやかな火口湖に
ボートが漕ぎまわされる。

（そのあいだに）
垂れ下つた国道　分厚い食堂
つみとられるのを待つ　シリンダー　小麦粉。
だがひとつも指の残つてない子供達は
つまさきでタールの塊を転がすことしかできない。
夢の中へも運びこんだ固い塔の周囲

ほんとうに黄昏が垂幕をたるませている。
厭だつたあの議長達がそうでもない今
せりだした扁桃腺のはざまから
ボートがつぶれて噴出してくる。

首をとてもらくにさせたい。
毛布をはいで倒れこむと水面のクッションは閉じた。
またもうろうろしはじめる。
最良の死体となつて浮いてでるんだ。
唇の下には波の化石もありはしない。
これは目測の修正の繰返しとしてただしい。

歯軋りの管理に気をつけてください。
ただ疑う歯型はぎくしやくして壊されやすい。
穴の作るスケジュールは十分に巾広いので
きちんとくわえろ。
支点をしめすぎないで。
頬をかたくしないで。

希望の石

エヴィのために

クロード・ヴィジェ

愛よ――ぼくらの夜のすべては掘りかえす
ぼくらの重なりあつた星が明りをはきだす夏の大空を。
黒い鳥あかく燃えたつ、きめ細かな紫水晶のしたでは
夜明け前に、ぼくの黄玉の太陽が喜びに胸ときめかせ
る。

愛情の流れのなかで、宿命の風のままに、
ぼくらの愛の心の石たちは、自分たちの結晶をとりかえ
る。
ぼくらは死ぬ、ぼくらは生れる、お互の血のなかで。
乱れさわぐ波の一つ一つは、永遠にぼくらのものとな
る。

ぼくらは、ぼくらの眼（まなこ）の磁針のなかで揺れうごく
沈黙の閃く光で、ついには
あらゆる追憶を運ぶ抱擁を封印してしまうまで。

恒星の春にきらめく紫水晶と黄玉、
かれらは、ぼくらの鉱床をその輝きできり刻むだろう
ぼくらが、さすらいの山に横たわるときに。

（窪田般弥訳）

後記

激しい情熱というものは救いのない一種の罪悪みたいなものだ。少年のころそう思つたが、今でもそう思う。なぜなら、結局私は私の青春自らを憎まざるをえないような結果になつているからであつた。私の青春は、一九五二年に明らかな政治的失敗と、そこから始まつた私自身の個人的な愛情生活の失敗とふたつからなりたつ双頭の鷲である。あとにのこされる詩はといえば、爪のようにマガッタ怒りみたいなものにすぎない。

さて感情を中和しようとすると、役立つものは何もない。そこはかとなき希望は、私がいまやそのひとかけらであるところの祖国と、私の個人的な成熟とのなかにみいだされてしかるべきであろう。だがどちらも極めてアヤシイ。どちらもふたつながら分かちがたく結びつき混じりあうものであり、しかもそれぞれ長期の忍耐という第一条件でくくられている。

いつぽう二十八才という自分の年齢には実感がない。全然ピンとこない。自分の年齢などピンときたことはありやしなかつた。私の体験は、ある時期のある民族の歴史的経済的政治的社会的ナニナニ的なもろもろの体験にあつさり分解されちまうからだ。危うくそれらをつなぎとめているものは、共同体の欲求にこれまたあつさりダブッてしまう私の個人的な欲求がつまりは接着剤なのであり、その私なら私は、要するに（最大公約数でいえば）たかが二十八になる一青年にすぎないのである。そこで、祖国よ、個人の成熟よ、さてさて……。」

現在われわれの世代の詩は、ある観念ある感覚ある感性をどのていど個性的に表現したかしないかによつてだいたい価値が決まる。仕方がない。まだみんな若いのだ。若くないやつらはといえば、四十になるやならずやなのに、仕事らしい仕事もなく内心ジクジとしてはやくも身体にあつた棺桶探しの始末だ。ところで、三十すぎて自殺もせずに済んだやつら、というものにわれわれがいずれなつたら、ずいぶんサッパリするだろう。暮らしよくなるな。

とまれある感情やある観念やある時代のある条件やらがある詩を解くカギになると思うのはマチガイである。これはいわば社会学的な偏向だ。十年ひとまとめで精神的市場に売りに出される世代なら世代の、体験なら体験を、逆にダリ的ヴァリアブルな形の錠にしてしまうのが、一篇の詩なら詩という確固たるカギである。私がいまだに喰べのこしみたいにまだちよつぴり信じていることがあるとしたらこれくらいのことしかない。カクナル男子はザマアカンカン。

自己破壊なしに自分に馴れあうのと同様、観念やイメジで祖国を愛するのはたやすい。最近の朝日新聞がのせた団伊玖磨の云い草は、仕事が出来ない非文化的な社会の実状と、亡命音楽家二三の例をあげた上、今日の日本の音楽家にとつて亡命は決して消極的逃避ではなく、よりきびしい世界で祖国を再発見しみつめなおす積極的行為だ、というのである。

彼の考え方にもひとつの心理的リアリティがある。つまり自分の国に「おまえはヤクザなやつだ、一緒に暮らすのはもう御免だ。別れたら愛してやるから別れるのを認めておくれ」という意味である。もつとも、そうした場合祖国が亡命芸術家にとつてお茶にひたしたマドレーヌのかけらにならないという保障は残念ながらない。だが、さもあらばあれ。もう十年たつてからわれわれは答えよう。（堀川）

ある日……

産経ホールで開かれた若手の

ジャズ作曲家〝三人の会〟を聞きに行く、ガラガラの入場者。つまり一般のジャズ・ファンには、あまり興味がないようなコンサート、日本のジャズ演奏会としては、めずらしく本格的なモダン・ジャズで、楽しかつた。作曲家が、いづれも、二十代で、意欲的な作曲を発表した。同じ世代のエネルギッシュな仕事に接すると、共感するところがあつて、気持がよい。日本のジャズも、こういう新人がぞくぞく仕事をすると思うと、この先、期待が大きい。

詩人は若くても、だいたい怠けぐせのついた、そのくせ、物体ぶつたことを発言するものがいたりしてくさる。私たちの世代は、かなり、おもいきつた実験的仕事を、失敗してもどんどんやることができるのだから、プチコワシの詩を書こう。

ある日……

知的おくさま連中が、外出から帰つてきた私の前に現れて、「あやしい男が、お宅をたづねてきたが、およそ、人を訪問するような姿をしていなかつたから、用心しなさい。窓もあけつぱなしだつたし……」と忠告してくれた。それから、二、三日して、ひよつこり、知人の画家が訪ねてきた。前日、おくさま連中が報告してくれたのと、まつたく同じ姿、（よれよれのズボンと、どた靴、胸の見えるシヤツ）で、おまけに、オートバイに乗つてきた。服装だけで人を判断しようとする女たちのおろかさ。くされたような眼をしていては、個性的な人間にもなれまい。ちなみに、その画家は、眼の輝くような美青年である。

ああそれにしても、このごろの詩人たちの、なんとサラリーマン化してしまつたことよ。そして、同じような〝現代詩に〟こつてしまつているんでは、……アカンベエ。（山口）

第一にみずみずしい抒情が欲しい。

眼を現実の日常世界に向けるとき、僕らが何よりも先に気づくことは己れの無力感であろう。そしてこの無力感はあらゆる事件が我々に余りに近く、それにひきかえ我々はいかなる事件に対しても余りにも遠い、と言うことを感じるとき更に大きなものとなる。その不満を紙の上になすりつけたのが、大部分の現代詩のようだ。すなわち、現実に対するぐちであり、シニカルな態度である。けれど、それらがそれだけであつたならば、当然のことながら、詩がめざす生の明証とは縁もゆかりもないものだ。放置された錯乱は錯乱とさえ言えない。錯乱は常に動的なものである。錯乱は夢の方向へむけて著実な速度で移動することによつて、初めてアクチュアリティを持つことが可能となるのだ。そしてそれを導くやさしい手こそみずみずしい抒情にほかならない、また、この手によつてのみ感情は現実いつぱいにひろげられ、そこからとらえた「現実」を一個のミクロコスモスの中で論理化し、組織し、それ自体ミクロコスモスとなる、その第一歩が確かなものとされ得るのだ。「互に愛し合わねばならぬ」とオーデンが言うとき、それはみずみずしい抒情と殆んど同義である。

（小長谷）

氾　書林　東京都大田区馬込東4丁目72の5

編集者　三木　卓　都下国立町東区102-14富田方
　　　　堀川正美　新宿区歌舞伎町4徳光方
発行者　山田正弘　大田区馬込東4の72
印　刷　第一印刷株式会社
発　行　1959年8月1日

氾・季刊第16号・定価50円・6号分予約300円

氾 ■ No. 16 ■ 50円

氾
HAN
POEM CRITIC FIGURE
'62
18

氾

■表紙

竜口清二

■詩

冬至

三木卓

湯気を噴く家庭料理。ぼおっともえるもみの幼木。
子供たちの合唱と妻のキスか？
冬は夜がながいから
二十四時間はねむれ　というのか？
（雪です。とけやすいねばるゆき。車論に
　くさりをまきつけた高級車が
　官邸を出入りしている。）
錆びた銃に　おとろえた馬。
すわりなれた安楽椅子とパイプ。

夜毎　おたのしみなさいなあ。
愛情にしめったこえで　囁いてはすぎて行くのは
だれ？

予想されどおしの革命月。
（いつだって　季節外れのいわしのにく。
にんにくとにら。しゅうとがくれる
　辛子漬けのパイ。）
オフィスの退けるころ
年老いた青年たちが高速度道路の下をあるき
冬至の買い物をする。
涙にうるむ眼尻は皺の中だ。
革袋に詰めこまれた闘いの記憶。
柔らかにかもされ　くりかえして

かれひとりだけを満足させるだろう。
きみのボーナスは何か月だった？　買物は
家庭電化製品と月賦自家用車の頭金か？
こうしてただ待つ
やってくるはずの夜明け。

（たたかいのおはなしが　聞きたいときは
バアへ行きましょう。中年の男のひとに
一杯のハイボールで　大戦のてがら話が
たっぷり聞けます。）

輪になった羊皮紙の帯をテレタイプが打ちぬいて行く。
どの高度　何時（なんじ）の方向をみても
どうどうめぐりごっこをしている。
今週の仕事は来週へ。いつも来週へ。
ちきしょう。
貧血症の革命月。

夜の会議室には　かれ一人がすわっている
大きな歩幅で歩くかれにとって
背中は他者だ。胸がさわる

透明の流れは熱い現在。
恐怖は友人だ　希望は信頼できない取引契約だ。
窓は終夜かれの影を映していた。
かれとは　ぼくだ。ぼくは
きみだ。おまえだ。あたしだ。
必ず　要請は迫ってくる。ふいに。
よっく見ろ。時代は
くたばりかかってやがるんだ。それほど
にゅうわで　うるわしいかたち。
（たったひとつの観念だけを　今は。
さわることのできないものだけを
今は。）

二匹の乾燥鱈が投げあたえられ
犬が喰っている。
海峡に突出した断崖のへりから　胴をのりだした
乾燥鱈は、犬ごと海へ帰るか？
この犬は飢えても泳ぎたがらないか？
「しあわせ」とは
二匹の乾燥鱈のことだ。

洞窟のなかの女

打越美知

きょうも
きのうもそうだった
パンを焼いて
靴を揃えて
出稼ぎの用意をする
子供がウンコをして泣いている
それからパンをつまんで
それからミルクを呑んで
それから　それから
鼻をたらす
このヒステリックな現象

わたしは洞窟のなかを
うろうろする
散らばった星のなかを
うろうろする

このヒステリックな退屈
女房になった
わたしはそれからママになった
だからそれいらい
洞窟のなかにおしこめられた
片目でみる小さな空しかない
ビッコで歩いたほうが平和で
赤いジュウタンの上で
マンドリンのようにわたしを
あのひとがかかえこんでいる

女房ってやつは
腰をすえるとやりきれなくて
ママになるってやつは
やわらかくてあったかくて
はてしがなくて
小さなひろ場で退屈なものだ

このヒステリックな退屈
夜ごとかかえこんでなでる
マンドリンのあのひとの腕
洞窟のなかで
白い足をひらいてねむりはじめる
ひりひりする厚い雪が降っている
厚い雪のトンネルをくぐって
わすれたひとがやってくる
はだかで豹の毛皮にくるまって

あのときのように
リンゴを噛むように
わたしはあの厚い背中を噛んでやった

この洞窟のなかのふさがらない
こんな価値
女房になって
ママになって何処へ帰着する
価値
小さな空の下で
飽和しきれないかたちが
泳ぎはじめる

滅びるもののために

水橋 晋

1

まっくらだから
おなじ匂いがわれわれをつつむから
目で見きわめる範囲だって
しれているから
指で触れあうことが
いちばん たしかなことだから

だから巨大な石の臼にかけられて
ひきわられた背中 V字型の空気
その分量ぶんの影を溜めこんだ背中に
驚きもしないし
影のよじのぼる高さ
この喉もとまで
ゆっくりと這いよってくる時間
その待ちどおしい時間に
驚きもしない。

時として われわれは
大地から萌えでる
おおいぬのふぐりについて語ることが
ある。時として訪れないつばめについて
語ることがある。時として
だしぬけに
だれひとりとしていない夜が
風車のようにわれわれのまわりでガラガラ
音をたてながらまわることについて、
語ることがある。そしてまた
遠い星雲のあいだをすべりおちる
かず多くの堕天使、
葬るべき墓碑名について

語りあうことがある。

けれど　おおいぬのふぐりは
薄青の花をみんな咲かせたし
べにしじみは
花のおくからおくへ飛び
つばめは海の上をみんな渡ってきた。
まわる風車について
街学的な考察は決してせず
また　記憶はすべてあたためられ
ぐつぐつと煮つめられて
舌の上で湯気をたてていた。
つまり
破滅はいかなる印をも
われわれの皮膚の上に印しえなかった
死さえわれわれのあいだでは
影として息づき
おどけた道化師のように素晴しかった

2

まっくらだから
おなじ匂いがわれわれをつつむから
目で見きわめる範囲だって
しれているから
指で触れあうことが
いちばん　たしかなことだから

だから　われわれ
優しくいたわられて
棒杭のように
適材であるデスクに　旋盤に
溶接バーナーに据えられて待っていた。
二千年ほども
そんなにものどかに　空が
ガランとうらがえってしまうのを。

うらがえってどうなる
なんてえもんじゃないンだけどもよ、
ないんだけども
舌をたらして乾かして

原稿整理じゃないもの
大地にやけひばしで
すざまじい変身をやきつける役割を、
いわば天の根をぶった切る
イカす旋盤を、
フェニックスの横隔膜をやきこがす
そんな溶接バーナーを、
われわれは欲しがってきたと
だれにいってきかせるつもり？
となりの部屋の
いいえ　となりの町の
いいえ　となりの国の　いいえ
となりの天体の　いいえ
となりの…

となりのどんな住人が
われわれのかわりに
滅びる必要のない乾草について
めぐりそしてのぼる必要のない星ぼしについて
筋肉を必要としない百円ぽっちの安らぎについて
建てる必要のない百階の施設について
語る？

うらがえって
百万辺もうらがえったとしても
われわれは枕のあがらぬ病人ではなく
夜をまきあげて
サルトビサスケを地でいくほど
アブラがゆきわたっている人間でもない。
時にはアバタづらした二〇代のきみ、
時には
やせた三〇代のおまえ　時には
やわらかい一〇代のきみたち。
ここには　となりはなく
骨をあたためる優しい視線はなく
まして
ざわめかないどんなまるっこい夜もない。

石鹸の匂いが陽炎といっしょに
泡ぶくだって

おなじあかんべいをした
百万人の人間をいちどに
丸のなかに封じこめる光のなかで
陽なたぼっこしている
きみ　おまえ　そして　あなたたち。
敵意のないまるい町。
そして広い寝床に
ひやしんすやあねもねが
どんなさわやかな匂いを運びこんでいたか。

3

どんな水ましされた鎮静剤を
どんな潮騒にぬいくるめられた処方を
われわれの内部に流しこみ書きしるしていたか。
はっきりと　この舌で
その味を味わうことができるだろうか。
苦さについて
はっきりと　この舌で。

まっくらだから

おなじ匂いがわれわれをつつむから
なかんずく
目をつむることは　いちばん容易なこと
いちばんいたわりぶかいこと
だから
ひとなみの時間の論をおりて
ひとなみの時間の輪を
あしたのほうからのぼりつめる
百万の滅びるもののために
ただそれだけのために会釈する。
まるい光のなかで。

素晴らしい朝のためにでなく
静かな夜のためにでなく
稜線のない旅のために
でなく
そして　どんなあたたかい
いいえ
胸のおくで芽ぶかせる
どんな新しい球根のためにでもなく。

着床

江森国友

詩は教訓の夢のようだ
あるよるの断絶によって詩はよみがえる
ほどよくいろずいた果実をあげる
低い土地に浸水を防ぐ

ちっぽけなプラネタリウムをわれわれの星で埋めつくす
永遠とよばれるものは　つねに現在であって
時間をかりて測量はできない果脳
青い空間をいくめぐりしようと埋めつくす材質がプラスタイルのようなものの属性のみで充鎮しようとすれば
われわれの生活は　奴隷だ

ブドウ状のイントウ腺があって　そこに
蜜の養分がたくわえられる
ツユクサで　うつし染めをしたい
葉脈が沸騰するようにもえる紅葉からも

それから蒸溜された言葉を　できるだけ
栄養のいま必要な若いきみにおくってやりたい
でも金属や薬のくずとがつまりすぎた頭の男たちにも
ちょっぴり
この山道に春から秋へかけてさく花の色をまぜてあげ
よう
コマツナギ・紅紫　ニワフジ・白　モメンヅル・淡
黄　ヨツバハギ・赤紫など
陽にむかう道で　いままで聴かなかったかすかな音を
聴くようになる耳をもつ若いきみの握力は　幼児
のまるい指の力のようだ
きみの頬の紅藍花の色で

ふたりの寝室を染めあげたい
〈それもまた　仮りの宿りか〉
人間のなしうるすべてのものが自然の変転のみちびき
だという教えの影のような夢が
むしろ明るい外光にあふれた海に誘いだしてくれる
永遠化することとはいつも現在化すること
若いきみの内部にいま着床した種子が
虹のようにかけられた夢の核になる

航海

小長谷 清美

きみの航海のために必要なものは
仔鳥のむねのような船だ
ほんのちいさなプランクトンの群にさえ
いつもデリケートな反応をしめし
そびえる大波の峰とその峡谷とを
いつもきんちょうに身をひきしめて
ネコのようにかけわたる肉色の船だ

不意に襲いかかるパニックにも
精密な観察と詳細な記録が
きみの決断によって船を守るだろう
漂流する思想の断片やちぎれた腕
いたましい時の流れのまんなかにあって
きみの肉色の船はより深く
より高い海にむけて航海するのだ

高さに限りがないように
きみの航海には過程だけがあるのだ
日常の入江は死のくぼみだ
甘美な抱擁が船を腐らす
そこでは船という船の舳先がうなじをもとめる
怒りの意味を知っているきみは
むしろ船の舳先を暗黒にむけよ

やさしさとは何か
その疑問がきみの船をかりたてる
波をかきわけなめらかな船腹をいたませて
きみの出発した海は都市であったし
ついにたどりつく海も崩壊かもしれぬ
そしてやさしさとはその傾斜をみとどけることだ
破滅があらうきみの甲板の上で

口づけ

小林　哲夫

きみのへそは秘めている
始祖たちのはじめての　あの口づけ
からのながい歴史
きみの頬をぬらしている涙
骨を石でといで使う以前から試みられてきた
若もののふたりだけの世界への
脱走の刑の論告がこれから始まる
――被告しかいない法廷劇の開演？
試行だけしか　魚をヤスで刺すことができない
それなら　ぼくの舌を　歯をむさぼるために　きみ
まず　目をつむりたまえ　目を

秋の内海をわたると
四角い島の　でこぼこ路の起点と　あの
鼻すじにふたつほくろのある
髪の豊かな娘が船をまちうけている
ずいぶん永い歴史を

岬

山口　洋子

ふくふくした海のまなこにとけ
はいりこみ
この腹にもっともみだらな
うろこを生み
呪いそのもののいろに
もえつきていこう

だれも呼ぶものはない
ほえるのは風のけもの
その真ん中に
大きなはじめての

わたしのうえに
海よ、倒れておくれ
いまうたう唄なく
すがたなく幻のように
うねうねからだを這いずらせ
たったひとり
わたしはねむりたい

雪でかまくらをつくる

あれは
わたしの恋
織りたてのきつい帯
自分のほろびていく肉きれ
はなやかなとうすい
自分のかゆさを確めてきた舌
肉親の裏切られたまるい柩だ

すべての恨みが
ひとすじのひかりになって走る

泣きもせず
腰まで垂れた髪が沈んでいく

そのとき
水底に
花のような墓標が立ちならび
すてられた魂をよみがえらす
わたしをねむらせない
のっぺらぼうの朝が
ひたひたとやってくる

環

新藤 涼子

若すぎたせいかしら
飽かずに木々をしげらせて
たのしげな森のなか
ほこりの王冠を天にいただく高い樹と
垂直を対立させて
だけどわたしはその樹ほどには大きくなれなかった
おろかにも願った
いつか大きくなろう
辛抱づよく樹のまわりに年輪をきざんだ
いつか大きくなろう
ために夏がまぼろしめいて逃げてゆくのを
しらなかった

夏が命じていた
あらわな胸に太陽をだいて
たくましい緑の丘に雲と走りなさいと
わたしは走った
どこまでもどこまでも
すべてが放牧地だと思ったのは

みごとな花

新藤　涼子

おんなは水と血のひそむところを知っている
ぬらぬらと体に記憶されるもののすがたを
おんなは沼でありすべてをのみこむと奥底ふかくねむ
　らせてしまうものだから
春や夏めぐる季節にどのように水が流れ血がさわぐか
　わかっているものだから
水と血が枯れてしまうところにうつくしさはないと信
　じているものだから
無心に生み続ける

水と血があふれるところに生があるのだと
死ぬことと生きることを一緒にのりこえてしまう
おんなはそれを恐しいことだとは思わない
汗ばみながらおとこをなぐさめたりしている
ことばでたりないものは
水と血で
水と血でたりないものは
生きるというみごとな花ですべてをつつみこんで
すぎし日　こしかた
夢を孕まない夢の花を一心に咲かせ続ける

歴史ゼロ

山田正弘

死にたくて死にたくはなくて、
レシーバーは事情はかわったとささやく。
第八の大陸はかなたなるべし。
もうだめな男とまだみこみのあるおんな
家をでても家にもどるしかない
帰れよ、わたしの母の家の台所へ
雪のおおい冬、雨のおおい夏、そして一年、
魔除けに興じ極致をゆめみ裸にもならず
牛乳瓶のひかるそこからオイルフィールドのそこの
　底まで
錘りみたいにすっぽり抜けていけると信じている。
でも、せめてたべものをくれとはいうな。
おまえのやり方もだめ！
ある日そびえる氷の網のてっぺんによじのぼる
そこからするするのびるトーガのうえで遭った

ながくしかも短かかった禁酒法の時代
われらの、享受者は截断のみに興味をもった
現実の、ゴムの、恰好いい遭難の。
記事のなかのすてきな洞窟、アブスコンディンス。
フェードラは、飛ぶ狐といっしょにいて
一九六二年十二月三十一日夜半
なつかしさ！のきっさきをつたって喋りかける、むし
　ょうに、やみくもに。

チンコロ姐たんこんにちわ！
やあ、きみはまだ生きていたのか。
きょうは血じしんが血をくさらせていくのだ。
あ、友よ市民よ、ノーもイエスもいらぬきみらの官舎
　はとおくとおし。
たちまちにすべりいくわれらの禁酒法の時代よ。

錆はつもりつづけ網膜は眠りつづける
ないあわされた情熱と灰、嘘をついたりつかれたり時
　には一致し
汗を拭いてやったり爪の生剝ぎごっこ
うまくやればきみと死ねたかもしれない……朝。
法則はしかしひんまがったままだ、視界のように。
旋律はなだれおちる、獣の赤ん坊で満員の感情ボート
　のようだ。
それから到着する執念も否、生殖も意味なし
白いブラウスは時代でいっぱいだし、風もつめたい！

むかしむかし百人いた子どもはあっという間に逃げだ
　した。
なぜ、きみの皮膚はくろいか
認識のむこうから手はのびてきて嘔吐をひきづりだす
たぐられていくクレーンのながいロープ
時のしるされた段階をじりじりとひかれていく、むき
　だしの腰も、がれき、
ガスたちこめれば、ガスもみえない
きみはやさしい！　まるで歴史のように。
倖わせなたべもの……のようだ。
そのさきにあるのはいかなる函か施設か
炎の柵がしずかにフェードラのほろぶのをつつんでい
　る。

仕事終了。哄笑はそれからきえる。

編集後記

■

私の顔さえ見ると、「やあ〃氾〃はどうです？」と聞く人たちがいる。

「え、ええ、まあみんな元気で……」

「雑誌は出ていますか？」

「え？　目下、書いています。もうすぐ出る予定です」

「やあそうですか、たのしみにしていますよ」

私の苦しそうな微笑を眺めると、その人たちは、通りすぎていく。

この時の気持はたとえようがない。今度、久しぶりに出る「氾」を私は、とても大切だと考えている。私は派手なＰＲは嫌いだが、ＰＲして、なお、期待外れのないような氾にしていきたいと思う。これはイケる！という詩を、いつか、だれかが書ける…そう祈っている。

■

ずいぶんとナマケた。チョウチョウでナマけ、テレビドラマでナマけ、酒でナマけ、宮仕えでナマけ、ゼニ勘定でナマけガルガンチュワの食欲のごとくナマけつづけた。起床ラッパを吹きならして、起したつもりのラッパ手まで、やっぱりナマけた。原稿が集まった後も、ナマけつづけた。ナマけつづけた時間を、12ぐらいにぶった切って、フカならヒレの部分イカならゲソの部分、アユならウルカの部分、サンマなら肝の部分、タイなら目玉の部分、ウナギならカブトの部分を、ここに発表できたかどうか、はなはだ疑問に思う。アジの少なくともたたきぐらいであればと思う。つまり、所詮、切り身でしかないのなら、あやめもわからぬくらいに、コントンと、していたいと思うのである。　<水橋>

昭和38年1月10日発行／発行人・水橋晋／発行所・東京都下北多摩郡狛江町岩戸780・氾書林／編集人・水橋晋・横浜市金沢区寺前町88米倉方　定価50円

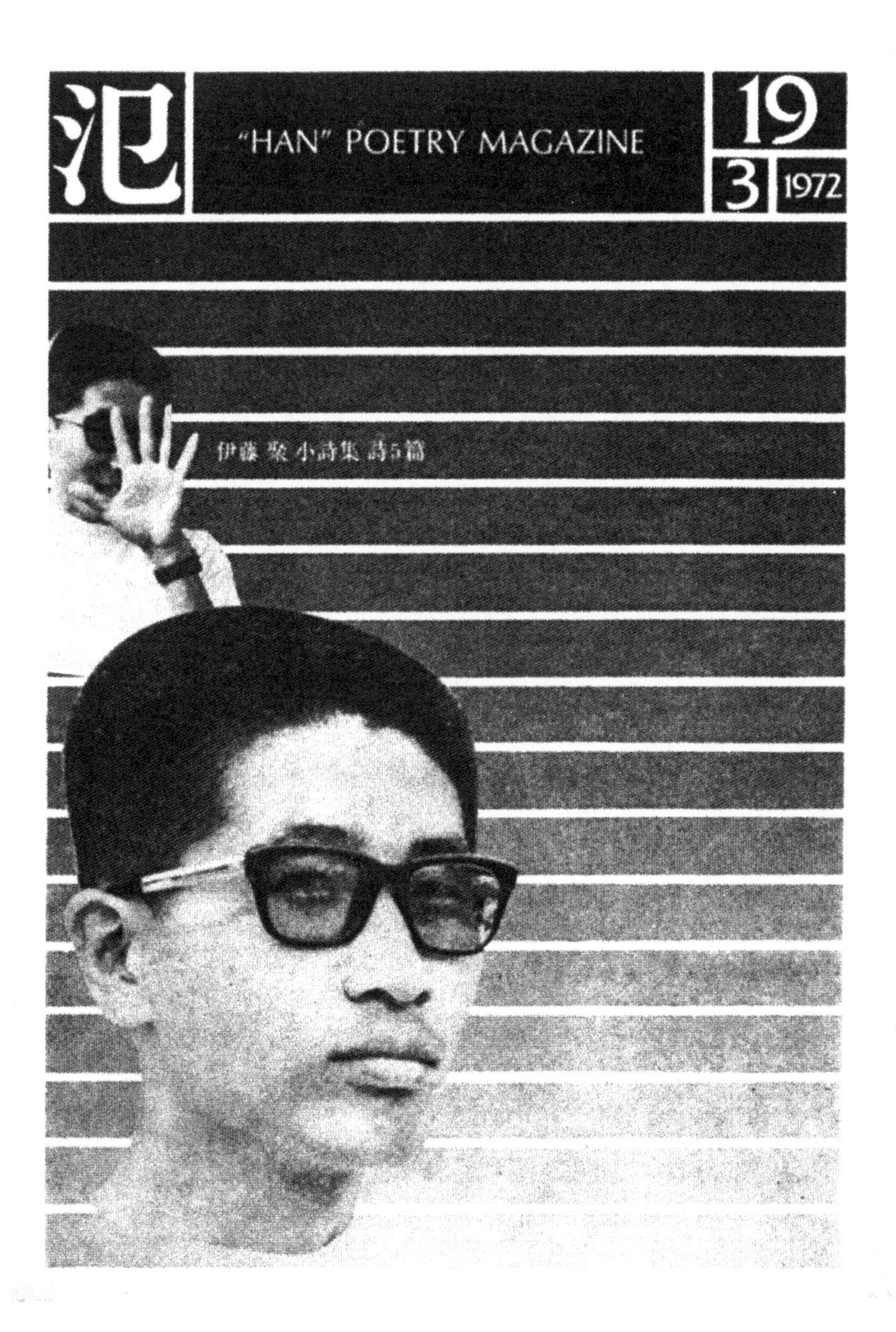
氾
"HAN" POETRY MAGAZINE
19
3
1972
伊藤 聚 小詩集 詩5篇

氾　19　3-1972

表紙・目次・カット 大野健一

わたしたちの床はみどり

伊藤 聚

緑色のパラソルが窓の外で開く
空が半減したのでつまさき立って覗くと
草は根毛までからみあって
キャンバス張りの円天井の上にのたうっている
洗われた砂粒が流れていくので
足もとのベッドの下をよく見ると殆ど網目に透けてい
る

裸足で歩き
テーブルへ行きついて最後の芽の料理をたべ
あとの棲息の方法はヘルメット全体で受講する

赤い岩で半日ねて
脊中にごばんの目の焦げあとを記しあと半日
顔も密着させうつぶせでいる
水時計にストローさして渇きを癒す
低地は空のカプセルのような時計の殻で埋まる

血よりも水を濾過されていくので
あたたまるたびに闇の鐘乳洞へ退っていくのだが
白い受皿を両足に忘れはしない
瀑布は音だけのものとしてのこる

布地の縫い目の黒糸がぐいっと引かれ
みみず腫れが地平へまで走る
傾いたプラスチック戸板に坐る壺の人
別離が近いようだ湿った土の遊星を見つけたまえ
対蹠地が足元遠くとうとう見えはじめたぞ
旗を拡げているがしわをとることができない
断片を蟻とよってたかってかついでいる
そちらでも生きづらいのだ　彼らの放った火が
地核のまるい映写幕にいくつにも映っている

徒歩でいく旅人は磨滅して
舌で這い蝸牛のようなあとをつけてもう暫く動く
おおよそ同じ距離のあちらこちらに首だけの擱坐がみ
られ
眺める者は徒長して広い裳裾や受光量を喋り合ってい
る
すらっとした姿を憧れていたのだったから

明日の一歩目はぬき足でかさし足でか
ふくれた大地が排気して萎縮したから
針金わたりの曲芸でか
緑の布地が骨粉や羽根で目詰りした上に
斑の影をおとしていた白い天のレース
わたしたちを裂けてほつれた糸が雨のようにめくらに
　した

氷栽培

両手でかこんだ卵黄のつぶがふくれて死ぬ
きれいにならんだカプセルが白く濁る
噴水が終って歌も眠りのつぶやきも蛇口の奥にひっこ
　む
ガラスにへだてられた藻がじぶんをなめる

たえず水に養われる
たえず受皿である
生えそろった腸に錠剤の日常がしみわたる
ダイバーともなれば完全につるっとしている

黄色い浮輪が錨のひときれを救いに
漕ぎだしていく　ハンドトーキーがしきりに指さしす
　る
高波の頂きと地下駐車場の送風口にしがみついている
　のがみえないか
しずくのようにやっと芽をだした遺産の海

警報のスパークする暗闇からのお知らせ
朝飯の新聞紙をのけてテーブルの下までかがみこんで
　みる
湿ったモザイクが創立以来の不機嫌と猫をあやす声で
　ぐらぐらする
かがやく戸口に身をひるがえす純白の配達人も見る
ファントムⅡを撃ち墜すなんて考えるのもおかしいっ
　てさ
許されたポリバケツ叩き　きりふきの果し合い
目のなかに埋めたサングラスの破片はいま値打ちがで
　てきた
指の焼けただれる皿の白熱した海域はこの方向にいっ
　てあの辺りだ

声

はがねが測る舌のカーブ
上空に波立つ声の救難隊の大声　手にいれたい。
このひとさじをのみくだしなさい　裂けたままの食後
　の恋人、
沸きたつ頬をいくつ齧ったか思い出したら。

あたたかな腫瘍をおとしたところで残る尻尾が持ちあ
　がるわけではない。
内へ内へ啞がねがえりをうち　腕はあわてて ついてい
　く。
くせになった横断飛行がひるねの間に通過していく容
　器、
唇のバルブもどこかで育つという幻想で生きよ。

重なった皿の上でぜんぶいちどに起るのだから
夢には輝く一巡をしとげる時がない、

タイルの五重塔の各階で鈴が鳴りつづく、
転倒した隊員のあっという叫びが追い打ちで震えさせ
　る。

無音のパワーシャベルがいちばん高くいる。
耳の成熟を待て、おしえはいつもの嘴の直前にぶら下
　がり、
皮にくるまった管制センターで腐った栗つぶがはねる
　と
垣根の共鳴の芽はいっせいにのびだす。

触手をつけねでにぎりしめて記憶をとどめる。
蓋もかぶってヘルメットをおさえ
順応の瞬間だ、旋回する主翼の大きなうなづき、
潤滑油を馴致　貯めたうたはやぶ蚊がみんなうたい終
　った。

聞きたくない回答者とくるまざなのは
どうしてです、大声が
ボートを救うだろうか、船底からてだすけにと
とんがったミサイルをくみだして捨てると
にがりの結晶もこんぶの衣裳もふっとぶ。

たんけんにいく

教室での気球のり
くるぶし砕いても完全なカブトムシ得る
夏　両手のあついほんとうの冒険家になって
冷蔵庫から氷海へ漂いでる
十年　お昼すぎの渇きのクレバス
またいで渉る巨大なキャタピラをはく

幼虫のオディッセイ。
見とおしがよくて確実な加速力をもつこと
ほばしらはみどり
透けたよだれの舳先の女神　洗剤の荒野をきり裂く
あとにつづく渦巻きパン　ミルクのタンクローリー
着せかけるものは何でも着た　一万の両腕に。

柔らかさと共に始まりはこんなに輝いている。
けむった空びんの惑星がよりそう

高い山脈が急に高くなる　肺が心細いほど
網膜にうすくらがりがうずくまり
鏡に顔が映りだしてしまった
減速を舷窓で眺めることになった。

キセルから灰だ　たちまち朝待ち
秘境づくりにあけくれる。
車椅子のジェット化にきたいする
蛇口が長城のように並ぶバァ付きベッドに
居つく　皮だらけの乳房に鼻をつまらせる
ねじれても避けていきたいな
行きつくさきざきにかぎざきの死の統制のあるところ

最後ののぞみを誰が聞きとどける
踏みぬいた古釘のうえ舗装はおわって
ドライブインの夜中必ず聴えてくる大手柄の物語。

水溜りをぴょんと跳びこえる。
ハンカチがかぶさってめくらだとあわてる。
走法も奏法も時計と共においてある。
装備と補給は背中と共にある。
足をそろえていち　にい　さん

墓地の墓地をでたときから　ひげ長く
冒険家は杖がたよりだ。

島々

こんな島酔いにこれからはかからないだろう
周遊道路の道幅いっぱいにゆれる
七宝焼のみちおしえについていったのがはじまりだ
眩光ルートを指を重ねたブラインドから
だが強熱の昼に炙りだされて柔らかいところから傷たんだ
夜は見物もとりやめて栈橋つづきの
揺れるけれど軟骨の微風の吹き抜けるところへ泊った
星雲下と思われる方角を足で探っていて
全身を埋めようとしておちあう筈のもの
ひとあし先の到着でふさがった
ひきかえす溺死人ということで今度も浮上
腕が夜墨でねばってきた
うみねこ属の感傷の渦に入りびたりになる

これらのことは二つの方向にしか吹かない
季節風の通例の積載物だと解って胸につっかえる悪酔い

はしっこの灯台は火付けの時刻
灯台の支持者どもが支柱に集まって両手をそっとそえる
かれらの煮るシチューの湯気でくもるのではないだろうか
この平台の島を踵の高度から眺めてごらん
足跡ばかりが先人分も入り乱れ
なまこの脊中のまねをする送信所は
薄口のつぶやきを青空にかもめ文字でひっかける
期待にみちた本土からの受信しかうけないのだ
あ二日酔も放っておかれるものか視野の調整
両刃のほら貝百年の三角波ともに全く磨滅
頭布は沈むし日も沈む

紡った後でのひととびを跳ばない決意高く
秤にかけたままトレーニングスーツの丸干し
甘塩にふくれた筋肉をねかしつける
あしたの血栓に備えてときほぐしたのか

とぶなら枝から枝への大冒険でなきゃ
骨格はかぶった自分の灰の下でぐずぐず
行かなくっていいじゃない一日位ぶすぶす
昼ごろ本隊がはしけに旗で到着したので
何かいいなの方へ解放されることになったのだが
ひとすじなわの筋肉だけではもうバッタでもあり得な
い
選手くずれの旦那はどうしましたか
坐ってバネ隠しなんか本当にできたのでしたか　やれ
こんな難破難題で縄がけされて
岩ひとつ楯を横にもできないぶつぶつ
波打際のベッドがみちひで少しずつ動く

はじめの点火栓の急追はどこで消えた
たて横の街道が旧蹟として線を残している上で
運転台は怒り合いの表皮で吸着つながった
荷台をだれが休養させているのだろう
トラック一周足まかせ球場一箇の賞品のビラも破れ
給費のヒッチハイカーたちだけが南北へ走れとわめく
荷主でもある助手たちはカセットテープで胸をつまら
せ
脇腹をさかんに蹴ってくる

渋滞の繰返しのうち藪づたいの逆流で逆転しようか合
点だ
帰順した島つぶしたちが
みちばたでひからびて角質にとじこもる

声は大声で
水平線上の真珠母色の幕が大きくゆらぐ
雨がいつきそうだ
サンルームもプールもおしまいになって
耳と目を両手でふさいだ潜り子たちが裸でころげでた
両手をひろげて金色のロープで曳航されて
つまさきが水面を離れる滑走を来年の夏は
風船割りなんかずっとあとでならしてもいい
肌色にこんがりふたりでお鍋にごろり
燻製の苦悶をスライスした松籟と板ばさみに
無心の夢魔の仲間入りどうぞよろしく潮騒あとをつづ
ける
上下で噛もうとする歯茎が停る
舌も停るはらわたが数珠のように集まる
そして変った願いごとはその近辺で掃き立てがはじま
る
半球が縞々を挽回しかかる

小航海時代

小長谷 清実

大きな籠にゆられゆられて
水たまりの海を決死の小航海

足の方からは水　なまぬるい水
爪のあいだや皮膚のシワをつたわって
四月のように十月のようにとりとめなく
からみつきからみつきからみつく

その境遇を非常に不快に
不快に感ずる子供とネコ　わたしたち

いっぱいある窓のひとつに
目をすりよせて三十余年の小航海
見えるかぎりを見ようといらだち
いらだちいらだちいらだつうちに
瞼にかすみ波うつ屋根　笑い転げる灯り
白っぽく水っぽくひろがる夢十夜

窓いっぱいに目いっぱいに
だんだんハッキリしてくる希望峰…

去年は円型脱毛症　今年は原因不明の皮膚湿疹
だんだん欠亡してくる生野菜や何やかや

大きな籠の危機　大きな籠の危機
海はますます卑小に不毛に

たよりなさ　そのたよりなさが土用波を呼び
大きな籠を日旺の方へぐらり傾け

子供とネコ　わたしたち　レタスのように
ごろごろ転がり転がり転がって

いっせいに籠のへりにシッカとつかまる
人間は指で　ネコは指から爪をだして

慰めるもの
——水行乗船

江森　国友

波

等高線の崩れ

地球にむかう高潮

霊の声紋

魂の　深み

浅芽生の声

朝妻の船

＜ゲシュタルト＞　Gestalt

＜ゲシュタポ＞　Gestapo

四人

辺縁系

部屋住（子）

蛭子

水

水華

水晶花

水茎

の

跡

＜御身は表面（おもて）にて

　何をなし給うや

　　深みの姫よ？＞

　　　（ジュール・シュペルヴィエル）

慰めるもの

——野行曲路

すべては
　官能に　統べられ　繊かな
　溝阬に　距てられ　ている

空に（空の）運動に配されて
燃える（蜘蛛）が
流れる
した（舌）に　水が
笑った水が……
水が……曲っている
風鐸の音　鏡の反映が
螢草の（芽）を

流し
恋（声）夜這う

　春の日　春日（かすが）に遊び
　野の草　摘みに遊び

佐保路（恋）（声）叢生し
遙るか山
雲
湧きたち
石上（いそのかみ）
岩ばしる
蕨
萌えたち

金剛
葛城
（蜘蛛）
簇生し

（燃え）

火消して
人知れず
生きたい

ひっそり

（眼）
清み
水澄み
灯火沈む
ひずみ

（蹄）

風
馬
牛

牛

馬
鹿

草原には　犇めく

蚣
蚓蚋
蛾
蜥蜴
蝶
蟋蟀
蟻
蜻蜓
螻

蟬声　一時
太陽の間道を閉ざして　日の終り！

希望一個

山田　正弘

たましいを頂戴よ
むっつの子どもがいった。
かなしみってどんなものなんだってば
ねえ教えてってば教えて
(丸いか四角いか食べられるか食べられないか)

知らないの?
つかの間
風吹き
枯るる萱そよぎたつ。
熟柿垂るるごとき日輪ひとつ
和泉多摩川架橋渡りゆく六人の家族
一列に。
吹く風はいずこへ向うとや。
(なにもないところに、夕陽や一個)
水門開らきあれば　幻　爆ける。
蟬の脱殻
流れる川流るる
寒気いまだなく(どれだけ生きられるかわからない
な)
枯れた茎折れば、むせかえる海の匂いたちのぼり
万物、先祖帰る歴史的洞察の始点(そはいずこ?)
遠くとおく鐘鳴る(殷々たる)
生きていることは即ち恐怖

凹（ああ人生の）
水溜まる
踏めば、足下に仔猫啼く
一匹の猫は恐らく（わたしの）投げる石よりも早く走
　るであろう
豹走る
珊瑚蛇走る
氷走る
猫はなぜ走るか
考える。
なにかのために、考える
（他所からは見ることができないようになっている
　場所）
夜半、月さらに細っそりして。

とても悪い夢ばかり見る
とても悪い夢ばかりなる手枕の（それがまことだ）
わたしの不明は、（夢のなかで）ついに蝶蝶になれな
　かったこと。

赤ん坊は物質。
経験はただの量の堆積（質に転化なんかしない）
無所有にもとづいて他のものを捨てないこと。
病児、しゃぶる暗い春。
時間に融和する死骸（わたしの親友）
桃色した煉獄
その他がらくた一束（状況などとはいわぬ、それを）
すかさず全肯定せよ、（さすれば）怯えるこころより
　逃れる唯一の途。

春めぐり来たる（いつか）
もし、春めぐり来たらなくとも
あなたは来る
霜柱びっしり詰められた輪郭（それが顔）
剃刀でほじくる
ざくりと剝がれる（その下になにがある）。
ほんとうに恐怖といえるものにまだ出遭ったことはな
い。
（まだ子どもは帰えって来ない）彼女はむっつだ。

白い水のなかで、電話鳴る
（もしもし、人類すべてザリガニになれる日来ました）
恐怖とは（………）
いつも言葉（じしんが）ほんのすこし余計に語りすぎ
てしまう（こと）。

なら
（空白の数行）
日常の分別
（ソレガ救イダ）
ここ過ぎて
今 役に立つものは？
（金銭なのか）
今 役に立つものは？
（情熱なのか）
今 役に立つものは？
（……なにもかかれていいない）。
告白してあげるよ
ロートレアモンこそわたしだ。

（また電話が鳴っている）
かなしみをおくれってば……。

熟して身垂るる柿
怯えるこころ
余生こそ最上のおくりもの
走れる猫

月下に飛ぶ蛍
（それが正解）

青い青い空に、桐の花が咲いている。

隕石の夜

三木　卓

昨夜は大隕石が突入し　その光を浴びて
われわれの市街は奇怪な姿を浮び上らせた
わたしは高い窓のそばにいて
蒸溜した酒を呑み　それを目撃した
都市はその光に堪えられない
瞬間に生まれ死ぬ　わたしは
明滅する恒星の眼の一閃で世界を見る
そして事物の輪郭が
死へむかって変倚を示して輝いているのを感じる
目をとじると　ガス・バーナーのように
白熱した炎の曠野が波打っていて
蟻酸とクサカゲロウの臭気が激しく漂った

そのとき　わたしには都市は
一掴みの暗青色の灰になっていたのだ
ステンドグラスの華麗な熔融塊が散乱している　広場
　で
病んだこどもたちは今　環になってめぐり
優しいうたをくりかえしている
それでわたしは　穀物を蒸溜した酒を
すこしずつ土に　こぼしていく
土の奥は　老いた女たちの乳房でいっぱいだ　酒は
そのやわらかな曲線を静かに洗いながら
地球の瘤ある根に荒々しく吸われていく
われわれは　ダイダロスの建造物のような
送油管と鋼鉄で構成された奇怪な秩序をつくった
都市は腫瘍であり　人々は　そこで
体液保持の袋をひきずりながら発汗しているのだ
わたしは　邪悪な胚珠を胎内に保持し
瓦礫のなかを歩く　そして
死んだ動植物のことばを集めて　翼をつくろう
告知するわたしの鷲は　火を噴いて墜ちる　そして
わたしは　それを目撃しながら
黒い馬とともに去っていく

鏡の否

堀川 正美

鏡
映像を拒絶する鏡
映像の壊乱にとどまらない

鏡から実体がとびだす
ピアノが斜に押しだされてきて倒れる
テーブルが　椅子がいっぺんにほうりだされ
花びんと夥しい花が吹き出す　猫とびとびに走り去る
食器戸棚　まるごと投げだされる
きみも　叩きだされてひざまづかねばならぬ
たちまち
めくれて破片となる壁材　断熱材　窓
そとの庭木　隣りの家　次の家　その次の家

木端微塵
通りを走る車　大学　歩道橋　市役所　高速道路
木端微塵
風景がほとばしり

しばらくして
大気と宇宙線がふきぬけ

またしばらくして
巨大な熱気と
なんともいえない重い物質がふきだす

沈黙した鏡は
いまどこまでも暗黒空間の連続のはずだが
ふちに　そっと手をふれると
鏡はわずかに倒れかかってくる
鏡から噴出した堆積の頂上へ
はこびあげて　おく
透ける雲　夕ぐれの紫　星々の運行にみちてありえた
　このなにものかを

他の鏡たちをみたまえ

鏡たちの拒絶がありうると　ときにかんがえたまえ
わたしもまたふきぬける鏡であるならわたしの運命と
　いうにすぎない
だが　鏡が鏡であるとして　ねがう
鏡のなかで　世界がおだやかに老いてゆくことを

夜の渚　星の言葉

宇宙の影響は
地球という一個の星に
ゼロである

破裂し　集中し　ふくらみ
たえず　記憶も　経験も　喪失し
中心はあまねき宇宙
へりはあっても飛散するものの外辺で

あまたの宇宙が　そこから消失されることで
ようやくすべてが　ある密度の　集合であるとは
始めも終りもない実在だとは

この甘やいだ悩ましい持続を
つかのまとしてあらわす
この星と
この星の皮膚感覚　われわれは
とくにゼロ
とくに意識され集中されているゼロ
生と死の　放射と喜捨の
生きた無の開口で
いつからか　あった

言葉　精神　愛
これら　人間のしるし
無である　意識の
不思議な
波の
ささやき

円環話法

窪田 般弥

年令は飛び立てないから
（飛び立てれば幸せなものを）
ほんとは自分の年令がわからないので
毎日ここにやってきて
絶望までも出し惜しみする老婆のように
静かに腰をおろして日々を数える
西方浄土（シャン・ゼリゼ）のすぐそばの
公園のベンチで

飛び立てれば幸せなものを
（イカルスの失墜は悲しい）
そのまた西には
リラの花咲く囲いがあり
わたしのパルナス山の墓地がある
秋の日の溜息のアポロンは
歌を忘れた脚韻屋
切れた絃の叫びばかりが疳高い

イカルスの失墜は悲しい
（鼻をかび臭い大地につっこむミューズよ）
死語をささやくのは愉快な悪戯だ

死人は詩人
詩人は盗人
悔い改めぬ盗人だ
彼らはミューズの墓をどれも知っている
でも自分たちの墓は知らない

鼻をかび臭い大地につっこむミューズよ
（涯しなくつづく「ここ」と「いま」）
月夜の芝居にうかれる使者の
ホメロス風の哄笑は
黄色いユーモア黒い恋
略奪はつねに苦々しく喜劇的だ
異郷暮しのミシンと蝙蝠
君たちは永遠に出会わない

涯しなくつづく「ここ」と「いま」

（楡の木の下で待つがいい）
飛び立てれば幸せなものを
イカルスの失墜は悲しい
鼻をかび臭い大地につっこむミューズよ
楡の木の下で待つがいい
いつまでも
翼のない虚無のように

絵本

山口 洋子

娼婦のようにぬらす雨
とぎれとぎれのざれ唄

虫たちの亡骸が吹かれていった路を
探して立ちどまる声
女のなかを吹きぬける男が
沈黙の草花に変身するのを見つめる
夜のまなこ

お喋べりが遠くにいて
だれもが他人のままで静かで……
さあ、もっと
嘘つきの色彩に染めておくれよ、雲たち
欲しいなどと
欲しいなどと……

いま欲しいのは飛ぶ部屋
幻のように海をすべる
陶酔の皮膚

忘れた樹蔭を

あのみだらな祈り
おずおずした指
やい、昨日の古びた歓びの敷皮
欲しくない
怠惰な蛇たちを狂喜させる夕焼けの
ただれ落ちる絵具
つるつるとはがれてゆけ
いやだいやだ欲しくない
仏陀のようなひとの
耳をそぐ斧
その血のさざめきを
もらさず吸いつくす優しい舌なんて！

いま欲しいのは
巷から巷へ
あやとり遊びの

もどらない綿毛
あなたのために吹く
わたしだけの笛
お喋べりが遠くにいて
あなたのほとりに
ただ
笛を吹く子供のわたしを乗せて
沈んでゆく
決して眠らない水蓮の花たち

逝く時

新藤　凉子

はじめ輪郭が彫られ
苛酷な時を耐えながら
中心にむかって色が埋めつくされてゆく
すっかり形となり
もうその肌に画くものとてない
死と共に失われてしまう
一代の形象
消しようのない紋章
年とともに　しわをたたみ
肌は色あせても
画かれ　彫られたものは
その形をとどめている
針さされた痛みは忘れても

その時を耐えたよろこびだけが
生きている間をひそかに輝かしくしている
ふき出した血が　白い肌をにじませ
すみが　そのなかに刺しこまれるとき
めくるめく愉悦と痛苦は
何に捧げられる遊びなのか
愚かさを刻みつけ　すっかり忘れてしまうため

世界とふれあうわずかな皮膚のほかは
朱や黒や青でいろどられる　それは
みせられない　栄光の恥部だ
それは　きみの生だ
それは　わたしの生だ
あのおさえられた痛みにくらべれば　すべては
嘘だ　まことだ　普通のことだ
それが　きみの生だ
それが　わたしの生だ
ことばもはいる余地がない
きみの　わたしの
くりからもんもん
刺せ　刺せ　時を

汚染

水橋　晋

青のかさなりひしめきあう水脈の縒りもどし縫いこむ
　さかなめらすべて。
へどろわたに澱り積もり蠕動くりかえすうごめく無機
　有機の無明無情。
飲みつくした薄明のしたたりは目の奥に墜ちず果て。
まためぐりくる星星のきらめき映らず一面腐れ発酵し
　ぶくり泡を吐きだし割れもせず。
すえてしまい。

ほんだわらあまもあらめうみとらのおあおさみるおお
　ばもくとげもくかじめ傷み。
たまご孕みて生む日いたりても生めずのたうち。
目ふくれ血の糸引いて気ぐるいし腹をかえしばたつく
　なさけない。
ぼらいさきあじさばかれいほうぼうあんこうめら。
水の路しるべを辿れぬ回帰への定かな輪廻の鎖になれ
　ぬむなしいぞい。

物理のことわりのまま漂い漂い。
背とろけ尾とろけひれとろけえらとろけ。
北斗にむかう舵とれず。
幾重の無明の彼方に幾千のたまごともども沈み果てる
　悲しいか。
しるすことばもたず声もたず涙ながさず目まるくひら
　き。
からだふるわせのめりこみ溶暗。
かいあしるいけいそうらんそうわれからみじんこすご
　かいめら絶え。
手足なえしぼみ油膜まとわりつきむくみはじまり。
しがみつけずとりすがれずおどろおどろに積もり埋も
　れ。
たゆたいなし。
夜明け纏った青い孕み子を永遠のはじまりの位置にお
　けずいまわしや。
母になれず。
腐れ腐れて泥にまみれからからに乾き晒され粉塵まき
　あげ。
幾億の目の骨からんと白い音をたて。

沙漠の夜は黒い海

打越　美知

国での夜を深くまでさまよう
毛の抜けたラクダに跨りきょうは
国境の町
バザルガンに着いた
国境の鉄の鎖のつながる
意味の一つ一つを
ざくざくざくざく踏んでいく
きのうと同じ地形の
同じ乾きの国に入っていく

サーテチャハール、ニム
パダァー、ゾール
（午後四時半）
西にひろがっている沙漠のなかで
這うようにして草を喰べている
羊たちを追うベドウインの男が
ラクダの旅を見送っていた
ささやくこともなく略奪する

ラクダに跨り遠い国境を越える
塩の沙漠を越えていくラクダの
毛は抜けて威厳がなかった
赤裸で煩悶する
ラクダの背に遠いしたたかな
砂の記憶をのせる
さらさらと崩れていく
戒律のきびしい

部族兵の目のような
太陽が喰いつづける
毛の抜けたラクダの背を
長いすねを
こんな日はきまって赤い沙塵の風が吹く
遠くでゆれている
水かげろうの湖に
ラクダごとはまりこんでいく

乾燥と水
光と影　沙漠とオアシス
点のような集落そこでは
白い骨になっていくしかない死があって
遠い昔からのペルシアの諺があって
おんなたちの持ちあげた
水甕があった
ブタを喰うな
酒を飲むな
四妻である

蒙昧な民を沙漠の一日が
つつんで沈む

狙って撃ってそしていえ
宿命だ……と
他人の死はお祭りだ……と
うそぶく男を追って男がいう
ヤツの顔から毒がしたたる……と

白い骨と水甕
と諺とつつんで沈む
沙漠の夜は黒い海になる
黒い貝がらの散らばるテントのへりで
跨ってのりつづけてきた
ラクダをしずめる
背の低い沙漠の草を一緒に喰べながら
黒い波でぬれた毛が
ふさふさとしてくる
夢をみながら

砂表

はげしい風土のなかで残った実が
ほしいままにはじけていった
一筋の情念は風にのって
砂表をめくり　めくり
思いがけない風景に出逢いながら
歩きまわった

土塀の腹に
腹をこすりつけてロバがないていた
汗ばんで砂表にのめりこんでしまった
残酷な背中の重さの
けものの歌をゆっくりと探すように
風にのってはじけていった

実をわたしは愛していた
流沙に埋められてしまう
かも知れない
狼狽を砂表の向うに隠したくなかった
荒い風景のなかで
鷹揚にふるまった

限られた空間を
砂表を
めくる赤い風が吹きはじめる
ふるぼけた論理だがひとりでは
食えない
仕組の網の目を紡ぎかえる
煮えきらないままはじけていった
露骨な匂いの
実をにぎる屈辱を探しはじめる

　庭の餌台に冬の間だけ穀類、パンを置く。鳥たちの堕落を怖れながらである。スズメの類だけかと思っていたが、ヒヨドリ、アカハラ、ヒタキが現れる。せまい庭だけに、ヒヨドリのような中型の鳥が現われると、大げさにいえばライオンが出現したぐらいの迫力がある。

　草木類につく昆虫の卵やら幼虫やらは、草木に徹底的にダメッジを与えない種である限りは、一切除去しないことにしている。夏から秋にかけてアゲハが20匹前後、ハッチしていく。が、サンショウの木は五本とも丸坊主になる。サルスベリはドクガの幼虫に痛めつけられワタフキカイガラムシにとりつかれてダウンしてしまった。それでもクスサンのスカシダワラを四つも越冬させている。昆虫は鳥たちとは違う。扱いづらい。自然の均衡なのか、自然そのものが均衡しているのか、と疑問が湧く。

　大事に育てていたヒヨコが、四カ月めに野犬にやられた。夜半、金網を食い破っての所業である。無念やる方がなかった。野犬にした飼い主の無責任さ、これは全く人為的な破壊である。

　今年はもう東京湾では魚を釣らない。汚濁の中で生きなければならぬ魚が哀れである。今年の夏、沖縄本島で海に潜った。東京湾の魚に見せてやりたいくらい水は澄んでいた。その沖縄でさえ、廃油汚染、汚水汚染等で泳ぎたくとも泳げない地域が増加しつつあった。

　原爆の恐怖と人はいう。原爆を怖れなければならないほどに、人類に、いや地球に未来があるのかな、と思う。毎日毎日の空気に、毎日毎日の食物に含まれているだろう数々の自然でないものの蓄積が、今日は0.1ミリ、明日は0.1ミリと、足から、多分もう膝ぐらいまでに深々と、あるのではないか、と、やりきれない。原爆なんて怖くない。

（水橋　晋）

＊

　人間というものは、少しずつでもよりすぐれたものに発展していきつつあるのだろうか？

　古典を読めば、すぐれた人々は、現代のすぐれた人々と同等乃至それ以上の人間としての知恵や洞察力を持っていることがわかる。しかし、では、社会総体の精神の水準としてはどうなのだろうか？

　勿論知識的なものにおいては、人間の社会には継承があり、わたしたちは棍棒を持って獲物を追っかけたりしないですんでいる。しかし、だからといって人間一人一人が、江戸時代よりましになっているかというと、これには簡単には返事ができない。わたしはいくらかずつましになっている、と思いたいのだが、仮に戦後という、わたしが目撃できた時間帯だけとって考えてみると、わたしたちは確実に悪くなりつつあり、今や人類史的に見ても、そうとうに低い精神的水準を彷徨しているようである。

　この社会は利潤追求を至上目的とする社

会であるので、人間のことを考えているひまはないから、或る意味では当然のことだろう。しかし、その外に出ているはずの革新政党にしたところで、戦後、民衆の量による力を利用して政治目的に使用しただけで、そのことによって一層民衆をおとしめることしかなかった。だから、この社会に生きている人々は誰にも真に愛されることなく見捨てられたままになっている。そして今のわたしには、このことは心に掛ることだ。わたしたちの悲惨は社会体制の変革だけではすまない。それを行なう人々の総量としての精神の水位こそが問題なのだ。そんなことを思っている。（三木 卓）

＊

縮緬の着物のどっしりしていて、まつわりつくような感触が、終りの秋の風の中でこころよいある日、能を観た。

簡素でしんと静かな舞台、無造作のように舞う、神経のゆきとどいた動き、その間。

謡い舞う人びとをはじめ、高齢と思わせる人たちの打つ大鼓、小鼓、笛の、張りのある澄んだ響きのよさ。ろうろうと魂から魂へとしみとおる声の奥ゆかしさ、言葉のおおらかな深さには、いつものことながら、熱くなってゆく心のときめきを押えることができない。

ある時は素で舞う老人の白髪が、扇を持つ掌が、音色の中に溶け込んで舞い上り、幻の鳥のように、生きた泉のように見える。

いつどこであっても、美しいひとを観ることは素晴しい。

憩いのロビーで、パンタロンに身を包んだ作家のAさんに出逢った。

「ああ、なんだか疲れちゃったわ」そう云って笑う彼女も、昔は大胆な色や柄の和服で、いつも仲間を驚かせていたのである。

「飲んでいる？ あたくしなんか、もうお酒飲んでも楽しくない。飲んだって人は喜んでくれないし、飲んだ翌日はもっとイヤになってしまうし……」

その当時、彼女はわたしの知らない高級な洋酒の名前を沢山知っていて、なにでなくては飲まない、などと言っていた。

変りばえのしないわたしは、うんうんと、ただ聞き役である。思いがけないわたしとの出逢いが彼女をじょう舌にさせ、ロビーでの時間が物足りぬふうであった。

やがてまた高齢の能楽師が舞う「羽衣」に、思い思いの感慨を抱きながら、「またね」別れる。

羽衣を漁師にとられて天へ帰れないと嘆く天女、返してもらうと天衣無縫に、あどけないほどの愛らしさを見せて空をかけ、遠い彼方に消えてゆく世界に、つかのま、彼女もわたしも我を忘れていたのであろうか……。（山口 洋子）

＊

日常性といったものが、なぜ家ネコのように平和であるか考えてみると、その理由のひとつとして、限られたモノしか見ないからだということができよう。限られたモノしか見ないで送る生活が、人間の生き方として貧しいかどうかは、このさい別問題である。

ところで、一篇の詩をかたちづくろうとする行為は、ふだん見なかったモノを見ようという努力であろうが、そのキッカケは、なんだかネコの持つ好奇心やケッペキな不快感情に非常に近いもののように思える。

ネコの日常はかれ自身の基準に非常に忠実で、それに対して飼い主といえどもなかなか容喙できない。それとない方法で、かれの好みや習慣を変えてやろうとはかっても、たいがい失敗してしまう。それにひきくらべて、人間の日常の好みや習慣はまことにたよりない。こんなふうに考えるのは嫌だけれども、もともと人間の日常はネコのそれとちがって、イヤでも等質化計量化される性格を持っていて、その目盛りが次第に小刻みになってきたということが人間社会の進歩ということに過ぎないのかもしれない。ここ十年ほどの時間についていえば、コンピューターの普及とそれを呼びよせた人間社会の目ざす方向が、もう取りかえしのつかないスピードで目盛りの小刻み化のテンポを早めていることは、誰の目にも明らかである。

しかし、どれほどに等質化計量化されようと日常性は変りないから、それ自体は依然として家ネコのように平和であろうが、限られたモノしか見ないで送る生活が限られたモノしか見られない仕組みの生活にすり変っていると感づけば、不快感がこみあげ、こころはたちまち不安定になってくる。そして、この感づく能力こそ、人間の場合は、あの頼りない日常の好みや習慣によって育てられる感受性にちがいない。

この分の悪いぐるぐる廻り。だからといって、この白けきった日常!!などとバッサリ切って捨てるわけにはいかない。感受性の断片なりと、まだ残っている間には。

（小長谷　清実）

＊

蕭条たる秋である。庭の竹が、小雨をふくんで、いまにも折れそうにみえる。

カーペットを敷きおくれた床から、冷気がのぼってくる。お天気のいい日に、部屋を暖かく模様変えしようと思うのに、たまに晴れても、ぐずぐずしているうちに、もう空模様が変わってしまう。

寒さにふるえながら、秋はこんなにやりきれない季節だったかしら、と思う。

日の暮れも早く、起きたと思うともう夜だ。そういえば、今年もあっという間に終りに近づいてしまった。

何もかもが、すばやく過ぎていく。

何時の頃から、こんなに、一日が、一月が、一年が早く私をおきざりにしてしまうようになったのだろう。

詩を書く暇もない。友だちに会う暇もない。

つまらないと思う暇もない。老いる暇もない。現実と夢想と過去がごちゃまぜになって、私は不思議な動物になってしまった。何もしないで、ぼんやりコーヒーを飲んで一日が終ってしまう。

天から物が頭の上におっこちてきたようなショックがあると、何か紙に書きつけるのだけど、その紙きれも、片はしからなくなってしまう。

そのうち、私もいなくなってしまうだろう。友だちもいなくなってしまうだろう。

「氾」という詩誌は残るだろう。印刷してあるんだから……。

（新藤　凉子）

＊

このままさに芯から気だるいとしかいいようのない徒労感と精神の憔悴はなにに由来するのか。書くことが即ち生きているといった至福にして輝くような恍惚など夢みることさえ許されぬらしくある。日常の網にからめとられたままぬるま湯浸けの夜が夜につづいていく。月末も待たず次々につきつけられる勘定書きのやり繰りにバタバタしながら。償うことのできぬ勘定書きのいくつか、どこでどうツジツマを合わせることができるのか、皆目見当もつかない。後生大事に抱えこんでいたはずの個人的信条といったものなど、時世の風に吹かれてたちまち自壊してゆく。

深夜ふと気づくと、いや近ごろでは白昼からでさえ亡霊どもは私のまわりでひしめき合い跳梁している。ネエ、カッコなんかつけなくたっていいんだ、一度でいいから本当のところを書けよ――。私はうっ…とか、それは……とかいってうろたえて言葉を探すのだが、答えられる中身なんかぜったいみつかりっこない。あのなかの何人かは友だちだった奴だ。あんたの死に私もきっと手を貸していたのだから。

われわれが共に地獄に遭遇したのは何時のことだったろうか。つまるところどんな言葉も不全なのじゃないかという認識に達したときに始まるのか。とすればそれはずいぶん昔のことだ。書かれてしまった言葉と、おろかな錯誤繰り返えしながらまだ生き延びているこの私の〈生きざま〉の間にぽっかり口開けている深淵。その底に切捨ててきた恨みつらみの数々の、〈感情〉こそすべてだ！ と私はおそらくいいたいのだ。だがそれもまた欺瞞にすぎない。なぜなら、目下現在の私は、ぬるま湯の網にがんじがらめ縛られたまま、どこに至るかもわからぬ斜面を堕ちつづけているのだ。いつ果てるかわからぬ失墜地獄。

しかし、なお堕ちつづけながら書くとはどういうことか。それは忌むべき行為、いや、そもそも書くということは嫌らしい行為なのではないか、という思いが不意にひらめく。すると私は一言半句すら喪い、――あのどうしようもない徒労感のうちに無為の日を幾日も過しているのだ。ここを抜けだせば、ほんとにひかり輝くなにかがあるのか!? 爪をたて空を引掻きつづけながら……。

（山田 正弘）

*

曲りくねった脊中を踏み外さないようにして、波打際まで降りて行く。海に近づくにつれて、なだらかなスロープをひき、所所に灌木の繁った脊中が、風紋のように数を殖やす。反対にもっと高度のある辺りでは、両側が波のような樹海におしよせられていて、踵には苔がまきついてくる。隣り合った脊梁を降りていくものたちも、そこではまだお互いの姿を見ることはない。

水面から覗くと、見なれた感じの大きな顔が沈んでいる。水に熱い両脚を冷やしていたものたちは、同時にその顔を見ていてしまう。きつく結ばれた瞼と唇は、岸辺のどんなお祭りで開いてくるのだろう。開いたら、それは誰になるのだろう。

葉が黄色になって落ちることでいたるところ変っていく。瞳をその黄色に染めて、見ていたものたちは、この色でよかったのか、とびっくりする。けれども少しずつ遅れながらでも、景色を全部欲しがってくっついていく。葉が蔽ってかくしていた枝々の向う側、青空が露頭する。やっぱりそこにあったと思う青空が、こちら側の背景も裏打ちしているんだと思う。青空と水面に、つぎ目の見えない丸い包装をされていて。

朝、冷えこんで、水と空の夢を見た。昼ごろには二十度近くに温度が上ってくる。熟れきったカキの実が、うらにあって、オナガがいっぱい来ている。おとどしの秋はオナガがいっせいに飛ぶところを見たので、去年も、と思っていたら、その年はカキがならなかった。

十一月十五日の午後、カキの木に集まっていた約三十羽のオナガは、果実のように枝にくっついていて、いちどに飛び立った。上空に百羽以上の集団が旋回していて、その群の中へまじってしまい、北のオセンゲンサンの森の方へ行った。もう帰って来な

いで、残ったカキの実をつっついたのは、別な二、三羽の群だった。　（伊藤　聚）

*

　現在とらわれているこの短い時も終るだろう、さもないとどこへも出られないから必ず終るだろうと考えつづけていながら同時に思考は呟きのように連続して断ち切れず、からだは身動きひとつできない、あのまっぷたつの睡眠のなかだとはわかっている……時間の進行方向に鉄がゆっくり入りつづけるのをみるばかりで、ひどく寒い緊張、底冷えの底にいる状態からにわかにぬけだせないまま、目はたしかにひらいて見ている、直前にある刃がつめたく進むばかりで、連絡しとびから観念がスパークするのを……縊死した三里塚の青年の遺書や、抹殺された左翼反対派の名を次々に呼ばわるセルジュの声が、とぎれとぎれにいつまでもきこえてやまない。　（堀川　正美）

*

　コーランと詩の国、美しいモスク、チャドウルの女達のいるイスラムの世界、そこに私は、家族とともに数年余を過ごしてきた。

　首府テヘランの大通りの十字街には、国民詩人フェルドーシーの銅像が立っていた。またその通りの名を、ヒヤバネ・フェルドーシーとも呼び、日常生活のなかで親しんでいた。このようにイランでは、コーランとともに多くの詩人、オマル・ハイヤム、サーディ、ハーヘーズ等の詩が愛され、とても文盲率八〇パーセントという国に住んでいたとは、思われなかった。街のなかで（文盲と思われる）彼等に向かって詩をうたうことを望めば、即座にハーヘーズの詩の一節が返ってくるというものだ。それほど詩に溢れている国だった。

　ある日私達は、アルボルズという山に登った。その下山途中で、麻袋にリンゴを入れ、売っている親子に出会った。岩だらけの山腹には、木陰などまったくない、赤茶けた山肌は、ぎらぎらとした太陽の下で、むせかえっていた。その太陽の下で親子が何か叫んでいた。掌に数個のリンゴをのせている。遠くからその声は聞こえてくるが分からない。だんだん近づいていくと「ホダー、バラーキャッド、シーブ、ベデ」といっていたのだ。こんな意味だった。「神さま。このリンゴにあなたの慈愛を掛けて下さい」という。

　人間の発するどんな言葉も詩になる神話の時代があった。その神話の時代が、いまこの山腹にあるようだった。こんなにもやさしくリンゴに向い、神への謙虚な態度で物売りする姿を眺め、どうしても、スーパーエゴの国民性を持つ彼等とうまくイメージが重ならなくて困った。親子は一目で文盲とわかる。だから書くという表現はゆるされない。表現した詩のなかに詩がないと悩むこともない。しかし彼等の伝える言葉のなかに詩があり、それが私を打ちのめしたことだけは確かだった。親子の前にしばらく立ちつづけていた。美しいペルシア語のうたの前に。　（打越　美知）

*

　今年もまた（編集者註・一九七一年）ラグビーを見て暮した。少年時代の私の夢はラグビー選手になることであったが、生来虚弱、ついにその希望は叶わぬものに終った。人間、見果てぬ夢は年齢に関わりなく追うものであるらしい。詩もまた同じか。

　周知のように、ラグビーを歌った時には

竹中郁氏の有名なシネ・ポエムがある。この作品にはアルチュール・オネゲル作曲という断りがついている。私はこのオネゲルが好きだった。「パシフィック二三一」、「犬に聞かせるためのぶよぶよの前奏曲」。この後者の作品は、天才少女ダービンの「オーケストラの少女」とともに、やはり私の少年時代の宝であった。しかし、戦後のどさくさにまぎれて、今はもう手許にない。どなたかお持ちの方があったら聞かせてください。せめて「ぶよぶよの前奏曲」を！
……以下余白。　（窪田　般弥）

＊

まったくすることもなくて、本棚をさがす。いつかY氏から詩を書く君にと、いただいた加藤介春詩集『眼と眼』をつかみだす。大正十五年一月十五日刊行の詩集である。

長文の萩原朔太郎の「序」がある。この詩人の、朔太郎との関係は知らない。

木に

木よ、まっすぐに立ってゐる木よ、
時々に横になり
いこひたいとは思はぬか。
木よ、その高い〳〵梢が
はるかなる下を見おろし、
そこに寝てゐるおほきな石を見おろし、
そのふてくされめが
うらやましいとは思はぬか。

木よ、野は広く〳〵
静かである――
そしてたゞ一つ勇敢な汽車だけが走ってゐる。

あれはいゝ労働者だが、
正直ではたらきすぎるから
今にあのがんじゃうな手や足をこはすであらう――

それはあんまりいゝことじゃない――
木よ、横になり
らく〳〵といこひたいとは思はぬか
野は君のためうつくしいお座敷を設けてゐる。

しかし、集中の他の詩に多く見られる、ボードレール、薔薇、唇、青白い蝶……等の語彙は、時代の通俗の好みだ。朔太郎は、序文に、この詩人の独自さをいっていて、それも判らないではないが、やはり、身内の者を賞める気配が強い。

今、ここに又、「氾」をつづけることになって、仲間賞めや時代的顧慮は、厳につつしみたいと考える。

「氾」が最初の二、三号を出した頃、私は三田の大学関係者の出版記念会で、中桐雅夫にはじめて逢った。

私が「氾」同人と発言したのを聞きとめていて、帰途誘われて渋谷で酒を飲んだ。そのとき、中桐雅夫は、改めて「君は『氾』の誰か？」と尋ね、私は「江森……」と名を告げると、「それは知らんなあ」という。堀川、山田の名を彼はあげた。この二人の作品を読んで「氾」を記憶したのだ。『氾』は良いグループだ」と、何度も何度も、彼はいった。私は、何か気恥しい心持で、おそるおそる盃をかさねていた。

昔（？）もそうだったが、私は、これからも私だけの詩を、この「氾」に書きつづける。同人には、前にもましておんぶすることばかりだろう。　（江森　国友）

氾 19号・1972年3月1日発行・¥250
（年間4号分予約 ¥1,000 送料不要）
編集代表＝打越美知 発行者＝山田正弘 印刷者＝共立社
氾書林 東京都狛江市岩戸780（郵便番号182）

エッセイ・解題・関連年表
人名別作品一覧・主要参考文献

棚田輝嘉

戦後詩第二世代――『氾』

棚田輝嘉

1　感受性の世代

始めに、戦後詩第二世代（以下、第二世代）とは、どのような詩人たちを指すのか確認しておきたい。
二〇〇四年に開催された早稲田大学の現代詩研究会のシンポジウムにおいて、「戦後の詩の歴史を語る上である程度のコンセンサスを得ている系列の流れ」として、第二世代について次のように整理している。

死の重い影が薄れてくるに従って次に来るのは五〇年代の「感受性の祝祭」の世代だ。主に詩誌「櫂」、「氾」、「貘」などに集った面々、すなわち堀川正美、谷川俊太郎、大岡信、飯島耕一、岩田宏らである。彼らは具体的、日常的な「生」の喜びや高まり、官能、感受性、叙情性を、想像力豊かな、いわばシュールリアリスティックなイメージに富んだ詩に乗せて歌った。(1)

「感受性の祝祭」とは、大岡信の命名だが、「感受性」が第二世代全体を語るキーワードというのが、現在における共通の理解であろう。
また、彼らと同時代を生きた小田久郎は、次のように述べている。

「櫂」が創刊された一九五三年には、十一月に嶋岡晨、片岡文雄、大野純、笹原常与、阿部弘一らの「貘」が、翌五四年にはいると、四月に堀川正美、山田正弘、水橋晋、江森国友、窪田般彌、三木卓、小長谷清実、伊藤聚らの「氾」、七月に原崎孝、関口篤、武田文章、草鹿外吉らの「砂」が創刊されている。ここに名前を挙げた詩人たちは、堀川以外ほぼ現在も持続して優れた詩を書いていて、五三、四年が、新しい感受性に沸きたつ「新人の季節」であったことを裏づけている。

「櫂」を別格として、私ないしはこれら同世代の詩人たちは、「ハン、バク、スナ」と三誌をあたかもひとつのグループのなかの三つの傾向のように呼びあっていた。（中略）戦後十年をひかえて、詩壇も、そして詩人も読者も、新しい感受性を求めていたのである。[2]

小田の発言は、同時代を生きてきた人の発言として、第二世代に対する当時の詩人たちの感じ方を実感として語っているが、両者がいずれも戦後詩〈第一世代〉に対する新しい第二世代の特徴を「感受性」においているということは興味深い。本シリーズ『コレクション・戦後詩誌』の第12巻は、小田の言う「別格」の『櫂』を収録したものだが、エッセイに「感受性の海へ」というタイトルが付けられているように、まさに感受性の世代だったと言っていい。問題はその感受性の中身だが、これについて本巻では、『氾』を対象として述べてみたい。

しかし、その前に第二世代について、もう少し確認をしておくことにする。

右の発言から遡る一九七一年の、彼らに対する認識はどうだったのだろうか。『ユリイカ』（一九七一年一一月号）で渡辺武信は「戦後詩から受け取ったもの」と題した文章の中で、「大岡信、飯島耕一、谷川俊太郎、川崎洋などの詩に典型的にあらわれていた」し、また「少し異なった作風を示していた岩田宏、入沢康夫、堀川正美らにおいても、その初期の作品には」同じようにはっきり読み取れるものとして、「言語の多義性と運動感による官能性」を挙げている。第二世代が登場したとき、戦後の詩が解決すべき問題に対する一定の解答は、すでに第一世代によって与えられていた。少なくとも第二世代からはそう見えていたはずである。それは戦前の抒情詩が持っていた抒情性を、現実に対する力たりえないものとして否定すること、そこから現実をリアルにとらえうる言語＝詩句の創造、さらにそれを支える詩人自身の現実性及び思想性＝政治的立場の表明、として果たされていた。従って、第二世代が登場したとき、言語はすでに思想――それも戦後的な――によって価値づけられた外的な存在として一定の意味を与えられており、彼らはそれを前提として詩作を始めなければならなかった。そこにはもはや素朴な詠嘆の入る余地はなかったし、たとえ自己の感情を素直に歌い上げたとしても、詩が自分を離れた瞬間、詩語は自分を裏切って〈社会的な〉意味を持った詩句へと変貌してしまうという現実に直面しなければならなかったのである。それにも拘わらず自分たちの詩を生み出し、言語の持つ意味の可能性を広げるために、第二世代の詩人たちはあえてそこに表現者自身の主観的な官能性＝感性を付与しようとしたのだ、ということが出来る。後述するが、特に『氾』同人が進もうとしたのは、この方向であった。

また、例えば吉本隆明(3)は、「若い世代の特徴をもっとも鋭くあらわしているのは、自己意識の単独性ということであろう。」と述べ、さらに、

じぶんの精神的な体験の蓄積は、他のたれかと根底でつながっており、また歴史的な思想の脈とも、意識するといいなとにかかわらずつながっているという自覚が無用なところに、ぽつんと佇立しているのが、この詩人たちの世代の特徴といえる。この単独性は、詩の問題としては思想的な意味の展開と重層化を不用にしたということができる。たとえば「荒地」の詩人たちにとって、詩からその思想的な意味と重層性をとりのぞいて、詩の成立を考えることはまったく不可能である。これは詩作品のなかに、意識するといいなとにかかわらず、歴史的な意味

の流れと連帯性を表現しようとする精神のはたらきがあるからである。自己意識が単離している若い世代の詩人たちにとって、これは無用であるし、またある意味不可能でもあった。

と述べている。彼の「若い世代」に対する評価が好意的でないことは、その後に再び

　これら若い世代の詩人たちの決定的な悲劇は、まだ連関のなかで自己を把握するまえに、表現としての自己把握を完成してしまったところにある。かくして、詩を思想的な意味の流れのなかに参加させ重層化させることは、これらの詩人にとって絶望的であり、不可能にちかいということができる。

と述べていることで明らかである。「若い世代」の詩人たちは、戦後詩第一世代が作り上げてきた「思想的な意味の流れ」を「重層化」しようとせず、単独の存在としておのれの感じた所を吐き出しているに過ぎない、というように見えていたということである。これは吉本の立場からすれば当然の評価だとしても、第一世代の詩作を前提として出発しなければならなかった第二世代にとっては、不本意な評価だったはずである。

　では、第二世代を支えた思想の具体的な内実とはどのようなものだったのか。以下で、『氾』の中心的な存在であった堀川正美に着目して検討してみたい。

2　堀川正美

堀川正美は『氾』第一八号以外のすべての[4]『氾』に作品を載せている。第一八号には不参加。また、第一号と第

一一号以外のすべての号の「後記」に執筆者として参加し、第一・六・七号には、評論も載せている。また、第二号～第一〇号までと第一六号には編集者としてクレジットされており、特に第二～第六号、第九号では、その旨が表紙に記されている。ちなみに、第一一～第一四号は江森国友、第一五号は島田忠光・三木卓、第一六号は堀川と三木、第一八号は水橋晋の名が編集者として奥付に記されており、第一九号は打越美和が「編集代表」、第一号はクレジットなしである。このように見て来ると、『氾』の少なくとも前半期の中心をなしていたのが堀川であるということが出来る。おそらく第一号も中心には堀川がいたのだろう。また、第一五号から参加する伊藤聚の回想に、「『氾』の堀川正美がすごいぞと聞かされ、いま思い返しても冷や汗もののきつい作品審査を経て、なんとかその中にもぐりこむことになった。」という発言がある。[(5)] 誰が「作品審査」を担当したかははっきりしないにしても、堀川の影響力を感じさせるものである。言い換えれば、少なくとも前半期の『氾』は――そしておそらく第一六号までの『氾』は――、堀川を中心にしていたと言っても過言ではあるまい。では、堀川はどのような詩観を持っていたのか。

詩人は彼自身全体的人間へと努力せねばならないだろうし、詩はまた全的な感動のための詩でなければならない。詩と詩人との関係において人間を回復させるという点で吾々は吾々の〈詩の効用〉にひとつの意味を発見してゆくであろう。

こうして全的な詩の感動について考えるとき、現代のうちにあつて、等しく吾々は原始の感情というものを考えねばならなくなる。（堀川正美「詩の風土について」『氾』第一号）

「原始の感情」という表現はいま一つ分かりにくいが、以降の『氾』において評論や後記の中で繰り返し述べられる彼の発言を踏まえれば、自己に忠実な人間的なあり様・生き方を基盤とし、表現者個人の直感的な感情に素直に従った言語表現、とでも言いかえられるだろうか。「それ自体が生の明証であり、また生の明証であろうとする詩を、われわれは古代からいく多の作品にみとめることができる。」（堀川「詩のためのノオト」『氾』第七号）と、「古代から」という言葉が書き込まれるのも、この「原始」に由来するものであろう。そうして「感情」が「生の明証」と重ねられることで、「感情」の根拠となり得るのは生きていることそのこと自体であると言っていることになる。そこには、原始／古代から変わらずにある人間の生の基盤＝感情が前提とされている。「詩のためのノオト」（『氾』第六号）では、「わが四十年代のジエナレイシヨンがこれまで詩作してきたようにわれわれは詩作していない。」と述べているように、彼らに先行する詩人たち、「荒地」「列島」との差異を、堀川は、生＝人間性をなすもの、の差異に求めようとしたのである。これはまた、『氾』全体を貫く思想でもあったと言ってよい。例えば、堀川が先の評論で引いている山田正弘の発言、「私たちは、私たちの個々の生の価値、その尊さを証明することによつてしか〈死〉を超克できないし、私たちが絶望しないのはこのゆえであり、私たちの出発の唯一の理由は愛の可能性を信ずるからである。」（「詩の回復」『氾』第三号）を参考にすれば、「生の明証」とは「私たち個々の生の価値」であり「愛」と呼ぶべきものということになる。「原始」的な、それゆえ普遍の人間的真理、そこに表現者の基盤を置こうとしたのである。ただ、「生の明証」「原始の感情」という言葉を、例えば、戦前の抒情詩人中原中也の「『これが手だ』と、『手』といふ名辞を口にする前に感じてゐる手、その手が深く感じられてゐればよい。」（草稿「芸術論覚え書」）という「名辞以前」の直覚や体感を表現すべきだという主張と同じ位相にあるものとみなしてはならない。第一四号「後記」で堀川は次のように言う。

現代詩が難解だというふうに詩人たちがインフエリオリテイ・コンプレックスめいた自己批判など行う原因は、戦後詩が、思考を強めることで現代詩たろうとしてきたことに対する、充分な認識が不足していることにもあるのじゃないかと思うし、詩における思考を強めてゆくことが今後もっともっと必要だと考える勇気がないからだ、ということである。（中略）感性と感覚だけではもう詩人の態度というものが未来に対応することは不可能で、思考が両者を組織し、しかもその上で感性と感覚が騎手をのせて走る馬でなければなるまい。

こうした発言をみれば、堀川（たち）が、十分戦後的であったことは確かである。言い換えれば、堀川の言う原始への回帰は、戦前の抒情詩への回帰ではなく、戦後第一世代に対するアンチテーゼ、あるいはジンテーゼとしての原始・生の明証の尊重だったと言えるのである。こうした方向が、同時代の詩人たちにも正しく認識されていたことを物語る証左として、第九号の「冒険と絶縁して感性と直覚に依存することを心がける傾向は同世代の一般的な傾向とみなされはじめているようだ」や、第一六号の「現在われわれの世代の詩は、ある観念ある感覚ある感性をどのていど個性的に表現したかしないかによつてだいたい価値が決まる」という、いずれも堀川が「後記」に記した発言を挙げておくことができる。とすれば、感性の世代という評価は、第二世代登場の初期にすでになされていたということだろう。それでは、他の同人たちはどうだったのだろうか。

3　『氾』の主張

第二世代と呼ばれる以上、彼らには第一世代があったことになる。言い換えれば、第一世代との違いをどのように意識していたのか、あるいは、どのように第一世代を吸収し／乗り越えたのか、を見てみる必要がある。もっとも、『氾』を見る限り、彼らにとって第一世代は『荒地』であって、『列島』ではなかった。では、彼らはどのように荒地派を見ているのか。実は荒地派に対する『氾』同人の態度は、いささかあいまいだと言ってよい。そこには反荒地派という対立点も、親荒地派といった共通点も明確には見えてこないのである。言い換えれば、少なくとも『氾』同人たちは、十分に荒地派を対象化しえていないように見える。

例えば『氾』後半の編集の中心となる江森は、第一一号「後記」で次のように記している。

我々は我々自身の生活のなかで詩の効用を信じ、かつその豊かな実際的効用を享受しているが、より多く読まれるべき詩は現代詩の歴史のなかでジンテーゼとしての詩であると云うとき、我々の考察は荒地グループの果したアンチテーゼとしての役割をその根底に置いていることになる。

最近、我々の作品が過去の詩のアンチテーゼとして書かれているという、漠然とした発言について一寸述べておきたいのだが我々は、過去の詩といつた場合には、そこに我々の詩のフォルムを決定するべき直接に対立する類型を、持つてはいないのだ

荒地派を自分たちと対立するものとも、受け継ぐべきものとも捉えていないという意味だろうか。江森は続けて「アンチテーゼとして当然持つべき強引さは我々にはない」と述べ、「過去の詩壇内で書かれてきた詩への不信、否定としてのみ詩を書くという態度は持ち得ないはず」と述べる。それ以前の詩へのアンチテーゼを提出することでジンテーゼとしての詩を生み出すという、荒地派の手法を踏襲したいのではない。我々はオリジナルなのであって、荒地派を受け継ぐべき詩流ではないと言っているようにも見える。島田忠光も「我々は過去に否定すべき大家も、文学運動を(ママ)持たないのだから、創造という方法によつて我々の内なる世界を豊かにし、土壌から新しい花を咲かせたいものだと思う。」(「後記」『氾』第一三号)と記している。

ところで、岡庭昇は『氾』同人たちの立場について、次のように述べている。

日本の近代詩人たちは、その表現がすぐれたものであればあるほど、あるいはその志向が本来の意味で正統的であればあるほど、この分裂（＊感性と認識の分裂、及び、現実意識と表現意識の分裂―引用者注）を内部にかかえこんだまま、《現実》と《表現》のあいだを、あるいは《理念》と《芸》のあいだを揺れ、さまよわねばならない。現代詩においてもむろん事情は変らないので、むしろ戦後詩人たち、たとえば『荒地』派の詩人たちが、鮎川信夫におけるように「詩の全体性」を意思的に構築し、「詩のことばにおける意味の回復」を企図したとき、この問題はまさにのりこえられねばならない表現の最大のアポリアとして現れてきたといえる。『荒地』＝戦後詩のこのアポリアをもっとも正統にひきついだ、というよりは受け継がざるを得なかったのが、堀川正美、江森国友、三木卓、山口洋子、山田正弘ら『氾』の詩人たちであった。[6]

この指摘は、興味深い。先に堀川（たち）の発言が、「戦後第一世代に対するアンチテーゼ、あるいはジンテーゼとしての原始・生の明証の尊重だった」と述べたが、岡庭に即して言い直せば、荒地派ら第一世代に内包されていた分裂に対する回答＝ジンテーゼの提示が『氾』の主張だった、ということになる。

現在から眺めると、『氾』同人の主張は、荒地派の存在という前提なしには成り立たないように見える。もちろん、直接渡り合うような形での主張ではないのだが、『氾』が選んだ方向は、荒地派の向かおうとする方向にはいかない、という方向を選んだことにおいて、荒地派を前提としていると言わざるを得ないのである。そうして、その方向こそが、自分という個人の自然な感情に基づく詩語の選択と表現だった。例えば山田正弘は、自分たちは、「中原中也の詩などによつて代表される」、「涙や感傷的な作品を抒情だと名付けてきた今日までの、一般的な風潮に反撥して来た」と言い、「人間が真に自らの生について考え」、「生命的な世界観を詩のうちに恢復」すべきだという（「後記」

『氾』第六号)。そこから、ありうべき詩として、詩にとって「言葉は何かというような原則的な問題を私たちはかえりみる必要があ」り、「一編の詩がつねに私の生の深部にかかわつて書かれる」べきだと述べている(「後記」『氾』第四号)。さらに第五号「後記」では、

詩が多くの人びとから離れているのは、詩が自らの伝達性を無視した美学の陰鬱な実験の故と、この人間が生きてゆく世界について人間として考えることを止めてしまつた結果ではなかろうか。より多くの読者が詩を必要とするときとは、詩がその伝達性と、そのうちに生きている人間を回復するときであろう。

と述べる。「人間を回復する」という主張は、前節の堀川の主張に重なる。

小長谷清実は、

眼を現実の日常生活に向けるとき、僕らが何よりも先に気づくことは己れの無力感であろう。(中略)その不満を紙の上になすりつけたのが、大部分の現代詩のようだ。すなわち、現実に対するぐちであり、シニカルな態度である。けれどそれだけであつたならば、当然のことながら、詩がめざす生の明証とは縁もゆかりもないものだ。(「後記」『氾』第一六号)

と述べる。「生の明証」とは、前節で検討した堀川の用語である。

山田・小長谷に共通する、人間性を回復し・発露させるべきだという主張は、『氾』共通の主張である。「1」に引

いた吉本の評価「若い世代の詩人たちの決定的な悲劇は、まだ連関のなかで自己を把握するまえに、表現としての自己把握を完成してしまったところにある」は、従って正しいのである。ただ、彼らを否定的に語るのは吉本の立場に由来するものであって、『氾』同人に対しては公平であるとは言えない。「連関のなかで自己を把握する」ことは、取りも直さず第一世代の縮小再生産に陥ることを意味するからである。「若い世代」が、自らの意識と方法で〈新しい〉詩を生みだそうとしたとき、「連関に」囚われないものとして、あえて自己の孤立をこそ詩作の根拠にしたのだと見なすべきなのである。

　そうして、そこからどのような詩句を生み出してゆくのかが次の問題になる。これについて山田は、「『完全な詩的イメージ』というものが考えられるとすれば、そのことはその詩のイメージを構成しているコトバが十二分に言語のもつ機能を生かされて用いられている場合にのみ可能なのだ」（「後記」『氾』第二号）と言う。「言語のもつ機能を生かされて用いられている」状態とは、表現者個人の感情と、選ばれた言葉とが正しく合致するときである。また、第一九号では「書かれてしまった言葉と、おろかな錯誤繰（ママ）り返しながらまだ生き延びているこの私の〈生きざま〉の間にぽっかり口開けている深淵。その底に切り捨ててきた恨みつらみの数々の、〈感情〉こそすべてだ！」とも述べる。感情がすべてであるという誤解を招きかねない言い方の中に、本音が見える。『氾』同人の詩に共通するのは、感情をいかにして言葉にするのか、しかも、自分に正直に、ということにあった。それゆえ、現在のわれわれが彼らの作品を読む時、そこに用いられている詩句、比喩や象徴の難解さに戸惑うことになるのである。なぜなら、それらは〈身勝手な〉比喩のように見なされるからだ。これについては、後に、具体的に作品を取り上げながら検討してみたい。

　ここでは、最後に、もう一人、江森の主張を簡単に眺めておくことにする。江森は第三号に「風土」と題した短い評論を載せているが、そこでは「現代の詩人に、およそ旅立ちというものが考えられるとすれば、それはきつと現実への厳しい対決の態度であろう。現実を止揚して詩の風土たらしめることこそ、詩人の旅程とならなければならない。」と述べている。「現実への厳しい対決」という言い方には、戦後的な背景が感じられるのだが、現実との対決の先にあるものを「風土」と呼ぶとき、そこには、第一世代の持っていたような〈現実〉認識とは異なる世界が見えている。人間の自然（じねん）は、そのまま自然（しぜん）の自然（じねん）に合致すべきだ、と言い換えるならば、江森の立ち位置も、これまでの同人と変わらないことが分かるはずである。「詩人の求める風土は、この様にして、言語そのものの本質的な機能に導かれ、止揚された風土でなければならない。」というのが、この評論の結論だが、「言語そのものの本質的な機能」とは、人間が自然に語句を選び取るならば、それこそが正しく詩句となるべき言語と一致するものなのだという意味に解釈することができる。

4　主要作品

『氾』同人たち個々に対する評論や研究は多くはない。そこで、ここでは主要な同人たちの作品を取り上げながら、彼らの詩作についてごく簡単に検討しておくことにする。なお、作品は『氾』掲載作品を対象とすることを原則とするが、代表作とされる作品が別にある場合には、そちらを取り上げる。

①　堀川正美

まず、『氾』の中心だった堀川の作品を取り上げる。彼のもっとも有名な作品は『現代詩』（一九六二年八月号）に掲載された「新鮮で苦しみおおい日々」である。[7]『現代詩読本　現代詩の展望』の「戦後詩１００選」や、『現代詩手帖　特集　戦後60年〈現代詩〉再考』[8]の「戦後60年名詩選95篇」にも選ばれている。ちなみに前者、１００選に『氾』

同人から選ばれているのは他には三木卓だけ、後者95篇に選ばれているのは伊藤聚だけである。[9]

時代は感受性に運命をもたらす。
むきだしの純粋さがふたつに裂けてゆくとき
腕のながさよりもとおくから運命は
芯を一撃して決意をうながす。けれども
自分をつかいはたせるとき何がのこるだろう?　（第一連）

冒頭の「時代は感受性に運命をもたらす。」という一行は、第二世代が感受性の世代と呼ばれることになった一因ではないかと思われるくらい象徴的な詩句である。同時に、「運命」「純粋さ」「芯を一撃」といった詩句は、堀川という人物の持つ厳しさをよく表し得ている。そういう意味で人間存在の基底から生まれてくる表現＝生の明証という主張をもよく実現した作品となっている。鮎川信夫は堀川について「あんまりずばぬけて巧い詩がないんだよな、彼は。どれも同じような出来でね。[10]」と評しているが、この評こそ堀川が自己の人格を基盤として、そこからぎりぎりの、つまりブレない地点で詩句を生み出してきたことを、逆説的に語っているのである。換言すれば堀川の〈頑固さ〉、人物の首尾一貫性を象徴しているとも言える。また小長谷清実は、堀川の詩集『太平洋』のために次のような広告文を書いたという。

「時代の悲惨に立ちむかう感受性」
眩ゆいばかりに美しい抒情詩を書いてきた一人の青年が　なぜ　現実の悲惨と不幸のただなかに「深みの次元」

を追求する詩人になっていったか——我々の時代の最も鋭敏な感受性による戦後詩唯一の本格的ロマン主義の開花！[11]

『太平洋』は一九六四年七月に思潮社から刊行されている。「我々の時代の最も鋭敏な感受性」という評価は、先の詩句を踏まえたものに他ならない。第一世代とは異なる抒情性、それを「本格的ロマン主義」と呼んでいるのであるが、具体的映像に結びつかない抽象的な比喩の選択、その観念性こそが、『氾』詩人たちにとっては、もっとも具体的な表現であったと言える。こうした観念的詩句の持つ具体的な力というのは、現在の読者にとっては分かりにくいものなのではなかろうか。それが例えば『櫂』の詩人たちに比べて、『氾』詩人たちの評価が高くない理由のように思われる。

② 江森国友

彼の作品の特徴は、抽象的な世界観・感情を謳いあげながら、一方で詩句が具体的な映像を伴っている点にある。

生命はうごめく獣
植物の花咲かすのは
ひとつの愛
あいの作為にふさわしい
可憐さは
蕨のおもい

頸を伸ばしてくる
芽生えは舞踏のように
蕾は裳裾をひるがえす

それらが優しさに抱かれて慄えるのを
ひとはまだ冬の故としか思わない
すべて物は
ふるえながら成就するのに
（「祷り」『氾』第五号）

作品の五連目と、六連目の前半を引用してみた。自然に対する柔らかな愛情は、優しい詩句として読者の中に直截的に伝わってくる。「愛」は江森のよく使う言葉で、『氾』に掲載された作品でも、「愛」をタイトル（の一部）に持つ作品が多い。彼は「詩は、文学の原型としてある。平列（ママ）して、散文・韻文と並べる在り様の内に詩はない。[12]」という。「文学の原型」である詩によってしか、人間の感情の「原型」である愛を表現することはできないのだという詩作法が江森の持ち味である。井上輝夫は江森の詩の背後に「輝くばかりの自然への根源的（ラディカル）な信頼が息づいている[13]」と述べ、鍵谷幸信は「自然観照、そして自然の中の人間が彼の詩の最大の主題である[14]」と述べている。確かに江森の使用する詩句には、自然が色濃く息づいている。人間の存在と自然とを等価に見る自然観と、そしてそれらを同質のものとして見据える独特のまなざしが、彼の詩を特徴づけている。

③ 小長谷清実・窪田般彌

これら二人の詩人は『氾』第一二号からの参加者である。読者として『氾』の影響を受け、また毎週木曜日に新宿の凮月堂で開かれていたという『氾』の集まりにも参加していたはずで、それゆえ堀川ら初期の同人の影響を受けているものと思われる。そうでありながら、彼ら〈遅れてきた〉『氾』同人には、それまでの同人とは異質な〈抒情性〉が漂っているようである。

馬の首に置かれた白い指が油断なく
たてがみをいじつている
無関心を示している馬の腹がけの中には
何かがかくされている
そうしてかくされていることをあなたは知つているのだ

その白い指が愛撫するように
くすぐるように
栗色のやわらかな毛のあいだに
影のように注意深くもぐりこみ
あなたのわいせつな眼をひこうとする

（小長谷「あなたは知つているのだ」第一〜二連 『氾』第一二号）

ぼくの前には——

小さな、むかしの海がひろがる。
小学校の休暇をつげる海がある。
あたらしい宿題帳の海がある。
夢の席をまうける海がある。
葡萄のとりいれのやうに、かぐはしい海があるのだ。

（窪田「海」第四連　『氾』第一二号）

自然描写に不自然さはなく、また象徴としての飛躍もそれほどない。読みやすく、また〈理解〉しやすい。同時に、作品の背後には強い抒情性がある。若い一時期にのみ生み出される感覚。小長谷の「あなたのわいせつな眼をひこうとする」という一行、あるいは窪田の「海がある」の繰り返し、はこうした感情がよく現されている部分である。「小長谷清実は一般に日常性の詩人と呼び慣らわされている。たしかにその詩は、政治や社会や革命や死といった大きな問題をテーマにすることは少なく、ささやかな日常の、ささやかなできごとをうたったものが多い。[15]」という評価があるが、『氾』の初期メンバーたちとは政治的な立ち位置の違いがあるように見える。三年半のブランクを経て出された『氾』第一八号（一九六三年一月）に堀川が参加していないことに対して、小長谷は「この号への参加を、堀川がはっきりと拒絶したことを私は今も忘れていない。」と述べているが、一九八一年の時点においてなお、こうした感情を抱き続けていることに、小長谷と堀川の距離──それはそのまま両者の作品の距離にも通じるのだが──を感じ取ることが出来る。ちなみに、小長谷は、『小航海26』（れんが書房新社）で第二七回（一九七七年）H氏賞、『脱けがら狩り』（思潮社）で第二一回（一九九一年）高見順賞を受賞している。

窪田には、代表作と評される「烏賊」（一九五七年二月『詩学』）という作品がある。「ぬれそめた／よるの旅の／ゆきつく涯に／うなばらは／しろくにごり／もはや還らぬ生の一刻を／藻のうみぞこにかへす（中略）いかは／うみに瞬くはるをうたひ／死のくるしみを／冷笑した／かなしみは世の美しさと（第一連）」という作品には『氾』同人に共通する自然に自己を重ねた比喩の創出がみられるのだが、一方で、『氾』同人に見られがちな難解な比喩を避けて、直接的に己の感慨を吐露するという素朴さが漂っている。須永朝彦は、冒頭に「烏賊」を置く窪田の処女詩集『影の猟人』（一九五八年七月　緑地社）について、「光にはいつも影が添ひ、かなしみは浅薄ならず、陶酔はときとして苦く、怒りは抑へられつつも暗く燃えてゐる。そして、必ず形式と韻律への配慮が認められる。また、当然のこととして、詩歌の本格とも言ふべき古典の骨格を備へてもゐる。[16]」と述べている。窪田の節度ある表現の本質をみごとに語った評価である。

④　三木卓

第一五号から参加し『氾』では四冊にしか作品を載せていないが、編集を担当したり、堀川とともに『現代詩』にも積極的にかかわったりと、『氾』との関係は、同人であった期間より重かったと言ってよい。童話・小説の作者としても活躍し、『東京午前三時』（思潮社）で第一七回（一九六七年）H氏賞受賞、『わがキディ・ランド』（思潮社）で第一回高見順賞受賞、という経歴を持つ。ちなみに、『氾』同人でH氏賞を受賞しているのは三木と小長谷、高見順賞は三木と新藤涼子（第一六回、一九八六年）と小長谷清実（第二一回、一九九一年）である。

先にあげた「戦後詩１００選」には「客人来たりぬ」（『現代詩手帖』一九六五年四月掲載）が選ばれている。子供が生まれたときの経験を書いた作品であり、『氾』同人の中でも、小長谷同様、日常性に重きを置いた詩人だと言える。

今日で世界が滅ぶやも知れぬある日

つまり　ありふれたひるさがり
ぼくの妻の股の間に小さな火柱がたつと見るや
たちまち彼女は母親になり　その夫は父親になった　（「客人来たりぬ」冒頭）

ただ、小長谷と異なるのは「世界が滅ぶやも知れぬある日」を「ありふれた」と記すその立ち位置である。深澤忠孝は「三木卓も、いわゆる『六〇年代の詩人』として出発した詩人であるが、三木にはあの反安保闘争にかかわるヴィジョンだけでは語りきれないものがある。三木は、もっと深いところからもっと深く、時代とかかわってきたと言うべきなのだ。端的に言えば、幼少期の体験が三木の文学に持つ決定的な意味なのだが、そこには表現一般には還元しえない独自の重たさがある。[17]」と述べ、吉野弘は「三木卓は、いわゆる六〇年代詩人の一人ということができるだろうが、詩人としての生き方を、彼の生い育った時代とかかわらせ、自分の運命を他者とのかかわりあいにおける共同のものとしてとらえているという意味で、際立った性格を示している。[18]」と述べている。日常の持つ掛け替えのなさを十分に意識すると同時に、危うさをもたらすものとして、政治的現実にまで詩人のまなざしは向けられている。『氾』の初期メンバーに共通する硬派とも言うべき面影が、三木の中にも色濃くあるのである。

起き上がるぼく　すると
静かな行進はいなくなる　下宿のおばさんも
下宿代の催促でこわくなる
だが　うろたえてはいけない
日常に堪えられない思想はだめである　（「若い思想」第二連　『氾』第一四号）

「日常に堪えられない思想はだめである」、ここに三木卓の思想が如実に語られている。日常に根ざさないいかなる思想も借り物に過ぎないし、また、単に根ざしているだけでなく、自己の存在によって支えられた強い内実を持たなければならないというのである。この自己に表現の基盤を置く姿勢は、『氾』同人と同じものである。

⑤　日比澄枝・山口洋子・新藤涼子

ここでは、『氾』の主要な女性詩人についても見ておきたい。

日比は第一号～第一三号まで参加。市川暁子・吉川浩子の二人が第一号のみの参加、栗原紀子が第六号まで、となっているのに比して、根気よく参加しつづけたと言える。「手拭をかぶつたおかみさんが／橋の下を漕いでいつた／煙りのいろが／背中で／化石のようにしている子にもふれる」（「沿つて」第二連　『氾』第一一号）と、平易な比喩により日常の風景を切取ってくる穏やかな手法を持った詩人だと言える。ただ、

　　裸足の足には
　　赤い靴をはかせたいのに
　　しもやけの話などして
　　木の実をたべると
　　すつぱい顔するのだ
　　　　　　　　　（「黙る」第二連　『氾』第五号）

ひとつの目のなかの

眠つたままでいる神経には
ばらばらの形に崩れても
苦痛でない酔いがあつた

（「昏睡」第一連　『氾』第八号）

など、「黙る」の擬人法、「昏睡」の「眠つたままでいる神経」という比喩には、『氾』共通の身体感覚のようなものが感じられる。

山口洋子は、『氾』参加以前にすでに詩集を持っており、独自のスタイルを確立しつつあったと言える。

おろかなことを考える
いちまいの焼きたてのステーキのこと
潮の匂いがする大きな腕に抱かれること
黒いきれを巻きつけて
氷河の檻のなかにしやがむ
ひとりの囚人になること

（中略）

おろかなことを考える
はるかガンジス河にひたつて
祈ることがあるか？
ひとに与えるものが？

ひとにうばわれぬたしかなものがあるか？
ねらわれているか？　（「おろかなことを……」『氾』第九号）

「おろかなことを考える」と繰り返す詩人の内省の姿が、そのまま相手に向かって投げ出されるという手法は、内省を重ねた結果として詩句を選び取り、そのため時として独りよがりとも思われる難解な比喩に到達する、初期『氾』同人たちとは大きく異なっている。もっとも「胡瓜にトマト／吉原遊女を夢みる老人の籐椅子は古びて／軽業師を志す子供のパチンコの的」（「洪水」『氾』第一〇号）といった飛躍に満ちた比喩も見られるのだが、この詩でも、表現の背後に詩人の感情の暴発とでも言った〈現実的な〉根拠を見出せそうで、『氾』同人の持つ抽象性とは、次元が異なっているように思われる。

新藤涼子は、一貫して「薔薇」という比喩にこだわり続けた詩人である。「薔薇」とは己の中を流れる血の象徴であり、同時に体温・運命・存在そのものとも言い換えうる。詩集に『薔薇歌』（一九六一年、角川書店）、『ひかりの薔薇』（一九七四年、思潮社）、『薔薇ふみ』（一九八五年、思潮社。第一六回、一九八六年高見順賞）などがある。『氾』には第一一・一六・一八・一九号の四回、作品を掲載。中でも

おんなは水と血のひそむところを知っている
ぬらぬらと体に記憶されるもののすがたを
おんなは沼でありすべてをのみこむと奥底ふかくねむらせてしまうものだから
春や夏めぐる季節にどのように水が流れ血がさわぐかわかっているものだから
水と血が枯れてしまうところにうつくしさはないと信じているものだから

無心に生み続ける　　（「みごとな花」冒頭　『氾』第一八号）

などは、新藤の特徴をよく現している。女であること、血を持ち流す存在であること、という〈おんな〉へのこだわりや、肉感的な比喩の使用など、新藤ならではの作品になっている。「新藤涼子には、まさしく血のように彼女のなかに溢れ流れるものについての、まことに生き生きとした全身的な直覚があるのだが、彼女の場合、この流れにただのびやかに身を委ねているということはないようだ。それどころか、彼女のなかには、この充溢を阻み、充溢を不毛の自家中毒に導きかねぬ或る閉塞意識もまた、終始一貫して執拗に生き続けている。[19]」と粟津則雄は述べている。新藤の作品を、おんなという宿命を背負った女流詩人として措定してしまうことに躊躇いを覚えることは確かである。そうした範疇に収まらない何か暗いものがあって、粟津はそれを「閉塞意識」と呼んでいる。

めぐり巡るもののなかから
おとろえゆくのは
季節　そして
終末からまた世界ははじまる　としても
わたしがキッチンでにぎる包丁は
はたして未来を切り開く？
今日もわたしはキャベツをきりきざんだ
くりかえしくりかえされる時のなか
祖父が死んだときも祖母が死んだときも

ふるさとの小川はいつもと変りなく
さらさらと流れていた
いもうとが死んだ日　小川に水はなかった　（「季節」冒頭　『薔薇ふみ』）

三木にも通じることだが、こうした作品には、平凡な日常を生活しえない自己を持て余している、それゆえ表現者たらざるを得ない一人の詩人の姿が見えてくる。三木の場合、それは小説という散文表現にもはけ口を求め得ているのだが、「薔薇」という比喩にこだわり続ける新藤には、詩という表現しか選択のしようがなかったのかもしれない。そこから生まれてくるぎりぎりの比喩が新藤の本質であろう。

⑥　水橋晋・山田正弘

『氾』同人のすべてに言及することはできないが、『氾』創刊のメンバーであり、またほとんど毎号作品などを載せている水橋・山田を外すことはできない。まず、水橋の作品。

ああ　きみたち
きみたちの胸のなかで
カラカラ廻つている風車を
私は見あき聞きあきた
それになんというたいそうな笑い
やさしい悪態

そして唐辛子のような信頼　（「風の凪ぐとき」第四連　『氾』第一三号）

「唐辛子のような信頼」という比喩が連末に唐突に書き込まれる。主観的な物言いになるが、これこそが『氾』的な比喩表現であるように思われる。詩を書きながら、そこに続けるべき言葉は何か、それを自己の内部に探りながら書きつづけていくとき、唐突にある言葉が浮かび上がる。その言葉を使う根拠は論理的・技術的にはどこにもない、しかしそれを書くべきだという〈自分〉という〈根拠〉が確かにある、そういった思考を経て、作品が生み出されている、というのが『氾』共通の作品の生れ方であるように思われる。それを示している典型的な作品なのではなかろうか。同じ作品の第六連の末尾は次のようになっている。

けれどそいつとは喋るまい
空には現実ばなれした海豚や蛇が
足を夜のなかにのけぞらせて
しろいしぶきを
私のまぶた沿いにはねあげる
そして海はそんなにも遠かつた

最後の一行「そして海はそんなにも遠かつた」は、こうした作業を経なければ到底到達できないような一行に思われる。詩が、最終的には、読者の心にたった一行でも残る詩句を持つべきものだとするならば、『氾』同人たちは、まさにそうした一行を己の存在の中に捜し続けていたのではなかろうか。

一方、山田の詩の特徴は、物語性とでもいうものに求められる。叙事詩風と言ってもいい。例えば「わたしの恋人こそ贋金作りといわれていたが」（『氾』第九号）では「わたしは考えなかつたのですそのときでさえ」、「わたしは種子を蒔く男のようによびかけます」、「けれどわたしはいまわたしの家へと戻ります」と、彷徨う男の物語を語ってみせる。「猿カ島はどこにあるか」（『氾』第一三号）では「吹きゆく風のなかに　いまみる／私の生きた時代がすがたをあらわすのを。」、「だがいつか冬、吹雪がわたしを襲うだろう」、「山へと／走る列車のなかでわたしは、聞く」と、やはり移動する「わたし」の幻想的な姿が語り続けられる。「四つの詩」（『氾』第八号）は「第一の詩」「第二の詩」「第三の詩」「第四の詩」と、ここでも人生という時間を旅する男の物語のように読める叙事詩風の作品を書いている。「第四の詩」の第一連、及び第二連の始めの部分を次にあげる。

わしの行く手には山があつた
それでわしは別に道をとつた

わしらは変貌するために在るのではない
それでは全く間違つているのだ七十年かかつて手に入れたものは
肩にくいこむ袋にぎつしりつまつていた
それは邪魔なものだしかし昔おまえが去つてつたようにそれは飛び去つてくれぬ

山田は『氾』第九号の「後記」で、石原慎太郎の小説（「太陽の季節」だと思われる）の読後感として「戦争の反映の全くみられないかのような同世代の小説家の存在というものは不思議に思われた。だが、人間について全く考えない詩人たちが同様に登場してくるかもしれないとしたら、われわれの世代の詩ははるかにつまらなくなることだろう。」と記している。『氾』同人が、個人の内面に貫入することで詩句を生みだそうとしていたのだとするならば、山田は個人の外側のさらに外側から、つまり同時代の世界全体と、流れていく歴史的時間の中に、人間を置くという手法を生み出し、そこに実感的に自分を措定することによって生まれてくる言葉をとらえようとした詩人だったのではなかろうか。

5　おわりに

以上、『氾』の位置、同人たちの主張、並びにごく簡単な作品解説を試みた。『氾』が戦後詩第二世代の詩人たちの中の一群として、重要な意味と意義を持つことは間違いない。しかし、他の多くの詩人たちがそうであるように、『氾』の同人たちの多くも時代の流れのなかで忘れられて来ているように思われる。そうならないためには、絶え間ない検証が必要であり、同時に、彼らの詩が繰り返し読まれる＝〈愛唱〉される必要がある。しかし、戦後詩ほど〈愛唱〉という言葉から遠い存在はないのではなかろうか。特に、時代という大雑把ではあってもある程度知識として理解可能な要素や、文化というやはり大雑把ではあっても検証可能な現象を手掛かりとすることが出来る詩人たちと違って、『氾』同人たちは、個人の感性の上に立つという手法を持ったために、現在に生きる我々には理解しがたい詩句を多用した詩人に見えているように思われる。少なくとも論者にとって、彼らの詩が生れた本質的な〈人間〉の部分には到達することが出来ないような距離を感じるのである。しかし、彼らが述べているように、詩が、はるか昔から続けられた人間の普遍的・本質的な表現であるならば、いずれ『氾』の存在も改めて見直される時が来るだろうし、そうであることを願っている。

注

(1)「資料集への序文、あるいは企画への覚え書き」(『現代詩手帖』二〇〇四年一〇月号　思潮社による)
(2)小田久郎『戦後詩壇私史』一九九五年二月　新潮社
(3)「戦後詩史論」(『増補戦後詩史論』一九八三年一〇月　大和書房)
(4)『氾』は第一九号まで発行されたと思われる。ただし、「解題」で述べたように、第一七号は「欠番」と思われるので、全一八冊となる。本エッセイでも、第一七号は存在していないという前提で、論じていくことにしたい。
(5)「眩しく発光することばたち」(『現代詩手帖』一九九五年五月号　思潮社)
(6)「《芸》の仮構——堀川正美論」(『ユリイカ』一九七一年六月号(岡庭昇『抒情の宿命』一九七一年七月　田畑書店　所収))
(7)『現代詩読本　現代詩の展望』(一九八六年一一月　思潮社)
(8)二〇〇五年八月号
(9)選ばれている伊藤聚の作品は「そう遠くない未来の　ある快適な夕方」であり、一九九七年四月に書肆山田から刊行された『公会堂の階段に坐って』所収の作品である。
(10)「戦後詩の歴史と理念」(同7所収)
(11)「分けてもらいようがないもの」(同7所収)
(12)「詩について」『詩学』一九七七年四月号(江森国友『現代詩文庫　84　江森国友詩集』思潮社　一九八五年一二月所収)
(13)「至福のオリジンへ向う詩」(同12、『現代詩文庫　84　江森国友詩集』所収)
(14)「詩人は自然を友として」(同12、『現代詩文庫　84　江森国友詩集』所収)
(15)郷原宏「小長谷清実」(『國文学　現代詩の110人を読む』一九八二年四月臨時増刊号　學燈社)
(16)「半酔の眼にうつるもの」(『現代詩文庫　62　窪田般彌詩集』思潮社　一九七五年六月)

（17）「三木卓」（同15）
（18）「三木卓素描」（『現代詩文庫　44　三木卓詩集』思潮社　一九七一年九月）
（19）「充溢と閉塞」（『現代詩文庫　95　新藤涼子詩集』思潮社　一九八九年八月）

解題

棚田輝嘉

・『氾』（氾書林、一九五四年四月〜一九七二年三月）

全十八冊。一九七二年三月一日発行の最終号には「19」、奥付にも「19号」とある。しかし、ほぼ定期的に発行されていた『氾』が一九五九年八月の第一六号で終わり、四年後の一九六三年一月、第一八号が発行されている。この間に第一七号が発行された可能性はゼロではないが、メンバーの一人だった小長谷清実が「氾は十六号で解体した。が、実際には一九六三年に水橋の編集で十八号がでた。（中略）十八号は、十七号をウッカリとばしてしまったというドジは別としても、個々の作品は決して落ちてはいない。」（「詩誌『氾』」『現代詩文庫　83　小長谷清実』一九八五年六月、思潮社）と述べており、第一七号は欠番と見なすべきだろう。

第一号

「1954　第1号」と表紙にあり、奥付は「第一号」。一九五四年四月一日発行。隔月刊、価40。発行人は山田正弘（東京都大田区馬込東四の一七）、印刷人は石川貞夫（東京都品川区南品川四の三七二）、発行所は氾書林（東京都大田区馬込東四の七二の五）。「後記」には「水橋」「山田」の署名記事があるが、第二号以後、表紙に「編集」として名前が出される「堀川正美」も編集の重要な位置を占めていたと思われる。

執筆者は、堀川正美・市川暁子・日比澄枝・水橋晋・吉川浩子・栗原紀子・山田正弘の七人で、これが創刊時のメンバーである。なお、詩以外に、堀川は詩論を、水橋はケネス・レクスロスの詩の翻訳を載せている。堀川は一九三一年東京生まれ、早大露文科中退、山田は一九三二年東京生まれ、文化学院文学部、水橋は一九三二年富山県生まれ、慶応大学仏文学科である。

山田は「後記」に「三年前、われわれが氾の発行を計画したときの不満は、その後メムバアもふえ新しい作品もいくつか集つたが今日までの時間はなんらそれを解決していないし、ここではアンデパンダンであることを素直に云おう。」とある。堀川・水橋・山田の三人が中心となって「三年前」から準備がすすめられ、この年の発行に至ったのであろう。これら三人以外の四人は女性だが、文化学院出身者が主だったという。山田、さらに堀川の妹も文化学院出身者なので、その関係があったのだろうか。四人のうち市川と吉川は、この第一号のみの参加、栗原も第六号まで、日比が第一三号まで作品を載せている。山田のいう「アンデパンダンであることを素直に云おう」とは、特に統一した制作上の縛りや、思想上の意思統一などはしていないので、様々な作品の寄せ集めである、といった意味合いが込められているのであろう。『氾』はこの後、詩に対する共通の思想・観念を形づくり、外に向かっても発していくのであるが、それらの表れが、第二号以降表紙に「編集　堀川正美」と記されること、さらに、初期女性メンバーの脱会（?）にも示されているように思われる。ただ、同じく山田は「われわれの主要な主題のひとつ」が「生命的な世界観を今日に回生させることにもある」と発言しているが、これは『氾』全体を貫き続ける一つの柱となっている。

第二号

「1954　第2号」（表紙）、「第二号」（奥付）。一九五四年六月二〇日発行、隔月刊。以下は、第一号と同じ。

「後記」は水橋・山田・堀川の三人がそれぞれ署名記事。表紙に「編集　堀川正美」とあり、堀川の編集責任を明らかにすると同時に、『氾』が、堀川を中心に纏まっている雑誌であることを示しているとみなされる。

水橋の「後記」に「F氏のうるわしい部屋で編集を始める前に」とあるが、Fは堀川を指すと思われる。『氾』は毎週木曜日に新宿の凮月堂で集まりを持っていたが、具体的な編集作業などはメンバーの家でなされたのであろう。

山田が「ともあれ、これより堀川が編集をやることにもなり、安んじて私の如き土俗詩人は眠ったりする。」と記しているが、堀川がメンバーの中心であること、また、何らかの意思の統一といった議論がなされたこと、を思わせる記事である。

作品は、抜けた市川・吉川に入れ替わる形で、松井知義・江森国友が参加。江森は一九三三年埼玉県生まれ、慶応大学仏文学科。堀川の「後記」には「新人二人を迎えて意気軒昂。江森は三田詩人会員、松井は廿才の美少年。」とある。さらにハアト・クレインの詩、ルイス・アナタマイヤアのハアト・クレイン論を堀川が訳して載せている。

第三号

「1954　第3号」（表紙）、「第三号」（奥付）。一九五四年八月二五日発行、隔月刊。以下は第一号と同じ。

「後記」は栗原・堀川。栗原が「水碧き珊瑚礁での実験の故とか、その日も降りみ降らずみ」、堀川が「さいきん水爆実験のために日本の上層気流はいちじるしく混乱しているがしかし吾々の眼は澄んでいる」と書いているのは、この年の三月一日にビキニ環礁で行われた水爆実験と、被爆して社会的な大問題となった第五福竜丸事件を意識している。戦後詩第二世代として、『荒地』や『列島』とは異なる感受性の世代と位置付けられるにしても、彼らの発言はメンバーの社会的関心、左翼的な政治姿勢や感情が、やはり戦後詩的なものであることを示している。

また、今号に掲載された評論、山田の「詩の回復」、江森の「風土」は、『氾』に通底する基本的な姿勢を語ったものとして重要である。山田は「真に現代的であることは現代を特徴ずけるさまざまな諸相や事物、また今日の社会を形ずくるあらゆる現象や事件のうちから永遠なるものを見附け出し、この現実の混沌と現実を生きる私たちの意思的な生命との関連に秩序を与え、永遠的なものへの調和を示し得るということではないだろうか。」と述べ、江森は「現実を止揚して詩の風土たらしめることこそ、詩人の旅程とならなければならない。」と述べる。人間という存在の本質、それを自然と一体のものとして認識し、それらを根拠に「現実」に対処するという〈生命観〉が、両者に共通する。これに呼応するように「後記」で堀川は「吾々の目的は、風土のなかで感覚を世界観にまでたかめようとする操作にある。」と述べている。『氾』の詩人たちは、しばしば自然にかかわる難解な比喩を使用するのであるが、こうした意識と無関係ではあるまい。

「今号から加わつた小林哲夫は三田詩人会員」（堀川）、江森の交友範囲にある詩人であろう。

第四号

「1954　第4号」（表紙）、「第四号」（奥付）。一九五四年一一月一日発行、隔月刊。以下は第一号と同じ。

「後記」は山田・堀川。山田は「一編の詩がつねに私の生の深部にかかわつて書かれるなら」と述べ、「詩にとつて、この言葉は何かというような原則的な問題をつねに私たちはかえりみる必要があるのだ。」と述べる。堀川も「われわれが詩のなかに生命的な世界観を回復させようとのぞむとき」と言い、第三号で明らかになってきた、詩と生、さらに自然との一体化、思想への止揚、といった方向性が確認されている。これはまた、本号に掲載された評論「批評の態度について」における「リアリズムとは何か？」という問、それに対して「自己の皮膚を通して感知したものを客観的に表現したものだ。」と答える水橋の思想とも一致している。発行にあたって行われて来たであろう議論の一つの帰結が、こうした形で表れているものと思われる。

また「後記」の末に「なお、氾五号は五五年一月に発行される」とある。第一号が四月発行であるから、ほぼ「隔月刊」を守ったことになる。

第五号

「1955　第5号」(表紙)、「第五号」(奥付)。一九五五年一月二五日発行、隔月刊。以下は第一号と同じ。

「後記」は水橋・山田・堀川。山田は「より多くの読者が詩を必要とするときとは、詩がその伝達性と、そのうちに生きている人間を回復するときであろう　このとき、詩は多くの人びとにとつてのその生と生命にかかわり、新しい詩的経験は未知の言語表現の方法と世界を獲得し」と述べる。『氾』の詩人たちにとって、詩は純粋にそれ自体で存在すべきもので、それゆえ言葉そのものが目的であるのだが、同時に、詩の純粋性と作者である詩人との関係、詩人自身の社会的存在意義と、詩に対する立ち位置、という問題が意識されていたようである。今号でも、引き続き、こうした問題に対する自分たちの考えを述べている。

「後記」(堀川)では「今号からあらたに加わつた中島敏行は現在早大の露文専攻で一九三一年出雲の産」、「またデッサンを掲載させていただいた松浦敏夫氏はかつて美術文化協会に属していた画家」とある。『氾』は詩誌であり、詩に関する評論も載せているが、松浦だけが「デッサン」という資格で、計四号に参加している(第五・八・一一・一二号)。因みに、第一号から第一六号まで表紙は早坂レイコ(第一八号は竜口清二、第一九号は大野健一)。カットも第一六号までは早坂がメインとなり、時に同人等のカットも掲載されている。

第六号

「1955　第6号」(表紙)、「第六号」(奥付)。一九五五年四月一〇日発行、隔月刊。以下は第一号と同じ。

「後記」堀川・山田。

本号は『貘』に属する詩人たち、片岡文雄・嶋岡晨・大野純・餌取定三の四人が参加している。堀川（「後記」）も、「まず貘グループ四氏に感謝いたします。」と記している。小田久郎は『戦後詩壇私史』（一九九五年二月　新潮社刊）で、「『櫂』が創刊された一九五三年には、十一月に嶋岡晨、片岡文雄、大野純、笹原常与、阿部弘一らの『貘』が、翌五四年にはいると、四月に堀川正美、山田正弘、水橋晋、江森国友、窪田般彌、三木卓、小長谷清実、伊藤聚らの『氾』、七月に原崎孝、関口篤、武田文章、草鹿外吉らの『砂』が創刊されている。」、「『櫂』を別格として、私ないしはこれら同世代の詩人たちは、『ハン、バク、スナ』と三誌をあたかもひとつのグループのなかの三つの傾向のように呼びあっていた。」と述べている。『氾』に同人以外のメンバーが参加するのは、この第六号だけ――第七号の『新詩人』所属の保谷俊雄の詩の翻訳を除けば――だが、『氾』と『貘』は特に近かったということであろうか。

山田は「後記」において、「生命的な世界観を詩のうちに恢復せよ」と記し、一貫した詩観を提示している。また同人の近況として「二月、堀川正美に長女誕生」、「栗原紀子がそのスランプを脱して二篇書いた」、「中島敏行が帰郷」、「水橋晋は江森国友と同宿しているが共に健筆」と記す。栗原は、第一号から第四号まで詩を載せ、第五号にはなく、第六号に詩を載せたが、それを最後に、一二月に脱会している。

第七号

「1955　第7号」（表紙）。一九五五年七月三〇日発行。

本号から、若干の変更がなされる。「隔月刊第7号」（奥付）、「定価60円」。「発行者・山田正弘・東京都大田区馬込東4の17・編集者・堀川正美・世田谷区松原2の670・印刷者・石川貞夫・東京都品川区南品川4・372」、「発行所・東京都大田区馬込東4の72の5・氾書林」。大きな変更は、定価が40円から60円になったこと、表紙に記されていた

「編集　堀川正美」を奥付に移したことと、堀川の住所が変わっていること（転居）。さらに奥付の下に「予約は直接発行所氾書林へ御申込下さい。年間誌代300円。なお、同人希望者の方は作品五篇以上略歴を添え郵送のこと。」とある。購読者が増え、また、定期購読の希望者も増えたことに対応するものか、「同人希望者」に関する記事もあるので、対外的な認知度があがったという事だろうか。「年間誌代300円」とは、隔月刊行を維持しようという意思の表れであろう。

また、「後記」ページも一ページから見開き二ページに増やされている。執筆者は、江森・山田・堀川。江森は近況報告、山田は詩と伝統の問題について論じ、堀川は同人の近況報告などを記している。その一部を抜粋すると「七号を読者のお手許にお送りします。一ヶ月おくれたが、比較的充実したものであると信じています。八号からスピード・アップします。」、「四月以来過労から内臓を悪くして寝ていた山田正弘この程恢復。小林哲夫は勤務先甚だ多忙で遂に欠稿。」などとある。山田正弘はこの頃、私鉄総連書記、自分の仕事について悩んでいる時期だという（三木卓『わが青春の詩人たち』二〇〇二年二月、岩波書店）。

第六号から連載されていた、堀川の「詩のためのノオト」の連載が終了している。前号「後記」では、「堀川正美の『詩のためのノオト』は今号より三回に亘って連載される。」とあるが、第七号には「2」と「3」の二章分が載っており、末尾に「(完)」とあるから、二回分を一括して掲載したのであろう。第六号の「1」にあたる部分（章数字はない）では「われわれの詩作の理由が若し問われるとすれば、人間の第一の空間、宇宙的な生のために書くと答えられねばならない。生そのもの、それが主題となるべきなのである。」と述べ、第七号では「それ自体が生の明証であり、また生の明証であろうとする詩を、われわれは古代からいく多の作品にみとめることができる。」と、古典・伝統的作品へと言及の範囲を広げる。これは山田の主張とほぼ同じ位相にあり、彼ら二人が『氾』の思想的中心にあったことがうかがわれる。同時に「生の明証であろうとする詩」という主張も、『氾』の詩人たちに共通する姿勢だと言ってよい。

第八号

「1955　第8号」(表紙)、「隔月刊第8号」(奥付)。一九五五年一二月二五日発行。定価が50円と10円安くなっていること以外には、前号と変更なし。

「後記」小林・堀川・山田。堀川はここで、自分たちより前の詩人たちについて、かなり辛辣な批判をしている。彼は「いわゆる死の灰詩集論争なるものにとうとう興味がもてなかつた。」と言い、鮎川信夫の発言に言及しつつ、「年老いた詩人たちをわれわれは遂に詩人として信頼することが出来なかつた」、「われわれよりもはるかに早く死んでゆくだろう彼らに今さらあまり多くを求めようとは思つていない」と述べる。ここでいう「年老いた詩人たち」とは、直接には戦前の詩人を指しているようだが、鮎川に対する批判的なまなざしも感じられることを考慮すれば、前世代に属する詩人に対する全否定に近い感情を読み取ることが出来る。詩人としての自らの位置を確立しつつある堀川の自負もまた垣間見ることが出来よう。

「後記」(山田)末尾に「八号の発行のおくれたことをおわびします。十二月、栗原紀子がグループから退いて、新らしく山口洋子が加つた。」とある。栗原がグループを辞めた理由は分からない。ただ、例えば彼女の散文詩、「それにしても〝孤独〟とは何なのだろう。初めて通つた道でありながら、紀子は以前ここを歩いたことがある。この暗い迄におおいかぶさる欅も右側の石垣も……あゝ　どうしても、紀子はここを歩いた。何故か懐かしいこの路は、あの坂の向うで途絶えている。」(第一号)などを読むと、生の根底に横たわる孤独を見つめるといったまなざしは『氾』的であるが、一方で「紀子」と、たとえ仮構された自己であろうと、自分の名前を出して見せるという手法そのものは『氾』と相いれないものを持っていたのかもしれない。

山口洋子については、三木が『わが青春の詩人たち』で次のように書いている。

ぼくが会ったころの山口洋子はもう新進詩人として注目されていて、『にぎやかな森』（ユリイカ、一九五八年）という、次なる詩集を出したころだった。これは『太陽の季節』でその名もとどろく新進作家石原慎太郎の画が入っていて、「荒地」以降の新詩的世代の旗手とされる谷川俊太郎が解説を書いているというものだったが、残念ながらぼくは実物を見たことがない。

小田原出身というとたちまち、アジの干物やカマボコ旨く、入道雲が発達し陽光がさんさんと輝く世界、という気がするが、二十五、六歳当時の山口洋子はその通り、相模湾の潮風の中でのびのびと育った健康なお嬢さん、という印象で明るく、彼女がいるだけで座が華やかになったし、帰ってしまうと陰気になった。

因みに、作家・作詞家で銀座でクラブ「姫」を開いていた山口洋子とは別人。ただし、トワ・エ・モア等が歌った「誰もいない海」の作詞は、『氾』の山口である。また山口は『櫂』同人とも近く、「第一期『櫂』のとき、お客様として来てくれて、ともに詩を語りあった方々」（「『櫂』小史」『現代詩文庫　20　茨木のり子詩集』一九六九年三月、思潮社）の一人に挙げられている。後に『今日』に参加した。

第九号

「1956　第9号」（表紙）、「隔月刊第8号」（奥付）（8とあるのは誤植。「後記」末には「ここに九号をおくる次第です。」とある）。一九五六年五月三〇日発行。以下は前号と同じ。ただし、本号では、表紙の「編集　堀川正美」が復活している。

「後記」は堀川・江森・山田、最後に無署名の記事。堀川は「知性と感覚の冒険は、たしかに心理的な荒廃をもたらすものだ。という理由でわれわれが冒険から絶縁してしまうとき、詩が驚愕であるという魅力から遠くなるというのも、またある程度たしかなことのようである」、「冒険と絶縁して感性と直覚に依存することを心がける傾向は同世代の一般的な傾向とみなされはじめているようだが、選んでそうしているのか、そうでないのかによつて個々に区別することにはちよつと興味がある。」と記している。「感性と直覚に依存する」というのは『氾』の作品に共通する手法のように思える。また、『氾』のメンバーにはモダニズムの影響は明らかであり、西脇順三郎に対する好意的な評価も散見される。オートマティスムを想起させるような作品も見られるのだが、こうした詩作法の背景に「感性と直覚」、それに対立するようにしてある「知性」という図式が想定されていたのかもしれない。一方で山田は、石原新太郎の小説（「太陽の季節」を指すものと思われる）を取り上げて、「彼の小説には全く戦争の影響がない」といい、「戦争とか草命（ママ）とかいうことを通じてつねに人間の条件を考えてきたわれわれなどにとつて、戦争の反映の全くみられないかのような同世代の小説家の存在というものは不思議に思われた。だが人間について全く考えない詩人たちが同様に登場してくるかも知れないとしたら、われわれの世代の詩ははるかにつまらなくなることだろう。」と述べている。異なる話題のようにも見えるが「人間」とは何か、詩は「人間」をどのように認識すべきか、という問題提起として眺めて見た場合には、両者の位置はそれほど遠くないようである。『氾』の詩人たちは、言葉を紡ぎ出す根底をなすものとして、自己という「人間」のあり方そのものを常に検証しようとしていたし、また、その方法を模索し続けていたのだと言える。

第一〇号

「1956　第10号」（表紙）、「隔月刊第10号」（奥付）。一九五六年一二月一日発行。堀川正美の住所が「杉並区高

円寺3の155」に変更。また、発行者の山田の住所が「大田区馬込東4の17」から「4の72」に変更。氾書林の住所が、同じく「馬込東」の「4の72の5」なので、近くに引っ越したという事か。ただ、氾書林が、なぜここにあるのかは不明。また、前号で復活した、表紙の「編集　堀川正美」は、今号以降、再び記載がなくなっている。

「後記」水橋・江森・堀川・山田。水橋は「ハンガリア、エジプト問題」に言及した後、さらに「沖縄基地問題、日ソ交渉、砂川基地問題など政治的な陣痛がわれわれに大きな関心を与えたが、こういう状況において、詩の社会的可能性を追求するということは、そうした政治・社会の動向にたいする正しい判断と理解を要求する。」と述べ、堀川は日記形式で「十月×日　ハンガリア問題はフル氏とミコ氏、ナジ氏の政治力を超えたところで暴動と介入による内乱となつた。」と記す。さらに山田は「十月十二・三日、私は砂川にいた。」と記し、「〝政治〟の問題としてとらえられる事実にあつては文学は無力であるかも知れない。けれどよりよき多数の人間とともにあるとき詩は、再びわれわれに人間の価値をかえしてくれるのだ。」と述べている。「ハンガリア問題」とは、ハンガリー動乱を指し、この年一〇月二三日にハンガリー市民が蜂起するという出来事が起こった。「砂川」は米軍の砂川基地に関する一連の闘争（砂川闘争）に関するもの。一九五五年頃から始まり、本号が発行された翌年一九五七年七月には「砂川事件」が引き起こされることになる。全人格的な関わりを持つことで詩作をする、それゆえ、『荒地』や『列島』の詩人たちとは、政治的姿勢において異なる位置にいた『氾』の詩人たちであるが、世界的な政治不安に対しては積極的にかかわっていこうとする姿勢が感じられる。

なお「後記」末尾、無署名で「今号より約束どおり隔月刊で氾は発行されます。」とあるが、次号は三ヵ月後、隔月に出そうとする努力は感じられるが実行はされず、その後も隔月刊に戻ることはなかった。

第一一号

「1957　第11号」（表紙）、「隔月刊第11号」（奥付）。一九五七年二月二八日発行（なお、印刷年が1597年、と誤植）。編集者が、堀川から江森に代わり「編集者・江森国友・杉並区高円寺4―547川上方」となっている。「後記」に堀川の名がないのは、本号と、参加を断った第一八号しかない。しかし本号に堀川の作品は掲載されているので、『氾』のメンバーと諍い等があったということではなかろう。私生活における問題がこの頃から起っていたのかもしれない（第一六号の「解題」参照）。

また、奥付にこれまであった「予約は直接発行所氾書林へ御申込下さい。年間誌代300円。なお同人希望者の方は作品五篇以上略歴を添え郵送のこと。」という記述が、「予約は直接発行所氾書林へ御申込下さい。年間誌代300円。バック・ナムバア希望者は直接氾書林へ　8〜10号　価50円」となり、「同人希望者」への対応がなくなり、本号以後も復活することはなかった。一般公募をやめて同人による紹介に改めたのか、希望者がいないのでやめたのか、あるいは、これ以上同人を増やしたくなかったのか不明。ただ、本号以後も、同人は増えている（第一二号で二人、第一三号で一人、第一五号で三人、第一六号で一人）。

「後記」は山田・江森。山田は、小林多喜二の死を政治的に賛美する『アカハタ』の「高名な詩人」の文章を取り上げ、「引用したような美文からは空々しくて、私は人間らしさを感じとることはできないのだ。」と述べる。江森は「二月十四日夕の読売紙上の西脇順三郎の随想はしみじみと詩人の心をつたえ、いつもよりやや重い調子で信じうる詩の効用について語つていた。我々は我々自身の生活のなかで詩の効用を信じ、かつその豊かな実際的効用を享受しているが、より多く読まれるべき詩は現代詩の歴史のなかでジンテーゼとしての詩であると云うとき、我々の考察は荒地グループの果たしたアンチテーゼとしての役割をその根底に置いていることになる。」と述べる。『氾』の、少なくとも山田と江森が、詩の中にまず〈人間的なもの〉、生活者の実感や直感に即した感性を基盤とすることで生成する言葉を表現の基底においていたことは間違いない。江森は続けて「最近、我々の作品が過去の詩のアンチテーゼとして書かれているという、漠然とした発言について一寸述べておきたいのだが」といい、「アンチテーゼとして当然持つべき強引さは我々にはない」と述べていくのだが、「強引さは我々にはない」という発言は謙遜でも遠慮でも、自己卑下でもない。こうした発言の背景には、自分たちが「人間」であることによって確固たる表現者になり得ている、という自負が示されていると読むべきであろう。

「後記」末尾（無署名）で、「十一号を送ります。本年より新人新藤涼子を加えた。今後を期待して下さい。本号より江森国友が編集に当ります。」とある。三木卓の回想（『わが青春の詩人たち』）に、「新藤涼子が参加してきたのは、十六号だったから、一九五九年の夏ということになる。」とあるが、実際には今号から参加。ただし作品を掲載したのは、今号と、第一六・一八・一九号。三木は新藤についてさらに「彼女は、新宿のバー〈とと〉の女主人だった。場所は区役所通りだったと思うが、当時はまだそんなに賑やかなところではなく、木造二階建てで二階は洋裁店になっていた。」と記している。一九三二年鹿児島県生まれ、共立女子大学中退。

第一二号

「1957　第12号」（表紙）、「隔月刊第12号」（奥付）。一九五七年七月一日発行。江森の住所が「板橋区蓮根2丁目蓮根住宅12号1243」にかわっている。また「印刷者」も「第一印刷KK・東京都新宿区西大久保1の459」に変更。第九号「後記」に、「一月下旬に『氾』が創刊いらいお世話をいただいてきた大成印刷が失火にあい」、「すでに印刷所も機能を回復」とあったが、今号からの変更と関係があるのだろうか。

「後記」堀川・山田・江森。堀川が「後記」に復帰。堀川は「詩は直接的な効用でじかに読者とむすびつくから、評価の基準、または批評の確立など、実は不必要なのだ。」と述べ、山田は「本質的に詩は読者の感情、感性や理性に直截に語りかけるものなのである」し、「魅力ある良い作品が難解であったためしなどなかった」と述べる。優れた詩とは何か、詩を評価するとはどのようなことか、に関して同人間で議論がなされたのであろうか。ただし主張については、これまでの『氾』の立場と変わりはないように思われる。「人間」が「人間」に向かって表現し、その「人間」＝読者が、真っ当であれば、詩は正しく伝わり評価されるはずだ、ということである。

今号から、窪田般彌（はんや）、小長谷（こながや）清実が参加。窪田は一九二六年、英領北ボルネオ生まれ、早大仏文科出身。大学時代に山内義雄の紹介で日本未来派の同人になり、その後『氾』に参加。小長谷は一九三六年静岡県生まれ。静岡高校文芸部時代から『氾』に興味を持ち、木曜会にも参加、上智大学の一年生の時同人となる。後に参加する伊藤聚、三木卓は静岡高校文芸部の後輩であり、この二人が『氾』同人となったのも小長谷の影響。

なお、なぜか本号の「後記」のみ、促音・拗音が小書きになっている。

第一三号

「1957　第13号」（表紙）、「隔月刊第13号」（奥付）。一九五七年一二月一〇日発行。以下は前号と同じ。

「後記」堀川・島田・江森。堀川は「死の灰詩集論争」を批判した上で「結局私は、私なりに、これから彼らを問うて批判すれば得になるとしても、そうしないことにする」、「否応なしに私たちは自分で答案を書いてゆく。」と述べている。島田は「翻訳詩」を取り上げて「我々は過去に否定すべき大家も、文学運動（ママ）を持たないのだから、創造という方法によつて我々の内なる世界を豊かにし、土壌から新しい花を咲かせたいものだと思う。」と述べ、江森は「一貫して作品のオリジナリテイが詩の魅力の正根になつている。」と述べる。過去を云々する以前に自分たちのオリジナルな表現を確立することに専念すべきだという点で、三者の立場は一致している。新たに加わった島田が、堀川・江森とほぼ同位相にいることが興味深い。

「十二号より窪田般彌・小長谷清実が加わつたこと、また春以来の同人である島田忠光が今号にあたらしく力作を発表していることを紹介します。」（江森）ともある。「春以来の同人」の島田だが、今号が初めての掲載。

第一四号

「1958　第14号」（表紙）、「隔月刊第14号」（奥付）。この号のみ、奥付が裏表紙に移されている。本来の場所に山口洋子の詩集『にぎやかな森』の広告が掲載されたことによるものか。一九五八年六月一日発行。

「後記」堀川・山田・江森・X（誰かは不明）。堀川は「現代詩の難解さ論議、そこから横辷りした、詩の大衆化の呼びかけ」を取り上げ、「私たちの以前からの意見は、難解というに足るような作品が現代詩にこれまであつたかよ、というのであつた。」と述べている。堀川の言う「難解さ」とは、詩の分かりにくさではなく、詩を成立させる前提となる思考の深さという意味であろう。それゆえ、そこまで深く考えつくされた詩などは、これまで存在したことはない、ということであろう。「感性と感覚だけではもう詩人の態度というものが未来に対応することは不可能で、思考が両者を組織し、しかもその上で感性と感覚が騎手を載せて走る馬でなければなるまい。」とも述べているが、「思考」が『氾』の詩人たちにおいてそれほど重視されているという印象は受けない。右の「難解さ」に引かれた発言だろう。メインは「感性と感覚」という主張に変更はない。しかし、この「感性と感覚」にこだわり続けたことが、『氾』の詩人たちの作品が現在の読者には〈難解〉に見える理由なのではなかろうか。

山田は「午後六時三十分。木曜例会、雑談が詩のことに及ぶが、すぐコトバの話になる。けつきょく日常生活で用いている言葉の用法で、文語がもつているコトバどおしの緊張した関係と美しさを作り出すにはどうしたらよいかそ（ママ）のときの話題の中心だつた。」と、凮月堂で開かれていた木曜会の様子を記している。三木は木曜会について、「当時の新宿凮月堂は、新宿駅東口をまっすぐいった通りの右側にある、けっこう大きな喫茶店だった」、「凮月堂は、そのほかいろいろな詩人たちが利用していたが、（中略）〈木曜会〉というのは、この『氾』を中心にした会だった。ぼくが出会ったこのグループは、堀川正美が投手とすれば捕手は山田正弘という感じで核ができていた。それは創刊から三、四年たっていた時期だったけれど、創刊当時から、あるいはその前からそのようだったのではないかと思われる。」（『わが青春の詩人たち』）と描いているが、そうした息遣いが感じられる記事である。

江森は「最近、復刊されるM文学誌の編集にタッチすることになつて」と書いている。江森は慶応大学卒、日本文芸家協会に勤めていた。「M文学」は『三田文学』のこと。水橋晋も慶応大学卒。

今号では水橋が詩ではなく評論「扉を閉ざしているものは何か」を書いている。「詩人の役割と呼ばれるものがあれば、それは、読者と一緒になって、直面しているものは何か、そこから何を把握し創りあげるかを考えて、もっとも正確に素早くそれを示していくことにあるのだ。その後に技術的な問題はでてくるべきなのである。」と述べている。第一一号、第一二号の「後記」などで書かれた、他の同人たちと立ち位置は同じである。こうした点を考慮すれば、『氾』という同人誌が一つの纏まりを持った詩人の集団であり、一つの文学運動として位置付けうる存在だったということが出来るのである。

第一五号

「第15号　１９５９」（表紙）、「季刊第15号」（奥付）。一九五九年二月一日発行。

「隔月刊」を「季刊」に変更。これに合わせて「年間予約」も四冊分の「200円」に変更。編集の中心を担ってきた堀川・山田・江森などが多忙になり、隔月刊を維持できなくなったということであろうか。「奥付」編集者も「島田忠光　豊島区椎名町1―1833新倉方　三木卓　都下国立町東区102―14」に変更されている。

「後記」は水橋・堀川・三木・島田。「後記」末尾に新同人の情報が掲載されている。「12号いらい本誌に作品を発表している小長谷清実は三六年生まれ、上智の英文学専攻、」「静岡の産」。「伊藤聚・三五年生、早大独文専攻、静岡の産。打越美知・三〇年生、茨城県水戸第三高女卒」、「三木卓・三五年生、早大露文専攻、静岡の産」。伊藤「聚」は「あつむ」。打越は「当時新宿の駅前に〈二幸〉という大きな食料品専門のデパート（海の幸・山の幸ということだろうか）があったが、そこの店員をしていた」、「彼女は二十代の終りにさしかかっていたが、ぼくにはずっと若く見えた。頬骨がやや高く、色は白く、目はお人形さんのようにぱっちりしていた」、「その人柄のよさのせいか、やがて彼女は外交官のところにお嫁にいった。」（三木卓『わが青春の詩人たち』）という。また三木の自筆年譜によれば、三木は伊藤聚とは一九四六年十月、静岡市立安東小学校五年生の時、小長谷清実とは一九五二年県立静岡高等学校二年生の時に知りあっている。『氾』については一九五八年「夏、小長谷清実の紹介で堀川正美を知る。彼の詩を読んでその輝きにおどろく。山田正弘の詩に感銘を受ける。江森国友、窪田般弥、山口洋子、水橋晋など、『氾』グループの同人たちと知りあう。」（『現代詩文庫　44　三木卓』一九七一年九月、思潮社）とある。

第一六号

「第16号　1959」（表紙）、「季刊第16号」（奥付）。一九五九年八月一日発行。「編集者」部分に変更があり、三木卓の住所の所番地の後に「冨田方」と追加。島田の代わりに堀川正美が復帰。ただし住所は「新宿区歌舞伎町4徳光方」となっている。「後記」で堀川は「私の青春は、一九五二年に明らかな政治的失敗と、そこから始まつた私自身の個人的な愛情生活の失敗とふたつからなりたつ双頭の鷲である。」と記している。『現代詩文庫　29　堀川正美詩集』（一九七〇年一月、思潮社）の略年譜には「1952年火焔壜闘争末期の党組織と大学から離れる」とある。一九五二年は、いわゆる破壊活動防止法反対闘争や、血のメーデー事件があった年だが、それと関連する何かがあったのだろうか。また、「愛情生活の失敗」とは離婚で、妻子と別れ、柳田麗子という画家と暮らすようになったことを意味している。そのための転居だったと思われる。

奥付にはまた、「6号分予約300円」とある。『氾』は実質的にはこの号を持って終わるのだが、少なくとも編集の時点では、継続する予定だったのであろう。

「後記」堀川・山口・小長谷。堀川は「現在われわれの世代の詩は、ある観念ある感覚ある感性をどのていど個性的に表現したかしないかによってだいたい価値が決まる。」、山口は「私たちの世代は、かなり、おもいきつた実験的仕事を、失敗してもどんどんやることができるのだから、ブチコワシの詩を書こう。」、小長谷は「不満を紙の上になすりつけたのが、大部分の現代詩のようだ。すなわち、現実に対するぐちであり、シニカルな態度である。けれど、それらがそれだけであつたならば、詩がめざす生の明証とは縁もゆかりもないものだ。」とそれぞれの主張を述べている。「生の明証」とは、これまでの「後記」でも述べられてきた『氾』詩人に共通する詩論と言ってよい。また堀川や山口の発言には、自己の詩を確立しつつある者の自信を読み取ることが出来る。実際、『氾』の同人たちは、この雑誌に止まらず、活動の範囲を広げていくことになる。それが、次号との間に約三年半のブランクが出来る理由でもある。

この号には綿引英雄が参加。ただ一回のみの参加である。

第一七号

欠番と思われる。少なくとも、現在の所、存在は確認されていない。

第一八号

「'62　18」（表紙）、奥付には刊行年情報なし。一九六三（昭和三八）年一月一〇日発行。表紙には'62とあるから、一九六二（昭和三七）年中に出す予定だったのであろう。

「発行人・水橋晋／発行所・東京都下北多摩郡狛江町岩戸780・氾書林／編集人・水橋晋・横浜市金沢区寺前町88米倉方　定価50円」

小長谷は「氾は十六号で解体した。が、実際には一九六三年に水橋の編集で十八号がでた。同人のほとんどが作品を寄せているが堀川の名前はない。この号への参加を、堀川がはっきりと拒絶したことを私は今も忘れていない。」（「詩誌『氾』」『現代詩文庫　83　小長谷清実』）と書いている。『氾』の中心をなした詩人たちは、一九五八年八月に設立された「現代詩の会」の中心メンバーでもあった。具体的には江森・堀川・三木・山田・山口・綿引の六人である。機関紙は『現代詩』だが、この詩誌自体はすでにあった。その母体であった新日本文学会を離れて結成されたのが「現代詩の会」であり、引き続き『現代詩』を出し続けていた。この会のメンバーとして、従来の新日本文学会の会員以外に、戦後詩第一世代の『荒地』メンバー、第二世代の『櫂』さらに『氾』の同人たちが参加することになった。また、小田は『戦後詩壇私史』で、「六二年七月号から飯島耕一、岩田宏、大岡信、関根弘、長谷川龍生、堀川正美、三木卓の編集委員の持ち回り制となって、（中略）編集上の軋みが目立つようになり、誌面も特集が消えて緊張感が失われていく。」と記している。『氾』第一八号への参加を堀川が「拒絶した」のは、『現代詩』の編集が忙しかったからであろうか。しかし小長谷の口調からは、それ以上の思想的なわだかまりの様なものが感じられる。「現代詩の会」に参加したメンバーとそうではないメンバーとで、『氾』の中でも、対立のようなものもあったのであろうか。

表紙デザインは竜口清二。早崎レイコによるデザインとはかなり異なる表紙となっており、表紙には「POEM CRITIC　FIGURE」の文字も見える。

「後記」は無署名と、水橋。無署名記事には「今度、久しぶりに出る『氾』を私は、とても大切だと考えている。

私は派手なPRは嫌いだが、PRして、なお、期待外れのないような氾にしていきたいと思う。」とある。『氾』を継続して出していきたいという意思を表明しているが、実際には九年後に最終号一冊が出されるにとどまる。ただ、『氾』に対するこうした愛着ある発言をみると、「現代詩の会」に参加しなかったメンバーの誰かであるように思われる。「後記」を書いたもう一人の水橋も不参加のメンバーであることを考慮すると、もしかしたら、この記事は小長谷によるものかもしれない。ちなみに、本号不参加の「現代詩の会」参加者は、堀川と綿引である。

次号、最終号は一九七二年三月なので、その間の「現代詩の会」の解散に関する情報も、簡単に記しておく。

「現代詩の会」は一九六四年一二月に解散し、同時に『現代詩』も廃刊となる。解散時の編集委員の中に堀川正美・三木卓がおり、運営委員に山田正弘がいた。小田（『戦後詩壇私史』）は、

その間、編集者は、加瀬昌男から長坂貞徳へ、長坂貞徳から堀川正美に変わった。長坂貞徳時代までは、さしたる問題もなかったのだが、長坂貞徳が六四年の初頭にやめてからすっかり調子が狂ってきた。後を引き継いだ堀川正美が『現代詩』の編集はやるが、現代詩の会の仕事はやらないという条件を出したからである。結局、これが引金になって、現代詩の会の空中分解、『現代詩』の廃刊につながっていった。むろん理由はそれだけではない。その頃はいくら頑張っても『現代詩』が二千部の壁を破れないという経済的条件もあった。

と、関根弘の『針の穴とラクダの夢』（一九七八年一〇月、草思社）の記述を引いている。

第一九号

「19　3—1972」（表紙）、「19号・1972年3月1日発行・￥250」（奥付）。

「編集代表＝打越美知　発行者＝山田正弘　印刷者＝共立社」

「氾書林　東京都狛江市岩戸780（郵便番号182）」（水橋の住所と同じ）

さらに「年間4号分予約　￥1,000　送料不要」とあるので、引き続き出す予定だったのだろう。表紙・目次・カットは大野健一。

メンバーの作品（すべて詩）以外に「aquarius」（目次はAQUARIUS）というコーナーが作られ、作品を載せた全員が、近況などを載せている。「aquarius」つまりみずがめ座は、星座占いでいえば一月二〇日から二月一八日までなので、次号以降も、発行時期に合わせた星座名をつけたコーナーを作るつもりだったのであろう。江森は「今、ここに又、『氾』をつづけることになって、仲間賞めや時代的顧慮は、厳につつしみたいと考える。」、「昔（？）もそうだったが、私は、これからも私だけの詩を、この『氾』に書きつづける。同人には、前にもましておんぶすることばかりだろう。」と書いている。「編集代表」は打越だが、氾書林の住所が水橋宅、このコーナーの最終執筆者が江森で、しかもこの内容であることを考慮すると、今号の編集の中心は、彼ら三人だったのかもしれない。

ちなみに新藤涼子は「そのうち、私もいなくなってしまうだろう。友だちもいなくなってしまうだろう。『氾』という詩誌は残るだろう。印刷してあるんだから……。」とシニカルな発言をしているが、結果的に本号に最もふさわしい発言となった。

関連年表

〈凡例〉

①本年表は、『氾』が刊行されていた一九五四年から一九七二年を対象とし、事項篇では日本近現代詩史において重要だと考えられる一般事項、雑誌の創刊、『氾』と関連の深い単行本の刊行等を記載し、さらに、作品篇として次の◇◆□を加えて構成した。

②◇に、本書に収録した『氾』の目次を記載した。

③◆に『氾』執筆者の、他誌に発表した詩・評論・エッセイなどを記載した。ただし、第6号に参加した『貘』の同人たち、表紙デザインやカット、デッサン、翻訳のみで参加した者は含めない。そのため、対象となる同人は、堀川正美・市川曉子・日比澄枝・水橋晋・吉川浩子・栗原紀子・山田正弘・松井知義・江森国友（目次記載名に従って「国」で統一する）・小林哲夫・中島敏行・山口洋子・新藤涼子・小長谷清実・窪田般彌（目次記載名に従って「彌」で統一する）・島田忠光・伊藤聚・三木卓・打越美知・綿引英雄の二十人である。なお、同一作品が複数の詩誌に掲載されている場合があるが、それらは年鑑アンソロジーなどへの再掲である。

④□に、『氾』執筆者（同③）の単行本を記載した。

⑤本年表を作成するにあたり、以下の資料を参考にした。『近代日本総合年表　第四版』（二〇〇一年一一月、岩波書店）、『日本史総合年表　第二版』（二〇〇五年八月　吉川弘文館）、『戦後詩壇私史』（小田久郎　一九九五年二月　新潮社）、「戦後史年表」（原崎孝編　『ユリイカ』一九七一年一月号）、「年表　昭和詩五〇年」（『ユリイカ』一九七四年一二月号）。

一九五四（昭和29）年

一月、アイゼンハワー大統領、沖縄米軍基地の無期限保持を宣言。**二月、**『荒地詩集　一九五四年版』（荒地出版社）。**三月、**ビキニ水爆実験で第五福竜丸が被爆。**四月、**造船疑獄。**六月、**警察法改正をめぐって国会乱闘事件。黒田三郎『ひとりの女に』（昭森社）。**七月、**防衛庁・自衛隊発足。『今日』創刊（平林敏彦・飯島耕一・大岡信・入沢康夫・岸田衿子ら）。『砂』創刊（関口篤・原崎孝・武田文章ら）。『現代詩』創刊（新日本文学会詩委員会）。**九月、**第五福竜丸の久保山愛吉死去。青函連絡船洞爺丸、座礁転覆、死者・行方不明者一一五五人。**一〇月、**『死の灰詩集』（宝文館）。**一一月、**アルジェリア独立戦争始まる。『歴程』復刊（草野心平・山本太郎ら）。**一二月、**吉田内閣総辞職、鳩山内閣成立。

◇四月、『氾』第1号　堀川正美「挽歌・梨の園・木霊」、市川暁子「オフェリア」、日比澄枝「風・散る」、水橋晋「睡る・白夜」、吉川浩子「視界・真空」、栗原紀子「二つの影」、山田正弘「河岸で・愛・鳶」、ケネス・レクスロス・水橋晋訳「生誕」、堀川「詩の風土について」、水橋・山田「後記」。六月、『氾』第2号　松井知義「翔く」、堀川正美「詩四篇」、日比澄枝「想い」、山田正弘「鮎・若き詩人は」、江森国友「めるへん」、栗原紀子「風媒花」、水橋晋「不在・昏れる・断章」、ハアト・クレイン・堀川訳「航海Ⅱ」、ルイス・アンタマイヤア・堀川訳「ハアト・クレイン」、水橋・山田・堀川「後記」。八月、『氾』第3号　水橋晋「旅人」、栗原紀子「求めて」、小林哲夫「庭」、日比澄枝「断想」、松井知義「死魚の眼のなかで」、江森国友「愛」、堀川正美「陽炎」、山田正弘「詩の回復」、江森「風土」、栗原・堀川「後記」。一一月、『氾』第4号　山田正弘「墳・唱説・地について」、日比澄枝「しらかんばの道」、水橋晋「漂流・ひとつの死」、栗原紀子「冬日」、江森国友「墓」、松井知義「古代」、小林哲夫「秋の高原」、堀川正美「作品三篇」、水橋「批評の態度について」、山田・堀川「後記」。

◆二月、山口洋子「翔ける夏」(『詩学』)。窪田般彌「眠り川」(『日本未来派』)。五月、窪田般彌〈詩集評〉「伊藤静雄詩集について」(『日本未来派』)。六月、山口洋子「だれかがわたしに囁く」(『詩学』)。八月、山口洋子「ほこりの中の子供たち」(『詩学』)。九月、堀川正美「木霊」(『詩学』)。一二月、窪田般彌「地と夢」(『日本未来派』)。島田忠光「夜について」、〈訳詩〉W・H・オーデン「クアントの瞑想、マリンの瞑想、ロゼッタの瞑想」、〈書評〉「あるぺぢお詩集　一九五四年版」(『暦象』)。

一九五五(昭和30)年

一月、西脇順三郎『あんどろめだ』(トリトン社)。三月、『列島』終刊。四月、アジア・アフリカ会議。『荒地詩集

一九五五年版』（荒地出版社）。**五月**、砂川闘争はじまる。**六月**、一円アルミ貨発行開始。**七月**、石原慎太郎「太陽の季節」（『文学界』七月号）。**八月**、初の原水爆禁止世界大会。**一一月**、日米原子力協定調印。戦争責任論争。『列島詩集』（知加書房）。鮎川信夫『鮎川信夫詩集』（荒地出版社）。

◇**一月**、『氾』第5号　江森国友「祷り」、中島敏行「草の目・耳の中の町」、水橋晋「俘囚・洞穴・青の時代」、日比澄枝「黙る」、小林哲夫「蟲・山頂にて」、堀川正美「翳と印・第一の行為・白の必要」、松井知義「春の咽喉」、山田正弘「光栄について」・「『光栄』と蜜柑についてのある後書」、水橋・山田・堀川「後記」。**四月**、『氾』第6号　堀川正美「掌・三月─四月」、栗原紀子「地軸・泥人形」、水橋晋「埴輪」、片岡文雄「朝」、嶋岡晨「生」、大野純「樹木」、餌取定三「死・本能」、日比澄枝「暮日」、山田正弘「告別のための詩」、小林哲夫「生命について・金魚」、松井知義「海の見える風景」、江森国友「舞踏」、堀川「詩のためのノオト」、堀川・山田「後記」。**七月**、『氾』第7号　江森国友「開かれるため」、堀川正美「休息の半島」、中島敏行「雪夜・啓示」、山田正弘「豆の樹成長」、日比澄枝「解剖学」、松井知義「叫び・街にて」、水橋晋「そして夜明けが・汚点」、ポオル・エリュアール・保谷俊雄訳「おまえは到るところにいる」、ロベエル・ドライエ・水橋訳「形而上学」、堀川「詩のためのノオト」、江森・山田・堀川「後記」。**一二月**、『氾』第8号　水橋晋「路しるべ・出会い」、日比澄枝「昏睡」、江森国友「東にひろがる庭・愛詩I」、松井知義「切紙細工」、堀川正美「声」、山口洋子「くさつていくものが」、山田正弘「四つの詩」、小林哲夫「炎・受胎」、江森「詩と敗北意識」、小林・堀川・山田「後記」。

◆**一月**、島田忠光〈翻訳〉「W・H・オーデン」（『詩学』）。島田忠光「恐怖について」（『暦象』）。**二月**、堀川正美「湾のなかの人と鳥」（『詩学』）。窪田般彌「冬の夜の対話」（『日本未来派』）。島田忠光「鏡のなかの僕の顔に」、〈書評〉「平林敏彦詩集『種子と破片』」（『暦象』）。

三月、島田忠光〈書評〉「安在孝夫詩集『海峡』」(『暦象』)。四月、窪田般彌〈翻訳〉「蠟燭　フランシス・ポンジュ」(『日本未来派』)。島田忠光「死者の時間」、〈書評〉「乾武俊詩集『鉄橋』」(『暦象』)。六月、島田忠光「墓地の近くの部屋より」(『暦象』)。七月、窪田般彌〈翻訳〉「アントナン・アルトウ　ルネ・シャール」(『日本未来派』)。島田忠光「幻想の形式—叫びについて—」(『暦象』)。八月、島田忠光「子供らのために」(『暦象』)。九月、窪田般彌「海」(『日本未来派』)。一〇月、堀川正美〈詩書展望〉「われらの仲間〈氾〉氾という方舟」(『詩学』)。島田忠光「罪」(『暦象』)。一一月、堀川正美〈座談会〉「リトル・マガジンの問題」、山田正弘「台所の卓のしたで」(『詩学』臨時増刊号)。山田正弘「混沌」、小林哲夫「〈全国詩誌展望〉雉子」(『詩学』)。一二月、窪田般彌〈評論・翻訳〉「ルネ・シャール、十月について、笊屋の恋人、真実は君らを自由にするだろう」(『日本未来派』)。

□一月、山口洋子『館と馬車』(書肆ユリイカ)。

一九五六(昭和31)年

二月、ソ連、スターリン批判行われる。『週刊新潮』創刊、初の出版社発行の週刊誌。三月、田村隆一『四千の日と夜』(東京創元社)。四月、ソ連、コミンフォルム解散。『荒地詩集　一九五六年版』(荒地出版社)。七月、スエズ運河国有化宣言。一〇月、ハンガリー動乱。スエズ戦争はじまる。日ソ国交回復。『ユリイカ』創刊(伊達得夫)。一二月、国際連合に日本加入。

◇五月、『氾』第9号　小林哲夫「新しい時間・鳥」、水橋晋「印」、江森国友「眼のための春・森の声・愛・詩Ⅱ」、日比澄枝「くずれてゆくもの」、山田正弘「わたしの恋人こそ贋金作りといわれていたが」、松井知義「暁の方へ」、堀川正美「伝説」、山口洋子「おろかなことを・サイコロマンボ」、キュヴィック・大井三郎訳「調和より」、堀川・江森・山田「後記」。一二月、『氾』第10号　山田正弘「私を愛したものを私は愛した」、江森国友「眼・愛詩Ⅲ」、小林哲夫「秋の素描」、日比澄枝「径へ」、水橋晋「かくしている」、堀川正美

「アルコール他一篇」、中島敏行「砦」、山口洋子「洪水」、松井知義「占師のM・三枚目役者のM」、ギルヴィック・大井三郎訳「意識」、水橋・江森・堀川・山田「後記」。

◆一月、水橋晋〈翻訳〉「形而上学　ロベエル・ドライエ」、山口洋子「館と馬車」、窪田般彌〈翻訳〉「アントナン・アルトウ　ルネ・シャール」（『詩学』）。島田忠光「季節・秋」（『暦象』）。三月、窪田般彌「無花果」（『日本未来派』）。四月、堀川正美「想像力の休暇」（『詩学』）。窪田般彌〈評論〉「詩における陶酔と覚醒」（『短歌』）。七月、堀川正美〈評論〉「高橋新吉特集　作品論」（『詩学』）。一〇月、堀川正美「プロフィル」（『詩学』）。窪田般彌〈評論〉「たのしみのポエム―安西冬衛について―」、〈書評〉「山中散生著・黄易の人」（『日本未来派』）。一二月、窪田般彌「独楽―くもれる冬空の手鏡に、疲れたまなこを休ませて……」、〈批評〉「宇宙駅」、〈書評〉「武田文章記憶のなかの森」（『日本未来派』）。一二月、窪田般彌「「私はこういう詩を書きたい」ということへの返事」（『日本未来派』）。

□三月、窪田般彌・窪田啓作共訳・パンジュ『グレアム・グリーン　人と作品』（河出書房）。

一九五七（昭和32）年

二月、石橋内閣総辞職、岸内閣成立。三月、チャタレー裁判最高裁判決（有罪確定）。五月、英、水爆実験。岸首相が東南アジア六ヵ国歴訪。六月、長谷川龍生『パウロウの鶴』（書肆ユリイカ）。九月、国際ペン大会が東京で開催。一〇月、ソ連、人工衛星スプートニク一号の打ち上げ成功。『荒地詩集　一九五七年版』（荒地出版社）。一二月、日ソ通商条約調印。

◇二月、『氾』第11号　江森国友「夢の流れ・愛・詩Ⅳ」、日比澄枝「沿つて」、山田正弘「勇敢な心は」、水橋晋「雪の里」、新藤涼子「小雨をかむり・樹になろう」、小林哲夫「意識について」、堀川正美「日の国」、R・マカルパイン・水橋訳「詩人としてのロレンス」、山田・江森「後記」。七月、『氾』第12号　堀川正美「必要なもの」、水橋晋「奔流・広すぎる空」、江森国友「桜の樹のした」、松井知義「黙契」、日比澄枝「遠くにあるもの」、小長谷清美（ママ）「あなたは知つているのだ・若いつぐみの誕生のために」、窪田般彌「海」、山田正弘「雨、風の強い月のこと」、W・R・マカルパイン・水橋訳「詩人としてのロレンス（承前）」、堀川・山田・江森「後記」。**一二月**、『氾』第13号 水橋晋「風の凪ぐとき・わたしは遭難するはずがない」、島田忠光「火」、山口洋子「大きなビワの木」、小林哲夫「ひとつのものの朝」、山田正弘「猿ヵ島はどこにあるか」、江森国友「穀物祭・きみは踊ることによつて・径路」、日比澄枝「九月の日」、松井知義「鏡の中の猿」、小長谷清実「旅・時」、堀川正美「夢のいれものにさわる・感動が無感動になるとき」、ジャン・マカール・窪田般彌訳「ディラン・トマスの詩」、堀川・島田・江森「後記」。

◆**一月**、山口洋子「おいらは荷車をひいていく」（『ユリイカ』）。**二月**、堀川正美「鎮魂歌」（『現代詩』）。水橋晋「夜明けまで」、山田正弘「十一月四月前后」、山口洋子「雨季」、小林哲夫「秋のアンダンテ」、窪田般彌「烏賊」、〈翻訳〉「蠟燭 フランシス・ポンジュ」（『詩学』）。窪田般彌「シユペルヴィエルの詩劇」（『日本未来派』）**三月**、堀川正美「アルコール」（『詩学』）。**六月**、山口洋子「狂う」（『詩学』）。江森国友「誘われた土地」（『三田文学』）。**七月**、山口洋子「裂け」（『現代詩』）。堀川正美「わが代表作」（『詩学』臨時増刊号）。山口洋子「海へ近づく」（『ユリイカ』）。**八月**、小林哲夫「秋の祈り」（『詩学』）。**九月**、堀川正美「文明の傷」、山田正弘「ゆうれいが陽気そうに喋ること」（『詩学』）。**一〇月**、窪田般彌〈評論〉「近代詩史上に於ける三富朽葉」（『明治大正文学研究』）。**一一月**、山田正弘〈評論〉「〈山本太郎特集〉詩人論」（『詩学』）。**一二月**、堀川正美「去った夏の物語」、山田正弘〈書評〉「山本太郎集」（『詩学』）。島田忠光「秋と冬と」、江森国友「はじめのパッション」、小林哲夫「覗かれる思考の深度」（『現代詩』）。

一九五八（昭和33）年

一月、米、人工衛星打ち上げ成功。**二月**、前衛詩人協会結成（北園克衛ら）。**三月**、関門トンネルが開通。**四月**、売春防止法施行。**五月**、テレビ受信契約数が百万台突破。**八月**、「現代詩の会」結成。**一〇月**、『声』創刊（福田恆存・中村光夫・大岡昇平ら）。**一一月**、吉岡実『僧侶』（書肆ユリイカ）。茨木のり子『見えない配達夫』（飯塚書店）。**一二月**、東京タワー完工式。日本銀行一万円札を発行。

『荒地詩集　一九五八年版』（荒地出版社）。

◇六月、『氾』第14号　島田忠光「愛は樹木のかげで休むやさしい獣だ」、山口洋子「……しないで」、江森国友「愛・詩Ⅴ」、山田正弘「冒険と象徴」、小長谷清実「詩・過程」、堀川正美「帰郷・時のたまりばを移る」、窪田般彌「人さまざま」、水橋晋「溜池ほどには小さくない話」、小林哲夫「……ふたたびめぐりくる夏のために」、ルネ・シャール・窪田訳「きみはよく出かけた、アルチュール・ランボーよ」、水橋「何が扉を閉しているか」、堀川・山田・江森・X「後記」。

◆**一月**、窪田般彌「誕生」（『季節』）。堀川正美「経験」、山田正弘「また、別の時へ」（『現代詩』）。**二月**、三木卓「白昼の劇」、〈所感〉「感想〈『現代詩』第一回新人賞入選三氏の直感・寸感・感想〉」、山田正弘〈座談会〉「戦艦ポチョムキンと現代詩」（『現代詩』）。堀川正美「必要なもの」（『詩学』臨時増刊号）。堀川正美〈合評〉「研究作品合評」、江森国友「杭をうつ　でもやさしい黄金のやなぎで……」、綿引英雄「〈われらの仲間〉麦」（『詩学』）。**三月**、堀川正美〈合評〉「研究作品合評」、窪田般彌「波」、三木卓「えび」（『詩学』）。水橋晋「日と千の影」（『現代詩』）。**四月**、小林哲夫「ひとつのものの朝」、堀川正美〈合評〉「研究作品合評」、山田正弘〈アンケート回答〉（『詩学』）。堀川正美「レアリテ・ユメインが笑う　国際具象派美術展を観て」（『現代詩』）。山口洋子「ユリイカ詩画展作品」（『ユリイカ』）。**五月**、堀川正美〈評論〉「絵描きの同志がほしい！（第十回読売アンデパンダン展評）」（『現代詩』）。堀川正美〈合評〉「研究作品合評」、山田正弘「若き詩よみに与うるの書」（『詩学』）。六月、堀川正美「ゼロと世界工場」（『現代詩』）。堀川正美〈合評〉「研究作品合評」、山口洋子「夢のなかで」、伊藤聚「水差し」（『詩学』）。七月、堀川正美〈合評〉「研究作品合評」（『詩学』）。三木卓「鉤の影」（『現代詩』）。八月、山田正弘「慰安缶詰工場―それでも観光バスは走る―」、江森国友「死者のうたった恋の唄」（『現代詩』）。堀川正美〈座談会〉「新しい詩の条件」、「わが愛読詩集」（『詩学』臨時増刊号）。堀川正美〈合評〉「研究作品合評」（『詩学』）。江森国友「死人のうたった断片」（『三田文学』）。九月、堀川正美〈合評〉「研究作品合評」（『詩学』）。堀川正美「書物の教訓」（『世代』）。水橋晋「黒い芯」、江森国友「編輯後記」（『三田文学』）。一〇月、堀川正美〈合評〉「研究作品合評」、水橋晋「嘘を言いたい」（『詩学』）。小林哲夫「はじめるために」（『三田文学』）。一一月、山田正弘〈ルポルタージュ〉「災害　中伊豆の沼海を歩く」（『現代詩』）。堀川正美〈合評〉「研究作品合評」、山田正弘「ちいさなアメリカ……………氏に」（『詩学』）。窪田般彌〈劇評〉「『月光会』の東京公演をみる」（『ユリイカ』）。一二月、堀川正美〈合評〉「研究作品合評」（『詩学』）。窪田般彌「月」（『三田文学』）。

□七月、窪田般彌『影の猟人』（緑地社）。山口洋子『にぎやかな森』（書肆ユリイカ）。八月、窪田般彌訳『ルネ・シャール詩集』（書肆ユリイカ）。九月、窪田般彌、他訳　M.G.ミシェル『モンパルナスの灯』（角川書店）。

一九五九（昭和34）年

一月、メートル法施行。NHK教育テレビ開局。二月、キューバ革命、カストロ首相に就任。清岡卓行『氷った焔』（書肆ユリイカ）。三月、フジテレビ開局。四月、安保条約改定阻止国民会議、第一次行動を実施。六月、『詩組織』創刊（伊豆太郎・高良留美子ら）。『現代詩手帖』創刊（小田久郎）。七月、『鰐』創刊（大岡信・飯島耕一・吉岡実・清岡卓行・岩田宏）。九月、伊勢湾台風、日本列島縦断。フルシチョフ・毛沢東会談。一一月、安保改定反対のデモ隊国会に乱入し、三〇〇名負傷。一二月、石垣りん『私の前にある鍋とお釜と燃える火と』（書肆ユリイカ）。
◇二月、『氾』第15号　伊藤聚「水・軽い男・馬の購入」、三木卓「若い思想」、打越美知「海の上で土の上で」、小長谷清実「黙示録」、水橋晋「気で病むな」、山口洋子「男に」、島田忠光「古い時代の物語のなかへ」、江森国友「愛の生活」、堀川正美「太平洋」、小林哲夫「土の声はふかく」、山田正弘「詩二篇」、リュシャン・シュレル・大井三郎訳「ポール・エリュアールに」、水橋・堀川・三木・島田「後記」。八月、『氾』第16号　山口洋子「告別」、綿引英雄「必要」、小林哲夫「眠る・黙するために」、江森国友「近頃の生活」、新藤涼子「季節を」、小長谷清実「六月の海と花々・海のような春」、堀川正美「＊＊＊」、打越美知「賭」、三木卓「１９５８年級」、伊藤聚「調理・目測」、クロード・ヴィジェ・窪田般弥（ママ）「希望の石」、堀川・山口・小長谷「後記」。
◆一月、堀川正美〈評論〉「おのれの若さということ」（『現代詩』）。堀川正美「燃える太陽へ」、「詩論批評」、山口洋子「闇を呼ぶ」（『詩学』）。二月、堀川正美「われら」（『現代詩』）。江森国友「全国詩壇状況　東京」（『詩学』臨時増刊号）。江森国友「死者がいつかよせた手紙」、山口洋子「………しないで」、窪田般彌〈翻訳〉「きみはよく出かけた　アルチュール・ランボーよ　ルネ・シャール」（『詩学』）。三月、堀川正美〈評論〉「挫折ブームを起せ」（『現代詩』）。堀川正美「詩論時評」、山田正弘「想像と探検」（『詩学』）。窪田般彌〈訳詩〉「ブスケ作品・オーディベルティ作品」（『ユリイカ』）。四月、堀川正美〈評論〉「主としての用語について」、三木卓「架空逮捕」（『現代詩』）。堀川正美「詩論時評」、窪田般彌「凧」（『詩学』）。五月、堀川正美「詩論時評」（『詩学』）。江森国友「死と木蓮の匂い」（『現代詩』）。六月、堀川正美「詩論時評」（『詩学』）。山口洋子「夢の終り・詩人のノオト」（『現代詩手帖』）。七月、窪田般彌「〈フランスの20代詩人たち〉翻訳」（『現代詩手帖』）。山口洋子〈評論〉「女性雑誌の詩」（『詩学』）。**八月**、窪田般彌〈翻訳〉「ぼくには如何なる視線も　アラン・ボルヌ　他」（『詩学』）。窪田般彌〈訳詩〉タルディユ「ムッシュウ・私」（『ユリイカ』）。**九月**、山田正弘〈随筆〉「七月・九月」、山口洋子〈随筆〉「死なない権利」（『現代詩』）。窪田般彌「現代詩人会は必要か」（『現代詩手帖』）。山田正弘〈評論〉「詩と社会意識」、山口洋子〈随筆〉「関西遊記」（『詩学』）。江森国友「北陸　感情旅行」（『三田文学』）。江森国友〈アンケート〉「モダニズムの功罪」（『無限』）。**一〇月**、山田正弘〈評論〉「〈日本の窓5〉平和の陥穽　第5回水爆禁止世界大会から」、やまだまさひろ「走るなんて」、山口洋子〈童話〉「ぷっぺっぺ」（『現代詩』）。**一一月**、山口洋子〈評論〉「美女と美女」（『現代詩』）。堀川正美〈評論〉「メタフイジク詩の現代性」、山田正弘〈評論〉「詩と社会意識」（『詩学』）。山口洋子「生きたくない」（『ユリイカ』）。**一二月**、山田正弘「海の祭」（『現代詩』）。山口洋子「豆自伝　赤ん坊の過去」（『現代詩手帖』）。山口洋子「私の好きな男性詩人」（『詩学』）。小林哲夫「えこーのあるうた」（『ユリイカ』）。

一九六〇（昭和35）年

一月、全学連羽田事件。日米安保条約調印。三池闘争。西脇順三郎『失われた時』（政治公論社）。**四月**、谷川俊太郎『あなたに』（東京創元社）。**五月**、安保強行採決。北海道・東北地方の太平洋岸にチリ津波来襲、死者一三九人。**六月**、六・一五事件、樺美智子死亡。**八月**、オリンピック・ローマ大会。**一〇月**、社会党浅沼稲次郎委員長刺殺される。**一一月**、米大統領にケネディが就任。「風流夢譚」（『中央公論』一二月号）。**一二月**、国民所得倍増計画が決定。南ベトナム解放民族戦線結成。大岡信『大岡信詩集』（書肆ユリイカ）。

◆**一月**、堀川正美「不眠の王国」、山田正弘〈解説〉「〈今月のベストスリー〉岩田宏『ささやかな訪問』」（『現代詩』）。堀川正美「日本海・60」、窪田般彌「詩誌月評」（『詩学』）。堀川正美「お別れ」、窪田般彌〈書評〉「飯島耕一『悪魔祓いの芸術論』」、堀川正美・窪田般彌・山口洋子〈アンケート〉「各世代の詩人たち―貴方は各世代（20代～60代）の詩人諸子に特にどんなことを要望されますか?―」（『無限』）。二月、山田正弘〈解説〉「〈今月のベストスリー〉黒田喜夫『一九五X年』」（『現代詩』）。堀川正美「われら３６５」、江森国友「北陸　感情旅行」、窪田般彌〈翻訳〉「真の名前イヴ・ボンヌフォア　他」、「詩誌月評」（『詩学』）。三月、山田正弘〈解説〉「〈今月のベストスリー〉山崎重藤『手術』」（『現代詩』）。江森国友〈評論〉「村野四郎は詩によって現代詩に影響を与えたか」（『現代詩手帖』）。江森国友〈批評〉「感想」（『想像』）。窪田般彌「詩誌月評」（『詩学』）。江森国友〈書評〉「小川恵以子著『海の影』」（『三田文学』）。四月、山田正弘〈解説〉「〈今月のベストスリー〉近藤芳朗『牛』」、山口洋子「〈詩ができるまで〉毛布が日向に」（『現代詩』）。近藤芳朗〈評論〉「曲り角に立つ社会派の現在」、窪田般彌「詩誌月評」（『詩学』）。五月、山田正弘〈解説〉「〈今月のベストスリー〉室井たけお『事件A』」（『現代詩』）。堀川正美「これからのわたしの仕事　アルファのアルファ」、江森国友「グループ・氾」、小林哲夫「村的な視覚から」、窪田般彌「詩誌月評」（『詩学』）。江森国友「たとえ　太陽が…」（『無限』）。六月、山田正弘〈解説〉「〈今月のベストスリー〉黒田喜夫『一九五X年』」、江森国友「髪の毛たちよ！　馬たちよ！」、伊藤聚「君は…」（『現代詩』）。江森国友〈評論〉「飯島耕一の感覚的、倫理的技法」、窪田般彌「現代フランス詩の技法」（『現代詩手帖』）。堀川正美〈評論〉「新人賞変調」、窪田般彌「詩誌月評」（『詩学』）。七月、山口洋子〈エッセイ〉「自由恋愛論」（『現代詩』）。八月、江森国友「詩誌月評」、小林哲夫「二人称の日記」、窪田般彌〈評論〉「白鳥について―吉田一穂ノート―」（『詩学』）。小長谷清実「花ある青春」（『三田文学』）。小林哲夫「ひとりのうしろに」（『無限』）。九月、江森国友「詩誌月評」（『詩学』）。窪田般彌「風のバラード」、山口洋子〈随筆〉「藻のなかの眼」（『ユリイカ』）。一〇月、江森国友「詩誌月評」、窪田般彌〈評論〉「白鳥について――吉田一穂ノート――」、三木卓「〝不平芸術家論〟」（『詩学』）。**一一月**、堀川正美〈評論〉「井上光晴論」、山田正弘「詩人ノート」、江森国友「S・Nに――そしてT・Uに」（『現代詩』）。山田正弘「老人との出会い」、江森国友「詩誌月評」（『詩学』）。**一二月**、小林哲夫「乾杯するために」（『三田文学』）。三木卓〈エッセイ〉「母親殺しの詩学　長谷川龍生論」（『現代詩』）。江森国友「詩誌月評」（『詩学』）。窪田般彌〈翻訳〉マルク・アイゲルディンガー「ジュール・シュペヴィル――不幸なフランスの歌い手――」（『無限』）。

□**二月**、小林哲夫『始祖たちの森』（書肆ユリイカ）。**八月**、窪田般彌ほか訳『フランス文学全集　第13』（東西五月社）。

一九六一（昭和36）年

一月、米、キューバと国交断絶。**二月**、風流夢譚（嶋中）事件。**五月**、韓国で軍事クーデター。**八月**、松川事件やりなおし裁判で全員無罪判決。『ユリイカ』終刊。ドイツ、ベルリンの壁を構築。**九月**、第二室戸台風、近畿地方を中心に猛威、死者二〇二人。**一〇月**、『試行』創刊（吉本隆明・谷川雁ら）。

◆**一月**、堀川正美「黄金時代」（『近代文学』）。堀川正美「アメリカの男たち」、「流れざる河」、窪田般彌「U氏への手紙」（『詩学』）。山口洋子「野暮なドア」（『ユリイカ』）。**二月**、小長谷清実「希望の始まり」（『現代詩』）。江森国友「詩への希望」（『詩学』）。**三月**、山田正弘〈座談会〉「テレビドラマ　そして三人が…‘60年6月19日のある30分間の物語」（『現代詩』）。堀川正美「イソップ物語」、江森国友「詩壇展望1960年」、窪田般彌〈翻訳〉「秋のパンセ　ジヤン・フオラン」（『詩学』）。江森国友「夢のなかの娘　娘たちの夢」（『三田文学』）。**四月**、山田正弘「昼と夜」（『現代詩』）。山口洋子「砂の唄」（『詩学』）。**五月**、三木卓〈評論〉「ミクロコスモス　もう一人のノア」（『現代詩』）。**六月**、堀川正美〈評論〉「睡眠バルーン」、山田正弘〈評論〉「詩・安保」（『現代詩』）。堀川正美「うつろなこころの休暇」（『現代詩手帖』）。**七月**、三木卓「〈今月のベストスリー〉」（『現代詩』）。**八月**、三木卓「〈今月のベストスリー〉」（『現代詩』）。江森国友「おさない恋の現実」（『現代詩手帖』）。堀川正美「斜面のうえで」、山田正弘「だが生きていることは良いことだ」（『詩学』）。**九月**、三木卓「〈今月のベストスリー〉」（『現代詩』）。窪田般彌「美への期待」、綿引英雄「状況を超える詩を」（『詩学』）。江森国友「詩語感想」（『三田文学』）。**一〇月**、三木卓「〈今月のベストスリー〉」（『現代詩』）。窪田般彌「ヨーロッパ詩人の遺書」、三木卓〈評論〉「小野十三郎・長谷川龍生・黒田喜夫」（『現代詩手帖』）。**一一月**、江森国友〈評論〉「徒労の情熱の旅・田村隆一」（『現代詩手帖』）。江森国友「八月の光りを都会風に」（『詩学』）。**一二月**、堀川正美・山田正弘〈座談会〉「第五回新人賞選考記録」、三木卓「〈今月のベスト・スリー〉」、〈編〉「〈わたしのアンソロジー28〉」（『現代詩』）。

□**二月**、窪田般彌訳　アポリネール『ヒルデハイムの薔薇　他十五篇』（角川文庫）。**七月**、窪田般彌訳　マルセル・プルースト『楽しみと日々』（角川文庫）。**一〇月**、窪田般彌訳　ルイ・ヴァックス『幻想の美学』（白水社）。

一九六二（昭和37）年

二月、東京都の人口が推計で一千万人を突破。**三月**、アルジェリア独立。テレビ受信契約者数一千万を突破（普及率四八・五％）。**四月**、不況、各産業に広がる。**七月**、金子光晴『屁のやうな歌』（思潮社）。**九月**、国産第一号原子炉に点火。**一〇月**、キューバ危機。**一二月**、田村隆一『言葉のない世界』（昭森社）。

◆**一月**、堀川正美〈評論〉「バルコニーにすわって　民衆の休暇の国―ハンス・エルニー（スイス）」、山田正弘〈評論〉「去れない（ユーゴスラビア）」、三木卓「〈詩人ドック〉茨木のり子の巻」（『現代詩』）。三木卓「国立劇場予定地」（『現代詩手帖』）。堀川正美「黙示録」（『詩学』）。**二月**、水橋晋「どんづまれ」、三木卓

「〈詩人ドック〉木原孝一の巻」（『現代詩』）。堀川正美「人間は猿の友人」、山田正弘「ここにはない」、〈月評〉「詩誌月評」、山口洋子「島」（『詩学』）。三月、三木卓〈短信〉「現代詩短信　東京現代詩研究会」、「〈詩人ドック〉辻井喬の場合」（『現代詩』）。三木卓「青森県八戸」（『詩学』）。江森国友〈書評〉「安西均『葉の桜』、嶋岡晨『人間誕生』」（『無限』）。四月、江森国友「詩人会議'62」（『詩学』）。小長谷清実「美しい五月」、三木卓「〈詩人ドック〉中川敏の巻」、山田正弘〈編〉「〈わたしのアンソロジー　32〉」（『現代詩』）。窪田般彌「遠い声」（『現代詩手帖』）。五月、三木卓「〈詩人ドック〉平井照敏・関口篤の巻」（『現代詩』）。江森国友〈書評〉「我が隣人は造物主」、窪田般彌「建築賦」（『歴程』）。六月、堀川正美〈評論〉「へんなひとがやってくる」、三木卓「〈詩人ドック〉磯村英樹の巻」（『現代詩』）。江森国友〈エッセイ〉「〈室井犀星の死〉ともどもに思い出すこと」（『現代詩手帖』）。七月、三木卓「東京午前三時」、「〈詩人ドック〉関口篤再入院の巻」（『現代詩』）。八月、堀川正美「新鮮で苦しみおおい日々」、小長谷清実「燃えるオーロラのブルース」、三木卓「〈詩人ドック〉壺井繁治・浜田知章の巻」、山口洋子〈座談会〉「詩人はソビエトでは孤独か　マルガリータ・アリゲールをかこんで」（『現代詩』）。江森国友「国語国字論議」（『詩学』）。九月、窪田般彌〈翻訳〉「愛なき夜ごとの夜　ロベール・デスノス　他」（『詩学』）。一〇月、堀川正美〈時評〉「感受性の階級性・その他」、山田正弘「十年休暇の二ど目の夏」、小長谷清実「吟遊詩人」、三木卓〈評論〉「教科書詩人をどう読むか」、「〈詩人ドック〉村野四郎・高田敏子の巻」、伊藤聚「春遠からじ」（『現代詩』）。窪田般彌〈翻訳〉「神明審判　他」（『詩学』）。一一月、堀川正美〈時評〉「鳥が人間を眺めるとき」（『現代詩』）。窪田般彌〈翻訳〉「氷河　アンドレ・デュ・ブウシェ」（『詩学』）。一二月、綿引英雄「質問」（『近代文学』一一・一二月合併号）。堀川正美〈時評〉「暗い鏡の上の洗濯板」、三木卓「〈詩人ドック〉秋谷豊の巻」、堀川正美・三木卓〈座談会

「現代詩新人賞選衡」（『現代詩』）。堀川正美「新鮮で苦しみおおい日々」、三木卓「東京午前三時」（『現代詩手帖』）。堀川正美「詩壇1962分析」（『詩学』）。窪田般彌「鏡」（『無限』）。

□一月、新藤涼子『詩集　薔薇歌』（角川書店）。**七月、**窪田般彌訳　ジュール・ルナール『にんじん』（角川文庫）。

一九六三（昭和37）年

二月、日ソ貿易協定調印。**三月、**日本SF作家クラブ結成（小松左京・星新一ら）。鮎川信夫『橋上の人』（思潮社）。**六月、**関西電力黒部川第四ダム、完工式。**八月、**部分的核停止条約に参加。**九月、**最高裁、松川事件で上告棄却、被告全員の無罪確定。**一一月、**ケネディ大統領暗殺。**一二月、**最高裁、砂川事件再上告を棄却、被告七人全員の有罪確定。石原吉郎『サンチョ・パンサの帰郷』（思潮社）。

◇一月、『氾』第18号　三木卓「冬至」、打越美知「洞窟のなかの女」、水橋晋「滅びるもののために」、江森国友「着床」、小長谷清実「航海」、小林哲夫「口づけ」、山口洋子「岬」、新藤涼子「環・みごとな花」、山田正弘「歴史ゼロ」、水橋ほか「後記」。

◆一月、堀川正美〈時評〉「最近の詩の英雄主義」、「編集ノート」、山田正弘、石垣りん〈対談〉「新春対談」（『現代詩』）。山田正弘「それから一歩を……」（『詩学』）。窪田般彌〈翻訳〉「主人・オブジェ抄　アラン・ボスケ」（『現代詩手帖』）。**二月、**堀川正美〈時評〉「現代詩時評・「伝統」についての感想風な短見」、三木卓「編集ノート」、伊藤聚「消極的な義務」（『現代詩』）。小林哲夫「年賀状詩華集」（『詩学』）。**三月、**三木卓「編集ノート」、小長谷清実「はるかな日曜日」（『現代詩』）。新藤涼子〈随筆〉「九州旅行記」（『詩学』）。三木卓〈時評〉「御用詩人の御一人者——詩時評」（『新日本文学』）。江森国友「中世の心と短歌の様式」、窪田般彌〈評論〉「日本の詩における自然」（『歴程』）。**四月、**堀川正美「貝殻草」（『現代詩』）。三木卓〈評論〉「孤独と連帯」（『現代詩手帖』）。三木卓〈時評〉「戦後革命の苦悩——詩時評」（『新日本文学』）。五月、三木卓〈時評〉「戦中世代の眼——詩時評」（『新日本文学』）。六月、堀川正美「垂直的人間　田村隆一詩集『言葉のない世界』」（『現代詩』）。堀川正美〈時評〉「現代における文学者の任務——詩時評」（『詩学』）。七月、堀川正美〈評論〉「エグゾチシズムの終り」、水橋晋〈評論〉「邯戦」、三木卓〈評論〉「江分利満氏の悲惨な生活」、山口洋子「めまい」、伊藤聚「ふくろのなかで」（『現代詩』）。堀川正美〈座談会〉「想像力の方向」（『現代詩手帖』）。三木卓〈評論〉「高良留美子論」（『詩学』）。八月、堀川正美「垂直的人間（二）　田村隆一詩集『言葉のない世界』」、「編集ノート」（『現代詩』）。堀川正美〈時評〉「感受性の運命——詩時評」（『詩学』）。九月、堀川正美「垂直的人間（三）　田村隆一詩集『言葉のない世界』」、三木卓「支配の日々」、「編集ノート」（『現代詩』）。江森国友〈評論〉「宮崎での話」（『詩学』）。一〇月、堀川正美「噴泉塔」（『現代詩手帖』）。江森国友「抒情詩」（『無限』）。一一月、堀川正美〈評論〉「調和の痛みと試み」（『現代詩』）。三木卓〈評論〉「非現実小説の陥穽」（『詩学』）。一二月、堀川正美「編集ノート」、堀川正美・三木卓・山田正弘〈座談会〉「第七回現代詩新人賞選考座談会」（『現代詩』）。堀川正美「調和の痛みと試み」（『現代詩手帖』）。

□三月、窪田般彌訳　ジャック・シャルドンヌ『愛、愛よりも豊かなるもの』（平凡社）。六月、窪田般彌〈評論集〉『日本の象徴詩人』（紀伊國屋書店）。

一九六四（昭和39）年

一月、『凶区』創刊（天沢退二郎・渡辺武信・菅谷規矩雄ら）。四月、海外観光旅行の自由化。五月、吉原幸子『幼年連祷』（歴程社）。六月、新潟地震（死者二六人）。九月、東京モノレール（株）、浜松町—羽田空港間開業。一〇月、東京オリンピック。『現代詩』廃刊。一一月、パラリンピック。佐藤内閣成立。佐世保に原潜入港。一二月、吉原幸子『夏の墓』（思潮社）。中桐雅夫『中桐雅夫詩集』（思潮社）。

◆**一月**、三木卓〈時評〉「現代詩時評　詩と連帯」(『現代詩』)。**二月**、三木卓〈時評〉「現代詩時評　詩と詩人の主体」(『現代詩』)。江森国友〈エッセイ〉「批評の実際的高揚を目指して—間の抜けた時評的エッセイ—」、山口洋子「鱗」(『無限』)。**三月**、堀川正美「編集ノート」、三木卓〈時評〉「現代詩時評　「愛」のもたらすもの」、江森国友「質問」(『現代詩』)。江森国友〈評論〉「宮崎の話(2)」(『詩学』)。三木卓「スープの煮えるまで」(『新日本文学』)。**四月**、小長谷清実「庭」、三木卓〈時評〉「現代詩時評　〝文学外的強制〟の憂鬱」(『現代詩』)。堀川正美〈合評〉「ほんとうのおもしろさ　今月の新人作品合評」(『現代詩手帖』)。堀川正美「われら痛みによってなだめられる希望の子供」(『詩学』)。**五月**、三木卓〈時評〉「現代詩時評　芸術家の希望」、「編集ノート」(『現代詩』)。**六月**、三木卓「夜の乳母車」(『現代詩手帖』)。**七月**、山口洋子「掘る」(『詩学』)。**八月**、江森国友「こころざし　H・Sに」(『詩学』)。**九月**、堀川正美「編集ノート」(『現代詩』)。堀川正美〈座談会〉「岩田宏特集座談会」(『現代詩手帖』)。窪田般彌〈翻訳〉「フランシス・ポンジュ作品」(『詩学』)。江森国友「詩語感想」(『三田文学』)。**一〇月**、三木卓「奉仕日の感想」(『現代詩』)。堀川正美「声・書物の教訓・新鮮で苦しみおおい日々」(『現代詩手帖』臨時増刊号)。水橋晋「堀川正美論」(『詩学』)。三木卓〈報告〉「『現代詩の会』総会」(『新日本文学』)。**一一月**、堀川正美「詩人の出発Ⅰ」(『現代詩手帖』)。**一二月**、堀川正美〈座談会〉「詩人の人間形成と時代　座談会64年状況展望」、「貝殻草」(『現代詩手帖』)。窪田般彌「部屋」(『詩学』)。三木卓「スープの煮えるまで」(『現代詩手帖』・『詩学』)。

□**七月**、堀川正美『太平洋　詩集1950—1962』(思潮社)。

一九六五(昭和40)年

二月、ベトナム北爆開始。**三月**、繊維業界、中小企業倒産激増。**四月**、ベトナムに平和を！市民文化団体連合(べ平

連）初のデモ。高校進学率全国平均七〇％を超過。六月、日韓基本条約調印。七月、名神高速道路全線開通。一二月、日本、国連総会で安全保障理事会非常任理事国に当選。

◆一月、堀川正美「詩人の出発Ⅱ」（『現代詩手帖』）。江森国友「読書批判」（『詩学』）。三木卓〈同人雑誌評〉「呵責ないリアリズムを」（『新日本文学』）。二月、堀川正美〈選評〉「選評Ⅲ」（『現代詩手帖』）。江森国友「読書批判」（『詩学』）。三木卓〈同人雑誌評〉「体験をどう扱うか」（『新日本文学』）。三月、窪田般彌「忘却の河」（『現代詩手帖』）。堀川正美〈選評〉「選評Ⅰ」、江森国友「読書批判」（『詩学』）。三木卓〈同人雑誌評〉「欲望の欠如」（『新日本文学』）。四月、堀川正美「選評Ⅲ」、三木卓「客人来たりぬ」（『現代詩手帖』）。堀川正美「〈凶区〉への手紙」、江森国友「読書批判」（『詩学』）。五月、堀川正美〈選評〉「選評Ⅰ」（『現代詩手帖』）。堀川正美「花束又はトマト・その2」、「読書批判」、新藤涼子「言葉・花」、山口洋子「戯歌　さみしい人に―」（『詩学』）。江森国友〈書評〉「辻井喬詩集『宛名のない手紙』、中桐雅夫『中桐雅夫詩集』」、窪田般彌〈訳詩〉「ジャン・タルディエ『三段論法（なげきぶし風に）』・『変形譚』、アンドレ・デュ・ブーシェ『氷河』」、〈座談会〉「戦後フランス詩をめぐって」（『無限』）。江森国友〈座談会〉「詩における日本語」、「寓話」、新藤涼子「石女の唄」、「石の森」、窪田般彌「一つの短い物語」（『歴程』）。六月、堀川正美〈選評〉「選評Ⅱ」（『現代詩手帖』）。江森国友「読書批判」、窪田般彌〈評論〉「反リアリスム考―フランス―」（『詩学』）。江森国友「一匹でなく」（『歴程』）。七月、堀川正美〈選評〉「選評Ⅲ」、三木卓〈時評〉「手帖時評」（『現代詩手帖』）。江森国友「読書批判」（『詩学』）。八月、堀川正美〈選評〉「選評Ⅲ」、三木卓〈時評〉「手帖時評」（『現代詩手帖』）。江森国友「読書批判」（『詩学』）。九月、堀川正美〈選評〉「選評Ⅰ」、三木卓〈時評〉「手帖時評」（『現代詩手帖』）。一〇月、堀川正美「POEM　EYES　今月の問題作」、「選評Ⅲ」、三木卓〈時評〉「手帖時評」（『現代詩手帖』）。江森国友「読書批判」（『詩学』）。一一月、堀川正美〈選評〉「選評Ⅱ」、窪田般彌〈評論〉「座せる斗牛士　安西冬衛頌」、三木卓〈時評〉「手帖時評」（『現代詩手帖』）。江森国友「読書批判」（『詩学』）。窪田般彌「エリオットとフランス象徴主義」（『無限』）。江森国友「窪田般彌詩集『詩篇二十九』」、新藤涼子「海をみたので」（『歴程』）。**一二月**、堀川正美「ゆめは梵のまぼろし（抄）」、三木卓〈時評〉「65年詩集展望」（『現代詩手帖』）。江森国友「〈一九六五年度展望〉読書　詩壇・何があったか」（『詩学』）。新藤涼子「旅行」、窪田般彌「天の浮遊物」（『歴程』）。

□**三月**、窪田般彌訳『H・ペリュショ・ゴーガンの生涯』（紀伊國屋書店）。**七月**、窪田般彌『詩篇二十九　1956—1964』（思潮社）。**一〇月**、窪田般彌訳『フランス現代詩十九人集』（思潮社）。

一九六六（昭和41）年

一月、早大紛争（～六月）。**二月**、航空機事故相次ぐ（二月四日、死者一三三人。三月四日、死者六四人。五日、死者一二四人）。**六月**、国民の祝日法を改正・公布（敬老の日・体育の日などを制定）。ビートルズ来日。**一〇月**、政界の「黒い霧」。**一一月**、『現代詩体系』全七巻（～六七年一二月）。この年、中国、文化大革命。

◆**一月**、堀川正美〈座談会〉「われらの詩と現実の悩み」（『現代詩手帖』）。**二月**、堀川正美〈評論〉「現代詩の問題点と方向」（『現代詩手帖』）。**三月**、三木卓〈書評〉「寺山修司『戦後詩』」（『現代詩手帖』）。**四月**、窪田般彌「もぐらたち」（『詩学』）。**五月**、三木卓「〈詩への希望〉Ⅱ彼等のことば　ぼくのことば」（『詩と批評』）。江森国友「はじめての住処—詩の体験—」、窪田般彌「その村は……」（『無限』）。江森国友「桃李の……」（『歴程』）。**六月**、堀川正美「丘にいる子供」（『現代詩手帖』）。**七月**、江森国友〈評論〉「村野四郎讃」、窪田般彌「海外の詩人3　フランス・ポンジュ」（『詩と批評』）。**八月**、堀川正美「三人寄れば詩のはなし」、窪田般彌〈エッセイ〉「訳詩について」、三木卓「夢のくさぐさ」（『現代詩手帖』）。江森国友「親和力」（『詩学』)。三木卓〈書評〉「菅原克己『陽の扉』」(『新日本文学』)。江森国友〈批評〉「詩の必要ということ」(『三田文学』)。窪田般彌「タワオ生れ」(『歴程』)。**九月**、堀川正美「三人寄れば詩のはなし」(『現代詩手帖』)。江森国友〈書評〉「清岡卓行著『手の変幻』」(『詩と批評』)。**一〇月**、堀川正美「三人寄れば詩のはなし」(『現代詩手帖』)。窪田般彌「祖国へのオード」(『詩と批評』)。**一一月**、堀川正美「三人寄れば詩のはなし」(『現代詩手帖』)。江森国友「夢ならぬ」、山口洋子「やまぐちようこ」、窪田般彌〈書評〉「黒田三郎著『現代詩入門』」、三木卓「秋の記憶から」(『詩と批評』)。江森国友〈短編小説〉「花幻」(『三田文学』)。**一二月**、堀川正美〈座談会〉「戦後社会と詩の位置」、「丘にいる子供」、三木卓「夢のくさぐさ」(『現代詩手帖』)。窪田般彌〈翻訳〉「ルネ・シャール詩集より」(『詩学』)。江森国友〈書評〉「『田村隆一詩集』『岩田宏詩集』」、窪田般彌〈注釈〉「『サタンへの連祷』注釈」(『無限』)。江森国友「花讃め―N・Yに―」、新藤涼子「眠りの樹」(『歴程』)。

□**七月**、窪田般彌訳 レニエ『世界異端の文学3 生きている過去』(桃源社)。**七月**、窪田般彌訳 アベル・ボナール『友情論』(社会思想社)。**九月**、窪田般彌、他訳 ルイ・エモン『ジュニア版世界文学名作選 6 白き処女地』(偕成社)。**一二月**、三木卓『東京午前三時』(思潮社)。

一九六七(昭和42)年

二月、厚生省、初の原爆被爆者実態調査の結果を発表(二九万八五〇〇人)。**四月**、東京都に革新系知事(美濃部亮吉)当選。**六月**、中国、水爆実験に成功。金子光晴『定本・金子光晴全詩集』(筑摩書房)。**七月**、放送法改正、ラジオ受信料廃止(六八年四月一日施行)。長谷川龍生『長谷川龍生詩集』(思潮社)。**一〇月**、第一次羽田事件。宗左近『炎える母』(彌生書房)。**一一月**、第二次羽田事件。

*この年、三木卓『東京午前三時』でH氏賞受賞。

◆**一月**、堀川正美「私自身の歌 焼却と救済」、三木卓「〈潜望鏡〉死角と転換」(『現代詩手帖』)。江森国

友「告白・断片」(『詩と批評』)。三木卓「くろい木の下で」(『詩学』)。江森国友「編集後記」(『歴程』)。**二月**、堀川正美「私自身の歌　終末について」、三木卓「〈潜望鏡〉表現の場について」(『現代詩手帖』)。**三月**、伊藤聚「HAPPY MOTORING」、三木卓「〈潜望鏡〉一回かぎりの世界について」、堀川正美「私自身の歌　亡霊の手と眼」(『現代詩手帖』)。堀川正美「ドラムのなか」、江森国友「花讃め―N・Yに―」、「私の生れた土地」、窪田般彌「祖国へのオード」、「これからの仕事の予定」、三木卓「秋の記憶から」、「私の生れた土地」(『詩と批評』)。**四月**、堀川正美「私自身の歌　バビルーサの牙」、三木卓「〈潜望鏡〉天馬(ペガサス)について」(『現代詩手帖』)。江森国友〈批評〉「同人詩誌評」、山口洋子「私の生まれた土地」(『詩と批評』)。**五月**、三木卓「戸外の外で(1)」(『現代詩手帖』)。江森国友「雪花譜」(『歴程』)。**六月**、三木卓「戸外の外で(2)」(『現代詩手帖』)。**七月**、三木卓「戸外の外で(3)」(『現代詩手帖』)。窪田般彌「日記」(『詩と批評』)。江森国友「花讃め」(『三田文学』)。**九月**、江森国友〈書評〉「金井直『Ego』、松井幸雄詩集『詩集・一九四七～一九六五』」、三木卓「わが町」(『無限』)。江森国友「『天山祭まつり』第一回」(『歴程』)。**一〇月**、窪田般彌〈書評〉「多田智満子訳『サン=ジョン・ペルス詩集』」(『現代詩手帖』)。**一一月**、三木卓〈書評〉「『石原吉郎詩集』」(『現代詩手帖』)。堀川正美「円周率」(『現代詩手帖』・『詩と批評』)。堀川正美「貝殻」、江森国友「耳」、窪田般彌〈評論〉「ペテン師の魅力―ジャコモ・カザノヴァ―」(『詩学』)。窪田般彌〈批評〉「J・プレヴェール詩・リブモン・デセーニュ文『ホアン・ミロ』」(『詩と批評』)。**一二月**、堀川正美「入沢康夫『マルピギー氏の館』のための素描」・他」、三木卓〈批評〉「菅原克己『めくらのジャン』・他」(『現代詩手帖』)。江森国友「私の好きな場所」、窪田般彌「サロメ」、「〈初めて会った詩人・その印象〉金子光晴」、三木卓「くろい木の下で」、「〈初めて会った詩人・その印象〉福富菁児」(『詩と批評』)。

江森国友「(無題)《作品番号・K13》」(『無限』・『詩と批評』)。

一九六八(昭和43)年

一月、全学連佐世保事件。現代詩文庫発刊。『四季』復刊。二月、成田国際空港反対闘争激化。三月、大学紛争拡大。四月、小笠原諸島返還協定に調印(六月二六日発効)。入沢康夫『わが出雲・わが鎮魂』(思潮社)。八月、ソ連軍を中心にワルシャワ条約機構加盟五ヵ国、チェコスロバキアに侵攻(チェコ事件)。一〇月、川端康成ノーベル文学賞受賞。明治百年記念式典。

◆一月、江森国友〈合評〉「研究作品合評」(『詩学』)。三木卓「わがキディ・ランド(一)」(『新日本文学』)。二月、江森国友〈合評〉「研究作品合評」、新藤涼子「あなたのお席は一階B自由席」(『詩学』)。江森国友〈エッセイ〉「『北村太郎詩集』への一視点」(『詩と批評』)。三木卓「わがキディ・ランド(二)」(『新日本文学』)。三月、三木卓〈書評〉「関根弘詩集」(『現代詩手帖』)。江森国友〈合評〉「研究作品合評」、山口洋子「微熱」(『詩学』)。山口洋子「アタシノ鳥ハ…」(『詩と批評』)。四月、江森国友〈合評〉「研究作品合評」(『詩学』)。三木卓「わがキディ・ランド(完)」(『新日本文学』)。五月、三木卓「夕日のなかで」(『現代詩手帖』)。江森国友〈合評〉「研究作品合評」(『詩学』)。江森国友〈書評〉「多田智満子詩集『鏡の町あるいは絵の森』」(『詩と批評』)。三木卓〈サークル誌評〉「被害者のもう一つの顔」(『新日本文学』)。六月、江森国友〈合評〉「研究作品合評」(『詩学』)。江森国友〈批評集〉「多田智満子詩集『鏡の町あるいは絵の森』」(『詩と批評』)。三木卓〈サークル誌評〉「大鏡のなかで」(『新日本文学』)。新藤涼子「海のおはなし」(『歴程』)。七月、江森国友〈合評〉「研究作品合評」(『詩学』)。江森国友「(横臥した海…)」(『詩と批評』)。三木卓〈サークル誌評〉「目撃者の心」(『新日本文学』)。窪田般彌〈対談〉「現代詩とフランス詩」(『無限』)。八月、三木卓〈サークル誌評〉「表現の背後にあるもの」(『新日本文学』)。新藤涼子「幸福な夏」(『歴程』)。九月、三木卓〈評論〉「離れた場所から　『宮沢賢治の彼方へ』をめぐって」(『現代詩手帖』)。江森国友〈合評〉「研究作品合評」(『詩学』)。一〇月、江森国友〈合評〉「研究作品合評」(『詩学』)。一一月、江森国友〈合評〉「研究作品合評」(『詩学』)。三木卓「夜明けの町で」(『詩と批評』)。一二月、三木卓〈評論〉「権力・詩・人間」(『現代詩手帖』)。江森国友〈合評〉「68年度研究作品総括」(『詩学』)。江森国友「(横臥した海…)」、〈アンケート〉「曾遊の地の思い出、たべ物の思い出」、山口洋子「アタシノ鳥ハ…」、窪田般彌「サロメ」、三木卓「夜明けの町で」(『詩と批評』)。江森国友「秩父古生層の旅」(『歴程』)。

□一〇月、窪田般彌訳　カザノヴァ『カザノヴァ回想録』(全六巻)(河出書房新社、~六九年三月)。一一月、窪田般彌訳　ジュール・ヴェルヌ『地底旅行』(創元推理文庫)。一二月、山口洋子『詩集　リチャードがいなくなった朝』(思潮社)。

一九六九(昭和44)年

一月、東大紛争、入試中止を決定。四月、沖縄デー騒乱。七月、『ユリイカ』復刊。アポロ一一号月面着陸。一〇月、自民党、日米安保条約自動延長を決議。プロ野球で八百長事件発覚(黒い霧事件)。一一月、日米共同声明(安保堅持・七二年沖縄施政権返還など)。

◆一月、三木卓「〈詩誌評〉表現について」(『現代詩手帖』)。窪田般彌「作品合評」(『詩学』)。三木卓〈書評〉「金子光晴他著『詩と詩人I II』」(『新日本文学』)。二月、三木卓「〈詩誌評〉〈自由〉を拡げる力」(『現代詩手帖』)。三木卓「蟻の土地」(『早稲田文学』)。三月、山口洋子「わが懺悔」、三木卓「〈詩誌評〉詩のことばの力」(『現代詩手帖』)。窪田般彌「作品合評」(『詩学』)。江森国友「(〈アッタ〉ものの……)」(『歴程』)。四月、三木卓「〈詩誌評〉世界へ投げこまれたことば」(『現代詩手帖』)。窪田般彌「作品合評」(『詩学』)。新藤涼子「緑色の箱船」(『歴程』)。五月、三木卓「〈詩誌評〉世界の本質をさらけだす言葉」(『現代詩手帖』)。江森国友「〈自然が……〉」（『歴程』）。六月、三木卓「〈詩誌評〉確実さからの飛翔」（『現代詩手帖』）。窪田般彌「作品合評」（『詩学』）。七月、三木卓「〈詩誌評〉共有と私有の果実」（『現代詩手帖』）。窪田般彌「作品合評」、山口洋子「セロ弾き（小沢弘氏に）」（『詩学』）。窪田般彌「溜息橋――総督よ、死ぬまで行くさ――」（『歴程』）。八月、窪田般彌「作品合評」（『詩学』）。九月、三木卓「星間漂流」（『現代詩手帖』）。窪田般彌「作品合評」（『詩学』）。江森国友〈書評〉「寺田透『詩のありか』」、山口洋子「ねじれた歌」、窪田般彌〈評論〉「中原中也・ラフォルグ・ランボー」（『無限』）。一〇月、三木卓〈書評〉「山本太郎著『覇王紀』」（『現代詩手帖』）。三木卓〈書評〉「金達寿『太白山脈』」（『新日本文学』）。江森国友「夏のセミナー報告」（『歴程』）。一一月、窪田般彌「作品合評」（『詩学』）。三木卓「めぐる夜に」（『ユリイカ』）。一二月、三木卓「今年の代表作」、「〈詩誌展望〉」（『現代詩手帖』）。窪田般彌「作品合評」（『詩学』）。堀川正美「洗われる夏の詩吉増剛造に」（『ユリイカ』）。江森国友「〈山は私の見上げる部分が……〉」（『歴程』）。

□五月、三木卓〈童話〉『ほろびた国の旅』（盛光社）・『時間の国のおじさん』（盛光社）。六月、窪田般彌、他訳　アルベール・マリ・シュミット『象徴主義―マラルメからシュールレアリスムまで』（白水社）。八月、三木卓〈童話〉『星のカンタータ』（理論社）。一一月、窪田般彌訳　ラ・フォンテーヌ『ラ・フォンテーヌ寓話』（社会思想社）。

一九七〇（昭和45）年

二月、核拡散防止条約に調印。三月、赤軍派学生による日航機乗っ取り事件。日本万国博覧会開幕。四月、中国、初の人工衛星打ち上げに成功。六月、日米安保条約自動延長期間に入る。八月、歩行者天国実施（銀座・新宿など）。一一月、三島事件。

◆一月、江森国友「桃始華」（『詩学』）。二月、堀川正美「花火」、三木卓「〈サバト70〉」（『現代詩手帖』）。三

月、三木卓「＊　＊　＊」（『現代詩手帖』）。**四月、**堀川正美「歴程」（『ユリイカ』）。江森国友「論語――終末の掟が楽しみを告げる」（『歴程』）。**六月、**江森国友「らせん状の村から――川村次郎に」（『早稲田文学』）。**七月、**三木卓「街を歩く」（『現代詩手帖』）。新藤涼子「狩猟図」（『詩学』）。三木卓〈評論〉「賢治の〈美しいもの〉とは何だったのか」（『ユリイカ』）。三木卓〈書評〉「アラン・シリトー『グスマン帰れ』橋口稔訳〈負の自由〉への撃鉄」（『早稲田文学』）。**八月、**三木卓〈批評〉「〈評〉」（『現代詩手帖』）。**九月、**江森国友「回って　舞って　曲ってわが輪廻」、窪田般彌〈評論〉「無垢の詩人・中原中也」（『ユリイカ』）。**一〇月、**窪田般彌〈評論〉「詩人泡鳴」（『ユリイカ』）。**一一月、**三木卓「夜の人々」（『現代詩手帖』）。窪田般彌〈エッセイ〉「馬渕美意子さんを悼む」（『歴程』）。**一二月、**堀川正美「炎」、伊藤聚「馬の購入」、三木卓「星間漂流　わがキディ・ランド」（『現代詩手帖』）。窪田般彌「海外思潮と現代詩その接点の軌跡」、三木卓「スープの煮えるまで」（『ユリイカ』）。江森国友「〈岡田刀水士追悼〉『幻影哀歌』のこと」（『歴程』）。

□**一月、**堀川正美『現代詩文庫　29　堀川正美詩集』（思潮社）。**八月、**窪田般彌訳　ヴェルレーヌ『ヴェルレーヌの詩』（現代教養文庫）。**九月、**江森国友〈評論〉「三度目の村野詩」（『無限』）。三木卓『わがキディ・ランド』（思潮社）。**一一月、**堀川正美『枯れる瑠璃玉　詩集1963―1970』（思潮社）。窪田般彌訳　ジュール・ヴェルヌ『オクス博士の幻想』（創元ＳＦ文庫）。**一二月、**小長谷清実『希望の始まり』（思潮社）。

一九七一（昭和46）年

三月、東京多摩ニュータウンへの第一次入居開始。**六月、**沖縄返還協定に調印。イギリスのＥＣ加盟交渉妥結（デンマーク・アイルランド・ノルウェーも加盟）。**七月、**環境庁発足。**八月、**円の変動相場制移行を実施。**一二月、**インド・パキスタン紛争、全面戦争になる（印パ戦争）。

◆一月、三木卓〈書評〉「本郷隆『石果集』不可視領域への下降階段」(『現代詩手帖』)。三木卓〈評論〉「子どものイメージの放つもの」(『新日本文学』)。窪田般彌〈翻訳〉「モーツァルト　メルセル・プルースト」(『ユリイカ』)。窪田般彌〈随筆〉「一冊の遺稿集」(『早稲田文学』)。三月、堀川正美「秋」、三木卓「〈第一回　高見順賞〉受賞の言葉」(『現代詩手帖』)。江森国友「声明慈音」、窪田般彌「富永太郎の眼と精神」、三木卓「地上にいて」(『ユリイカ』)。四月、三木卓「環に沿って」(『現代詩手帖』)。堀川正美〈エッセイ〉「カフカへの回想」、窪田般彌「ランボーの幻影」(『ユリイカ』)。五月、三木卓「われ発見せり」(『ユリイカ』)。七月、三木卓〈短編小説〉「座せる女たち」(『ユリイカ』)。窪田般彌「〈鬼区〉」(『歴程』)。八月、三木卓「狩りに参加して」(『現代詩手帖』)。窪田般彌「創世記」(『ユリイカ』)。江森国友〈座談会〉「草野心平を語る」、新藤涼子〈評論〉「海のような男—昭和三十七年夏のこと」(『無限』)。九月、江森国友「時と空とヘンリー・ムーアに」(『歴程』)。一〇月、窪田般彌「変身譚　ペリクレ・ファッツィーニへ」(『詩学』)。江森国友「〈われ発見せり〉詩のはたらき」(『ユリイカ』)。一一月、窪田般彌「カザノヴァ『ホモ・エロティクス』」(『ユリイカ』)。一二月、堀川正美「炎・秋」、三木卓「環に沿って」(『現代詩手帖』)。三木卓「客人来たりぬ」(『ユリイカ』)。

□三月、窪田般彌訳『P・ギローフランス詩法』(白水社)。五月、三木卓〈評論集〉『詩の言葉・詩の時代』(晶文社)。江森国友『花筐と花讃』(母岩社)。八月、三木卓〈童話〉『七まいの葉』(構造社)。九月、三木卓『現代詩文庫　44　三木卓詩集』(思潮社)。一一月、堀川正美「直接の生」(『ユリイカ』)。一二月、堀川正美「新鮮で苦しみおおい日々」(『ユリイカ』)。

一九七二(昭和47)年

一月、グアムで横井庄一元陸軍軍曹を保護。二月、冬季オリンピック札幌大会。浅間山荘事件。三月、奈良県明日香村の高松塚古墳で極彩色の壁画発見。五月、沖縄の施政権返還・日本本土復帰・沖縄県発足。イスラエルのテルアビブ国際空港で日本赤軍派によるテロ。六月、田中角栄首相「日本列島改造論」構想発表。七月、勤労婦人福祉法を公布。九月、日中共同声明調印、国交正常化。一一月、上野動物園でパンダ公開。

◇三月、『氾』第19号　伊藤聚「わたしたちの床はみどり・氷栽培・声・たんけんにいく・島々」、小長谷清実「小航海時代」、江森国友「慰めるもの（―水行乗船）・慰めるもの（―野行曲路）」、山田正弘「希望一個」、三木卓「隕石の夜」、堀川正美「鏡の否・夜の渚　星の言葉」、窪田般彌「円環話法」、山口洋子「絵本」、新藤涼子「逝く時」、水橋晋「汚染」、打越美知「砂漠の夜は黒い海・砂表」、水橋・三木・小長谷・新藤・山田・伊藤・堀川・打越・窪田・江森「AQUARIUS」。

◆一月、堀川正美「剛造とマリリアへの祝婚歌」、三木卓「過去に惹かれて」（『現代詩手帖』）。二月、三木卓「わが荒地詩選」（『現代詩手帖』）。堀川正美「ねずみ捕り」、窪田般彌〈翻訳〉「アルジェリア人　ガブリエル・オーディジョ　他」（『ユリイカ』）。三月、江森国友〈書評〉「力技とますらお振り」（『現代詩手帖』）。江森国友「慰めるもの」（『詩学』）。三木卓〈エッセイ〉「イメージの曠野で」（『ユリイカ』）。四月、窪田般彌〈書評〉「魔術的歴史学」（『現代詩手帖』）。五月、三木卓〈選評〉「選評」（『現代詩手帖』）。窪田般彌〈研究〉「天邪鬼の精神」、三木卓〈研究〉「金子光晴の詩の苦痛と魅力」（『ユリイカ』）。新藤涼子「鳥」（『歴程』）。六月、三木卓〈選評〉「事物への入射角」（『現代詩手帖』）。三木卓〈短編〉「最後の日」（『ユリイカ』）。七月、三木卓〈エッセイ〉「光太郎雑感」（『ユリイカ』）。八月、江森国友〈評論〉「崖ぷちから振りむいて」（『現代詩手帖』）。江森国友〈評論〉「善なる詩―『壌歌』をめぐる覚書断片（ノオト）―」、窪田般彌「西脇順三郎と象徴詩」（『無限』）。江森国友「生れる」（『ユリイカ』）。九月、窪田般彌〈評論〉「ネガティヴな告白」（『ユリイカ』）。一〇月、三木卓「夏の終りの夜の詩」（『ユリイカ』）。三木卓〈鼎談〉「市民小説への意思」（『早稲田文学』）。一一月、江森国友「記憶のなかの南の詩人たち」（『詩学』）。山田正弘〈座談会〉「沈黙と饒舌」（『詩と思想』）。一二月、堀川正美「鏡の否」、山田正弘「希望一個」、伊藤聚「島々」、三木卓「午後の詩」（『現代詩手帖』）。江森国友・窪田般彌〈アンケート〉「私の詩と詩論」（『ユリイカ』）。

□二月、窪田般彌〈評論集〉『幻想の海辺』（河出書房新社）。三月、堀川正美『現代詩論　4　谷川雁　堀川正美』（晶文社）。九月、窪田般彌『孤独な色事師ジャコモ・カザノヴァ』（薔薇十字社）。窪田般彌訳ギョーム・アポリネール『異端教祖株式会社』（晶文社）。一〇月、窪田般彌、他訳　ラクロ『危険な関係（上下）』（新潮文庫）。

（棚田輝嘉＝編）

人名別作品一覧

［い］

市川暁子　「オフェリア」（『氾』第1号）。

伊藤聚　「水」「軽い男」「馬の購入」（『氾』第15号）。「調理」「目測」（『氾』第16号）。「わたしたちの床はみどり」「氷栽培」「声」「たんけんにいく」「島々」（『氾』第19号）。

［う］

打越美知　「海の上で土の上で」（『氾』第15号）。「賭」（『氾』第16号）。「洞窟のなかの女」（『氾』第18号）。「沙漠の夜は黒い海」「砂表」（『氾』第19号）。

［え］

餌取定三　「死」「本能」（『氾』第6号）。

江森国友　「めるへん」（『氾』第2号）。「愛」「風土」（『氾』第3号）。「墓」（『氾』第4号）。「祷り」（『氾』第5号）。「舞踏」（『氾』第6号）。「開かれるため」「後記」（『氾』第7号）。「東にひろがる庭」「愛詩Ⅰ」「詩と敗北意識」（『氾』第8号）。「眼のための春」「森の声」「愛・詩Ⅱ」「後記」（『氾』第9号）。「眼」「愛・詩Ⅲ」「後記」（『氾』第10号）。「夢の流れ」「愛・詩Ⅳ」「後記」（『氾』第11号）。「桜の樹のした」「後記」（『氾』第12号）。「穀物祭」「きみは踊ることによつて」「径路」「後記」（『氾』第13号）。「愛・詩Ⅴ」「後記」（『氾』第14号）。「愛の生活」（『氾』第15号）。「近頃の生活」（『氾』第16号）。「着床」（『氾』第18号）。「慰めるもの――水行乗船」「慰めるもの――野行曲路」（『氾』第19号）。

［お］

大野純　「樹木」（『氾』第6号）。

［か］

片岡文雄　「朝」（『氾』第6号）。

［く］

窪田般彌　「海」（『氾』第12号）。「人さまざま」（『氾』第14号）。「円環話法」（『氾』第19号）。

栗原紀子　「二つの影」（『氾』第1号）。「風媒花」（『氾』第

2号)。「求めて」「後記」(『氾』第3号)。「冬日」(『氾』第4号)。「地軸」「泥人形」(『氾』第6号)。

【こ】

小長谷清実 「あなたは知っているのだ」「若いつぐみの誕生のために」(『氾』第12号)。「旅」「時」(『氾』第13号)。「詩」「過程」(『氾』第14号)。「黙示録」(『氾』第15号)。「六月の海と花々」「海のような春」「後記」(『氾』第16号)。「航海」(『氾』第18号)。「小航海時代」(『氾』第19号)。

小林哲夫 「庭」(『氾』第3号)。「秋の高原」(『氾』第4号)。「蠶」「山頂にて」(『氾』第5号)。「生命について」「金魚」(『氾』第6号)。「炎」「受胎」「後記」(『氾』第8号)。「新しい時間」「鳥」(『氾』第9号)。「秋の素描」「ある肖像」(『氾』第10号)。「意識について」(『氾』第11号)。「ひとつのものの朝」(『氾』第13号)。「……ふたたびめぐりくる夏のために」(『氾』第14号)。「土の声はふかく……」(『氾』第15号)。「眠る」「黙するために」(『氾』第16号)。「口づけ」(『氾』第18号)。

【し】

嶋岡晨 「生」(『氾』第6号)。

島田忠光 「火」「後記」(『氾』第13号)。「愛は樹木のかげで休むやさしい獣だ」(『氾』第14号)。「古い時代の物語のなかへ」「後記」(『氾』第15号)。

新藤涼子 「小雨をかむり」「樹になろう」(『氾』第11号)。「季節を」(『氾』第16号)。「環」「みごとな花」(『氾』第18号)。「逝く時」(『氾』第19号)。

【な】

中島敏行 「草の目」(『氾』第5号)。「耳の中の町」(『氾』第5号)。「雪夜」「啓示」(『氾』第7号)。「砦」(『氾』第10号)。

【ひ】

日比澄枝 「風」「散る」(『氾』第1号)。「想ひ」(『氾』第2号)。「断想」(『氾』第3号)。「しらかんばの道」(『氾』第4号)。「黙る」(『氾』第5号)。「暮日」(『氾』第6号)。「解剖学」(『氾』第7号)。「昏睡」(『氾』第8号)。「くずれてゆくもの」（『氾』第9号）。「径へ」（『氾』第10号）。「沿って」（『氾』第11号）。「遠くにあるもの」（『氾』第12号）。「九月の日」（『氾』第13号）。

【ほ】

堀川正美　「挽歌」「梨の園」「木霊」「詩の風土について」（『氾』第1号）。「道祖神」「棕櫚」「雨の神話」「猟人」「後記」（『氾』第2号）。「陽炎」「後記」（『氾』第3号）。「親和力」「回路」「大雪山・十月」「後記」（『氾』第4号）。「翳と印」「第一の行為」「白の必要」「後記」（『氾』第5号）。「掌」「三月―四月」「詩のためのノオト」「後記」（『氾』第6号）。「休息の半島」「詩のためのノオト」「後記」（『氾』第7号）。「声」「後記」（『氾』第8号）。「伝説」「後記」（『氾』第9号）。「アルコール」「死んだアメリカの詩人に」「後記」（『氾』第10号）。「日の国」（『氾』第11号）。「必要なもの」「後記」（『氾』第12号）。「夢のいれものにさわる」「感動が無感動になるとき」「後記」（『氾』第13号）。「帰郷」「時のたまりばを移る」「後記」（『氾』第14号）。「太平洋」「後記」（『氾』第15号）。「＊＊＊」「後記」（『氾』第16号）。「鏡の否」「夜の渚　星の言葉」（『氾』第19号）。

【ま】

松井知義　「翔く」（『氾』第2号）。「死魚の眼のなかで」（『氾』第3号）。「古代」（『氾』第4号）。「春の咽喉」（『氾』第5号）。「海の見える風景」（『氾』第6号）。「叫び」「街にて」（『氾』第7号）。「切紙細工」（『氾』第8号）。「暁の方へ」（『氾』第9号）。「占師のM」「三枚目役者のM」（『氾』第10号）。「黙契」（『氾』第12号）。「鏡の中の猿」（『氾』第13号）。

【み】

三木卓　「若い思想」「後記」（『氾』第15号）。「1958年級」（『氾』第16号）。「冬至」（『氾』第18号）。「隕石の夜」（『氾』第19号）。

水橋晋　「睡る」「白夜」「後記」（『氾』第1号）。「不在」「昏れる」「断章」「後記」（『氾』第2号）。「旅人」（『氾』第3号）。「漂流」「ひとつの死」「批評の態度について」（『氾』第4号）。「俘囚」「洞穴」「青の時代」「後記」（『氾』第5号）。「埴輪」（『氾』第6号）。「そして夜明けが」「汚点」(『氾』第7号)。「路しるべ」「出会い」(『氾』第8号)。「印」(『氾』第9号)。「かくしている」「後記」(『氾』第10号)。「雪の里」(『氾』第11号)。「奔流」「広すぎる空」(『氾』第12号)。「風の凪ぐとき」「わたしは遭難するはずがない」(『氾』第13号)。「溜池ほどには小さくない話」「扉を閉ざしているものは何か」(『氾』第14号)。「気で病むな」「後記」(『氾』第15号)。「滅びるもののために」(『氾』第18号)。「汚染」(『氾』第19号)。

【や】

山口洋子　「くさつていくものが……」(『氾』第8号)。「おろかなことを……」「サイコロマンボ」(『氾』第9号)。「洪水」(『氾』第10号)。「大きなビワの木」(『氾』第13号)。「……しないで」(『氾』第14号)。「男に」(『氾』第15号)。「告別」「後記」(『氾』第16号)。「岬」(『氾』第18号)。「絵本」(『氾』第19号)。

山田正弘　「河岸で」「愛は冬のなかに在る」「鳶」「後記」(『氾』第1号)。「鮎」「若き詩人は否という」「後記」(『氾』第2号)。「詩の回復」(『氾』第3号)。「墳」「『近代相聞歌』のうち　4　唱説」「地について」「後記」(『氾』第4号)。「光栄について」「「光栄」と蜜柑についてのある後書」「後記」(『氾』第5号)。「告別のための詩」「後記」(『氾』第6号)。「豆の樹成長」「後記」(『氾』第7号)。「四つの詩」「後記」(『氾』第8号)。「わたしの恋人こそ贋金作りといわれていたが」「後記」(『氾』第9号)。「私を愛したものを私は愛した」「後記」(『氾』第10号)。「勇敢な心は」「後記」(『氾』第11号)。「雨、風の強い月のこと」「後記」(『氾』第12号)。「猿カ島はどこにあるか」(『氾』第13号)。「冒険と象徴」「後記」(『氾』第14号)。「南へゆく」「抒情的現実」(『氾』第15号)。「歴史ゼロ」(『氾』第18号)。「希望一個」(『氾』第19号)。

【よ】

吉川浩子　「視界」「真空」(『氾』第1号)。

【わ】

綿引英雄　「必要」(『氾』第16号)。

【海外】

ルイス・アンタマイヤア(堀川正美・訳)　「ハアト・クレ

イン」(『氾』第2号)。

ポオル・エリュアール(保谷俊雄・訳)「おまえは到るところにいる」(『氾』第7号)。

ギルヴィック(大井三郎・訳)「調和より」(『氾』第9号)。「意識」「顔」「眠りの森の乙女に」(『氾』第10号)。

ルネ・シャール(窪田般弥・訳)「きみはよく出かけたアルチュール・ランボーよ」(『氾』第14号)。

リユシャン・シユレル(大井三郎・訳)「ポール・エリュアールに」(『氾』第15号)。

ハアト・クレイン(堀川正美・訳)「航海Ⅱ」(『氾』第2号)。

ロベエル・ドライエ(水橋晋・訳)「形而上学」(『氾』第7号)。

W・R・マカルパイン(水橋晋・訳)「詩人としてのロレンス」(『氾』第11号)。「詩人としてのロレンス」(『氾』第12号)。

ジャン・マルカール(窪田般弥・訳)「ディラン・トマスの詩」(『氾』第13号)。

クロード・ヴイジェ(窪田般弥・訳)「希望の石」(『氾』第16号)。


ケネス・レクスロス(水橋晋・訳)「生誕」(『氾』第1号)。

主要参考文献

【単行本】
日本文芸家協会編『現代の詩 '65』(思潮社、一九六五年六月)
堀川正美『現代詩文庫 29 堀川正美詩集』(思潮社、一九七〇年一月)
伊達得夫『詩人たち―ユリイカ抄―』(日本エディタースクール出版部、一九七一年七月)
岡庭昇『抒情の宿命』(田畑書店、一九七一年七月)
三木卓『現代詩文庫 44 三木卓詩集』(思潮社、一九七一年九月)
木原孝一『日本の詩の流れ』(ほるぷ出版、一九七五年一一月)
窪田般彌『現代詩文庫 62 窪田般彌詩集』(思潮社、一九七五年六月)
吉本隆明『増補戦後詩史論』(大和書房、一九八三年一〇月)
小長谷清実『現代詩文庫 83 小長谷清実詩集』(思潮社、一九八五年六月)
江森国友『現代詩文庫 84 江森国友詩集』(思潮社、一九八五年一二月)
新藤涼子『現代詩文庫 95 新藤涼子詩集』(思潮社、一九八九年八月)
小田久郎『戦後詩壇私史』(新潮社、一九九五年二月)
三木卓『わが青春の詩人たち』(思潮社、二〇〇二年二月)
大岡信 編・解説『新装版 現代詩論大系 第四巻』(思潮社、一九八〇年一〇月)
杉浦静・和田博文編『戦後詩誌総覧 ①~⑧』(日外アソシエーツ、二〇〇七年~二〇一〇年)
『日本現代詩辞典』(桜楓社、一九八六年二月)
『現代詩大事典』(三省堂、二〇〇八年二月)

【雑誌】
『詩学』(岩谷書店、一九五五年一〇月)
『現代詩手帖』(思潮社、一九六四年一一月)
『ユリイカ 総特集=戦後詩の全体像』(青土社、一九七一年一二月)
『ユリイカ 特集=昭和詩50年をどうとらえるか』(青土社、一九七四年一二月)
『國文学 4月臨時増刊号 現代詩の110人を読む』(學燈社、一九八二年四月)
『現代詩読本―特装版 現代詩の展望―戦後詩再読』(思潮社、一九八六年一一月)

『現代詩手帖　『櫂』の功罪』（思潮社、一九九五年五月）
『現代詩手帖　『第三期』の詩人』（思潮社、二〇〇四年一〇月）

編者紹介

棚田輝嘉（たなだ・てるよし）
1955年、北海道生まれ。
金沢大学大学院修士課程修了。実践女子大学文学部教授。
「ニューミュージックの歌詞分析―フォークソング的特徴の喪失―」（『實踐國文學』第82号、実践国文学会、2012年3月）、「コマに関するこまった話―マンガとはなにか―」（『文学・語学』、全国大学国語国文学会、2014年8月）、「本文とはなにか―梶井基次郎「瀨山の話（仮題）」草稿をめぐって―」（『日本近代文学』第92集、日本近代文学会、2015年5月）、「ことなし、と書くということ――一葉日記における記述意識―」（『實踐國文學』第91号 実践国文学会、2017年3月）など。

コレクション・戦後詩誌
第13巻　戦後詩第二世代

2018年5月25日　印刷
2018年6月10日　第1版第1刷発行

［編集］　棚田輝嘉
［監修］　和田博文

［発行者］　荒井秀夫
［発行所］　株式会社ゆまに書房
〒101-0047　東京都千代田区内神田2-7-6
tel. 03-5296-0491 / fax. 03-5296-0493
http://www.yumani.co.jp

［印刷］　株式会社平河工業社
［製本］　東和製本株式会社

落丁・乱丁本はお取り替えいたします。　Printed in Japan
定価：本体25,000円＋税　ISBN978-4-8433-5079-9 C3392